Anne-Sophie Jouhanneau

Love Paris Dance

Anne-Sophie Jouhanneau

LOVE PARIS DANCE

Übersetzung aus dem amerikanischen Englisch von Katrin Weingran

one

Dieser Titel ist auch als E-Book erschienen

Titel der englischsprachigen Originalausgabe:
»Kisses and Croissants«

MIX
Papier aus verantwortungsvollen Quellen
FSC® C014496

Produced by Alloy Entertainment, LLC

Textredaktion: Julia Przeplaska, Beilngries
Umschlaggestaltung: ZERO Werbeagentur, München
unter Verwendung von Motiven von © Alexander Ryabintsev / shutterstock.com; Evgenii Matrosov / shutterstock.com; Vandathai / shutterstock.com; isabel artdesign / shutterstock.com
Satz: 3w+p GmbH, Rimpar
Gesetzt aus der Adobe Caslon
Druck und Einband: GGP Media GmbH, Pößneck

Printed in Germany
ISBN 978-3-8466-0139-6

5 4 3 2 1

Sie finden uns im Internet unter one-verlag.de
Bitte beachten Sie auch luebbe.de

Für Scott

Kapitel 1

Ich renne in meinem modischen Fauxpas von Jogginghose durch den Flughafen, meine langen Haare flattern ungebändigt hinter mir her. Ein kreischender kleiner Junge versperrt mir den Weg, und ich springe mit einem mehr oder weniger eleganten *grand jeté* über ihn hinweg, um im nächsten Moment mit einer *pirouette* an einem Mann vorbeizuwirbeln, der mit seinem gigantischen Koffer kämpft.

»*Faites attention!*«, ruft mir eine Frau hinterher, nachdem ich ihr fast auf den Fuß getreten wäre. *Gib Acht!*

Die Sache ist nur die: Wenn ich achtgebe, komme ich zu spät, und da das nicht zur Debatte steht, müssen im Zweifelsfall eben ein paar Füße dran glauben. Dieses amerikanische Mädchen hier muss tout de suite ans andere Ende von Paris.

»Sorry!«, rufe ich also ein ums andere Mal, während ich

durch den Charles de Gaulle Flughafen flitze. Mein Rucksack schlägt bei jedem Schritt gegen meinen Rücken.

Ich bin so spät dran, weil gestern Abend ein schwerer Sturm in New York gewütet hat und mein Flug sich erst um vier, dann um sechs Stunden verspätet hat. Danach habe ich zu zählen aufgehört, damit ich bei der Vorstellung, den ersten Schultag zu verpassen, nicht vor Panik in Ohnmacht falle. Wobei Schule es nicht wirklich trifft. Die Schule ist ein Spaziergang verglichen mit dem, was in Paris auf mich wartet.

Ich remple eine Gruppe von Kindern an, die sich über die gesamte Breite des Terminalgangs verteilt haben, und drohe ungebremst auf das Gesicht zu fallen, doch im letzten Moment gelingt mir ein rettender pas de basque. Oh, danke dir Muskelgedächtnis, trainiert in annähernd einer Million Stunden Ballettunterricht.

Ich gebe es zu, so hatte ich mir meine ersten Stunden in Paris nicht ausgemalt. Ich hatte dieses perfekte Bild im Kopf: Ich würde an einem warmen, sonnigen Morgen aus dem Flieger steigen. Selbst nach dem sieben Stunden langen Flug würden meine lockigen braunen Haare in schimmernden Wellen meine Schultern umspielen. Ich würde mir die zusammengebundenen Spitzenschuhe über selbige schwingen und mit perfekter Aussprache – dem Ergebnis monatelanger Übung – etwas Drolliges auf Französisch sagen, ehe ich elegant in den besten Sommer meines Lebens stolzierte: ein Intensivballettprogramm am renommierten *Institut de l'Opéra de Paris.* Ein Traum, non?

Stattdessen drängle ich mich an ein paar Leuten vorbei, um mir meinen Koffer vom Gepäckkarussell zu schnappen. Dann suche ich die Schilder über meinem Kopf nach dem Wort taxi ab. In dem Moment passiert etwas völlig Verrücktes.

»Mia?«

Ehm, wie bitte? Woher weiß jemand in Paris, wie ich heiße?

»Mia? Bist du das?«

Ich brauche einen Augenblick, bis ich die Stimme wiedererkenne. Ich drehe mich um, und da steht sie. Meine Erzfeindin. Na ja, sie wäre es zumindest, wenn ich an so etwas wie Erzfeindschaft glauben würde.

»Mensch, Audrey! Was machst du denn hier?« Wie blöd meine Frage ist, wird mir erst klar, nachdem die Worte meinen Mund verlassen haben.

»Dasselbe wie du, nehme ich an«, antwortet sie überrascht. Als ich mein Ticket gebucht habe, war ich baff, wie viele Flüge es jeden Tag nach Paris gibt. Ich schätze, wir haben in verschiedenen Maschinen gesessen, die beide durch den Sturm verspätet waren. So oder so kann ich sie praktisch denken hören: Wie hat Mia es geschafft, in eines der exklusivsten Sommerballettprogramme der Welt aufgenommen zu werden?

Weil ich mir den Arsch aufgerissen habe, würde ich am liebsten sagen.

Ich werde nicht lügen. Audrey ist eine der besten Balletttänzerinnen unseres Jahrgangs in der Tri-State-Area, aber das bin ich auch. Das weiß ich, weil wir in jedem wichtigen Tanzwettbewerb gegeneinander angetreten sind, seit wir praktisch Babys waren. Ich lebe in Westchester, außerhalb von New York City, und Audrey in Connecticut, daher gehen wir nicht auf dieselbe Ballettschule (dem Himmel sei Dank!), aber mehrere Male im Jahr muss ich erleben, wie Audrey mir Rollen wegschnappt, mit Preisen überhäuft wird und fast jedes Mal das entscheidende bisschen vor mir landet.

»Das *Institut de l'Opéra de Paris* hat dir einen Platz gegeben?«, fragt Audrey mit perfekter Aussprache und einer zweifelnd hochgezogenen Augenbraue. Ich sehe, dass ihr die Frage sofort leidtut, denn sie fügt schnell hinzu: »Ich meine, in welche Stufe haben sie dich gesteckt?«

Ich räuspere mich, um Zeit zu gewinnen. Es gibt fünf Stufen in dem Programm, und Ballettschüler aus aller Welt werden den Fähigkeiten nach eingeteilt, die sie in ihrem Bewerbungsvideo unter Beweis gestellt haben.

»Vier«, sage ich mit festem Blick.

Vier ist großartig. Ich habe mich so darüber gefreut. Ehrlich gesagt war ich überglücklich, überhaupt genommen zu werden, besonders nachdem ich eine Absage des American Ballet Theatre in New York kassiert hatte. Ich habe mein ganzes Leben auf einen Platz in einem solchen Programm hingearbeitet. Das Ballett liegt meiner Familie im Blut, jedenfalls der Legende nach, und ich weiß, wie traurig meine Großmutter gewesen wäre, wenn ich es in keins der Sommertrainingsprogramme geschafft hätte, auch wenn ihre Enttäuschung nichts verglichen mit meiner gewesen wäre.

»Oh, das ist ja toll«, sagt Audrey. Der einzige Hinweis darauf, was sie wirklich denkt, ist die Art, wie ihre Finger plötzlich den Griff ihres Koffers umklammern. Yep, ich bin gut genug für Stufe Vier.

»Und du bist in …?«, frage ich, obwohl ich mir die Antwort denken kann.

»Fünf«, erwidert sie überlegen.

Ich nicke. Ringe mir ein Lächeln ab. Natürlich ist sie in Stufe Fünf. Das geht in Ordnung. Wirklich. Audreys Technik ist makellos, das muss ich ihr lassen.

»Kommst du?«, fragt sie geschäftsmäßig und wendet sich zum Gehen. »Wir können uns ein Taxi teilen. Es wäre Quatsch, zwei zu nehmen. Wir haben schließlich dasselbe Ziel«, fügt Audrey hinzu, als spräche sie mit einem Kind.

»Stimmt«, räume ich widerwillig ein. »Aber wir sind wahrscheinlich nicht im selben Wohnheim, oder?«

Ich hole die Adresse des Wohnheims auf den Bildschirm meines Handys, und Audrey liest über meine Schulter mit. Sie stößt einen tiefen Seufzer aus. »Da bin ich auch. Sie haben doch hoffentlich nicht alle amerikanischen Schüler zusammengesteckt.«

»Sieht ganz danach aus«, sage ich, ohne mir die Mühe zu geben, meinen Frust zu verbergen. Über einhundert Mädchen und Jungen im Alter von vierzehn bis achtzehn nehmen an dem Programm teil, und die Wohnheime sind über die ganze Stadt verteilt. Als ich das Willkommenspaket mit der Adresse erhielt, dachte ich, ich hätte die Paris-Lotterie gewonnen. Jetzt bin ich mir da nicht mehr so sicher.

Wir erreichen den Taxistand.

»Boulevard Saint-Germain«, sage ich zum Fahrer, sobald wir auf dem Rücksitz eines silbergrauen Autos mit Ledersitzen Platz genommen haben. In Paris sind selbst die Taxen schick.

Aus dem Rückspiegel sieht mich der Mann fragend an, und ich weiß mir nicht anders zu helfen, als seinen Blick ebenso fragend zu erwidern. Ich habe keine Ahnung, was zu tun ist. Mein Kopf ist völlig leer. Selbst wenn ich im Flieger geschlafen hätte, würde Audreys Gegenwart ausreichen, mich aus dem Konzept zu bringen.

Sie schüttelt den Kopf. Dann reicht sie dem Fahrer ihr Telefon, auf dem die Karte mit der Adresse unseres Wohnheims geöffnet ist. Schlagartig wird mir mein Anfängerfehler bewusst: Ich habe so viel über Paris gelesen, dass ich mich frage, wie ich vergessen konnte, dass der Boulevard Saint-Germain eine der längsten Straßen der Stadt ist. Er schlängelt sich den größten Teil des Rive Gauche entlang, des Teils von Paris, der südlich der Seine liegt. Im Grunde ist es so, als würde man einem New Yorker Taxifahrer sagen, er solle einen zur Fifth Avenue bringen.

Audrey wirft mir einen vielsagenden Blick zu. Gut, dass ich dabei bin.

Ihr Handy klingelt, als wir auf die Autobahn fahren. Ein Face-Time-Anruf ihrer Mutter. Ich bin ihr nie begegnet, aber ich weiß, wer sie ist – eine Primaballerina im Ruhestand, die ihre ganze Karriere am Bolschoi-Theater in Moskau getanzt hat. Während ich Audreys endloser Litanei darüber lausche, wie der verspätete Flug fast ihr Leben ruiniert hätte, fällt mir auf, dass ich meinen Eltern noch nicht einmal mitgeteilt habe, dass ich gelandet bin. Ich schicke ihnen eine kurze Nachricht, damit sie wissen, dass es mir gut geht. Dad antwortet sofort.

Alles Gute für die Einführungsveranstaltung! Zeig ihnen, wer der Boss ist! Ich liebe dich.

Ich lächle und antworte:

Mach ich. Ich liebe dich auch.

Aber dann: nichts von Mom. Ich starre mein Handy an, fragend, hoffend, wünschend. Sie ist immer noch wütend. Grandma hat geschworen, sie würde darüber hinweggekommen sein, bis ich mich auf den Weg nach Paris machte, aber da hat sie sich wohl getäuscht.

Seit ich ein kleines Mädchen war, ist Tanzen mein Leben. Für meine Mom war es jedoch immer nur ein Hobby, etwas, das man nebenher zum Spaß macht. Ich habe ihr wieder und wieder erklärt, dass ich Profitänzerin werden will, dass ich alles in meiner Macht Stehende dafür tun würde. Aber sie hat es stets als etwas abgetan, aus dem ich herauswachsen würde. Glücklicherweise hatte ich Dad und Grandma Joan (Moms Mutter), um mich zum Unterricht zu fahren, mir beim Nähen der Kostüme für die Aufführungen zu helfen und mich bei wichtigen Auftritten anzufeuern.

Richtig schlimm wurde es zwischen Mom und mir, als ich anfing davon zu reden, mich für dieses Programm zu bewerben.

»In New York hat es schon nicht geklappt. Warum solltest du es auch noch in Paris versuchen?«

Ich hatte gerade meine Absage vom American Ballett Theatre bekommen und gab mein Bestes, nicht zu zeigen, wie niedergeschmettert ich war. Ich hatte immer gewusst, wie schwierig es sein würde, mir aber gedacht, dass ich eine echte Chance hätte. Schließlich hatte ich mein ganzes bisheriges Leben dem Ballett gewidmet. Mom hatte mir vehement widersprochen. »So viele Mädchen träumen davon, Profitänzerin zu werden. Es gibt einfach nicht genug

Plätze für alle«, hatte sie mit trauriger Miene gesagt. Es schmerzte sehr zu erkennen, dass sie recht gehabt hatte.

»Paris ist der größte Traum einer jeden angehenden Balletttänzerin«, hatte ich gesagt.

Um ehrlich zu sein, war es nicht das, was ich in jenem Moment fühlte. Obwohl es stimmt – das Pariser Programm ist genauso renommiert wie das New Yorker –, habe ich immer davon geträumt, am Programm des ABT teilzunehmen und eines Tages zu seinem Ensemble zu gehören. Aber das würde diesen Sommer nicht passieren, und ich war nicht bereit, mich deshalb geschlagen zu geben. In der Ballettwelt kennt jeder jeden, und Grenzen spielen im Grunde keine Rolle. Wenn ich es in Paris schaffte, würde ich früher oder später meinen Weg zum ABT finden. So einfach würden sie mich nicht loswerden, selbst wenn ich einen Ozean überqueren musste, um es ihnen zu beweisen. Zumindest redete ich mir das ein.

Mom schüttelte den Kopf. »Es ist dein letzter High-School-Sommer. Möchtest du nicht deine Freunde treffen, ins Schwimmbad oder ins Kino gehen und einfach das machen, wozu du Lust hast?«

»In Paris gibt es auch Schwimmbäder und Kinos.«

Sie ignorierte meinen sarkastischen Tonfall. »Mia, das Leben hat mehr zu bieten als nur Ballett. Du brauchst einen Plan B. Jeder sollte einen haben, insbesondere wenn man siebzehn ist und einem unmöglichen Traum nachjagt.«

So deutlich hatte sie sich bisher noch nie ausgedrückt. Ein unmöglicher Traum? Danke, dass du so sehr an mich glaubst, Mom.

Trotz allem, was sie gesagt hatte, probte ich weiter für

mein Video und sorgte dafür, dass es sämtliche Anforderungen erfüllte. Verlangt wurden eine Einführung, in der ich von meinem Werdegang und allen bisherigen Auszeichnungen berichtete, eine Darbietung sämtlicher elementarer Schritte und Figuren und eine eigene Choreographie von mindestens zwei Minuten. Grandma Joan überraschte mich sogar mit einem wunderschönen neuen Trikot in Taubengrau.

»Das wird dein Paris-Trikot«, sagte sie, als ich in mein Zimmer stürmte, um es anzuprobieren. Es saß perfekt und brachte meine blauen Augen wunderbar zur Geltung.

»Ich bin noch nicht mal aufgenommen«, sagte ich zu ihr, während ich die Spaghettiträger über meine Schultern streifte. Meine Hände zitterten bei der Vorstellung pliés in einem sonnendurchfluteten Pariser Studio zu üben.

»Aber das wirst du«, sagte Grandma im Brustton der Überzeugung. »Wie könnten sie dich ablehnen? Das Tanzen liegt dir nun mal im Blut.«

»Mom!«, tadelte meine Mutter Grandma Joan beim Betreten des Zimmers. Sie warf einen skeptischen Blick auf das Degas-Poster, das über meinem Bett hing. »Würdest du bitte damit aufhören, so etwas zu sagen? Es entspricht nicht der Wahrheit.«

Grandma seufzte. Dann wandte sie sich mir zu. »Natürlich entspricht es der Wahrheit. Du stammst von einer langen Reihe von Ballerinen ab, Mia.« Sie zwinkerte mir zu. »Du glaubst mir doch, oder?«

Von dem Tag an, an dem ich mein erstes Tutu übergestreift habe, hat Grandma Joan mir immer wieder dieselbe Geschichte erzählt. Der erste Teil davon stimmt auf jeden Fall: Meine Urgroßmutter war Französin. Als sie dreiundzwanzig war, traf sie einen Amerikaner in Paris, verliebte sich in ihn und zog bald nach der Hochzeit in die USA. Aber davor – und der Teil liegt etwas im Dunkeln – war sie Balletttänzerin. Wie ihre Mutter vor ihr und deren Mutter davor, bis zurück ins späte neunzehnte Jahrhundert, als meine Ururgroßmutter eine danseuse étoile war, eine Primaballerina, die höchste und renommierteste Anstellung an der Pariser Oper. Es soll ungefähr zu der Zeit gewesen sein, als Edgar Degas seine weltberühmten Tänzerinnen malte.

Grandma besteht darauf, dass meine Ururgroßmutter in einem von Degas' Meisterwerken zu sehen ist. Die vielen Ungereimtheiten dieser Familienlegende machen meine Mutter verrückt. Sie glaubt die Geschichte nicht, und wann immer Grandma Joan davon anfängt, weist sie darauf hin, dass niemand den Namen jener Vorfahrin kenne oder wisse, in welchem Gemälde sie abgebildet sei. Falls sie denn überhaupt eine Balletttänzerin gewesen sei. Mom wird nicht müde zu betonen, dass das alles höchstwahrscheinlich erfunden ist und wir es nie mit Sicherheit wissen werden. Sie möchte nicht, dass ich an Märchen glaube.

Aber das tue ich.

Die Legende ist der Beweis dafür, dass es mein Schicksal ist, Ballett zu tanzen. Wie könnte etwas so Unglaubliches von Generation zu Generation weitergegeben werden, wenn es nicht wahr wäre? Diese Geschichte gehört seit jeher zu mir, sie macht meinen Tanz aus. Wenn ich auftrete, stelle ich mir manchmal vor, wie meine Vorfahrin im Schein der Gaslampen über die Bühne wirbelt, während Degas seine Ölfarben und Kreiden auf Leinwand und Papier bringt. Ich möchte daran glauben, dass sie ihn inspiriert hat, dass er sie in einem Meer aus Licht und Farben hat tanzen sehen.

Ich trug mein neues Trikot in dem Bewerbungsvideo, das Camilla, meine beste Freundin aus der Ballettschule, für mich filmte. Sie hatte beschlossen, sich nur um Sommerkurse in der Nähe zu bewerben, und geschworen, es habe nichts damit zu tun, dass sie nicht von ihrem neuen Freund getrennt sein wollte – einem aufstrebenden Musiker namens Pedro. Ich glaube, Mom wünschte, ich hätte ebenfalls einen Freund. Aber alle meine bisherigen Beziehungen haben nur bewiesen, dass kein Junge mein Herz höherschlagen lässt. Das schafft nur das Ballett. Für das Video steckte ich mir die Haare zu einem Dutt am Hinterkopf fest und schminkte mich passend zu meinem Trikot. Und zwei Monate später bekam ich den Platz am *Institut de l'Opéra de Paris*, genau wie Grandma es prophezeit hatte.

Zurück in der Gegenwart schließe ich für einen Moment die Augen, und als ich sie wieder öffne, starrt mir eine der berühmtesten Kirchen der Welt ins Gesicht.

»Notre-Dame!«, quietsche ich Audrey zu, die keinerlei Regung zeigt. Ich drücke meine Nase an der Fensterscheibe platt und bin überwältigt von so viel Schönheit: von den zwei Türmen, die hinter unserem Taxi kleiner werden, den hohen Bögen, die sich auf der Rückseite offenbaren, und der einzigartigen Majestät des Bauwerks. Mein erster Blick auf Paris! Aber mir bleibt keine Zeit, im Augenblick zu verweilen, denn unser Taxi macht eine Rechtskurve, und ein paar Minuten später halten wir am Rand einer breiten Straße, die von Fahrradfahrern, Bussen und Fußgängern wimmelt.

»Endlich«, sagt Audrey, den Blick aus dem Fenster gerichtet.

Der Fahrer drückt auf die Hupe, als ein Fahrrad am Auto vorbeischießt, und ich bin mit einem Schlag hellwach. Der Fahrradfahrer dreht sich um und brüllt etwas, das vermutlich eine Beleidigung ist. Doch da es sich um Französisch handelt, klingt es in meinen Ohren beinah charmant. Unser Fahrer schüttelt als Antwort nur den Kopf. Er parkt den Wagen vor einem sechsstöckigen weißen Gebäude mit schmalen Doppelfenstern. Graue Vorhänge verhindern den Blick ins Innere. Das ist also für die nächsten sechs Wochen unser Zuhause. Dank meiner Google-Street-View-Recherche weiß ich genau, wo wir sind: einen Steinwurf entfernt vom Ufer der Seine und dem quirligen Studierendenviertel Saint-Michel.

Im Innern des Gebäudes ist es sehr still. Meinem Willkommenspaket zufolge befindet sich mein Zimmer im zweiten Stock, und ich ziehe meinen Koffer Stufe für Stufe die breite Treppe hinauf, die in einem großen Bogen nach oben führt. Audrey stürmt mit ihrer großen Reisetasche voran.

»Ich hab's geahnt!«, ruft sie die Treppe hinunter. Als ich sie einhole, steht sie kopfschüttelnd vor einer Tür, an der ein handgeschriebener Zettel hängt: Audrey Chapman & Mia Jenrow.

Ich hole tief Luft. Zimmergenossinnen. Na toll.

In dem Raum stehen an einander gegenüberliegenden Wänden, die in einem dunklen Beige gestrichen sind, zwei Betten aus Metall. Außerdem gibt es zwei schmale Schränke und einen kleinen Schreibtisch, dessen Holzplatte gerade mal Platz genug für einen Laptop bietet. Das

Fenster geht auf den Innenhof hinaus, mit Blick auf das gegenüberliegende Gebäude. Es fällt nur wenig Licht ins Zimmer, obwohl es mitten am Tag ist. Ich muss zugeben, es ist nicht ganz so glamourös, wie ich es mir ausgemalt hatte.

Ohne ein Wort schiebt Audrey sich an mir vorbei und beansprucht das Bett neben dem Fenster für sich. Sie zieht schnell frische Sachen aus ihrer Tasche und saust zu den Duschräumen. Ich greife mir ein gestreiftes T-Shirt und einen weit schwingenden dunkelblauen Rock und folge ihr. Zehn Minuten später sind wir zurück in unserem Zimmer und wollen gerade los, als ich die Posterrolle aus meinem Koffer ragen sehe. Ich bleibe wie angewurzelt stehen.

»Was ist?«, fragt Audrey, die schon die Türklinke in der Hand hat. Wegen unserer Flugverspätung müssen wir augenblicklich los, wenn wir es pünktlich zur Einführungsveranstaltung schaffen wollen.

Ich möchte ihr nicht erklären, dass in der Rolle mein absolutes Lieblingsbild steckt. Ich habe mir selbst versprochen, es gleich nach meiner Ankunft in Paris aufzuhängen. Es wird nur eine Minute dauern.

»Geh ruhig schon vor. Ich …« Ich nehme die Rolle und öffne sie »Ich muss noch was erledigen.«

Audrey wirft mir mit ihren großen braunen Augen, die von dichten, perfekt gewölbten Brauen umrahmt sind, einen schwer lesbaren Blick zu. Ich bin überzeugt, sie wird zur Tür hinausrennen und den Rest des Sommers kein Wort mehr mit mir wechseln. Stattdessen zieht sie ein paar Nadeln aus der Pinnwand über dem Schreibtisch und streift die Schuhe ab. »Schnell«, sagt sie.

Ich bin zu geschockt, um etwas zu erwidern, und stelle mich zur ihr aufs Bett. Kurz darauf strahle ich das Bild an, auf das mein Blick jeden Morgen als Erstes fällt, seit ich denken kann: Edgar Degas' Gemälde Ballettprobe auf der Bühne mit den Tänzerinnen, die in Tüll gehüllt auf der Bühne der Pariser Oper stehen. Es ist so fesselnd. Ich kann die Spannung praktisch mit Händen greifen, die kurz vor dem Heben des Vorhangs herrscht.

»Es ist ein Aberglaube …«, beginne ich.

Audrey fällt mir ins Wort. »Schon klar. Ich ziehe meine Ballettsachen immer erst über die linke Köperhälfte. Ich streife den linken Schulterhalter vor dem rechten über, stecke das linke Bein zuerst in die Strumpfhose, ziehe den linken Schuh zuerst an … Ich kann nicht tanzen, wenn ich das nicht mache.«

Ich grinse. Audrey und ich haben bisher noch nie mehr als ein paar unterkühlte Worte gewechselt, aber das hier ist vielversprechend.

»Es ist ein schönes Bild«, fügt Audrey hinzu.

Während wir gemeinsam das Poster über meinem Bett bewundern, trifft mich die Vorfreude mit voller Wucht. Jetzt, da die Degas-Tänzerinnen über mich wachen, kann mein Pariser Abenteuer endlich beginnen!

Kapitel 2

Ein unerwartetes Klopfen lässt uns beide zusammenfahren. Unsere Zimmertür öffnet sich, und ein zierliches Mädchen mit dunkler Haut und langen schwarzen Haaren platzt herein.

»Mia, Audrey, endlich!« Die Stimme des Mädchens ist fröhlich, mit deutlichem britischen Akzent. »Ich bin Lucy. Alle anderen sind schon zur Einführungsveranstaltung gegangen, aber Anouk und ich wollten auf euch warten.«

Lucy tritt zur Seite, und ein sehr großes blondes Mädchen mit blasser Haut kommt herein. Anouk winkt uns zu und schenkt uns ein liebes Lächeln.

Ich bin von Dankbarkeit überwältigt. Diese Mädchen sind zwei vollkommen Fremde, und sie haben auf uns gewartet – wer macht so etwas? »Es ist schön, euch kennenzulernen!«

»Anouk war letztes Jahr schon dabei, daher kennt sie

sich in Paris super aus«, sagt Lucy und scheucht uns aus dem Zimmer. »Kommt schon, los geht's!«

»Wir nehmen erst die Zehn und dann die Fünf«, sagt Anouk mit einem Akzent, den ich nicht einordnen kann. Als sie meine Verwirrung bemerkt, fügt sie hinzu: »Die Metrolinien.«

»Ach so!«, sage ich. Vielleicht kommen wir zu spät, aber wenigstens werden wir unterwegs nicht verloren gehen.

»Oh, und hier«, ergänzt Lucy. Sie zieht etwas aus ihrer Handtasche. Es sind zwei in eine Serviette eingeschlagene Croissants und zwei Mandarinen. »Wir haben euch was vom Frühstück aufgehoben, für den Fall, dass ihr keine Zeit hattet, euch etwas zu essen zu besorgen.«

Bis jetzt war mir gar nicht bewusst, wie schlimm mein Magen knurrt. »Danke!«, sage ich, nehme mein Croissant entgegen und beiße sofort hinein. *Wow.* Das Butteraroma ist himmlisch, und ich wünschte, ich hätte mehr Zeit, meine erste französische Kostprobe zu genießen. »Ihr beiden seid meine neuen Lieblingsmenschen«, sage ich zwischen zwei Bissen.

Audrey murmelt ein kaum hörbares »Danke«, als Lucy ihr die Sachen reicht. Ihr Verhalten ist echt unmöglich, aber Audrey ist nicht hier, um Freunde zu gewinnen.

Ich wünschte ich wäre ebenso fokussiert. Aber ich mag Freunde. Freunde zu haben ist … schön. Ich werfe mir die Tasche über die Schulter und schlüpfe in meine Schuhe. »Fertig!«, sage ich.

***

Bis unsere Bahn an der Bastille-Station eintrifft, habe ich in Erfahrung gebracht, dass Anouk aus Amsterdam stammt und Lucy aus Manchester. Anouk scheint sehr darauf konzentriert, uns rechtzeitig zur Schule zu bringen – vielleicht, weil sie das Ganze vom letzten Jahr kennt –, wohingegen Lucys Mundwerk keine Sekunde stillsteht. Sie macht witzige Kommentare über Paris und kichert, als wären wir seit einer Ewigkeit befreundet. Ich weiß, dass ich sie gerade erst kennengelernt habe, aber ich liebe diese Mädels jetzt schon.

Als wir aus der Metrostation auf den Place de la Bastille treten, halte ich einen Moment inne und blicke mich staunend um. Paris liegt mir zu Füßen wie ein wahr gewordener Traum. Egal wie viele Monate ich damit verbracht habe, mir Bilder der Stadt auf Instagram anzuschauen, es ist etwas vollkommen anderes, sie mit eigenen Augen zu sehen. Die *Opéra Bastille* liegt direkt vor uns, ihr ultramoderner Glasbau erhebt sich stolz über dem namensverwandten Rund, dem Place de la Bastille. Dank meiner Nachforschungen weiß ich, dass dieses imposante Gebäude eine der beiden Opern der Stadt beherbergt. Die ursprüngliche Oper, die *Opéra Garnier*, hat ihren Sitz in einem prächtigen Palast am anderen Ende von Paris und blickt auf eine Jahrhunderte während Tradition von Ballettaufführungen zurück. Degas hat praktisch dort gelebt.

Der Verkehr rauscht an uns vorbei, Autos hupen, Touristen bleiben stehen, um Fotos zu machen. Die Blätter der Bäume, die am Straßenrand stehen, sind dunkelgrüne Boten des Sommers. Ich widerstehe dem Drang, vor Freude darüber, endlich hier zu sein, um die eigene Achse zu wirbeln, da Anouk uns in eine ruhige schmale Straße zu unserer Linken führt. Ein paar Augenblicke später kommt unsere Schule in Sicht. Es ist ein Gebäude im klassischen Stil aus sandfarbenen Steinen mit einem Dach aus Schieferplatten, wie man sie überall in Paris sieht. Aus den offenen Fenstern dringen Klavierklänge und die Stimme eines Lehrers, der den Takt vorgibt: »*Un, deux, trois, quatre.*«

Über den dunkelblauen Flügeltüren befindet sich eine Inschrift: *L'Institut de l'Opéra de Paris.*

»Wir haben so großes Glück!«, sagt Lucy mit einem zufriedenen Seufzer, als wir die Marmorstufen emporsteigen.

»Insbesondere diejenigen in Stufe Fünf«, ergänzt Audrey.

Ich verdrehe nur die Augen, aber Lucys Lächeln verliert etwas von seiner Strahlkraft. Sie öffnet den Mund, um etwas zu erwidern, doch Anouk ist schneller. »Stufe Vier ist auch Wahnsinn … So gut wie keiner schafft es im ersten Jahr in die fünfte Stufe.« Mit einem leisen Murmeln fügt sie hinzu: »Und im zweiten auch nicht, wenn man es genau nimmt«, so als spräche sie aus Erfahrung.

Audrey sagt nichts mehr, aber ihre Mundwinkel heben sich zu einem befriedigten Grinsen.

Die große Eingangshalle ist zum Bersten mit Schülern gefüllt, die auf den Einlass in den Bühnensaal warten. Wir kommen gerade rechtzeitig zur Einführungsveranstaltung. Puh! Es gelingt uns, vier Sitze weit vorne zu finden. Als ich mich umsehe, stelle ich überrascht fest, wie unterschiedlich die Jugendlichen sind, die am Programm teilnehmen: Von groß und schlank bis klein und drahtig ist alles dabei. Es sind hauptsächlich Mädchen, aber hier und da entdecke ich den einen oder anderen Jungen. Innerhalb kürzester Zeit höre ich mindestens drei andere Sprachen als Englisch und Französisch. Offenbar hat die Schule die vielversprechendsten Talente aus aller Welt versammelt. Ein Raunen geht durch den Raum, als Myriam Ayed, die berühmteste *danseuse étoile* des Pariser Balletts die Bühne betritt. Sie ist bekannt für ihr absolutes Ausnahmetalent, aber sie hat auch deshalb Schlagzeilen gemacht, weil sie die erste Tänzerin mit afrikanischen Wurzeln war, die Primaballerina an der Pariser Oper wurde. Als Frau gemischter Herkunft – sie ist halb Marokkanerin und halb Französin – wurde sie als *der* Wandel gepriesen, den das französische Ballett brauchte. Sie gilt als Beweis dafür, dass der klassische Tanz neu erfunden werden kann, ohne seine Tradition zu verraten. Sie sieht genauso aus wie auf den Fotos: muskulös, mit scharfen Gesichtszügen, aber warmen Augen, und ich bin eigenartig ergriffen davon, in einem Raum mit ihr zu sein.

»Ich begrüße euch alle sehr herzlich«, sagt Madame Ayed in das Mikrofon und sieht sich lächelnd im Raum um. Sie spricht Englisch – die offizielle Sprache des Sommerprogramms –, wenn auch mit einem starken französischen Akzent.

»Ihr habt alle so hart gearbeitet, um heute hier zu sein, und dafür könnt ihr euch selbst gratulieren.«

Sie klatscht in die Hände, und Applaus brandet auf. »Vor nicht allzu langer Zeit war ich eine von euch. Ich weiß, allein die Tatsache, dass ihr hier sitzt, bedeutet, dass ihr alles habt, was man braucht, um es bis an die Spitze zu schaffen. Doch euer Weg dorthin hat gerade erst begonnen.«

Während der Applaus abebbt, fährt Madame Ayed

fort: »Ich freue mich zu verkünden, dass ihr *Schwanensee* als Abschlussarbeit tanzen werdet. Die *maîtres de ballet* der verschiedenen Stufen werden die Rollen Anfang nächster Woche verteilen, und ich werde euch vom Bühnenrand aus anfeuern.«

Mein Herz hüpft freudig. *Schwanensee* ist mein Lieblingsballett. (Es ist so dramatisch! So herzzerreißend! Und technisch so herausfordernd!) Aber ich habe bisher nur einen einfachen Schwan getanzt. Ich würde alles dafür geben, die Odette tanzen zu dürfen, aber die Hauptrollen werden zweifellos an die Stufe-Fünf-Tänzer gehen. Wahrscheinlich wird Audrey eine von ihnen sein.

Ich werfe ihr einen Blick zu und sehe, dass sie auf der Unterlippe kaut, während sie wie gebannt Myriam Ayeds Worten lauscht. Sie ist bemüht, sich nichts anmerken zu lassen, aber ich bin überzeugt, dass sie insgeheim wie verrückt darum betet, die Rolle zu bekommen.

Nachdem sich Monsieur Dabrowski, der künstlerische Leiter der Schule, und ein paar Lehrer vorgestellt haben, geht es in die Cafeteria, wo wir ab heute jeden Tag zu Mittag essen werden.

Mein Sprint durch den Flughafen hat dafür gesorgt, dass ich am Verhungern bin, und ich nehme mir eine Extraportion Käse, einen weichen Camembert, damit ich bis zum Abendessen durchhalte. Nach dem Essen werden wir für eine Tour in kleine Gruppen eingeteilt. Sie führt durch alle fünf Etagen, die unzählige Studios beherbergen. Alle haben hohe Decken, wunderschöne alte Parkettböden und Wände aus Glas, und in jedem steht ein Steinway-Flügel. Auch die Umkleiden befinden sich hier. Die Flure kommen mir endlos vor, und die Räume sind so viel größer und eindrucksvoller, als ich es gewohnt bin, doch ich sage mir, dass ich mich im Handumdrehen hier zurechtfinden werde.

Am Ende des Nachmittags treffen Lucy, Anouk, Audrey und ich uns draußen auf der Eingangstreppe der Schule. Ich rücke näher an die anderen heran, weil ich unbedingt etwas über eine winzig kleine Sache herausfinden will. Na gut, vielleicht ist sie nicht *ganz* so winzig. »Myriam Ayed hat nicht viele Worte über unsere Abschlussaufführung verloren. Und niemand sonst hat die Direktoren der Nachwuchsprogramme erwähnt. Sie werden doch kommen, oder?«

Obwohl dieser Sommerkurs kein Wettbewerb ist – es gibt am Ende keine Medaillen und die Schüler werden nicht benotet –, habe ich gehört, dass die Talentsucher der bedeutendsten Ballettkompanien der Welt sich die Abschlussaufführung ansehen werden. Wenn man das Glück hat, in eins ihrer Nachwuchsprogramme aufgenommen zu werden, darf man ein Jahr lang mit dem *corps de ballet* trainieren, ehe man hoffentlich von der Kompanie engagiert wird. Ich bin überzeugt, das ist das Ziel von so ziemlich jedem hier.

Es heißt, dass unsere Lehrer den Direktoren der Nachwuchsprogramme im Voraus die Namen ihrer Lieblingsschüler nennen, was bedeutet, dass wir den ganzen Sommer unser Bestes geben müssen, um einen bleibenden Eindruck zu hinterlassen. Wenn ein *maître de ballet* auf einen aufmerksam wird, ist es wahrscheinlich, dass es auch einem Nachwuchsdirektor so gehen wird. Und wenn das der Fall ist, wird ein Angebot nicht lange auf sich warten lassen …

»Stimmt das, Anouk?«, fragt Lucy. »Hat letztes Jahr jemand eine Ausbildung angeboten bekommen?«

Wir drei wenden uns Anouk zu. Wenn es eine weiß, dann sie. »Seht mich nicht so an«, sagt sie lachend. »Ich war nur in Stufe Drei.«

»Aber du hast doch bestimmt etwas gehört«, hake ich nach.

»Na schön«, sagt Anouk. »Aber beschwert euch nicht, falls sich herausstellt, dass es nicht wahr ist.«

»Jetzt red schon«, sagt Audrey scharf. Lucy und ich sehen sie mit hochgezogener Augenbraue an, und sie seufzt. »Ich meine, komm schon, wir müssen es unbedingt wissen.«

Anouk beugt sich näher zu uns. »Ich habe gehört, die Nachwuchsdirektoren erstellen nach der Abschlussaufführung eine Liste mit den Personen, an denen sie interessiert sind. Da geht es normalerweise um die Hauptrollen, aber nicht immer. Manchmal sehen sie auch Potential in jemandem aus dem *corps de ballet.*«

Ich beiße mir auf die Lippe. Also haben auch wir aus Stufe Vier eine Chance. Eine kleine, aber sie existiert.

»Dann«, fährt Anouk fort, »laden sie diese Schülerinnen und Schüler zu einem Vortanzen ein. Das findet am nächsten Tag statt, glaube ich. Letztes Jahr waren es das *Australien Ballet*, das *Bolschoi-Theater*, das *Königliche Ballett* aus Dänemark, das *Royal Ballet* aus London und natürlich das ABT.«

Audrey wirft mir im selben Moment einen Blick zu, in dem ich verstohlen zu ihr hinüberschaue. Das ABT. Das *American Ballet Theatre* aus New York City.

Ich schließe die Augen und sehe endlose Trainingswochenenden vor mir, Schulferien, die mit Wettbewerben an entlegenen Orten gefüllt waren, unzählige Nächte, die ich damit zugebracht habe, meine blutigen Zehen zu bandagieren – all das hat mich hierhergeführt. Es ist der Beweis dafür, dass man im Leben stets eine zweite Chance bekommt. Das ABT mag mich einmal abgelehnt haben, aber ich habe gerade erst begonnen.

Kapitel 3

Die Mädels beschließen, mit der Metro zurück zum Wohnheim zu fahren, aber ich habe keine Lust, mich ihnen anzuschließen. Das hier ist mein erster Tag in Paris, und ich möchte ihn genießen, bevor morgen die Schule so richtig losgeht.

»Ich laufe lieber zu Fuß«, sage ich und staune über mich selbst.

Ich war noch nie allein in einer Großstadt, und ich kenne mich hier nicht aus. Ich sollte meinen Koffer auspacken, mich etwas ausruhen, vernünftig sein. Aber das reizt mich nicht.

Lucys Miene ist besorgt.

»Wir sehen uns beim Abendessen«, verspreche ich ihr.

Audrey und Anouk gehen los, aber Lucy hakt noch einmal nach: »Und du kommst wirklich klar?«

Ich lächle. »Ich bin in Paris. Natürlich komme ich klar.«

Statt nach Süden wende ich mich nach Westen, Richtung Innenstadt. Mit großen Augen versuche ich so viel wie möglich in mich aufzunehmen: den stechenden Teergeruch des von der Sonne aufgeheizten Asphalts, die lässige aber stets elegante Erscheinung der meisten Passanten (keine Shorts oder Flip-Flops in Sicht), die wunderschöne pastellblaue Schattierung des Sommerhimmels. Ich habe mal gehört, wie jemand Paris eine graue Stadt genannt hat, aber heute strahlt die Sonne so hell, als würde sie sich extra für mich ins Zeug legen.

Während ich durch eine hippe Nachbarschaft laufe, die laut Karte auf meinem Handy *Marais* heißt, fallen mir die roten Markisen über den zahlreichen Cafés ins Auge, die den Bürgersteig säumen. Ich staune über die schmalen Pflastersteinstraßen, die makellosen cremefarbenen Gebäude und die hübschen Schilder der Antiquitätenläden.

Es kommt mir vor, als wäre ich in der Zeit zurückgereist. Das ist das Paris aus den alten Filmen, das Paris, von dem ich geträumt habe, seit ich wusste, dass ich hierherkommen würde. Auf einer Hauswand ist das Graffiti einer Mutter und einer Tochter zu sehen, die sich an den Händen halten. Es ruft mir in Erinnerung, dass ich noch nicht mit meiner gesprochen habe. Ich stecke mir die Stöpsel meiner Kopfhörer in die Ohren und rufe meine Familie auf dem Festnetz an. Mein Bruder Thomas hebt nach ein paarmal Klingeln ab.

»Ich bin's«, sage ich und husche in eine kleine Seitengasse, um ungestört reden zu können. Der Verschluss meiner rechten Sandale bleibt zum dritten Mal innerhalb kurzer Zeit an einem Pflasterstein hängen und ich stürze, wieder einmal, beinahe. Ich habe keine Ahnung, wie es möglich ist, dass die *Parisiennes* hochhackige Schuhe tragen. Diese malerischen kleinen Gassen sind der reinste Hindernisparcours, erdacht für erprobte Straßenkämpfer.

»Oh, hallo«, erwidert mein Bruder geistesabwesend, im Hintergrund lärmt ein Videospiel.

»Ist Mom zu Hause?«, frage ich.

»Sie arbeitet«, antwortet Thomas. »Bei uns ist gerade Mittagszeit.«

»Ach, stimmt ja.« Ich hatte vergessen, dass Paris sechs Stunden Vorsprung hat.

»Ist Aveer bei dir?« Aveer ist der beste Freund meines Bruders, und da sie praktisch unzertrennlich sind, kenne ich die Antwort schon. Ich möchte nur noch nicht auflegen. Thomas grunzt eine Bestätigung.

»Hm, schön, sag Mom, dass ich angerufen habe, okay? Und Dad. Richte ihnen aus, dass es mir gut geht.«

Während ich rede, stolzieren zwei akkurat getrimmte Hunde auf mich zu. Der kleinere, ein blonder Mops, bleibt stehen, um an meinen Füßen zu schnüffeln. Ich bücke mich und tätschle ihn am Kopf. Shampooduft steigt mir in die Nase, und zwar von der teuren Sorte. Und ich dachte schon, mein nach Rosen duftendes Waschgel sei ausgefallen.

Die Frau am anderen Ende der Leine wirft mir einen ungläubigen Blick zu. »*Allez viens*, Lucien«, sagt sie, zieht den Hund weiter und reibt seinen Kopf, wo meine Hand eben noch war. Habe ich gerade irgendeinen französischen Fauxpas begangen? In Westchester lässt dich jeder seinen Hund streicheln. Ich sehe der Frau hinterher, die sich gestikulierend dem Mann neben sich zuwendet. Ich frage mich, ob sie wohl von dem unmöglichen amerikanischen Mädchen erzählt, das ohne Erlaubnis ihren Hund angefasst hat. Ups.

»Tschüss«, sagt mein Bruder da. »Viel Spaß in Paris, Schwesterherz.«

»Warte! Hat Mom etwas über mich gesagt?«, frage ich.

»Was denn?«

»Egal. Vergiss es.«

»Okay… Oh, Grandma Joan war gestern da. Sie hat jemanden namens Tante Vivienne erwähnt«, erzählt Thomas. »Wer ist Tante Vivienne?« Er spricht es wie Vivian aus, aber ich weiß, wen er meint.

»Zerbrich dir darüber nicht den Kopf«, erwidere ich. »Und sag Mom besser nichts davon, okay?«

Nachdem wir aufgelegt haben, laufe ich weiter und weiter und weiter. Alle paar Minuten verspüre ich den Drang, mich zu kneifen, weil es so aufregend ist, ganz allein eine fremde Stadt zu erkunden. Aber nach außen hin bemühe ich mich, so zu wirken, als wäre das ganz normal für mich, und gehe zügig die Straße entlang, ohne allzu oft auf mein Handy zu gucken. Unterdessen denke ich an die Unterhaltung zurück, die ich mit Grandma Joan an dem Tag geführt habe, als ich mein Bewerbungsvideo drehte. Ich schmollte an jenem Abend in meinem Zimmer, voller Sorge, meine Darbietung wäre nicht gut genug, um in das Programm aufgenommen zu werden.

Grandma Joan hatte mit uns zu Abend gegessen und war gekommen, um sich von mir zu verabschieden. Sie setzte sich zu mir aufs Bett. »Wenn du nach Paris gehst«, begann sie.

Ich seufzte. »Falls ich nach Paris gehe …«

»Wenn du nach Paris gehst, solltest du meine Tante Vivienne besuchen. Sie ist die Schwester meiner Mutter. Sie ist inzwischen recht alt, zwei- oder sogar dreiundneunzig, aber ich denke, du wirst ihre Geschichten lieben.«

Sie steckte mir einen Zettel zu, auf den sie Tante Viviennes Namen und Telefonnummer notiert hatte. Dann nahm Grandma Joan mein Kinn zwischen die Finger und sah mir tief in die Augen. »Versprich mir, dass du dich bei ihr melden wirst.«

Ich nickte traurig. An jenem Abend kam mir Paris unendlich weit weg vor.

»Und du frischst besser deine Französischkenntnisse auf«, sagte Grandma Joan, bevor sie sich zum Gehen wandte. Sie zeigte auf ein paar Bücher, die auf meinem Schreibtisch lagen. Als ich noch klein gewesen war, hatte sie stets Französisch mit mir gesprochen, aber das war selten geworden. »Tante Vivienne spricht kein Wort Englisch.«

Ich hatte mit dem Handy ein Foto von dem Zettel gemacht, nachdem sie gegangen war, und unsere Unterhaltung dann vollkommen vergessen. Bis jetzt.

Ich scrolle meine Fotos durch, bis ich die schwungvolle Handschrift meiner Großmutter erkenne. Ich weiß, ich habe es versprochen, aber will ich wirklich irgendeine Verwandte anrufen, mit der ich mich nicht einmal richtig unterhalten kann?

Obwohl es schon spät ist, bringe ich es nicht über mich, schon zum Wohnheim zurückzukehren. Das Abendlicht ist herrlich, weich und etwas körnig, als würde ich die Stadt durch eine Vintagelinse betrachten. Ich bin schon viele Male in New York City gewesen – es ist nur eine kurze Zugfahrt von meinem Zuhause entfernt –, aber im Vergleich zu Paris scheint New York so rau. Paris ist einfach … anders. Es gibt so viele Dinge, die sich anzusehen lohnen: die hübschen Zeitungskioske am Straßenrand, die kleinen blauen Straßenschilder an den Gebäuden, die antiken schmiedeeisernen Schilder der Metrostationen.

Ich finde mich auf einer belebten Straße voller Bistros und Restaurants wieder. Sie ist so schmal, dass Menschen und Motorroller im ständigen Streit um das bisschen Platz liegen. Kleine, runde Marmortische stehen flankiert von Rattanstühlen mit Schachbrettmuster bis auf die Straße verteilt. Die Stühle gucken zur Straße, und die Menschen sitzen nebeneinander und sehen zu, wie die Welt an ihnen vorüberzieht.

In dem Moment fischt ein Mann mit einer dicken Hornbrille und einer Baskenmütze ein paar Münzen aus der Hosentasche, lässt sie auf seinen Tisch fallen und geht davon. Ich beeile mich, seinen Platz einzunehmen, und lasse mich rasch auf den schwarz-weißen Stuhl fallen. Neben mir sitzt eine Frau, zu deren Füßen mehrere Einkaufstaschen stehen, und spricht leise in ihr Handy. Aus einer der Taschen ragt ein Baguette, und mir läuft das Wasser im Mund zusammen, als mir der unwiderstehliche Geruch von frischem Brot in die Nase steigt. Ob es ihr wohl auffallen würde, wenn ich ein Stück abreiße? Kleiner Scherz. Obwohl, eigentlich …

Der Kellner, gekleidet in ein weißes Hemd und eine schwarze Schürze, sieht nur ein paar Jahre älter aus als ich. Er ist ganz süß, auf die verstrubbelte Art. Ich hoffe, er ignoriert mich für den Moment, denn ich weiß nicht, was ich bestellen möchte. Oder besser gesagt, ich weiß nicht, welche Bestellung von mir erwartet wird. Was bestellen glamouröse französische Mädchen zu trinken? Die Frau neben mir bedeckt ihr Mikro mit der Hand. Sie wendet sich dem Kellner zu und sagt: »*Un Perrier rondelle, s'il vous plaît.*«

Der Kellner nickt und geht davon. Ich spreche die Worte lautlos vor mich hin. »*Un Perrier rondelle, s'il vous plaît.*« Ich wiederhole den Satz wieder und wieder und bemühe mich, ihre Aussprache nachzuahmen und mich zu erinnern, wo die Betonungen waren.

Nach ein paar Minuten kommt der Kellner mit einer kleinen grünen Mineralwasserflasche zurück. Er gießt das Wasser in ein großes Glas, an dessen Rand einen Zitronenscheibe steckt. Er stellt außerdem eine Schüssel mit Chips auf den Tisch und legt die Rechnung daneben. Die Frau dankt ihm mit einem Nicken, bevor sie ihr Telefongespräch weiterführt. Es ist nicht so schwer, sage ich mir. Das schaffe ich.

Der Kellner wendet sich mir zu, um meine Bestellung aufzunehmen. »*Et vous, mademoiselle?*« Und für Sie, Fräulein?

Es klingt förmlich, aber irgendwie auch charmant. Er lächelt, während er auf meine Antwort wartet. Ich lächle zurück.

»*Vous avez choisi?*« Er fragt, ob ich weiß, was ich möchte, ohne seinen Blick von mir zu nehmen. Komm schon, Mia, konzentriere dich. Ich setze mich gerade hin, mit hoch erhobenem Kopf – einmal eine Ballerina, immer eine Ballerina – und sage: »*Un Perrier rondelle, s'il vous plaît.*«

»*Tout de suite*«, erwidert er. Kommt sofort.

Er hat nicht gezuckt. Er hat nicht gezögert. Er hat mich auf Anhieb verstanden Ich strahle über das ganze Gesicht.

Kurz darauf kommt er mit meinem Getränk wieder, und ich schwöre, er nimmt sich so viel Zeit wie möglich, alles abzustellen. Sein Blick huscht zu mir, und die Andeutung eines Lächelns umspielt seine Lippen. Flirtet er etwa mit mir?

»*C'est mon premier jour à Paris*«, sage ich auf eine Weise, die hoffentlich niedlich klingt. Das ist mein erster Tag in Paris.

»*La chance!*«, erwidert er. Glückspilz!

Ich nicke und beiße mir auf die Unterlippe. Ein paar Tische entfernt winkt ihm jemand zu, aber er rührt sich nicht vom Fleck. Okay, Mia. Das reicht. Du hast keine Zeit für einen Freund, weißt du noch? Jedenfalls habe ich das zu Cameron gesagt, nachdem wir im letzten Winter ein paar Wochen miteinander gegangen waren. Seine Familie wohnt nur wenige Häuser weiter, aber mit Schule und Ballett hat es einfach nicht funktioniert.

Ich gebe zu, anfangs war es schön, einen Freund zu haben. Nach jeder Verabredung hat Cameron mir einen Link zu einem Song geschickt, der ihn an mich erinnert hat. Dann hat er vorgeschlagen, dass wir mehr Zeit zusammen verbringen, und wurde jedes Mal sauer, wenn ich zum Ballett gegangen bin. Ich hatte ihn gern, aber … das hat ziemlich genervt. Eines Abends waren wir bis nach Mitternacht unterwegs, haben nach einem Film noch geredet und rumgeknutscht. Am nächsten Tag habe ich meinen Wecker überhört und kam zu spät zum Ballettunterricht. Meine Lehrerin hat mich nicht mehr reingelassen, obwohl ich sie angefleht habe. Am Nachmittag desselben Tages habe ich mit Cameron Schluss gemacht.

»*À bientôt, j'espère*«, sagt der Kellner im Gehen. Ich hoffe, wir sehen uns.

Sein Blick ruht noch einen Moment auf mir, und mein Herz klopft schneller.

»*Merci*«, sage ich. Meine Wangen müssen knallrot sein.

Ich nippe an meinem Sprudelwasser, lehne mich auf dem knarrenden Stuhl zurück und genieße den Augenblick. Mein Blick wandert hinauf zum abendroten Himmel. Die Sonne geht hier so spät unter, als wüssten die Abende, dass sie magisch sind und so lange wie möglich andauern müssen. Ich atme die warme, süße Sommerluft ein. Und das Beste daran? Es ist bloß der erste Tag. Hallo, Paris. Hier bin ich.

Kapitel 4

»Sie werden hier bei uns nur erfolgreich sein, wenn Sie begreifen, dass es keinen Platz für Fehler gibt, keine Pausen«, erklärt uns Monsieur Dabrowski, als wir für die erste Stunde des Nachmittagsunterrichts unsere Position an der Stange einnehmen. »Ihnen wurde eine unglaubliche Chance geschenkt. Vergeuden Sie sie nicht. Von diesem Moment an verlange ich absolute Hingabe von Ihnen.«

Ich möchte unbedingt meine absolute Hingabe unter Beweis stellen, ich bin nur nicht sicher, ob mein Körper der Aufgabe gewachsen ist. Nach meinem traumhaften Abend, an dem ich in Paris herumgewandert bin und niedlichen Kellnern schöne Augen gemacht habe (na schön, nur dem einen), habe ich kaum geschlafen. Jetzt fühlen sich meine Glieder steif an. Mom hatte mich vor den Auswirkungen des Jetlags gewarnt, aber ich hatte angenommen, ich würde zu aufgeregt sein, um sie zu spüren.

Das war ein Irrtum. Wenigstens habe ich das Glück, dass auf Englisch unterrichtet wird und ich mir nicht den Kopf zerbrechen muss, um zu verstehen, was unser geschätzter Lehrer gerade sagt.

Lucy wirft mir einen raschen Blick zu. Ich weiß, wir denken dasselbe. Monsieur Dabrowski war gestern beim Abendessen *das* Gesprächsthema. Wir hatten vor unserer Ankunft in Paris alle die Gerüchte gehört. Monsieur Dabrowski hat unser Schicksal in der Hand. Er bringt manchmal Tänzer zum Weinen. Um Ablenkungen zu vermeiden, trägt er nur schwarz. Und er lobt niemals jemanden während des Unterrichts.

Bisher ist er genauso, wie ich es erwartet habe, insbesondere nachdem ich die paar Filme angeschaut habe, in denen er mitgemacht hat. Er spielt immer einen Balletttänzer oder Choreografen, und er wirkt im echten Leben genauso geheimnisvoll und distanziert wie auf der Leinwand.

»Ich werde jede Einzelne von Ihnen genau beobachten. Ich möchte sehen, wie Sie sich bewegen, wo Ihre Schwächen liegen. Haben Sie in Ihrem fünfminütigen Video alles von sich gezeigt? Steckt darüber hinaus in Ihnen das, was man braucht, um sechs Wochen intensiven Balletttrainings zu überstehen? Werden Sie einer der Schwäne in der Abschlussaufführung sein? Werden Sie die Gelegenheit bekommen, vor der gesamten Schule zu glänzen?«

Während er spricht, trifft mich der Jetlag erneut mit voller Härte. Mein Mund wird trocken, und meine Augenlider werden schwer. Jedes *relevé* brennt in meinen Waden, obwohl ich gestern nach dem Abendbrot fast eine Stunde lang Dehnübungen gemacht habe. Audrey hat darauf bestanden, dass ich sie nicht in unserem Zimmer mache, weil sie absolute Ruhe bräuchte, also habe ich mir meinen Schaumstoffroller geschnappt und mich mit ein paar anderen Mädchen auf dem Boden des Gemeinschaftsraums breitgemacht. Wir haben alle Grimassen geschnitten, während unsere Oberschenkelmuskeln den schmerzhaften Zug zu spüren bekamen.

Ich frage mich, wie Audrey sich macht und ob Monsieur Dabrowski in ihrer morgendlichen Unterrichtsstunde noch strenger war. Er ist der *maître de ballet* der Stufe Fünf, bewertet die Schüler der beiden höchsten Stufen aber am ersten Tag noch einmal persönlich, was bedeutet, dass dies unsere erste und letzte Stunde mit ihm sein wird. Gott sei Dank.

Es knackt, als ich den Kopf zur Seite drehe. Ich würde ihn so gern einmal kreisen lassen, aber ich widerstehe dem Drang. Ich werde mir in seiner Gegenwart auf keinen Fall eine Blöße geben. Die Sohlen meiner Füße sind wund vom vielen Laufen gestern und meine Schultern verspannt. Es ist, als würde mein Körper den Preis für mein heißes Date mit Paris zahlen. Vielleicht hätte ich nicht so lange in dem Café bleiben, mir den Sommerwind durchs Gesicht wehen lassen und hoffen sollen, der Kellner würde zurück an meinen Tisch kommen, um nach mir zu sehen. Und als er es tat, und das sogar zweimal, redete ich mir ein, es wäre eine gute Gelegenheit, mein Französisch zu verbessern. Aber vermutlich habe ich mich nur von der Vorstellung hinreißen lassen, in der romantischsten Stadt der Welt zu sein. Es gefiel mir, Mia Jenrow zu sein, angehende *Parisienne*, die sich an einem wunderschönen Sommerabend einen witzigen Schlagabtausch mit einem süßen Typen liefert. Ich kam mir so erwachsen vor, charmant, gewagt und überhaupt nicht wie ich selbst. Jetzt bin ich einfach nur müde.

»Drehen Sie die Spitzen weiter nach außen, Lucy. Und mit weiter meine ich viel weiter. Ihr *maître de ballet* wird jeden Tag mehr von Ihnen allen verlangen. Mehr, mehr, mehr!«

Ich höre, wie Lucy scharf einatmet, als sie seine Forderung erfüllt. Ihre Beine zittern, so sehr kämpft sie darum, die perfekte Außendrehung in der vierten Position zu vollziehen. Den Bruchteil einer Sekunde nur verzieht sie schmerzerfüllt das Gesicht, aber das reicht, damit Monsieur Dabrowski sie ertappt.

»Gibt es ein Problem?«, fragt er. Er bleibt direkt vor uns stehen, seine Haltung ist perfekt und seine Miene streng.

Lucy antwortet nicht, zuckt nicht einmal mit der Wimper. Sie weiß, dass er keine Antwort von ihr erwartet, nur die korrekte Ausführung seiner Anweisungen.

»Anouk, wo haben Sie dieses *grand jeté* gelernt? Es sieht aus, als wollten Sie den Boden aufwischen. Zeigen Sie ein wenig Anmut! Das hier ist eine Ballettschule, keine Diskothek.«

»Mellie, nennen Sie das etwa Spitzentanz? Haben Sie all Ihr Können zu Hause gelassen?«

Er kennt all unsere Namen und studiert uns von Kopf bis Fuß, aber zu mir sagt er nichts, was mich sehr beunruhigt – ist die Hoffnung bei mir noch mehr verloren als bei allen anderen? Ich warte darauf, dass er sagt: »Blick nach vorn, Mia, Blick nach vorn!«

Ich könnte schwören, er verfolgt dennoch jede meiner

Bewegungen. Ich frage mich, ob er das Zittern meiner Muskeln bemerkt, und meine ungeheure innere Anspannung. Auf meiner Stirn bilden sich Schweißperlen, kleine Bäche rinnen zwischen meinen Schulterblättern entlang. Vielleicht war Audrey zu recht überrascht, dass ich es in das Programm geschafft habe. Vielleicht bin ich nicht gut genug hierfür.

Als die Stunde endet, bin ich so enttäuscht von mir, dass ich die Wadenkrämpfe nicht einmal spüre. Tränen brennen in meinen Augen, während Lucy, Anouk und ich die Spitzenschuhe ausziehen. Ich konzentriere mich auf die rosa Seidenbänder, wickle sie sorgfältig um die Schuhe, bevor ich meine Zehen von den Bandagen befreie.

»Mademoiselle Jenrow.« Mein Kopf fährt beim Klang von Monsieur Dabrowskis Stimme hoch, der mich vom anderen Ende des Studios aus zu sich winkt. Ein weiteres Gerücht erweist sich als wahr: Während des Unterrichts spricht er uns nur mit unseren Vornamen an. Ansonsten zieht er das formelle Mademoiselle und Monsieur vor. »Auf ein Wort bitte«, fügt er hinzu.

Mein Herz wird schwer. Es ist schlimmer, als ich dachte.

Er wartet, bis alle anderen gegangen sind. Ein paar haben mir beim Gehen mitleidsvolle Blicke zugeworfen, was meine Vermutung bestätigt, dass dies hier nicht normal ist.

»Ich habe Sie beobachtet«, beginnt Monsieur Dabrowski.

Ich wage kaum zu atmen. Sollte ich betteln? Ihn anflehen, mir noch eine Chance zu geben? Ich versuche, die richtigen Worte zu finden, aber mein Kopf ist vollkommen leer.

»Und ich habe entschieden, dass Sie in Stufe Vier nicht richtig aufgehoben sind.«

Er setzt sich und deutet auf einen Stuhl neben sich, aber selbst wenn ich wollte, könnte ich in diesem Moment keinen Muskel rühren. Auf keinen Fall weinen, sage ich mir immer wieder. Auf gar keinen Fall weinen.

»Sie sind eine talentierte Tänzerin«, fährt Monsieur Dabrowski fort, der offensichtlich keinen Schimmer davon hat, welcher Sturm gerade in meinem Herzen tobt.

Ich nicke. Ich weiß, dass ich eine gute Tänzerin bin. Ich arbeite hart. Ich gebe niemals auf. Ich trainiere stundenlang, bis mein Körper sich meinem Willen beugt. Ich strebe danach, mich auf eine Weise durch den Raum zu bewegen, die mich etwas fühlen lässt. Aber ich weiß, dass Monsieur Dabrowski mich nicht loben will. Er bemüht sich nur, den Schlag abzumildern. Irgendwie wird es dadurch noch schlimmer.

»Dieser Sommer stellt eine große Herausforderung dar. Aber was ich heute gesehen habe, hat mich zu der Annahme veranlasst, dass Ihre Fähigkeiten nicht dieser Stufe entsprechen. Vielleicht wird es zu schwer für Sie, ich bin mir nicht sicher ...«

Mein Kinn beginnt zu zittern. Jetzt muss ich mich doch setzen. Meine Beine drohen unter mir nachzugeben, als ich mich auf den Stuhl neben ihm sinken lasse. Wenn man bedenkt, dass ich gestern Abend noch das Gefühl hatte, die Welt erobern zu können. Er wird mir jeden Moment sagen, dass ich herabgestuft werde und ab sofort in Stufe Drei tanze, nicht wahr? Oder dass ein Fehler passiert ist und ich niemals in das Programm hätte aufgenommen werden dürfen. Vielleicht hatte Mom die ganze Zeit über recht.

»Ich habe beschlossen, Sie in Stufe Fünf zu befördern.« Monsieur Dabrowski sieht mich an, er wartet auf meine Reaktion.

»Sie haben … was?« Mehr bringe ich nicht heraus. Bestimmt habe ich mich verhört.

»Sie werden ab morgen in Stufe Fünf trainieren. Sehen Sie zu, dass sie dem Sekretariat einen Besuch abstatten und sich den neuen Stundenplan geben lassen. Und seien Sie darauf vorbereitet, härter zu arbeiten als je zuvor.«

Stufe Fünf! Oh. Mein. Gott. Das passiert gerade wirklich. Ich strahle über das ganze Gesicht. »*Merci!* Vielen Dank. *Beaucoup, beaucoup.*«

»Ich tue Ihnen damit keinen Gefallen«, sagt Monsieur Dabrowski mit hochgezogenen Augenbrauen, offensichtlich erstaunt über mein aufgeregtes Gebrabbel. »Und ich behalte mir vor, meine Meinung zu ändern, sollte sich herausstellen, dass Sie das Niveau des Kurses beeinträchtigen.«

Ich nicke und zwinge mich, das Strahlen einzustellen. Er soll sehen, wie ernst ich die Sache nehme.

Er schweigt einen Moment, und ich frage mich, ob dies sein Hinweis ist, dass ich entlassen bin. Unsicher bleibe ich auf der Stuhlkante hocken.

Monsieur Dabrowski steht auf, sammelt die Blätter zusammen, die auf dem Klavier liegen, und wendet sich dann erneut mir zu.

»Sie dürfen nun gehen, aber stellen Sie sicher, morgen in der korrekten Kleidung zum Unterricht zu erscheinen«, sagt er. Ich blicke an mir hinab. Ich trage die gestrickten

Stulpen, die ich nach der Stunde immer über meine rosafarbene Strumpfhose ziehe, und mein graues Trikot natürlich. Ich war so stolz, als ich es heute Morgen anzog. Am liebsten hätte ich mit Grandma geskypt, als ich fertig war, aber dann ist mir eingefallen, dass es zu Hause noch mitten in der Nacht war.

»Wie bitte?« Ich habe keine Ahnung, was er meint. Meine Schuhe sind brandneu. Ich habe extra für diese Reise vier Paar neue gekauft.

Monsieur Dabrowski seufzt genervt. »Schüler der fünften Stufe tragen das klassische Trikot von Repetto, weiß und ärmellos. Das hat Tradition an unserer Schule.«

»Ich habe kein weißes Trikot«, sage ich leise. »Ich bin nicht sicher, ob ich heute Abend …« Ich verstumme, als ich seinen verächtlichen Gesichtsausdruck bemerke.

»Die Regeln gelten für alle, Mademoiselle Jenrow. Es wird keine Ausnahme geben. Es ist eine Ehre, Stufe Fünf zugeteilt zu sein.«

»Ich bin geehrt! Sehr sogar. Es ist nur …«

»Es ist nur was?«

Ich gucke zu Boden, aber ich spüre seinen Laserblick auf mir ruhen. »Ich werde mein Bestes geben«, sage ich verzweifelt.

Einen kurzen Moment ziehe ich in Erwägung, mir ein Trikot von Audrey zu borgen, aber abgesehen davon, dass wir nicht dieselbe Größe haben, kann ich mir nicht vorstellen, dass sie so großzügig wäre, meinen Allerwertesten zu retten.

Monsieur Dabrowski schnalzt mit der Zunge. »Es klingt ganz so, als wäre Ihr Bestes vielleicht nicht gut genug. Ich möchte meine Entscheidung nicht bereuen müssen.«

»Das werden Sie nicht, Monsieur Dabrowski. Ich verspreche es.«

Und um mein Versprechen zu halten, werde ich die Stadt so lange durchforsten, bis ich dieses ominöse Trikot in den Händen halte. Auf die Plätze, fertig …

Kapitel 5

Los. Laut Routenplaner wird es ungefähr fünfundzwanzig Minuten dauern, zum Repettoladen zu gelangen, der in einer halben Stunde schließt. Jetzt wäre wahrscheinlich der passende Zeitpunkt, in Panik auszubrechen. Mit schweißnassen Händen suche ich weiter. Ein paar Straßen von der Schule entfernt gibt es noch eine Filiale, aber die hat schon geschlossen.

Ich werfe einen letzten Blick auf die Karte, stürme die Treppe hinunter und reiße die Tür nach draußen auf. Die Ledertasche auf der Außentreppe sehe ich erst, als es zu spät ist. Noch im Stolpern gelingt es mir, das Gleichgewicht wiederzuerlangen – jede Ballerina, die ihr Tutu zu Recht trägt, verfügt über die perfekte Balance –, aber der Inhalt der Tasche fliegt durch die Luft.

»Ahh!«, kreische ich.

»*Enfin!*«, ruft jemand. Endlich.

Der Ruf stammt von einem Jungen in meinem Alter, der am Fuß der Treppe steht und seine Sachen anstarrt, die nun überall verteilt liegen.

Ich habe keine Zeit für das hier.

»*Oh, c'est pas toi*«, murmelt der Junge in sich hinein, als er hochblickt und mich sieht. Du bist es gar nicht.

Er ist nicht sehr groß, ungefähr Durchschnitt, aber das ist das einzig Durchschnittliche an ihm. Er ist schlank, sein zerknittertes Leinenhemd sitzt locker, dichte dunkelbraune Haare fallen ihm so tief in die Stirn, dass sie ein Auge verdecken. Und sogar während er die Stirn runzelt, hat er ein unwiderstehliches Grübchen.

Ich starre ihn entgeistert an, also wechselt er ins Englische: »Du bist nicht … egal.«

Um das klarzustellen, meine Sprachlosigkeit hat rein gar nichts damit zu tun, dass er Französisch spricht. Es liegt allein daran, dass er der schönste, nein, süßeste, nein, charmanteste, nein, attraktivste, nein, hinreißendste Junge ist, den ich je gesehen habe.

Ja, das ist eine gewagte Behauptung, aber sie ist wahr. Sie ist so wahr, dass ich an Ort und Stelle erstarre. So wahr, dass ich kein Wort herausbringe. So wahr, dass ich vollkommen vergessen habe, was ich eigentlich tun müsste.

»Bist du Britin?«, fragt der Junge und kommt mir ein paar Stufen entgegen. Er mustert die Sachen auf dem Boden – seine Schlüssel, ein Handyladegerät, eine Sonnenbrille –, und mir wird bewusst, dass ich ihm beim Aufheben helfen sollte. Ich knie mich neben ihn, und unsere Hände berühren sich fast, als wir beide nach seinen Schlüsseln greifen.

»Amerikanerin«, erwidere ich. Meine Kehle ist wie zugeschnürt, und das Wort kommt als raues, kaum hörbares Flüstern heraus. Total unattraktiv. Zu allem Übel bin ich mir ziemlich sicher, dass ich ein knallrotes Gesicht habe, und das ist nicht nur meiner Unterhaltung mit Monsieur Dabrowski und dem Treppensprint zuzuschreiben.

»*Américaine*«, korrigiere ich mich. »*Mon français … pas très bon.*« Ich zucke zusammen. Ich klinge wie ein Kind. Beim Erlernen einer neuen Sprache lautet die erste Regel doch bestimmt, dass man in der Lage sein sollte, in ordentlichem Französisch zu erklären, dass man kein Französisch spricht.

»Es ist gut genug«, antwortet er in tadellosem Englisch. Seine Aussprache ist fast perfekt, sein Akzent kaum zu hören. »Die meisten Mädchen, die herkommen, sprechen noch immer kein Wort Französisch, wenn sie wieder abreisen.«

Der Junge stopft seine Sachen in die Tasche und streift sie sich über die Schulter. Als er aufsteht, wirft er einen Blick an mir vorbei zur Eingangstür und versucht, etwas auf der anderen Seite des Glases zu erspähen.

»*Je prends des leçons sur …* ähm, ich habe eine App«, sage ich und stehe mit einem, wie ich hoffe, niedlichen Lächeln ebenfalls auf. Ich sollte besser noch in einigen anderen Dingen Unterricht nehmen: Wie man charmant klingt, egal in welcher Lage man sich befindet, und wie man ans andere Ende von Paris gelangt, während man herumsteht und einen mysteriösen Jungen anlächelt. Oh, und wie man herausbekommt, ob man ihn wiedersehen wird, ohne wie eine Stalkerin zu klingen. Im Grunde geht es also um die Grundlagen des Flirtens, der Teleportation und des Gedankenlesens. Verglichen damit erscheint mir Französisch plötzlich wie ein Klacks.

»Ich bin übrigens Louis«, sagt der Junge mit einem Handwedeln.

Er spricht es Lu-i aus. Französisch. Logischerweise. Es klingt dermaßen süß, dass ich mir wünsche, er würde es noch einmal sagen.

»Ich bin …«, beginne ich, bevor ich mich einen Moment in seinem Lächeln verliere. Da fällt mir schlagartig meine wilde Repetto-Hatz wieder ein. »Ich bin spät dran. Ich bin superspät dran!«

Trotzdem rühre ich mich nicht vom Fleck. Amüsante Tatsache über diese Straße: Mit den über die Brüstungen hängenden Pflanzen und Blumentöpfen, den altmodischen Straßenlaternen, den Geigenklängen, die aus einem nahegelegenem Appartement dringen, und den vielen Fahrrädern mit ihren hübschen Drahtkörben ist sie wie geschaffen dafür, dass Menschen sich hier verlieben. Es ist beinah schon zu romantisch.

»Dann sollte ich dich wohl besser gehen lassen … ich warte auf … jemanden«, erklärt Louis.

Er wartet auf ein Mädchen. Natürlich. *Seufz.*

»Ich glaube, alle sind weg«, sage ich. Mir ist auf dem Weg nach draußen niemand begegnet.

»Ich sollte vielleicht anrufen …« Louis verstummt. Er wirkt ein wenig traurig.

»Okay, also dann …« Ich wende mich zum Gehen.

Er ignoriert sein Handy jedoch und sieht weiter mich an. Ich kann ihn nicht so stehen lassen, das wäre extrem unhöflich. Aber ich darf auch das Versprechen nicht brechen, das ich Monsieur Dabrowski gegeben habe. »Ich muss dieses Trikot besorgen, sonst darf ich morgen nicht zum Unterricht erscheinen. Mein Lehrer ist … Lass uns einfach sagen, dass mein Leben mehr oder weniger vorbei wäre, wenn ich es nicht rechtzeitig in den Laden schaffe.«

Das Lächeln kehrt in Louis Gesicht zurück, und ich höre auf mich zu fragen, warum ich ihm das alles erzähle. Es ist schließlich nicht so, als hätte er danach gefragt.

»Ein echter Ballettnotfall«, sagt er. »Du bist auf dem Weg zu Repetto in der Rue de la Paix, oder?« Er folgt mir die Treppe hinunter und bleibt vor einer Vespa stehen, die mir erst jetzt auffällt.

Ich nicke. Nicken ist großartig. Es ist in jeder Sprache gleich.

Louis öffnet ein Fach, in dem zwei Helme verborgen sind. »Sieht ganz danach aus, als hätten sich meine Pläne für heute gerade geändert.« Mit einem Lächeln bietet er mir einen der Helme an.

Meine Arme werden zu Spaghetti. Auf keinen Fall schlägt er gerade vor, was ich denke. Oder?

Louis setzt seinen Helm auf, schwingt ein Bein über den Sitz des Rollers und lässt den Motor an. »Kommst du? Wir haben nicht viel Zeit.«

Ich verkneife mir ein Grinsen. Gut eingefädelt, Paris. Gut eingefädelt.

***

Wir brausen durch den Marais, vorbei an unzähligen schicken Boutiquen, biegen dann auf einen großen Boulevard (hinein in ein Motorrollergewimmel!) und fahren eine Weile den bildhübschen Kanal Saint-Martin entlang. Obwohl das alles atemberaubend ist, kann ich an nichts anderes denken, als an meine Hände, die sich um die Taille dieses Jungen schließen. Klammere ich zu fest? Das tue ich, ich klammere viel zu sehr! Ich könnte einfach behaupten, ich hätte Angst gehabt und dass ich noch nie zuvor auf einer Vespa gesessen hätte. Genau, nur dass er mich dann für ein albernes amerikanisches Mädchen halten wird, das vor allem Angst hat. Ich zwinge meine Hände lockerzulassen, was nur dazu führt, dass ich seine festen Bauchmuskeln unter dem dünnen T-Shirt noch besser spüre. Mein Puls beschleunigt sich.

Louis fährt einen routinierten Zick-Zack-Kurs zwischen den Autos und Bussen hindurch, weicht Fahrradfahrern aus und schafft es auch noch, lange genug in den Rückspiegel zu blicken, um mir zuzulächeln *und* zuzuzwinkern. Was tue ich hier bloß? An einen Typen gepresst, den ich überhaupt nicht kenne? Ich vermute, Paris hat mir den Kopf verdreht. Streicht das. Ich weiß, dass mir Paris den Kopf verdreht hat.

Kurz bevor wir in die Rue de la Paix biegen, erhasche ich einen Blick auf die *Opéra Garnier – die* Opéra Garnier! – und ich verrenke mir den Hals, um die überbordende Stuckfassade durch das schmale Visier besser sehen zu können. Louis schießt auf den Bürgersteig vor dem Repettoladen. Noch während er parkt, ziehe ich mir schon den Helm aus. Es bleibt keine Zeit, die Haare zu richten oder das über und über mit Perlen verzierte Ballettkostüm im Schaufenster zu bewundern. Ich rase los, doch dann fällt mir ein, dass ich eine wichtige Sache vergessen habe. »Danke, danke, danke!«, rufe ich über die Schulter zurück. »Merci, meine ich.«

Louis wirft mir sein Grübchenlächeln zu.

Doch damit hat meine Glückssträhne ein Ende.

»*Désolee, nous sommes fermés*«, sagt die Verkäuferin, kaum dass ich den Laden betreten habe. Tut mir leid, wir haben geschlossen. Ihr schwarzer Bob umrahmt ein eckiges Gesicht. Als ich nichts erwidere, wedelt sie mit dem Schlüsselbund in ihrer Hand, um mir zu zeigen, dass sie gerade abschließen wollte. Ich krame all mein Französisch zusammen, um mein Problem zu erläutern und sie von dem extremen Notfall zu überzeugen, aber die Frau zuckt nur mit den Schultern und sagt, dass sie morgen wieder öffnen.

»Aber dann wird es zu spät sein! *J'ai besoin d'un, non deux, non … trois … um …* leotards *blancs, maintenant!*«, sage ich, als die Türklingel ertönt. Es ist Louis. Ich hatte angenommen, er wäre schon gefahren. Das Letzte, was ich will, ist, dass er mich mit hochroten Wangen in lausigem Französisch um ein Trikot betteln hört, während die Verkäuferin mich ungerührt mustert. Er hat mir mit der Fahrt hierher einen riesengroßen Gefallen getan, ich kann ihn nicht schon wieder um Hilfe bitten, ich kenne ihn ja kaum.

»Louis!«, sagt die Verkäuferin lächelnd.

»*Christine, comment ça va?*« Christine, wie geht es dir?

Er kommt näher, um ihr *la bise* zu geben. Einen Kuss auf jede Wange.

Ich blicke verwirrt von einem zum anderen. Louis ist kein Schüler unserer Schule, er wäre mir aufgefallen. Er hat erwähnt, dass er vor der Schule auf jemanden gewartet hat, aber das erklärt nicht, warum er sich mit der Angestellten dieses berühmten Ballettladens duzt. Sie plaudern eine Weile, aber sie reden so schnell, dass ich nicht mitbekomme, worum es geht.

»Alles okay?«, fragt Louis mich. »Du wirkst … durcheinander.«

Durcheinander beschreibt das Gefühlschaos in meinem Innern nicht einmal annähernd.

Die Frau guckt schmollend von mir zu Louis. »Na schön, ich hole sie dir«, sagt sie auf Französisch zu ihm.

An mich gerichtet deutet sie nur auf die weichen Samtsessel in der Mitte des Raumes. Sobald sie im hinteren Teil des Ladens verschwunden ist, atme ich tief durch. »Du hast mir gerade das Leben gerettet.«

»Das höre ich andauernd«, erwidert Louis ernst.

Ich stoße ein Kichern aus.

»Das war ein Scherz«, sagt er. »So eine gewaltige Ballettkrise löse ich nicht für jeden.«

Ich lasse mich kopfschüttelnd in den weichen rosaroten Sessel fallen. »Du machst dir ja keine Vorstellung, in welchen Schwierigkeiten ich gesteckt habe. Unser Lehrer ist superstreng. Ich meine, das sind sie alle, aber er setzt dem Ganzen die Krone auf. Er sagt Dinge wie: ›Ich akzeptiere nichts anderes als absolute Perfektion von meinen Schülern.‹« Ich ahme Monsieur Dabrowskis harschen Tonfall nach.

Louis setzt sich mit einem amüsierten Grinsen neben mich. Wahrscheinlich sollte ich das als Hinweis werten, mit reden aufzuhören, aber das mache ich nicht.

»Ich weiß, er gilt als der Beste der Besten«, fahre ich fort. Der von mir abfallende Stress hat mir die Zunge gelöst. »Aber er ist so furchteinflößend. Im Ernst, in seiner Gegenwart gefriert einem das Blut in den Adern. Ich wette, er wird sagen, dass mein Trikot nicht den richtigen Weißton hat und mich dann rauswerfen.«

Louis beißt sich auf die Unterlippe. »Du hast mir übrigens noch immer nicht deinen Namen verraten.«

Ich möchte im Boden versinken. »Entschuldige!«

»*Salut*, Mademoiselle Entschuldige.«

Meine Wangen werden zum ungefähr zehnten Mal brennend heiß und Louis lacht. »Mia! *Je m'appelle Mia.*«

»Schön dich kennenzulernen, Mia.«

Ich bin im Begriff, etwas hinzuzufügen, als Louis mich unterbricht: »Und ich habe dir meinen noch nicht genannt. Aber das sollte ich wohl.«

»Du heißt nicht Louis?«, frage ich. Es kommt lauter heraus, als ich wollte.

Er lacht. »Nein, ich meine meinen ganzen Namen. Ich bin Louis Dabrowski. Und dein *maître de ballet*, der furchteinflößende Mann, der dir das Blut in den Adern gefrieren lässt ... ist mein Vater.«

»Oh«, sage ich mit offenstehendem Mund. Das lässt sich nicht wiedergutmachen. Es sei denn, ich fände rein zufällig in genau diesem Moment eine Zeitmaschine, aber ich befürchte, da besteht keinerlei Hoffnung. Unglücklicherweise.

»Ja«, sagt Louis mit einem entschuldigenden Blick.

Ich schwöre, er würde am liebsten losprusten, aber ich verstehe echt nicht, was daran so lustig sein soll. Hitze kriecht meinen Nacken hoch.

Habe ich etwa mit dem Sohn des knallhärtesten Ballettlehrers von ganz Paris geflirtet? O nein, Mia! *Non!* Mir ist egal, wie süß er ist – sehr süß, *so* süß – es ist einfach keine gute Idee. Vielleicht springst du das nächste Mal nicht auf die Vespa eines vollkommen Fremden?

Ich habe schon so viele Fehler begangen, dass ich nicht sicher bin, ob ich die erste Woche hier überleben werde. Und mal ehrlich, wenn Monsieur Dabrowski jemals erfährt, was ich über ihn gesagt habe, sitze ich schneller im nächsten Flieger nach New York, als ich ein *saut de chat* ausführen kann.

Kapitel 6

Das hier waren Moms Worte, als ich ihr von meiner Beförderung in Stufe Fünf erzählte: »Hm, das klingt nach einer Menge harter Arbeit.«

Ich glaube es war das *Hm*, das mich so traurig machte. Es war, als könne sie nichts Gutes daran finden, dass ich nun zur absoluten Spitze aller Tänzerinnen hier zähle.

»Damit stelle ich wohl nur das Offensichtliche fest«, fügte sie nach einer Weile hinzu.

»Stimmt«, erwiderte ich knapp.

Wir facetimeten gerade. Sie war in der Küche, und neben ihr stand eine Backform voller Brownies, frisch aus dem Ofen. Wie gern hätte ich einen davon gehabt. Aber okay, ich war in Paris. Ich konnte nicht alles haben. Niemand kann das.

»Ich freue mich für dich, Mia.«

Wirklich?, hätte ich am liebsten gefragt. Ich tat es

nicht, aber die Frage muss mir ins Gesicht geschrieben gestanden haben.

»Ehrlich, das tue ich. Es klingt großartig. Herzlichen Glückwunsch.«

»Hm«, entgegnete ich mit einem Kloß im Hals.

Kurz darauf beendeten wir das Gespräch. Ich wusste nicht, was ich sonst noch hätte sagen sollen, und Mom war spät dran für ihren Besuch bei Grandma.

Wie Mom prophezeit hat, bedeutet Stufe Fünf harte Arbeit. Es ist so harte Arbeit, dass ich mich ganz auf das Ballett konzentrieren muss, was auch der Grund dafür ist, dass ich den Rest der Woche nicht mehr an Louis denke. Ich stelle mir nicht mitten beim Spitzentanzunterricht sein Lächeln vor oder erinnere mich daran, wie es war, meine Arme um ihn zu schlingen, während ich lerne, meine Haltung bei der *arabesque* zu verbessern. Ich gehe auch unsere Unterhaltung nicht Wort für Wort durch, während ich mit Lucy und Annouk beim Mittagessen sitze. Ich frage mich nicht jedes Mal, wo er ist, wenn ich an einer Reihe ordentlich am Straßenrand aufgebockter Motorroller vorbeikomme. Ich hoffe nicht jeden Abend, dass er vor der Schule warten wird, wenn ich nach einem langen Tag mit den Mädchen ins Wohnheim zurückkehre.

Im Ernst. Das tu ich nicht. Ehrenwort. Ich winde mich innerlich bei der Erinnerung an meinen albernen Ausbruch über seinen Dad und mein gebrochenes Französisch im Ballettladen. Danach war ich so beschämt, dass ich nur ein »Danke« gemurmelt habe und aus dem Laden gerannt bin. Ich habe ihn da einfach stehen lassen. Ich hatte solche Angst, dass er seinem Dad all die dummen Dinge erzählen würde, die ich über ihn gesagt hatte. Doch Gott sei Dank hat er das wohl nicht getan. Monsieur Dabrowski ist ein strenger Lehrmeister, aber wenigstens scheint er mich nicht zu hassen. Als ich in meinem weißen Trikot zur ersten Stunde erschienen bin – natürlich zu früh –, hat er mir kurz zugenickt, und das war's dann.

»Kenza, Ihre Konzentration lässt nach!«, ruft Monsieur Dabrowski dem Mädchen zu meiner Linken zu. Sie stammt aus dem Senegal und hat den durchtrainierten Körper einer wahren Tänzerin. »Ich sehe es in Ihren Augen. Sie sind geistig nicht anwesend. Gibt es einen Ort, an dem Sie lieber wären?«

Kenzas Haltung verbessert sich augenblicklich, sie ist wieder voll da, hochkonzentriert und entschlossen.

Er baut sich vor ihr an der Stange auf und legt seine Hand darauf.

»*Dégagé devant, deux, trois, quatr*e. Zwei zur Seite, *coupé développé*«, sagt er, während er uns die Abläufe demonstriert. Er ist wie immer ganz in Schwarz gekleidet und scheint in seinem gespreizten kleinen Finger mehr Anmut zu haben als der Rest von uns zusammengenommen. »Umgekehrt, *plié*, *soutenu.* Seitenwechsel.«

Wir beginnen von Neuem, keine wagt, den Blick vom Dutt der Tänzerin vor sich abzuwenden.

»*Rond de jambe, et deux, et trois, et quatre, passé, développé, rond de jame en l'air, piqué, battement tendu.* Wir schließen mit der Fünften. Dann umgekehrt. Wiederholung im *relevé*«, erläutert er den Rest der Kombination. »Noch mal, Kenza. Alle anderen sehen ihr bitte dabei zu.«

Einen flüchtigen Moment blitzt ein gequälter Ausdruck in Kenzas Miene auf, aber sie nimmt mit einem souveränen Lächeln die fünfte Position ein und vollführt die

Übungen mit Leichtigkeit. Zumindest sieht es für mich so aus.

»*Non!*«, sagt Monsieur Dabrowski. »Ihr *ronde de jambe* ist zu hölzern. Und während der *piqué* muss Ihr Bein zu einhundert Prozent gestreckt sein. *Encore une fois!*« Noch einmal!

Kenza beginnt von Neuem, aber unser *maître* unterbricht sie beinah augenblicklich. »*Non, non, non. Regardez-moi.*« Sehen Sie mich an.

Er und Kenza wechseln sich die nächsten fünf Minuten ab. Kenza gibt sich keine Blöße, sie schiebt ihre Gefühle beiseite, damit sie ihr nicht im Weg stehen.

»Hier geht es nicht nur um das Körperliche, um die Technik«, sagt Monsieur Dabrowski, als er sie zum wiederholten Mal unterbricht. »Ihr Geist muss vollkommen bei der Sache sein, und zwar ausnahmslos.«

Fast bin ich davon überzeugt, dass er von mir spricht. Von dem Mädchen, das seine Zeit damit verplempert, mit gutaussehenden französischen Jungs zu flirten, und nicht aufhören kann, an sie zu denken. Na schön, an ihn.

Jetzt wendet Monsieur Dabrowski sich dem Rest der Klasse zu, sein Blick begegnet kurz meinem. Das Feuer in seinen Augen stellt einen solchen Kontrast zu dem gelösten, freundlichen Blick seines Sohnes dar. »Woran denken Sie alle gerade? Und woran werden Sie denken, wenn die Stunde vorüber ist?«

Natürlich antwortet niemand.

»Ballett ist etwas, das man nicht nur halb machen kann. Es muss ein Teil Ihrer Selbst sein, ein Teil Ihrer DNA. Andernfalls werden Sie scheitern.«

Ich bin nicht so weit gekommen, um zu scheitern. Ich

nehme die Schultern zurück und verbanne Louis aus meinen Gedanken. Und diesmal meine ich es ernst.

***

Ich habe fast mein ganzes Leben Ballett getanzt, aber dies ist das erste Mal, dass ich Tag für Tag von morgens bis abends trainiere. Meine Arme und mein Rücken schmerzen dermaßen, dass ich beim Abendessen kaum die Gabel zu halten vermag. Meine Beinmuskeln zittern noch lange, nachdem ich ins Bett gegangen bin. Kein noch so ausgiebiges Dehnen gibt mir das Gefühl, vollständig erholt zu sein. Meine Füße sind wund, sie glühen in einem permanenten Hellrot. Mein erstes Paar neuer Spitzenschuhe sieht so aus, wie ich mich fühle: verdreckt, ramponiert und völlig am Ende. Es ist erst eine Woche rum, und ich muss schon das zweite Paar präparieren.

Jeden Morgen frage ich mich, wie ich es schaffen soll, aufrecht an der Stange zu stehen, geschweige denn, einen Muskel zu bewegen. Aber wenn ich dort bin, geschieht etwas in meinem Kopf und in meinem Herzen, und ich bin wie neugeboren. Ballett bedeutet mir alles. Und das wird immer so sein.

Das einzig Schwierige ist, es mit jemandem zu teilen. Und nicht bloß mit irgendjemandem, sondern mit jemand Speziellem. Monsieur Dabrowski hat uns in Paare eingeteilt, um eine Duettvariante des Tanzes der kleinen Schwäne vorzuführen. Und ratet mal, wen er mir als Partnerin an die Seite gestellt hat?

Ich dachte, Audrey würde vor Wut platzen, als sie es erfuhr. »Das soll wohl ein Witz sein!«, fauchte sie auf dem

Weg aus dem Studio, nachdem Monsieur Dabrowski uns verkündet hatte, dass wir zusammen tanzen würden.

Nach meinem abenteuerlichen Trip zum Repetto hatte ich beim Abendessen freudestrahlend verkündet, dass ich in Stufe Fünf wechseln würde. Lucy hatte mich abgeklatscht, und viele andere hatten mir gratuliert. Audrey hatte sich einfach mehr Salat in den Mund geschaufelt und geräuschvoll kauend den Blick abgewandt. Jetzt sind wir auf jede erdenkliche Weise aneinandergekettet.

Der Tanz der kleinen Schwäne oder *pas de quatre*, in der Mitte des zweiten Aktes, ist einer der bekanntesten Teile aus *Schwanensee*. Er ist gleichermaßen technisch anspruchsvoll wie traumhaft schön, und diese vier Rollen sind direkt nach der Rolle der Odette die besten, die man sich wünschen kann. Monsieur Dabrowski lässt uns diesen Part aufführen, um besser entscheiden zu können, wer welche Rolle in dem berühmten Ballett bekommen soll.

Endlich ist der Freitag gekommen, der Tag des Vortanzens. Wie alle anderen Duos haben Audrey und ich nach dem Unterricht eine zusätzliche Stunde im Studio verbracht, um uns gegenseitig zuzuschauen und zu verbessern. Ich habe sie um Tipps gebeten, wie ich meine *attitude* verbessern kann – den Ballettschritt, nicht meine Einstellung. Und im Gegenzug habe ich sie daran erinnert, die Brust zu weiten, ohne verbissen zu gucken.

Ich würde nicht so weit gehen zu behaupten, dass ich froh bin, mit ihr zu tanzen, aber Audrey verfügt über großes technisches Können und ich kann jede Hilfe gebrauchen, die ich kriegen kann. Kurz bevor wir an der Reihe sind, überprüfe ich meinen Dutt im Spiegel, um sicherzugehen, dass sich kein Haar daraus gelöst hat. Ich weiß,

Monsieur Dabrowski wird selbst das kleinste Detail auffallen.

Wir nehmen unsere Positionen nebeneinander in der Mitte des Raumes ein. Alle Blicke sind auf uns gerichtet. Der Rest der Klasse hat sich dicht vor den Spiegeln aufgereiht. Monsieur Dabrowski nickt dem Klavierspieler zu und als die Musik einsetzt, beginnen auch wir, die Arme miteinander verschränkt, die Schritte synchron.

Am Ende stehen wir genau dort, wo wir begonnen haben, und warten darauf, dass er die nächste Gruppe aufruft. Aber das geschieht nicht.

Stattdessen stellt Monsieur Dabrowski mir die schlimmste Frage, die ich je beantworten musste. »Mademoiselle Jenrow, verraten Sie mir Mademoiselle Chapmans Schwächen. Wie könnte sie eine bessere Tänzerin werden?«

Audrey reißt die Augen auf. Sie ist genauso bestürzt wie ich, aber sie ist nicht diejenige, die antworten muss.

»Audrey ist eine tolle Tänzerin!«

Monsieur Dabrowski seufzt. »Danach habe ich nicht gefragt.«

Ich mustere Audrey verstohlen und sehe die Panik in ihren Augen. Über den Raum senkt sich vollkommene Stille. Audrey weiß, dass ich etwas sagen muss, sie hat nur Angst davor, was es sein könnte.

»Also …«

»Mir geht es dabei nicht nur um Mademoiselle Chapman«, sagt Monsieur Dabrowski. »Wenn Sie mir nicht sagen können, was sie verbessern muss, wie wollen Sie sich dann selbst verbessern?«

Ich hole tief Luft. Audrey ist praktisch perfekt … fast

zu perfekt. Ich habe sie schon Dutzende Male tanzen sehen, und manchmal kommt es mir vor, als würde ich einer batteriebetriebenen Tänzerin zuschauen. Ich versuche unsere Klassenkameraden zu vergessen, als ich sage: »Audrey weiß nicht, wie man Spaß beim Tanzen hat.«

Audreys Kinnlade fällt herunter, aber unser Lehrer nickt anerkennend und so fahre ich fort. »Ballett ist keine Wissenschaft, sondern eine Kunst. Man muss die Menschen etwas spüren lassen, und das kann man nur, wenn man selbst etwas fühlt.«

Als ich verstumme, legt sie sofort los: »Vielleicht habe ich nicht genug Gefühl, aber Mia hat dafür zu viel. Viel zu viel.«

Ich keuche auf. Es ist keine unfaire Beobachtung, und darum schmerzt sie wahrscheinlich umso mehr.

»Einverstanden«, sagt Monsieur Dabrowski zu ihr. »Fahren Sie fort.«

»Sie muss an ihrer Präzision arbeiten«, fügt Audrey gehorsam wie sie ist hinzu. »Sie kann nicht erwarten, dass die Schritte sich von selbst entwickeln. Mia muss lernen, die absolute Kontrolle über ihren Körper zu haben. Die absolute Kontrolle über alles.«

»*Très bien*, Mädchen. Ich habe alles gesehen, was nötig ist.«

Audrey und ich merken auf, genau wie alle anderen im Raum.

Er sagt nichts weiter. Trotzdem wissen wir, dass er von der Rollenverteilung gesprochen hat. Er hat sich die ganze Woche über äußerst bedeckt gehalten, was das angeht, und niemand hat gewagt zu fragen, wie oder wann er darüber entscheiden würde.

Audrey zögert kurz, bevor sie herausplatzt: »Wann werden wir erfahren, welche Rolle wir tanzen?«

»Geduld ist eine Tugend«, sagt er schließlich, bevor er sich dem nächsten Duo widmet. Wir werden wohl noch ein paar Tage hoffen, beten und träumen müssen.

Im Hier und Jetzt mustern Audrey und ich einander kühl. Sie liegt sowieso falsch, was mich angeht. Ich habe die absolute Kontrolle. Aber das bedeutet nicht, dass ich keinen Spaß haben dürfte. Es wäre eine solche Verschwendung, die Essenz von Paris nicht in mich aufzunehmen, seine Geschichte, die Kunst, die Kultur, die Jungs. Na schön, die Jungs besser nicht.

Hm, vielleicht habe ich mich tatsächlich von meinen Gefühlen ablenken lassen. Ich bin nicht wegen eines hinreißenden Franzosen und eines spontanen Trips auf dem Rücksitz seiner Vespa in Paris. Ich bin nicht in Paris, um Louis' wunderschöne braune Augen zu bewundern oder das Grübchen in seiner linken Wange, das in mir den Wunsch auslöst, mit der Hand über seine weiche Haut zu fahren. Ich bin nicht wegen des berauschenden Duftes hier, der mir in die Nase stieg, als ich meine Arme um ihn schlang. Jetzt wünschte ich, unsere Fahrt durch die Stadt hätte die ganze Nacht gedauert, weil es keine weitere geben darf.

Also schön. Ich bin nicht in Paris, um mich zu verlieben. Ich bin hier, um zu tanzen. Der einzige Grund, weshalb ich in Paris bin, ist der, von den Besten der Besten zu lernen und eines Tages eine Anstellung beim *American Ballet Theatre* zu bekommen. Vielleicht schon bald, solange ich nicht vergesse, warum ich überhaupt hier bin.

Kapitel 7

Das *Musée d'Orsay* ist womöglich eine der schönsten Pariser Attraktionen. Es hat eine Menge Konkurrenz, aber mich bringt das Museum für Gegenwartskunst an der Seine sogar noch mehr ins Schwärmen als der Louvre oder das *Centre Pompidou.* Bevor das *Musée d'Orsay* das Zuhause vieler weltberühmter Kunstwerke wurde, war es ein Bahnhof. Man erkennt das an den großen Uhren an der Fassade, unter denen immer noch die alten Bahnrouten eingraviert sind. Im Innern erwartet einen ein wahres Meisterwerk von Glasdecke. Sie ist hoch und gewölbt und mit kunstvollen Intarsien verziert. Die riesige Halle darunter ist vollgepackt mit schwarzen und weißen Statuen in allen Größen.

Ich habe noch nie dergleichen gesehen, und mein Herz hüpft vor Freude, während ich den Blick durch den Raum wandern lasse. Fühlt es sich immer so spektakulär an, eine fremde Welt zu erkunden? Also nicht nur neuen Anblicken, Klängen und Gerüchen zu begegnen, sondern alles anders wahrzunehmen, fast, als würde das Leben neu beginnen? Oder ist es bloß die besondere Wirkung, die Paris auf die Menschen hat? So oder so gibt es einen Grund, warum das *Musée d'Orsay* auf meiner Besuchsliste steht: Ich habe in meinem Reiseführer gelesen, dass es die weltweit größte Sammlung von Degas-Gemälden beherbergt.

Nachdem ich mir am Samstag die dringend benötigte Ruhe gegönnt habe, kann ich es kaum erwarten, die Stadt endlich richtig zu erkunden. Diese Exkursion ist freiwillig, und überraschend wenig Leute aus meinem Wohnheim haben sich dafür gemeldet.

»Auf gar keinen Fall«, lautete Audreys Antwort auf meine Frage, ob sie mitkommen wolle. Anouk trifft sich mit Freunden aus dem letzten Jahr, und Lucys Eltern sind für das Wochenende aus Manchester angereist. Also unternehme ich den Ausflug mit ein paar anderen Ballettschülern, die ich noch nicht kenne.

Wir sind inmitten vieler Wochenendausflügler und Touristen am Ufer der Seine entlangspaziert, um hierherzugelangen, begleitet von den Tönen einer wunderschönen Akkordeonweise, die von einem alten Mann mit einer Weste und einer beigefarbenen Baskenmütze gespielt wurde. Auf dem Weg sind wir immer wieder an kleinen grünen Kiosken vorbeigekommen, und ich habe ein paar schnelle Blicke auf die antiquarischen Bücher und Plakate in den Ständen geworfen, von denen der herrliche Geruch nach altem, bedrucktem Papier ausging.

Im Museum angekommen werden wir von Max und

Èmilie zur Abteilung der Impressionisten geführt. Die beiden arbeiten als Hilfslehrer am Institut und sind nur ein paar Jahre älter als ich. Ich frage mich, ob sie tatsächlich Lust hatten mitzukommen oder nur ihre Pflicht tun. Es spielt auch gar keine Rolle, weil sich alle verteilen, um das Museum auf eigene Faust zu erkunden, sobald wir im Degas-Bereich angekommen sind.

Als ich klein war, haben Grandma Joan, Mom und ich dem *Metropolitan Museum of Art* in New York City jedes Jahr einen Besuch abgestattet. Und wir sind immer stehen geblieben, um die kleine vierzehnjährige Tänzerin zu bewundern, Degas' berühmte Skulptur einer belgischen Ballerina namens Marie van Goethem. Nach seinem Tod wurden etliche Kopien von der Skulptur angefertigt, die überall auf der Welt ausgestellt sind, aber soweit ich weiß, steht das Original aus Wachs hier im *Musée d'Orsay.* Falls die Legende über meine Ururugroßmutter stimmt, wären sie und Marie van Goethem ungefähr gleich alt gewesen. Sie haben wahrscheinlich in derselben Kompanie getanzt und vielleicht für dieselben Gemälde posiert. Ist das nicht unglaublich? Ich weiß, ich weiß, *falls* es stimmt.

Ich wandere durch die Ausstellung und bleibe vor jedem Bild ein paar Minuten stehen, um jedes Detail in mich aufzunehmen: Degas' ätherisch wirkende Auswahl der Pastellfarben, die feine Anmut, die er mit wenigen, raschen Pinselstrichen auf die Leinwand zu bannen vermochte, und die lebendigen Bewegungen seiner Tänzerinnen – alles Zeuge dessen, dass er in einem Raum mit ihnen war, als er sie malte. Ich schieße von allen Bildern ein Foto mit dem Handy, damit ich sie mir später nochmal ansehen kann. Nach dem Gemälde *Die blauen Tänzerin-*

nen sehe ich mir *Ballett* an und dann die *Sitzende Tänzerin.* Ich beuge mich vor, um den Gesichtsausdruck der Tänzerin genauer zu betrachten, als ich jemanden hinter mir spüre.

»Entschuldigen Sie, Mademoiselle. Sie dürfen nicht so nah an die Kunstwerke heran. Bitte treten sie einen Schritt zurück.«

Mir schlägt das Herz bis zum Hals, und ich schrecke zurück, die entschuldigenden Worte schon auf der Zunge, als mir klar wird, dass ich diese Stimme und diesen Akzent zum Dahinschmelzen kenne.

»Louis?«, frage ich und drehe mich zu ihm um.

»*Salut*«, sagt er mit einem breiten Grinsen.

Er lehnt sich vor, um mir *la bise* zu geben, und einen verrückten Moment lang denke ich, er wird mich küssen, also richtig küssen. Das wünsche ich mir mehr, als ich je offen zugeben würde. Meine Augen werden groß, und ich strahle ihn an, bis mir klar wird, dass er mich genauso begrüßt wie alle anderen auch. Noch etwas unbeholfen presse ich meine Wange an seine, ehe wir uns wieder voneinander lösen.

»Verfolgst du mich?« Was als Witz gemeint war, kommt als atemlose Frage heraus.

Louis schüttelt den Kopf. »Das da drüben ist mein bester Freund.« Er deutet mit dem Kinn auf Max. »Seit das Programm begonnen hat, arbeitet er ununterbrochen, also habe ich mir gedacht, ich komme einfach mit, um mit ihm abzuhängen.«

»Oh!«, sage ich, vermutlich zu erfreut. »Also hast du letztens auf ihn gewartet?«

»Hm …« Louis sieht zu Max und Èmilie hinüber. Sie

erwidert seinen Blick irritiert. »Ich wusste nicht, dass seine Freundin auch dabei sein würde«, sagt Louis und wendet sich zum Gehen. »Vielleicht lasse ich sie lieber allein.«

Ich nehme an, das heißt, dass er nicht bleiben wird. »Also dann, man sieht sich?«, sage ich betont locker.

Louis hält inne. Er scheint kurz zu überlegen. Schließlich sagt er: »Ich habe den Eindruck, ich sollte besser bei dir bleiben, nur für den Fall, dass du Schwierigkeiten bekommst.«

»Was für Schwierigkeiten?«

»Keine Ahnung … Aber vorhin sah es so aus, als wärst du kurz davor, dieses Bild mitgehen zu lassen.«

»Stimmt. Ich werde deine Hilfe brauchen, damit meine große Kunstbegeisterung nicht noch zu meiner Verhaftung führt.«

»*Exactement*«, sagt Louis ernst. »Also, sollen wir?«

Ich sehe mich um und bemerke, dass unsere Aufpasser schon weitergegangen sind. Sie haben uns zu Beginn gesagt, wir könnten tun und lassen, was wir wollten, und jederzeit gehen, also werde ich sie beim Wort nehmen. Louis und ich schlendern von Werk zu Werk, und ich bleibe jedes Mal stehen, um die Erläuterung zu lesen.

»Du stehst richtig auf diesen Typen, hm?«, sagt Louis, als wir uns dem Ende nähern. »Ich schätze, irgendwie musst du das auch.«

»Wie meinst du das?«, frage ich verwundert. Ich habe ihm nichts über meine Familie erzählt. Ich habe niemandem davon erzählt.

Louis zuckt mit den Schultern. »Du bist eine Tänzerin. Degas hat Tänzerinnen gemalt.«

»Wie kommt es, dass du so gut Englisch sprichst?«,

sage ich, nicht nur, um das Thema zu wechseln, sondern auch, weil ich mich das frage, seit wir uns begegnet sind. Louis spricht dermaßen fließend Englisch, dass ich beinah vergesse in Frankreich zu sein.

Er reibt sich den Nacken, als sei ihm mein Kompliment unangenehm. »Meine Mutter ist zur Hälfte Französin und zur Hälfte Engländerin, und sie ist wegen ihrer Arbeit viel unterwegs. Und Papa …« Er verstummt.

»Keine weiteren Ausführungen notwendig.«

»Genau. Also als ich klein war, haben sie viel Englisch mit mir geredet. Ich bin sogar auf eine internationale Schule in der Schweiz gegangen, aber den Abschluss wollte ich hier machen. Ich kann Englisch in Paris sprechen. Ich meine, ich kann überall Englisch sprechen, aber Paris ist der einzige Ort, an dem ich sein möchte.«

»Ich kann verstehen, warum.« Ich blicke durch das Fenster auf die Seine und entdecke *Sacré-Cœur.* Die berühmte Basilika thront in einiger Entfernung über der Stadt. Es scheint, als sei sie Teil des Horizonts, wohin man auch blickt. So wie der Mond einem zu folgen scheint, wenn man Auto fährt. Ich kann es kaum erwarten, sie aus der Nähe zu sehen. Mit Louis. Ohne ihn. Was weiß ich.

Wir gehen weiter und keine Ahnung, warum mir das auffällt, aber wir laufen im Gleichschritt.

Ich erkenne das nächste Werk an der Wand sofort, und mir bleibt fast das Herz stehen: *Ballettprobe auf der Bühne.*

»Oh. Mein. Gott«, hauche ich. »Es ist hier!«

Ich bin total aus dem Häuschen und dränge mich zwischen einer Gruppe von Menschen hindurch, um meinem absoluten Lieblingsgemälde näher zu kommen. Im Met in

New York hängt eine sehr ähnliche Version dieses Bildes, aber das hier gefällt mir besser. Es kommt mir surreal vor, es endlich im Original zu sehen. Paris ist wirklich eine magische Stadt, sie erfüllt mir all meine Wünsche.

»Unglaublich«, flüstere ich. Louis kommt näher und stellt sich neben mich.

»Ich habe noch nie erlebt, dass jemand wegen eines Gemäldes dermaßen ausflippt«, sagt er und gibt mir einen sanften Stups mit der Schulter. Schlagartig muss ich daran denken, wie ich hinter ihm auf der Vespa saß und am liebsten meinen Kopf auf genau diese Schulter gelegt hätte. Eine Stimme tief in meinem Innern sagt mir, dass es kein Zufall sein kann, dass wir uns zweimal innerhalb von einer Woche über den Weg gelaufen sind. Und ich möchte diese Stimme nicht zum Schweigen bringen.

Kopfschüttelnd wende ich meine Aufmerksamkeit wieder dem Gemälde zu. »Das ist mein absolutes Lieblingsbild«, sage ich aufgeregt. »In meinem Zimmer hängt ein Poster davon.«

Louis lächelt. »Gib mir dein Handy«, sagt er.

Ich reiche es ihm, und er wartet, bis die große Gruppe weitergegangen ist, ehe er ein Foto von mir mit dem Gemälde im Hintergrund schießt.

»*Parfait*«, sagt er, nachdem er mir mein Handy zurückgegeben hat.

»Ich klinge bestimmt wie ein totaler Nerd, aber ich freue mich riesig über das Foto.«

Louis lacht in sich hinein. »Ich mag Kunst-Nerds.«

Ich strahle und laufe wahrscheinlich rot an, aber vor allem sorgen seine Worte dafür, dass ich wage, seinen Arm zu packen und ihn näherzuziehen. »Du solltest mit im Bild sein«, sage ich und halte mein Handy vor unsere Gesichter. Er drückt seine Wange an meine, und mir läuft ein wohliger Schauer den Rücken hinunter, als ich auf den Auslöser drücke. Anschließend würde ich mir das Foto am liebsten sofort anschauen, aber ich halte mich zurück. Ich kann es die ganze Nacht anstarren, wenn ich will. Und ich weiß jetzt schon, dass genau das passieren wird.

»Und was ist dein Ding?«, frage ich. Hoffentlich haben meine Wangen inzwischen wieder eine normale Farbe.

Er denkt einen Moment darüber nach. »Mit meinen Freunden durch Frankreich zu reisen. Nicht zu wissen, was der Morgen bringen wird. Richtig gutes Essen. In der Tat«, er wirft einen Blick auf seine Uhr, »ist eins meiner Lieblingscafés gleich um die Ecke, in Saint-Germain, und wir haben fast Mittagszeit … Hast du schon etwas vor? Wir könnten was essen gehen. Natürlich erst, nachdem du jeden Degas hier genauestens studiert hast.«

Ich kann nicht. Ich meine, ich sollte besser nicht. Ich muss im Blick behalten, warum ich hier bin, mich auf das Tanzen konzentrieren und darauf, das ABT mit meinem Auftritt umzuhauen. Und es ist ziemlich offensichtlich, dass Louis eine Ablenkung ist. Wenn auch eine süße. Eine so, so süße. Andererseits muss ich ja was essen, also …

»Ich schätze, ich habe Zeit«, sage ich möglichst gleichgültig, während ich innerlich einen Freudentanz aufführe.

***

Wir laufen die kurvigen Straßen des sechsten Arrondissements entlang, aber kaum sind wir an dem Ort angekommen, den Louis erwähnt hat, fällt ihm etwas ein: »Das

Café de Flore ist direkt um die Ecke. Warst du schon mal da?«

»Der Name kommt mir bekannt vor«, sage ich, doch mir fällt nicht ein, woher.

Louis lächelt, als wäre er im Begriff, mir ein Geheimnis anzuvertrauen. »Es ist eines der ältesten Cafés von Paris und seit jeher *der* Treffpunkt aller berühmten Pariser: Autoren, Journalisten, Schauspieler und andere Stars kommen hierher. Das *Café de Flore* verleiht sogar einen eigenen Literaturpreis.«

»Aber ich bin nicht berühmt«, scherze ich.

»Noch nicht«, erwidert Louis mit einem Augenzwinkern.

Kurz darauf sitzen wir neben vielen schicken Parisern auf der Seitenterrasse des berühmten Cafés. Der weiße kursive Schriftzug mit dem Namen wird fast vollständig von den üppigen, herabhängenden Balkonpflanzen über uns verdeckt. Ich werfe den Leuten um uns herum unauffällige Blicke zu, erkenne aber niemanden, da ich, mal abgesehen von den Tänzern, nicht mit der französischen Kunstszene vertraut bin. Das ältere Paar neben uns isst schweigend seine Steaks mit Pommes Frites. Beide haben sich die weiße Serviette ordentlich in den Schoß gelegt. Ihre Rotweingläser finden auf dem kleinen Tisch kaum Platz und stoßen bei der kleinsten Bewegung klirrend aneinander.

»Ich wohne mit meinem Vater hier ganz in der Nähe«, sagt Louis und deutet nach links. »Nur ein paar Straßen weiter, beim Jardin du Luxembourg.«

»Wow«, ist alles, was mir dazu einfällt. Ich versuche mir vorzustellen, wie es gewesen sein muss, hier aufzuwachsen, in unmittelbarer Nähe eines wunderschön angelegten Parks, und jeden Morgen auf dem Weg zur Schule an jahrhundertealten Monumenten vorbeizukommen, Blicke in elegante Boutiquen zu werfen und am Nachmittag Halt bei einem von Stars besuchten Café zu machen. Es klingt nach einem ziemlich guten Leben.

Louis errötet leicht. »So nobel ist es hier gar nicht. Ehrenwort«, sagt er. Dann fügt er hinzu: »Meine Mom lebt in London. Wenn sie nicht gerade unterwegs ist. Sie ist Regisseurin, also filmt sie ständig irgendwo auf der Welt.«

Louis erzählt vom neusten Film seiner Mutter, einem düsteren Drama, das an verschiedenen Orten in Europa spielt und diesen Sommer noch rauskommen wird. Er berichtet davon, als wäre es keine große Sache, doch als er anfängt, mir Fragen zu stellen, habe ich Vorbehalte, ihm von meiner viel zu durchschnittlichen amerikanischen Familie zu erzählen.

»Meine Mom ist keine berühmte Regisseurin, aber sie arbeitet im Marketing einer Firma für Schönheitsprodukte, deswegen bekomme ich eine Menge Make-up umsonst.« Ich zucke mit den Schultern. »Mein Vater und mein kleiner Bruder können damit nicht so viel anfangen, aber für eine Tänzerin ist das ein ziemlich großer Vorteil.«

Unsere Salate werden serviert, die Schüsseln quellen über vor farbenfroher *crudités* (auch bekannt als Rohkost), und wir wechseln das Thema und sprechen über die Dinge, die Louis an Paris am meisten mag: den Kanal Saint-Martin, wo er sich mit seinen Freunden trifft, die Freiluftkonzerte im Sommer und die mit Nutella gefüllten Crêpes, die an vielen Straßenecken verkauft werden. Anscheinend darf ich nicht abreisen, ohne mindestens einen davon probiert zu haben.

Wir sind seltsam vertraut miteinander, als hätten wir schon viele Male so zusammengesessen, dabei wusste ich vor ein paar Tagen noch nicht einmal, dass Louis existiert. Wir sitzen dicht nebeneinander, und ich spüre die Vibration seines federnden Knies, fast als wäre er nervös. Ich kann mir nicht vorstellen, dass er es ist. Louis ist viel zu selbstbewusst, um wegen irgendwas oder irgendjemandem nervös zu werden. Insbesondere, wenn ich dieser jemand bin.

»Warum Ballett?«, fragt Louis plötzlich. Er beißt herzhaft in sein zweites Stück Baguette, das er mit gesalzener Butter bestrichen hat.

»Es liegt mir im Blut.« Die Worte sprudeln aus mir hervor, ehe ich sie zurückhalten kann.

Louis hebt eine Augenbraue.

»Das meine ich nicht ernst. Jedenfalls nicht ganz. Ich bin dem Ballett verfallen, als ich noch klein war. Ich liebe, dass die Musik, die vor Hunderten von Jahren komponiert wurde, mich überallhin transportieren kann. Es ist, als stammte ich aus einer anderen Ära.«

»Als gehörtest du in eins dieser Bilder, die wir gerade gesehen haben?«

»Hm.« Ich spüre, wie ich rot werde. »Du wirst denken, dass es dumm ist«, sage ich und lehne mich in meinem Stuhl zurück.

»Versuchs doch mal.«

»Es gibt da diese Geschichte, die mir meine Großmutter erzählt hat …«

Ich vertraue ihm an, was ich all die Jahre für mich behalten habe. Dass die Frauen meiner Familie seit Generationen tanzen und meine Großmutter sogar glaubt, eine unserer Vorfahrinnen sei eine von Degas' Tänzerinnen gewesen. Und dass sie es für ein Zeichen hält, es wäre meine Bestimmung, Tänzerin zu sein.

»Ich habe dir ja gesagt, es ist dumm«, sage ich, als ich ihm alles erzählt habe.

Louis starrt mich mit großen Augen an. Ich habe zu viel gesagt. Ich weiß auch nicht, was mit mir geschieht, wenn ich in seiner Nähe bin.

»Ich glaube, du und ich haben eine sehr unterschiedliche Vorstellung davon, was dumm ist«, sagt Louis schließlich. »Was hat deine Großmutter noch gesagt?«

»Nicht viel. Sie hat mir die Telefonnummer ihrer Tante gegeben, die außerhalb von Paris lebt.«

Louis beginnt mit den Brotkrümeln auf dem Tisch zu spielen. Er zerdrückt einen nach dem anderen mit der Spitze seines Zeigefingers. Seine Stirn ist dabei gerunzelt, als würde er eine sehr wichtige Aufgabe erledigen. Sogar sein Stirnrunzeln ist zum Niederknien. »Und du glaubst, dass diese Tante vielleicht mehr weiß?«, fragt er.

»Keine Ahnung, schon möglich.«

Der Kellner mit der weißen Schürze unterbricht uns, um die Teller abzuräumen, und wir bestellen zwei *cafés*, die kurz darauf in Minitassen serviert werden, die mit dem Namen des Cafés versehen sind. Eine quadratische, in Folie verpackte Schokolade liegt neben einem Zuckerstück auf der Untertasse. Ich mag es, wie die Franzosen ihren Kaffee trinken: stark und süß.

Louis scheint tief in Gedanken versunken, während ich immer noch die Tatsache verarbeite, dass ich soeben die ganze Geschichte einem Jungen anvertraut habe, den ich kaum kenne. Aber vielleicht ist Zeit nicht der einzige Maßstab dafür, ob man jemanden kennt oder sich ihm nahe fühlt.

»Klingt ganz danach, als gäbe es nur einen Weg, mehr über diese Tänzerin herauszufinden«, sagt Louis. »Hast du die Adresse dieser Tante?«

Ich lache, weil ich überzeugt bin, dass er nur Witze macht, aber sein Blick ist todernst. Also nicke ich und hole das Handy aus meiner Tasche. »Ich habe nachgesehen. Es ist ein winziges Dorf, ungefähr eine Stunde entfernt von Paris. Man kommt nicht so leicht dorthin …«

»Wenn es leicht wäre, wo wäre dann der Spaß?«, fragt Louis. Sein Blick ruht auf der Karte, die ich im Handy aufgerufen habe.

»Ich soll sie anrufen, aber sie spricht kein Englisch.« Ich glaube nicht, dass Louis mir überhaupt noch zuhört.

Nachdem wir uns die Rechnung geteilt haben, schiebt er seinen Stuhl zurück und steht auf. »Wir müssen los.«

Ich stehe ebenfalls auf. »Wohin?«

»Wenn ich dir das verrate, wirst du nicht mitkommen.«

»Ich möchte es trotzdem wissen.«

»Warum?«, fragt Louis mit einem überaus charmanten schiefen Grinsen. Okay, inzwischen steht fest, dass jedes Lächeln von ihm vor Charme sprüht – und absolut hinreißend ist –, aber manch eines übt eine besonders starke Wirkung auf mich aus.

»Wir stürzen uns in ein Abenteuer.«

Er macht sich über mich lustig, oder? »Was für ein Abenteuer?«, frage ich, während ich ihm die Straße entlang folge, zurück in Richtung *Musée d'Orsay*.

Louis bleibt stehen und sieht mir tief in die Augen. »Du stellst zu viele Fragen.«

Ich verschränke die Arme vor der Brust. »Und du gibst nicht genug Antworten.«

Louis lacht schallend. Es klingt magisch. Und vielleicht ist es das sogar, denn erst gestern habe ich Jungs für den Rest des Sommers abgeschworen und mir selbst das Versprechen abgenommen, mich ganz auf das Ballett zu konzentrieren. Das ist der Grund dafür, dass ich hier bin. Natürlich denke ich immer noch so. Und dennoch weiß ich, dass ich in Schwierigkeiten stecke. Denn lasst uns mal ehrlich sein: Dem Klang dieses Lachens würde ich überallhin folgen.

Kapitel 8

Zum zweiten Mal in dieser Woche brausen wir im Zickzackkurs durch Paris. Ich kann nicht fassen, dass *ich* das bin auf dem Rücken der Vespa und meine Hände erneut um Louis' Taille schlinge, als wäre das der Ort, an den sie gehören. Mein Herz pocht wie verrückt, und meine Finger kribbeln vor Aufregung. Ich zwinge mich, Vernunft anzunehmen, als wir von einem belebten Boulevard in eine kleine Straße biegen, in der sich der Eingang einer Bahnstation namens RER befindet. Louis hält vor einem weißen Gebäude mit großen Doppelfenstern und schmiedeeisernen Fenstergittern, wie ich sie schon überall in Paris gesehen habe.

»Blöderweise können wir nicht den ganzen Weg auf dem Motorroller zurücklegen«, sagt er, als er seine Vespa abschließt.

»Wir fahren nicht zum Haus meiner Urgroßtante!«, sage ich und meine es auch so.

Louis schürzt die Lippen. »Möchtest du nicht wissen, ob die Geschichte über deine Vorfahrin und Degas stimmt?«

Ich stoße einen Seufzer aus. Ich könnte erwidern, dass ich meine Urgroßtante nicht einmal kenne, dass ich nach Hause gehen sollte, um Energie für die vor mir liegende Woche zu tanken, dass ich nicht hergekommen bin, um mit jemandem zu flirten, egal wie süß er auch sein mag …

»Wir können nicht einfach dort auftauchen«, sage ich, da läuft Louis schon los, auf den Bahnhof zu.

»*Pourquoi pas?*« Warum nicht?

Wir kommen an einem Paar mit zwei großen angeleinten Hunden vorbei. Zusammen sind wir zu viele Leute und Hunde für den schmalen Bürgersteig. Wir müssen auf die Straße ausweichen, um nicht mit ihnen zusammenzustoßen.

»Weil ich diese Frau nicht kenne. Ich kann nicht einfach bei ihr auftauchen. Ich muss den Besuch vorher planen.«

»Wie langweilig«, sagt Louis. Er eilt die Treppe zum RER zwei Stufen auf einmal nehmend hinunter.

»Das ist doch vollkommen normal.« Ich komme mir wie ein geübter Nahverkehrsprofi vor, als ich meinen Metropass vor den Scanner halte, um Louis folgen zu können. Bald darauf stehen wir auf der Plattform und warten auf den Zug.

Louis zuckt mit den Schultern. »Normal, langweilig. Alles dasselbe.«

»Was, wenn sie eine Serienmörderin ist?«, frage ich ein

wenig zu laut. Ein paar Köpfe fahren zu mir herum, und ich ernte misstrauische Blicke.

»Falls sie eine ist«, flüstert er mir ins Ohr, »dann wird das ein unglaubliches Abenteuer.«

Ich schüttle den Kopf, und seine wilde Mähne streift mein Gesicht. Die Haare riechen himmlisch und sind herrlich weich. Ich möchte meinen Kopf wieder und wieder schütteln.

»Sieh mal, du bist in Paris für wie lange, sechs Wochen?«, sagt Louis.

»Ja, um zu tanzen. Nur um zu tanzen«, sage ich vor allem deshalb, um mich selbst daran zu erinnern.

»Na schön, du wirst also am Ende des Sommers abreisen, ohne deine wahre Familiengeschichte zu kennen. Du wirst den Rest deines Lebens damit verbringen, dich zu fragen, ob deine Großmutter recht hatte und ob deine Urgroßtante womöglich etwas gewusst hat, was sie dir hätte verraten können. Und dann wird sie sterben, und du wirst es niemals erfahren.«

»Ähm … bist du immer so morbide?«, frage ich.

»Es mag morbide klingen, aber es ist wahr.«

Touché.

Ich werfe einen Blick auf die elektronische Anzeige. Der nächste Zug fährt in sechs Minuten ab.

»Wir müssen sie erst anrufen«, sage ich und suche das Foto mit Grandma Joans Notiz heraus. Nachdem ich die Nummer gewählt habe, reiche ich ihm das Handy.

Einen Moment später höre ich, wie jemand rangeht. Louis blinzelt mir zu. »*Bonjour, Madame*«, beginnt er. Logischerweise ist das nicht alles, was er sagt, aber ich verstehe nur Bruchstücke der französischen Unterhaltung. »Mia Jenrow … *Train. Aujourd'hui. Merci beaucoup.*«

Als er auflegt, hat er ein spitzbübisches Grinsen im Gesicht. »Sie kann es kaum erwarten, dich kennenzulernen.«

***

Eine Stunde später steigen wir aus dem Zug, und zwei ältere Damen erwarten uns am Bahnhof. Ich erkenne sie von Grandmas Bildern. Die ältere ist offensichtlich meine Urgroßtante Vivienne, die für Anfang Neunzig echt toll aussieht.

Sie strahlt, als sie mich entdeckt. »*Tu dois être Mia!*« Du musst Mia sein!

Sie gibt mir *la bise* und wischt gleich darauf etwas von meiner Wange, was vermutlich Lippenstift ist. Als sie weiter auf Französisch auf mich einredet, werfe ich Louis einen hilfesuchenden Blick zu.

Er fängt sofort an, zu übersetzen. »Sie sagt, du sähest genau aus wie deine Großmutter.«

»*C'est vrai!*«, rufe ich enthusiastisch. Das stimmt!

Die andere Frau ist ihre älteste Tochter, Madeleine. Da Vivienne die Tante meiner Großmutter ist, sind Madeleine und ich wohl Cousinen irgendeines Grades. Ich hätte Grandma bitten sollen, den Familienstammbaum mit mir durchzugehen, bevor ich abgereist bin.

Madeleine hat sehr kurze rote Haare und trägt weite Hosen zu einer weißen Tunika. Sie sieht ungefähr so alt aus wie Grandma Joan. Ich schätze sie auf Ende Sechzig. Sie spricht etwas Englisch, wodurch ich mich sofort besser fühle.

»Maman war sehr, äh, glücklich …, als dein *petit copain*, äh dein Freund, angerufen hat«, sagt Madeleine über die Schulter zu mir, als wir in ihr Auto steigen und sie losfährt. Sie macht viele Pausen zwischen den Wörtern, während sie nach den richtigen sucht. Ich kann mir nicht vorstellen, dass sie oft Gelegenheit hat, Englisch zu sprechen. Sie redet weiter, bevor ich ihr sagen kann, dass Louis und ich nicht zusammen sind. Ich hauche Louis ein »Sorry« wegen des Missverständnisses zu, aber er lächelt nur. »Ich lebe in der Nähe und besuche Maman oft. Sie selbst fährt nicht mehr Auto.«

»Danke fürs Abholen, Madeleine. Es ist schön, dich kennenzulernen.« Dann beuge ich mich zu meiner Urgroßtante vor. »Vivienne … Grandma Joan wird sich sehr freuen, dass ich dich besucht habe.« Louis übersetzt für mich und Vivienne antwortet mit einem breiten Lächeln.

Wir kommen an Dörfern vorbei und Feldern, auf denen zufrieden Kühe grasen. Endlich hält Madeleine vor einem kleinen Platz, der von Steinhäusern umsäumt ist. Auf einer Seite des Platzes – ich schwöre, es ist wahr! – befindet sich der Eingang zu einem Schloss, oder wie die Franzosen sagen, einem *château*. Das Gebäude selbst liegt am Ende einer langen von Bäumen gesäumten Allee und ist so groß wie zehn Häuser.

Vivienne bemerkt, wie ich es anstarre, und sagt etwas, das ich nicht verstehe.

Louis erklärt: »Sie hat gesagt: ‚Die Eigentümer sind sehr nett, aber wir bekommen sie kaum zu Gesicht. Es wäre schön zu wissen, wie es drinnen aussieht, nicht wahr?'«

Ich stoße einen erleichterten Seufzer aus. Ich vermute,

Grandma Joan hätte mir gesagt, wenn wir die Abkömmlinge französischer Könige wären. Tante Vivienne und Madeleine bringen uns stattdessen in eins der gemütlichen Häuser am Platz. Ein gefliester Flur verläuft quer durch das Haus. Von ihm gehen mehrere dunkle Türen ab, und es gibt eine Treppe, die in den zweiten Stock führt. Überall stehen Pflanzen und gerahmte Fotografien. Ich werfe im Vorübergehen einen Blick auf die Fotos, aber es sind nur die typischen Familienportraits. Kein Tutu in Sicht.

Tante Vivienne führt Louis und mich auf eine Veranda und von dort aus in den von einer Mauer umgebenen Garten. Wir drei setzen uns unter einen belaubten Baum mit ausladenden Ästen, die uns vor der starken Nachmittagssonne schützen.

»Ich bin davon ausgegangen, Joan würde dir Französisch beibringen«, sagt meine Urgroßtante durch Louis.

»Das hat sie, als ich noch jünger war. Aber meine Eltern haben darauf bestanden, dass ich in der Schule Spanisch wähle.«

Louis wiederholt meine Worte auf Französisch. Vivienne nickt etwas enttäuscht. In diesem Moment kann ich ihre Enttäuschung nachempfinden und wünschte, ich hätte mich mehr bemüht, die Sprache zu lernen.

»Spanisch ist auch sehr nützlich«, sagt Madeleine, die mit einem Krug Orangensaft und einem Teller Plätzchen aus der Küche kommt. In jedes ist das Wort *beurre* geprägt, nur falls einem die goldene Farbe nicht offenbart, dass sie voller Butter sind.

»Maman ist sehr stolz, dass du am *Institut de l'Opéra de Paris* tanzt«, sagt Madeleine zu mir.

Tante Vivienne strahlt bei der Erwähnung der ruhmhaften Einrichtung über das ganze Gesicht. Ich wünschte, meine Mutter würde ebenso empfinden, aber ich schiebe den Gedanken beiseite.

»Sie wollte, dass ich ebenfalls eine … eine *danseuse* werde. Aber ich war nicht gut«, sagt Madeleine lachend.

Vivienne legt Louis die Hand auf den Arm, damit er für sie übersetzt. Sobald er es getan hat, öffnet sie den Mund: »*Ne l'écoute pas!*«, sagt sie zu mir. Hör nicht auf sie.

»Meine Tochter war sehr talentiert. Sie hat nur zu früh aufgegeben. Alle Frauen in dieser Familie sind zum Balletttanzen geboren. Genau wie du, Mia.« Louis lächelt, als er dies zu mir sagt, und ich spüre, wie ich erröte.

»Genau darüber möchte Mia mit Ihnen sprechen«, sagt Louis auf Französisch. Je länger ich ihm zuhöre, desto mehr verstehe ich.

»*J'ai des questions*«, sage ich vorsichtig. Ich habe Fragen, aber ich komme mir albern vor, sie ihnen zu stellen. Obwohl sie Familie sind, kenne ich diese Frauen nicht. Vivienne nickt mir mit einem breiten Lächeln zu.

»Ihr bleibt zum Essen *ce soir*, ja? Damit wir uns weiter unterhalten können?«, fragt Madeleine, doch es klingt eher wie eine Feststellung.

Ich schüttle den Kopf. »Besser nicht«, erwidere ich im selben Moment, in dem Louis sagt: »Sehr gern.«

»Wir müssen den Zug zurück kriegen«, flüstere ich ihm zu.

Louis zuckt mit den Schultern. »Die Züge fahren bis spät in die Nacht. Komm schon, gib dir einen Ruck. Lass uns eine wilde Party mit deinen betagten Verwandten feiern.«

Er lächelt. Wie könnte ich da nein sagen?

Als die Zeit für das Abendessen gekommen ist, gehen wir hinein. Obwohl es noch hell draußen ist, hat die Luft sich empfindlich genug abgekühlt, um uns daran zu erinnern, dass der Tag sich dem Ende zuneigt. Madeleine geht in die Küche, wo sie das Essen vorbereitet, während wir übrigen uns auf den Weg ins Esszimmer begeben. Die Wände sind mit einer Blümchentapete bedeckt, die an manchen Stellen bereits vergilbt. Ein rustikaler Holztisch und dazu passende Stühle füllen den kleinen Raum fast vollständig aus. Verglichen mit dem Rest des Hauses scheinen die Wände sehr nackt, abgesehen von einem verschnörkelten Bilderrahmen, der an einer Wand hängt.

Vivienne bemerkt meinen Blick, nimmt meine Hand und führt mich näher an das Bild heran.

Im Innern des Bilderrahmens befindet sich die Zeichnung eines jungen Mädchens von der Taille aufwärts, gemalt mit weichem schwarzen Kohlestift und grüner Pastellkreide. Sie blickt zu ihrer Linken, ihr Blick ist verträumt. Ihre zu einem Zopf geflochtenen Haare liegen über ihrer Schulter. Das Zopfende wird von einer Schleife zusammengehalten. Sie drückt die Schultern zurück, ihre Haltung ist perfekt. Das dünne Papier ist an einer Ecke zerrissen, und es sind nur ein paar ausdrucksvolle, verblasste Striche. Vielleicht liegt es daran, dass ich den ganzen Morgen Degas' Malerei studiert habe, aber der Stil und die Farben sind unverkennbar.

Der Ausdruck auf Louis Gesicht verrät mir, dass er das Gleiche denkt. »Eine wunderschöne Zeichnung«, sagt er zu Vivienne.

Die Augen meiner Urgroßtante beginnen zu funkeln. »*Tu aimes Degas?*« Du magst Degas?

Mein Herz schlägt schneller. »Ist das ein echter Degas? Grandma Joan hat mir die Geschichte erzählt«, sage ich aufgeregt in gebrochenem Französisch.

Tante Vivienne legt die Hand an meine Wange. »*C'est une belle histoire*«, sagt sie sanft. Es ist eine schöne Geschichte. Ich halte gespannt den Atem an, warte darauf, dass sie mehr sagt, aber sie bedeutet uns nur, Platz zu nehmen.

Madeleine kommt mit einem Kartoffelsalat und einem knusprigen Baguette herein, das ich quer durch den Raum riechen kann. Mir läuft augenblicklich das Wasser im Mund zusammen.

»*Du vin?*«, fragt Madeleine, sobald wir uns alle bedient haben. Sie wartet unsere Antwort nicht ab und verlässt das Zimmer. Kurz darauf ist sie mit einer Flasche gekühlten Rosés zurück. Louis nickt und hebt sein Glas. Ich zögere. Ich habe noch nie Wein getrunken, doch Madeleine schenkt mir bereits ein.

»Du wirst ihn mögen«, raunt Louis mir ins Ohr.

Diese Woche hat mir schon so viele erste Male beschert, und die Aussicht darauf, etwas zu probieren, was ich bisher stets als Erwachsenengetränk betrachtet habe, macht mich etwas beklommen. Oder vielleicht ist es auch nur der süße Hauch von Louis Atem. Er weckt in mir … *quelque chose.*

Tante Vivienne hebt ihr Glas, und wir anderen tun es ihr gleich. »*À Mia, ma petit-nièce!*« Auf Mia, meine Großnichte!

»*Bon appétit!*«, fügt Vivienne hinzu und holt mich damit in die Gegenwart zurück.

Ich warte eine Weile, bevor ich das Bild noch einmal

anspreche. Es soll sich nicht danach anhören, als wäre das Bild der einzige Grund für mein Kommen. Stattdessen verbringe ich den Großteil des Essens damit, Tante Vivienne von Grandma Joan und Mom zu erzählen, die sie nur ein paar Mal vor meiner Geburt getroffen hat. Ich erfahre außerdem, dass Madeleine zwei Söhne hat, die Ende dreißig sind. Einer von ihnen ist gerade zum zweiten Mal Vater geworden und Madeleine ist begeistert von ihren Enkeln. Sie holt ihr Handy, um mir ein Bild zu zeigen, und legt die Hand aufs Herz.

Dann fällt ihr mein leeres Glas auf, und sie füllt es auf. Ich bin schon ein bisschen beschwipst, nicke aber trotzdem. So machen die Franzosen das, und ich sollte mir nicht die Gelegenheit entgehen lassen, etwas über die französische Kultur zu lernen.

»Diese Zeichnung«, beginne ich, nachdem ich einen kleinen Schluck genommen habe. Ich wende mich Tante Vivienne zu. »Du hast etwas von Degas gesagt?« Ich möchte nicht geradeheraus fragen, ob sie ein extrem wertvolles Kunstwerk in ihrem Esszimmer hängen hat.

Bevor Louis dazu kommt, meine Frage zu übersetzen, sieht Madeleine ihre Mutter kopfschüttelnd an. »*Maman! Qu'est-ce que tu a dit á Mia?*« Mutter, was hast du Mia erzählt?

Mutter und Tochter streiten sich eine Weile auf Französisch. Sie sprechen ziemlich schnell, daher übersetzt Louis mir nur die Höhepunkte. »Madeleine ist verärgert, weil sie glaubt, dass Vivienne dir weisgemacht hat, das Bild sei von Degas, wo schließlich jedermann weiß, dass das nicht stimmt. Vivienne meint, du hättest dich für das

Bild interessiert, weil es so schön ist, und dass es keine Rolle spiele, was sie gesagt habe.«

»Also ist es jetzt ein Degas oder nicht?«, frage ich Louis. Mir wird bewusst, dass die Antwort wichtiger für mich ist, als ich gedacht habe.

Louis zuckt mit den Schultern und fährt fort, der Unterhaltung zu lauschen, aber Madeleine hat meine Frage gehört. Sie sieht mich quer über den Tisch hinweg an und sagt: »Es ist nicht echt. Hör nicht auf Maman. Sie ist einfach … wie sagt man gleich? Ihr Großvater hat es in einem *antiquaire* gekauft, einem alten Laden. Er hat Witze darüber gemacht, es wäre echt, und dann haben die Leute vergessen, dass es ein Witz war.«

Obwohl Madeleine Englisch gesprochen hat, macht es den Eindruck, als hätte Tante Vivienne sie verstanden. Sie schüttelt den Kopf und legt Louis die Hand auf den Arm. »Es ist echt. Sag Mia, es ist unsere Vorfahrin, die *danseuse étoile.*«

»*N'importe quoi*«, sagt Madeleine und verdreht die Augen. Quatsch.

Louis sieht mich an, um zu prüfen, ob ich alles verstanden habe, und ich nicke. Dennoch bin ich immer noch verwirrt. Moms Worte kommen mir in den Sinn. Wie sie gesagt hat, dass manche Menschen sich dafür entschieden haben, die Legende zu glauben, und andere dagegen. Dass die Wahrheit keine Rolle spiele, weil wir es sowieso nie mit Sicherheit wissen werden. Ich versuche meine Enttäuschung hinter einem Lächeln zu verbergen. Ich möchte nicht, dass es nur eine nette Geschichte ist. Ich möchte, dass mir das Ballett tatsächlich im Blut liegt.

Madeleine bittet mich, ihr mit dem Nachtisch zu helfen, also begleite ich sie in die Küche.

»*Tu es triste* … äh, du bist traurig«, sagt sie. »Ich sehe es dir an.«

Ich wende mich um und schüttele den Kopf. Mir steigen Tränen in die Augen, was dumm ist, ich weiß. Ich darf mich davon nicht so runterziehen lassen. Es gibt Wichtigeres im Leben würde Mom sagen.

Madeleine wäscht eine Handvoll Erdbeeren und legt sie in eine Schüssel, während ich die Spülmaschine einräume.

»Es tut mir leid«, sagt sie. Ihr Englisch ist einfach, aber gut zu verstehen, und es ist immer noch besser als mein Französisch. »Das Ding ist nicht echt. Ich habe es zu jemandem gebracht, um … wie sagt man … seine Echtheit prüfen zu lassen, vor vielen Jahren schon, um Maman glücklich zu machen. Er hat gelacht. Er hat gesagt, es gäbe viele Leute, die Kunst fälschten, und manche seien sehr gut. Niemand könne wissen, ob es von Degas ist.«

Ich nicke, während ich versuche, das alles zu begreifen. Es gibt keine Möglichkeit, es zu beweisen. Wenn ein Experte es nicht mit Sicherheit sagen konnte, dann werden wir nie wissen, ob meine Vorfahrin eine von Degas' Tänzerinnen war. Meine Schultern sinken herab.

»Ich …«, fange ich an, aber ich weiß nicht, was ich sagen soll. Und Madeleine würde mich wahrscheinlich eh nicht verstehen.

»*Dis-moi*«, sagt sie. Sag es mir. »Wir sind doch eine Familie.«

Ich schlucke, der Ansturm der Gefühle schnürt mir die Kehle zu. »Eine Ballerina zu sein, ist mein Traum«, sage ich langsam, damit sie mir folgen kann. Sie ermutigt mich mit einem Nicken. »Ich möchte es mehr als alles andere. Aber es ist so schwer, es gibt so viel Konkurrenz. Diese Legende … sie hilft mir zu glauben, dass ich es schaffen kann, verstehst du? Dass mein Traum sich erfüllen wird. Sie gibt mir Hoffnung. Für mich … muss sie einfach wahr sein.« Ich blicke auf meine Füße hinunter. Ich habe noch nie so genau darüber nachgedacht, aber jetzt, da ich es laut ausgesprochen habe, erkenne ich, dass ich schon immer so empfunden habe.

»Mia, *regarde-moi*«, sagt Madeleine, hebt mein Kinn mit zwei Finger an und zwingt mich, sie anzusehen. »Du solltest glauben, was du glauben möchtest. Wenn diese Legende dich inspiriert, dann glaube an sie. Wenn sie Gefühle in dir weckt, ist dies das Einzige, was zählt.«

Mit dem Handrücken wische ich mir eine Träne ab. Mir war bis jetzt gar nicht aufgefallen, dass sie über meine Wange gelaufen ist.

***

Als ich nach dem Abendessen einen Blick aus dem Fenster werfe, stelle ich mit Erschrecken fest, wie dunkel es draußen geworden ist. Rasch hole ich mein Handy aus der Tasche, um mir den Fahrplan anzusehen. »Die letzte Bahn fährt um 23.05 Uhr«, informiere ich Louis.

Er wirft einen Blick auf seine Armbanduhr. »Vivienne hat gerade gesagt, dass sie dir ein paar Familienfotos zeigen möchte.« Die Panik steht mir wahrscheinlich ins Gesicht geschrieben. Ich sollte heimfahren und mich ausruhen. Wird Monsieur Dabrowski die Rollenverteilung früh am Morgen verkünden oder wird er uns den ganzen Tag warten lassen? »Das geht schon in Ordnung, Mia«, sagt Louis, und ich schiebe meine Bedenken beiseite. »Wir haben jede Menge Zeit.«

Glücklicherweise gibt es in unserem Wohnheim keine Ausgangsbeschränkung. Ich war überrascht, als ich erfuhr, dass Schüler über sechzehn so ziemlich tun und lassen können, was sie wollen. Vielleicht ist das die französische Art oder es ist Teil des Großstadtlebens, dass Jugendliche hier wie Erwachsene behandelt werden. Solange wir pünktlich zum Unterricht erscheinen und alles geben, haben wir unser Schicksal außerhalb der Schule selbst in der Hand.

Dennoch, ein ungutes Gefühl nagt an mir, als meine Urgroßtante aufsteht und einen wuchtigen Schrank in der Ecke öffnet, um ein paar dicke Alben hervorzukramen. Ich zögere, aber Vivienne sieht so entzückt aus, dass ich sie nicht enttäuschen möchte. Ich helfe Madeleine Tee zu kochen und wir begeben uns in das angrenzende Wohnzimmer, wo ein Sofa steht, auf das nur drei von uns passen. Louis löst das Problem, indem er sich daneben stellt. Madeleine und ich setzen uns rechts und links von Vivienne. Ich zwinge mich, jeden Gedanken an die mysteriöse Zeichnung wegzuschieben, und lächle. Trotz allem bin ich froh, dass ich heute hergekommen bin.

***

Eine Stunde und drei Alben später küssen wir Vivienne zum Abschied auf die Wange, und Madeleine fährt uns zum Bahnhof. Doch schon bevor sie den Wagen geparkt hat, weiß ich, dass etwas nicht stimmt. Es ist dunkel und sehr still. Zu still.

Louis und ich stürzen aus dem Auto zur Bahnhofstür. Sie ist verschlossen.

»Das kann nicht sein«, sage ich mit wild pochendem Herzen. »Ich habe doch extra nachgeschaut! Um 23.05 Uhr kommt noch ein Zug. Ich bin ganz sicher.«

Louis fährt mit dem Finger den Fahrplan entlang, der in einem Glaskasten hängt. »Der kommt nur unter der Woche. Heute ist Sonntag. Der letzte Zug nach Paris ist vor zwanzig Minuten gefahren.«

Mir wird schlecht. Louis und ich starren uns schweigend an. Was um alles in der Welt sollen wir jetzt tun?

Kapitel 9

»Wage es ja nicht, mich anzusehen.«

Ich betrete das Schlafzimmer in einem rosafarbenen Ungetüm von Nachthemd, bodenlang und völlig antiquiert. Es ist weit und über und über mit Rüschen und Dutzenden kitschigen kleinen Knöpfen übersäht. Es wäre selbst für Mädchen zu viel, die auf Kitsch stehen, und zu denen gehöre ich nun mal nicht. Abseits der Bühne ist mein Stil ziemlich schlicht: schwarze oder weiße Oberteile zur engen Jeans oder einem Rock. Vor meiner Abreise habe ich ein paar geringelte T-Shirts gekauft, weil es schien, als müsste man so etwas in Frankreich tragen, aber bonbonrosafarbene Nachthemden? *Non merci.* Oh, und der Geruch. Meine Vermutung ist, dass es ungefähr tausend Jahre lang in einer staubigen Kommode auf ein paar Mottenkugeln gelegen hat. Ich weiß, wenigstens schlafe ich heute Nacht nicht unter einer Brücke, aber trotzdem.

»Das Ding ist … mir fällt kein englisches Wort dafür ein«, sagt Louis entgeistert. »Auf Französisch nennen wir es ein *tue-l'amour.*«

»Ein Liebestöter?«, frage ich, ziehe das Nachthemd ein Stück hoch und vollführe ein paar Tanzschritte. Ich wirble herum und werfe lachend den Kopf in den Nacken.

Louis biegt sich ebenfalls vor Lachen. Er hat es viel besser getroffen als ich: Vivienne hat ein verblichenes limettengrünes T-Shirt für ihn gefunden, das er zu seinen Boxershorts trägt.

Normalerweise käme ich mir albern vor und fände es peinlich, so gekleidet vor einem Traumtypen (oder irgendeinem anderen Jungen) zu stehen, aber ich bin vor allem erleichtert. Mit Louis herumzualbern fühlt sich so richtig an. Ich weiß nicht, wie er es anstellt, aber mit ihm wird alles zu einem spannenden Abenteuer – sei es der Gang durch ein Museum, die Bahnfahrt aufs Land oder der erste Schluck eines kühlen Rosés.

Nachdem der Schock über die verpasste Bahn nachgelassen hatte, brachte Madeleine uns zum Haus ihrer Mutter zurück und meinte, wir sollten uns keine Sorgen deswegen machen. Ich wäre wegen meines Fehlers am liebsten vor Scham im Boden versunken, doch Louis und sie schienen es lustig zu finden.

Glücklicherweise geht der Bahnverkehr schon früh am Morgen wieder los, daher sage ich mir immer wieder, dass schon alles gut gehen wird. Ich werde genügend Zeit haben, ins Wohnheim zurückzukehren, mir die Sachen für den Unterricht zu schnappen und es zum Institut zu schaffen, wo ich eine Topleistung zeigen werde. Ich habe Lucy geschrieben, dass ich bei meiner Familie übernachte, und gehe davon aus, sie wird die Nachricht an alle weitergeben, die sich wundern, wo ich geblieben bin. Doch wahrscheinlich interessiert das Audrey nicht die Bohne.

»Was werden deine Eltern dazu sagen?«, habe ich Louis auf dem Rückweg gefragt. »Bitte verrate deinem Dad nicht, dass es alles meine Schuld war.«

Ich habe mich den ganzen Tag lang sehr bemüht, es zu vergessen, aber natürlich hatte ich es immer im Hinterkopf: Monsieur Dabrowski, der furchteinflößende Lehrer, der mein Schicksal in den Händen hält, ist Louis' Vater.

»Es ist aber alles deine Schuld, Mia«, hat Louis todernst geantwortet. Mir wurde heiß. »Keine Sorge«, fügte er lächelnd hinzu. »Ich bin nachts allein unterwegs, seit ich vierzehn bin. Ich werde Papa eine Nachricht schicken, aber ihm wird vielleicht nicht mal auffallen, dass ich weg bin.«

Tante Vivienne war schon im Bett gewesen, als wir zurückkamen. Verschlafen führte sie uns in das Gästezimmer im zweiten Stock.

»Ihr habt Glück. Ich habe zwei Betten hier stehen, damit meine Urenkel mich besuchen kommen können. Allerdings sind sie sehr schmal. Seid ihr sicher, dass ihr es bequem genug haben werdet?« Sie mochte völlig schlaftrunken sein, war aber besorgt um uns, wie es nur eine neunzigjährige Urgroßmutter mit einem Herz aus Gold sein kann.

Louis versicherte ihr mit einem Lachen, unsere Eltern wären überglücklich, dass wir heute Nacht überhaupt ein Dach über dem Kopf hätten. Ich nickte lächelnd.

»Ich muss dich was fragen«, sage ich, als Louis aufhört zu lachen. Ich mache das Licht aus, und der Raum liegt in völliger Dunkelheit. Louis muss die Fensterläden geschlossen haben, als ich im Bad war. Ich gehe ein paar vorsichtige Schritte, bis meine Schienbeine gegen das Bett stoßen. »Warum hilfst du mir?« Ich schlüpfe unter die Bettdecke. Vielleicht liegt es daran, dass wir uns jetzt so nahe sind, dass ich nicht anders kann, als ihn danach zu fragen. Ich muss einfach mehr wissen.

»Weil es mir Spaß macht. Ich habe dir doch gesagt, dass ich auf Abenteuer stehe. Wenn du mir heute Morgen gesagt hättest, ich würde die Nacht mit einem klugen, hübschen Mädchen verbringen …«

Ich grinse breit, obwohl er mich nicht sehen kann, oder vielleicht auch gerade deshalb.

Ich möchte ihn noch etwas anderes fragen. Hat er an dem Tag, als wir uns zum ersten Mal begegnet sind, wirklich auf seinen Freund Max gewartet? Ich nehme an, es geht mich nichts an, aber es fällt mir schwer zu glauben, dass Louis keine andere hat, mit der er Abenteuer erleben kann. Ich stelle mir diese andere mit glänzenden Haaren, hohen Wangenknochen und der lässigen Eleganz vor, die alle Mädchen hier zu besitzen scheinen. Mein Herz schmerzt ein wenig – okay, mehr als ein wenig – vor Eifersucht. Hör auf damit, Mia. Es würde sowieso nicht funktionieren. Du wirst die nächsten Wochen ziemlich beschäftigt sein, weißt du noch?

Ich stoße einen lautlosen Seufzer aus und beschließe, das Thema zu wechseln. »Ich hatte einen tollen Tag«, sage ich. »Aber … na ja, es war mir vorher nicht bewusst, wie sehr ich mir gewünscht habe, es wäre wahr. Das hoffe ich immer noch. Ich weiß, wie naiv das klingen muss, aber die Vorstellung, dass eine meiner Vorfahrinnen so besonders war, dass sie einem der größten Maler aller Zeiten Modell gesessen hat, dass ihr Bild womöglich in irgendeinem Museum hängt … hat etwas Märchenhaftes. Ich würde so gern mehr herausfinden, aber dazu habe ich viel zu viel um die Ohren. Ich muss mich auf das Tanzen konzentrieren und darauf, eine Rolle in *Schwanensee* zu bekommen. Die Legende wird warten müssen.«

Ich halte inne, weil ich eine Antwort von Louis erwarte, aber im Zimmer, ja im ganzen Haus, ist es vollkommen still.

»Louis?«

Mehr Stille, dann ein »Hm?«

»Hast du schon geschlafen?«

»Mm«, flüstert er.

Im Ernst? Ich habe ihm gerade mein Innerstes offenbart, und er ist eingeschlafen?

Ein paar Minuten herrscht Schweigen, bevor Louis murmelt: »Du bist so voller Leidenschaft. Es gibt mir das Gefühl …«

»Ja?«

»Ich weiß auch nicht. Als würde mir etwas fehlen.«

»Bestimmt hast du auch etwas, für das du brennst«, sage ich. Im selben Moment wird mir klar, dass es heute nur um mich ging. Louis ist mir immer noch ein Rätsel. »Also was ist es?«, frage ich.

»Hm«, sagt er und es klingt verschlafen und traurig zugleich. »Keine Ahnung. Vielleicht gibt es da nichts.«

»Das meinst du doch nicht ernst!«, sage ich verblüfft.

»Warum nicht? Ich bin mit zwei Eltern aufgewachsen, die so für ihren Beruf brennen, dass nichts anderes für sie Bedeutung zu haben scheint.«

»Aber …«, protestiere ich. Doch ich weiß nicht, was ich sagen soll. Ich kann mir nicht vorstellen, keine Passion zu haben, etwas, das mich jeden Morgen aus dem Bett springen lässt. Für mich klingt es unglaublich toll, mit zwei Künstlereltern groß geworden zu sein, die ihren Träumen gefolgt sind und das auch noch sehr erfolgreich. Aber was weiß ich schon von Louis' Familienleben?

Er schweigt eine Weile, und ich frage mich, ob er eingeschlafen ist.

»Mia?«, sagt er schließlich. »Ich bin heute Morgen nicht wirklich zum *Musée d'Orsay* gekommen, um mit Max abzuhängen. Ich habe deinen Namen auf der Teilnehmerliste entdeckt. Ich wollte dich unbedingt wiedersehen …«

Ich grinse in die Dunkelheit. Mein Herzschlag dröhnt in meinen Ohren, er klingt wie das Trommeln der Spitzenschuhe auf den Bühnenbrettern. Ich schließe die Augen. Ballerinen tanzen um mich herum, ihre Arme deuten ein Flügelschlagen an, während sie im Kreis wirbeln und mir zuflüstern: Vielleicht musst du dich nicht zwischen der Liebe und dem Ballett entscheiden, Mia. Vielleicht kannst du beides haben.

Ich blicke zu Louis, der nicht weit von mir entfernt im Bett liegt und leise atmet. Der Tag heute war … perfekt. Na schön, vielleicht nicht perfekt. Ich stelle mir Louis' volle Lippen vor, sehe vor mir, wie einladend sie aussehen, wenn er lacht. Sie scheinen auch so weich zu sein. Ich stöhne innerlich auf. Allein in meinen Gedanken kann ich es endlich zugeben: Ich wünschte, er hätte mich geküsst. Das sollte Teil einer Frankreicherfahrung sein, oder? Ja, ich weiß, er ist der Sohn meines Lehrers. Ich kann nicht leugnen, dass es ziemlich übel aussehen würde, wenn jemand aus dem Programm herausfände, was Louis und ich heute gemacht haben, obwohl wir nicht … also wir haben ja gar nichts *getan.* Oh Mann, Mia. Genug. Du musst dich ausruhen. Morgen ist dein großer Tag. Aber während ich wegdämmere denke ich, ja, vielleicht kann ich alles haben. Mit Louis an meiner Seite scheint alles möglich.

Kapitel 10

»Wach auf! Wach auf! Wach auf!«

Es gibt einen Moment an diesem Morgen, nachdem ich die Augen an einem dunklen, mir unbekannten Ort geöffnet habe, an dem ich fürchte, ohne Louis abreisen zu müssen. Ich muss viele Male mit den Fingern schnipsen, ihn erst behutsam, dann weniger sanft schütteln und schließlich in sein Ohr brüllen, bis er wieder unter den Lebenden ist. Und das alles nach dem schrillen Alarm, der mich aus dem Schlaf gerissen hat.

Auf dem Weg nach unten werden wir von den zwei typischsten französischen Düften begrüßt: Es riecht nach Kaffee und frischen Croissants. Louis strahlt über das ganze Gesicht, als Vivienne uns auffordert, Platz zu nehmen, bevor Madeleine uns zum Bahnhof bringen wird.

Aber als Louis ihrer Aufforderung Folge leisten will, lege ich ihm die Hand auf den Arm. »Wir müssen los.«

»*Tu devrais manger quelque chose*«, sagt Vivienne zu mir und gießt Kaffee in eine Schüssel, die wie eine Müslischale aussieht.

Du musst etwas essen. Sie sagt noch ein paar Dinge, daher übersetzt Louis. »Madeleine ist extra für uns zum Bäcker gefahren.«

Ich brauche nicht zu antworten, mein Gesichtsausdruck sagt alles.

»Vielen Dank, aber wir müssen die hier mitnehmen«, erklärt Louis Vivienne auf Französisch. Sie sieht etwas enttäuscht aus, protestiert aber nicht und legt die Backwaren in die Schachtel zurück, aus der sie gekommen sind. Ich bin im Begriff, die Küche zu verlassen, als Louis den Zeigefinger hebt, damit ich innehalte. Er schnappt sich eine Schüssel mit Kaffee und stürzt das heiße Getränk in einem Zug hinunter.

»Hast du dir nicht den Mund verbrannt?«, frage ich.

Louis nickt mit schmerzverzerrtem Gesicht. »Aber das war es wert«, erwidert er heiser.

Küsse, Croissants und das Versprechen, Vivienne und Madeleine erneut zu besuchen, werden ausgetauscht, aber ich bleibe angespannt, bis Louis und ich im fahrenden Zug sitzen, der uns nach Paris und in die Wirklichkeit zurückbringen wird.

Er beißt sofort in sein Croissant und hält mir das andere hin. »Wir finden heute raus, wer welche Rolle in *Schwanensee* bekommt«, sage ich kopfschüttelnd. Das Wochenende war eine willkommene Ablenkung, doch jetzt ist mein Magen in Aufruhr. Ich kann an nichts anderes denken, als daran, dass ich am Ende des Tages entweder vor

Freude jauchzen oder zu Tode betrübt sein werde. Alle meine Hoffnungen auf das ATB hängen am heutigen Tag.

»Ich weiß«, sagt Louis zwischen zwei Bissen. Buttrige Croissantblättchen sind über sein halbes Gesicht verteilt. Er sagt es so dahin, aber mein Gedankenkarussell nimmt sofort Fahrt auf. Weiß er etwas, das ich nicht weiß? Hat sein Vater ihm womöglich verraten, wer welche Rolle bekommt? Monsieur Dabrowski trägt ein Notizbuch mit sich herum, ein in schwarzes Leder gebundenes, in das er sich am Ende jeder Unterrichtsstunde Notizen mache. Vielleicht hat er es offen auf dem Tisch liegen lassen, und Louis hat einen Blick hineingeworfen?

O mein Gott, denke ich. Er weiß es.

Ich drehe mich zu Louis, der ein Gähnen unterdrückt. »Also weißt du es?«, frage ich mit weit aufgerissenen Augen.

Louis hebt eine Augenbraue und gähnt erneut.

Ich bemühe mich, Ruhe zu bewahren. Ohne Erfolg. »Du weißt es!«, rufe ich etwas zu laut.

Louis hebt die andere Augenbraue. »Hm, eine Sache, die du über mich wissen solltest, ist, dass ich nachts wirklich meine acht, besser neun oder zehn Stunden Schlaf brauche. Ich leide gerade unter enormem Schlafentzug, also musst du mir etwas genauer darlegen, was ich deiner Meinung nach weiß.«

Ich bin versucht, ihn zu fragen und die Sache hinter mich zu bringen. Aber was, wenn er mir sagt, dass ich nicht mal die Rolle eines einfachen Schwans ergattert habe? Ich könnte in Tränen ausbrechen oder vor Wut losbrüllen. Vor die Wahl gestellt, breche ich lieber vor der ganzen Klasse und Monsieur Dabrowski zusammen als vor

Louis. »Nicht weiter wichtig«, sage ich also betont lässig. Es wird warten müssen.

»Es klang aber wichtig.«

Ich beäuge die Schachtel in seinem Schoß. »Weißt du was? Ich glaube, ich bin doch hungrig«, sage ich, nehme mir das übrig gebliebene Croissant und schenke dem befremdeten Blick, den er mir zuwirft, keine Beachtung.

»Okay, dann werde ich jetzt für 'ne Minute die Augen schließen«, sagt Louis und lehnt den Kopf ans Fenster.

Er schläft die ganze Strecke. Ich dagegen zerbreche mir den Kopf darüber, ob ich bald meine Flügel bekommen werde oder den Rest des Sommers ein Fluch auf mir liegen wird. Wenigstens ist das Croissant ein wunderbarer Begleiter. Zumindest für die zwei Minuten, bis es verschwunden ist.

***

Ich wusste, mein Sommer in Paris würde mich physisch herausfordern. Es bestand kein Zweifel daran, dass mein Körper wieder und wieder auf die Probe gestellt werden würde. Aber ich hätte niemals gedacht, wie viel Rennerei damit verbunden sein würde. Vor einer Woche bin ich nach meinem verspäteten Flug verschwitzt und atemlos durch den Flughafen gehetzt. Nicht lange danach bin ich auf der Jagd nach dem weißen Trikot zum Repettoladen gestürmt, und jetzt sprinte ich durch den *Gare de Lyon*, die Stufen zur Metro hinab und nach einer kurzen Fahrt wieder hinauf, den Boulevard Saint-Germain entlang, bis zur Haustür meines Wohnheims. Puh. Die zweite Woche des

Workshops hat noch nicht einmal begonnen, und ich bin jetzt schon vollkommen erledigt.

Ich gönne mir einen Moment, um wieder zu Atem zu kommen, bevor ich hineingehe. Das Geräusch prasselnden Wassers dringt von oben an mein Ohr, aber im Großen und Ganzen sieht es aus, als würden alle gerade erst wach. Ich stehle mich auf Zehenspitzen die Treppe hinauf und bete, dass niemand mich sehen wird. Geschafft, alles in Ordnung. Ich kann mich entspannen. Vor meinem Zimmer angekommen atme ich tief durch, doch als ich gerade die Tür öffnen will, wird sie aufgerissen. Natürlich sieht Audrey Chapman von dem Moment an, da sie das Bett verlassen hat, perfekt gestylt aus. Ihre Haare sind zu einem ordentlichen Zopf geflochten, ihre Augen hellwach, die Haut schimmert rosig … Selbst ihr Schlafanzug sieht aus, als wäre er frisch gebügelt.

Sie mustert mich von Kopf bis Fuß. »Hattest du das nicht schon gestern an?«

Ich schlucke, meine Ohren werden heiß, während ich mich frage, was ich darauf antworten soll.

Doch sie drängt sich an mir vorbei und geht duschen, ohne meine Antwort abzuwarten. Lasst es uns positiv sehen: Audrey weiß noch, welches Outfit ich gestern anhatte. Wer hätte gedacht, dass sie mir so viel Aufmerksamkeit schenkt?

***

»Er wird uns den ganzen Tag warten lassen«, murmelt Audrey mir beim Umkleiden zu. Ich ziehe meine bequemen Aufwärmschläppchen, die ich letzten Monat zum

Geburtstag bekommen habe, bis über die Stulpen hoch und wickle mich in mein cremeweißes Mohairjäckchen. Es mag Hochsommer sein und die Temperatur ist entsprechend, aber ich muss mich trotzdem extra warmhalten, bis wir mit dem Tanzen beginnen. Die Ballettmode ist etwas schräg, doch sie gibt mir das Gefühl, in einem Kokon zu stecken, und hilft meinen Muskeln zu entspannen.

Audrey und ich haben den ganzen Morgen kein Wort miteinander gewechselt, aber das mussten wir auch nicht. Es war auch so offensichtlich, dass wir an dieselbe Sache dachten. Um fair zu sein, keine Stunde unseres Morgenunterrichts wird an diesem Tag von Monsieur Dabrowski geleitet. Zuerst haben wir Gegenwartstanz, dann Jazzdance. Selbst wenn das Ballett einem alles bedeutet, erfordert das klassische Training, dass man viele verschiedene Tanzstile erlernt. Es erweitert das Repertoire und lehrt einen, sich auf unterschiedliche Arten zu bewegen. Dann, vor dem Mittagessen, haben wir eine Unterrichtseinheit mit einem bekannten Choreografen des *Paris Ballet*, der mit uns ein Stück einstudiert, das er für eine anstehende Show geschrieben hat.

Das Programm ist nicht zuletzt deshalb so großartig, weil man die Gelegenheit bekommt, bekannte Künstler kennenzulernen, die sonst mit den besten Tänzern der Welt zusammenarbeiten.

Ich gebe mein Bestes, mich auf die Schritte zu konzentrieren, aber die Spannung, die in der Luft liegt, macht es mir sehr schwer. Blicke werden gewechselt, Seufzer so leise wie möglich ausgestoßen, Zähne aufeinandergepresst. Aber niemand bricht das Schweigen. Tief im Innern sind wir alle nur ein paar Mädchen und drei Jungen, die aus allen Ecken der Welt hierhergekommen sind, erfüllt von einer Mischung aus Hoffnung und Sorge. Aber nach außen hin tun wir alles, um wie zukünftige professionelle Tänzer zu wirken. Tänzer, die bereit sind, es mit jeder Schwierigkeit aufzunehmen, die sich ihnen in den Weg stellt, solange es sie ihrem Traum näherbringt.

Und dann ist der Nachmittag da. Genau wie Audrey vermutet hat, hält Monsieur Dabrowski die gesamte Unterrichtsstunde ab, ohne ein Wort über die Besetzung zu verlieren. Wie es die Tradition verlangt, beenden wir den Unterricht mit der *reverence:* Unser *maître de ballet* verbeugt sich vor uns und wir erwidern die Verbeugung mit einem Knicks. Dann applaudieren wir uns alle gegenseitig. Erst als der Applaus verebbt, hebt Monsieur Dabrowski die Hand, bereit, die Neuigkeiten zu verkünden.

»Kommen Sie zu mir«, weist er uns an, während er sich selbst einen Stuhl holt und in der Mitte des Raumes Platz nimmt. Die Luft scheint plötzlich wie elektrisiert. Wir zwanzig bilden einen Halbkreis um ihn herum. So anmutig wie möglich lassen wir uns im Schneidersitz auf den Boden gleiten. Heute haben meine Gedanken ständig verrückt gespielt. In der einen Minute habe ich den Applaus am Ende meiner triumphalen Vorstellung als weißer Schwan gehört, in der nächsten hat es mir das Herz zerrissen, weil ich nicht einmal zum Ensemble gehörte. Mein Körper ist nach acht Stunden Unterricht vollkommen am Ende, aber es ist die mentale Erschöpfung, die mich in die Knie zwingt. Ich wünschte, Lucys oder Anouks freundliche Gesichter wären in der Nähe, aber abgesehen vom Mittagessen sind wir uns nur hier und da auf den Fluren begegnet.

»Wie Sie wissen«, beginnt unser Lehrer, »hat die Abschlussaufführung unseres Sommerprogramms große Bedeutung für das Institut. Sie bietet den Tänzern die Gelegenheit zu beweisen, dass sie sich der Ehre würdig erwiesen haben.«

Niemand rührt einen Muskel. Wir sind uns alle bewusst, was auf dem Spiel steht, und inzwischen wollen wir es nur noch hinter uns bringen.

»Alle Tänzer in diesem Raum werden Schwäne des *corps de ballet* sein«, sagt er.

Jemandem entweicht ein erleichtertes Aufatmen. Mein Herz galoppiert mit einhundert Stundenkilometern.

»Es sei denn«, fährt er fort, »ich rufe Ihren Namen auf.«

Dann öffnet er sein berüchtigtes Notizbuch. »Die Rolle des Prinzen Siegfried geht an Fernando«, verkündet Monsieur Dabrowski und wendet sich ihm zu. Das überrascht niemanden, am wenigsten Fernando, der begeistert nickt. Fernando, ein siebzehnjähriger Brasilianer, ist eines der häufigsten Gesprächsthemen an unserem Mittagstisch gewesen. Das hat zum Teil mit seinen leuchtend grünen Augen und den schwarzen Wuschelhaaren zu tun, doch er ist auch ein begnadeter Tänzer. Er verfügt über immense Kraft und besitzt die Fähigkeit, jeder Bewegung eine Aussage zu verleihen.

»Ishani, Gabriela, Anna und Yuang, Sie werden den Tanz der kleinen Schwäne aufführen.«

Ich werfe einen Blick zu Audrey hinüber und sehe sie in sich zusammensacken. Ich versuche mir einzureden, dass es okay ist, nur ein Schwan zu sein. Dass es unwahrscheinlich ist, dass mein Name auf der Liste steht. Ich habe es geschafft, in dieses von extremer Konkurrenz geprägte Programm aufgenommen zu werden. Dann habe ich Monsieur Dabrowski so sehr beeindruckt, dass ich in die nächsthöhere Stufe versetzt wurde. Das sollte mir reichen.

Monsieur Dabrowski zählt noch ein paar Rollen auf: Rotbart, die Königin. Einige der Rollen sind für Schüler aus Stufe Vier vorgesehen. Während ich zuhöre, wie mein Schicksal verkündet wird, sitzen auch Anouk und Lucy mit gedrückten Daumen da, das weiß ich.

Endlich räuspert unser *maître de ballet* sich. Das ist der Moment, auf den wir alle gewartet haben. »Und als unsere Prinzessin, unseren anmutigen und zerbrechlichen weißen Schwan …«

Ich halte den Atem an. Tatsächlich halten alle den Atem an. Ich rufe mir in Erinnerung, dass über das, was jetzt passiert, längst entschieden wurde.

»… habe ich Audrey Chapman ausgewählt.«

Jemand hat mir gerade eine Ohrfeige verpasst. Zumindest fühlt es sich so an. Meine Wangen brennen plötzlich, und das Blut rauscht in meinen Ohren. Bis zu diesem Zeitpunkt war mir gar nicht klar, wie sehr ich mir gewünscht habe, der weiße Schwan zu sein. Man kann versuchen, seine Erwartungen im Zaum zu halten und sich ins Gedächtnis rufen, dass man gegen ein Dutzend anderer Mädchen antritt, die alle sehr talentiert sind, alle so ehrgeizig wie man selbst. Man weiß, dass die Wahrscheinlichkeit sehr gering ist. Es ist ein einfaches Rechenbeispiel. Und Zahlen scheren sich nicht um die Gefühle oder Hoffnungen, die man in etwas gesetzt hat, so irrational sie auch sein mögen. Dennoch ist die Tatsache, dass es ausgerechnet Audrey ist, ein persönlicher Schlag für mich.

Als ihr Name verkündet wird, grinst Audrey breit. Ein paar Sekunden später hat sie sich wieder vollkommen unter Kontrolle. »Ich danke Ihnen«, sagt sie zu Monsieur Dabrowski. Ich wäre wahrscheinlich aufgesprungen und hätte ihn umarmt. Das ist der Grund, warum Audrey die Hauptrolle bekommen hat und nicht ich, sie beherrscht ihre Gefühle meisterhaft.

Für den Rest von uns ist es, als hätte jemand den Schalter umgelegt. Jetzt, da wir wissen, wo wir stehen, kann das Leben weitergehen. Ein paar Schüler stehen auf, doch Monsieur Dabrowski sieht sie streng an. »Einen Moment noch, bitte«, sagt er. »Haben Sie alle den schwarzen Schwan vergessen?«

Audrey guckt verblüfft. Da es in den meisten Produktionen so gehandhabt wird, war sie davon ausgegangen, auch die Rolle der Odile zu tanzen. Sie holt tief Luft und stellt die Frage, die uns allen auf der Seele brennt: »Werde nicht ich der schwarze Schwan sein?«

Monsieur Dabrowski lächelt höflich. »Das könnten Sie. Und Sie würden Ihre Sache ganz ausgezeichnet machen.« Audrey lächelt und blickt in die Runde, um sicherzugehen, dass wir ihn alle gehört haben. »Aber dieses Programm«, fährt unser Lehrer fort, »sollte so vielen Schülern wie möglich eine Chance geben, sich zu beweisen. Deswegen sind Sie alle hier, nicht wahr?«

Ein paar von uns nicken, aber man könnte eine Stecknadel fallen hören.

»Daher wird die Rolle der Odile, des gleichermaßen verführerischen wie verräterischen schwarzen Schwans von Mia Jenrow getanzt werden.«

Meine Augen fliegen weit auf. Für den Bruchteil einer

Sekunde frage ich mich, ob ich träume, ob ich meinen Namen nur gehört habe, weil ich es mir so sehr wünsche. Aber ein paar Mädchen lächeln mir zu, während einige andere mir nicht mal in die Augen gucken können.

Natürlich ist die Rolle des weißen Schwans die, nach der ich mich die ganze Zeit gesehnt habe. Sie ist der Star der Show, diejenige, die alle sehen wollen. Aber der schwarze Schwan? Sie ist der Underdog. Sie kommt aus dem Nichts, um den Frieden zu stören, und zieht augenblicklich jedermann in ihren Bann. Sie bringt Dunkelheit auf die Bühne und stiehlt das Rampenlicht. Niemand möchte, dass sie gewinnt, und niemand rechnet damit. Trotzdem ist sie am Ende der einzige Schwan, der noch steht.

Dies ist die Chance, aus meiner Komfortzone herauszutreten, meine Fähigkeiten unter Beweis zu stellen, meine Gelegenheit, vor dem *ABT* zu glänzen. Ich habe nicht das bekommen, was ich wollte. Stattdessen habe ich etwas viel Besseres erhalten.

Kapitel 11

Ich schwebe auf einer wunderschönen schwarzen Wolke. Ich werde eine der technisch herausforderndsten Rollen aller Zeiten tanzen, während im Publikum die Talentsucher der besten Ballettkompanien der Welt sitzen. Sie werden kommen, um meine Performance zu sehen, und dann womöglich mein Leben für immer verändern. Max, der Hilfslehrer, hat Audrey, Fernando und mich gestern Nachmittag ein paar Stunden in die Choreografie eingewiesen, damit wir vor der Probe mit Monsieur Dabrowski schon anfangen können zu üben. Ich habe bei Max nach Anzeichen dafür gesucht, dass er von meiner Eskapade mit seinem besten Freund Bescheid weiß, aber keine gefunden.

Jetzt, da ich wieder am Institut bin, kann ich nicht aufhören darüber nachzudenken, was passieren würde, wenn irgendjemand etwas von unserem kleinen Ausflug erführe. Vielleicht hat Louis im Museum deshalb Abstand zur

Gruppe gehalten. Er hat vor mir verstanden, wie übel es aussehen würde, wenn die anderen wüssten, dass ich mit dem Sohn des Lehrers unterwegs war. Wenigstens habe ich noch nicht zur Gänze erfasst, welcher Druck durch die Rolle der Odile auf mir lastet. Ich bin viel zu glücklich, um über die unzähligen Hürden nachzugrübeln, die vor mir liegen.

Lucy und Anouk haben beide Rollen im *corps de ballet* ergattert, also ist die Stimmung beim Frühstück zwei Tage später immer noch total ausgelassen. Das heißt zumindest, bis Audrey Chapman in den Frühstücksraum gestürmt kommt.

»Wir müssen los«, sagt sie zu mir, als wäre niemand sonst im Raum. Sie hat sich die Balletttasche über die Schulter geschwungen und sieht verärgert aus.

Ein Blick auf die Uhr bestätigt mir, dass der Unterricht erst in anderthalb Stunden beginnt, was dadurch gestützt wird, dass alle hier sich Orangensaft eingießen, ihre *tartines* buttern und überlegen, ob sie Aprikosen- oder Erdbeermarmelade auf besagte *tartines* streichen sollen. (Ich gehöre übrigens zum Team Aprikose.)

Ich äußere mich entsprechend, doch Audrey schüttelt missbilligend den Kopf. »Du ziehst doch etwa nicht ernsthaft in Erwägung, *pünktlich* zum Unterricht zu erscheinen, oder?«

Ich zögere, denn das war offensichtlich eine Fangfrage. Einerseits möchte ich noch nicht los. Gestern ist alles andere in der Nachverkündigungseuphorie untergegangen, daher berichten mir Lucy und Anouk gerade von ihren Wochenendabenteuern. Während ich mit einem süßen französischen Typen einer Familienlegende nachgejagt bin, haben meine Freundinnen offenbar die Jagd auf andere süße Franzosen eröffnet. Anouk hat Lucy zu einem Picknick mit ihren französischen Freunden auf dem Champ de Mars vor dem Eiffelturm eingeladen. Die Mädchen haben Stunden damit verbracht, köstlichen Käse zu essen, den unglaublichen Ausblick zu genießen, sich zu unterhalten und zu sonnen. Lucy hat den Großteil des Nachmittags mit einem Jungen namens Charles geflirtet, der den Sommer über ein Praktikum in einer Werbeagentur macht.

Ich habe gerade ein enttäuschtes »Ohh!«, ausgestoßen, weil ich das alles verpasst habe. Es wäre zu schön gewesen, im Gras zu liegen, mir die Sonne ins Gesicht scheinen zu lassen und die schimmernde Metallkonstruktion vor mir zu bewundern, während mein Kopf auf Louis' gekreuzten Beinen geruht und er mir Gedichte aus einem Buch vorgelesen hätte. Wir wären bis zum Sonnenuntergang geblieben, hätten auf einer gehäkelten Picknickdecke gelegen und Rosé getrunken. Louis hätte mir französische Ausdrücke beigebracht, und ich hätte wie gebannt seine wunderschönen Lippen angestarrt, die extrem zum Küssen einladen. Die Welt um uns herum hätte aufgehört zu existieren. Es hätte nur Louis und mich gegeben. Louis und mich. Louis und mich.

Aber auf dem Champ de Mars hat es keinen Louis und mich gegeben.

Ich war gerade im Begriff gewesen, Lucy zu fragen, wie sie und Charles verblieben waren (Hatten sie sich verabredet? Hatte er sie geküsst? Hatte wenigstens irgendein Mädchen den erträumten französischen Kuss bekommen?), als Audrey hereinkam.

Andererseits möchte ich nicht wie eine Faulenzerin aussehen, falls Audrey denkt, wir sollten beide früh dort sein.

Audrey stößt einen Seufzer aus. »Ich wollte es eigentlich nicht vor den anderen sagen, aber …« Sie seufzt erneut. Dann fügt sie so laut hinzu, dass alle es hören können: »Deine *fouettés* sind einfach nicht gut genug.«

Ihr Tonfall ist nüchtern. Es ist mehr Feststellung als Kritik, eine unumstößliche Tatsache. Also entgegne ich nichts. Obgleich meine Wangen heiß werden und ich es vorgezogen hätte, den Rest von Lucys Bericht zu hören und gemütlich zur Schule zu schlendern, weiß ich tief im Innern, dass sie recht hat. Ich stehe auf, wische mir die Krümel aus dem Gesicht, murmle den Mädchen »bis später« zu und folge Audrey, bereit meine Beine bis zur Besinnungslosigkeit herumzupeitschen.

***

Sobald wir am noch verlassenen Institut ankommen, wählt Audrey ein Studio in der obersten Etage, »damit wir das beste Licht haben«, wie sie sagt. Wir ziehen sofort unsere Spitzenschuhe an und beginnen mit der Arbeit. Während wir uns aufwärmen – Wadenmuskulatur dehnen, Arme kreisen lassen, Nacken rollen –, entzückt mich die Schönheit des Raumes aufs Neue. Das warme, weiche Morgenlicht scheint zu den großen Glasfronten herein, die sich wie Fensterläden öffnen lassen. Kühle Morgenluft strömt zu uns ins Zimmer. Der Blick auf eine Ansammlung graublauer Dächer mit Mansardenfenstern erfüllt mich mit

Freude. Paris hat so viel Herz und Geschichte, es ist kein Wunder, dass diese Stadt wie geschaffen für Künstler ist. Sogar die Luft schmeckt süßer.

Hier kommt eine interessante Information über den schwarzen Schwan: Odile ist zwar nur eine kurze Zeit auf der Bühne, doch ihre Rolle ist die technisch anspruchsvollste des ganzen Balletts. Als sie angestiftet von ihrem Vater Rotbart im dritten Akt versucht, Prinz Siegfried zu verführen, tanzt sie eine komplizierte und sinnliche Sequenz, die zweiunddreißig *fouettés* einschließt, eine der berühmtesten und aufgrund ihres Schwierigkeitsgrades berüchtigtsten Drehungen aller Zeiten.

Fouetté ist das französische Wort für gepeitscht, eine Drehung, die mit einem Bein in der Luft ausgeführt wird, während man auf dem anderen um die eigene Achse wirbelt. Bei jeder Drehung muss der Sprung auf die Spitze an exakt derselben Stelle erfolgen. Das fällt selbst erfahrenen Tänzerinnen schwer, und es ist physisch so gut wie unmöglich, die Drehung zweiunddreißig Mal hintereinander makellos auszuführen. Es versteht sich von selbst, dass ich schon viele *fouettés* vollführt habe. Doch bis heute habe ich Bauchgrimmen, wenn ich an die Sequenz des schwarzen Schwans denke. Ich habe Angst, dass ich sie nicht perfekt hinbekomme, und die Uhr tickt. Ich fange besser an.

Audrey und ich einigen uns darauf, jede eine halbe Stunde für sich zu üben, bevor wir die Solos der anderen begutachten, um Feedback zu geben. Sie zieht sich in die entlegenste Ecke des Studios zurück, während ich mit ein paar Dehnübungen an der Stange beginne, um meine Waden darauf vorzubereiten, was sie erwartet. Und schon legen wir los: zwei kleine Schwäne, zwei gigantische Träume.

Wir tanzen seit zwanzig Minuten, als ich ein gedämpftes Piepsen höre. Ich ignoriere es und konzentriere mich stattdessen auf meine Arme: hoch und runter in einer fließenden Bewegung, so wie ein Schwan, der abhebt. Das Piepsen ertönt noch ein-, zwei-, dreimal, bevor mir klar wird, dass es aus meiner Tasche kommt, die ich auf einer Bank neben der Tür gelassen habe. Ich halte inne und werfe Audrey einen Blick zu, die zur Hälfte mit ihrem Solo aus dem zweiten Akt durch zu sein scheint. Puh. Sie hat es nicht gehört. Ich beschließe, so zu tun, als hätte ich ebenfalls nichts gehört.

Aber sobald sie mit ihrer Schrittfolge fertig ist, stemmt sie die Hände in die Hüften und sagt: »Hast du vor, das Ding auszumachen?«

»Entschuldige!«, sage ich und schlittere zu meiner Tasche. »Ich dachte, ich hätte es stumm gestellt.«

»Tja, hast du nicht«, sagt sie schnippisch. Aus ihren Augen schießen Blitze, als ich das Handy hervorziehe.

Ich weiß, was ich tun sollte: das Handy ausschalten, es zurück in die Tasche legen und mich wieder dem Training zuwenden. Aber meine Neugier siegt, und ich kann nicht widerstehen, einen Blick auf den Bildschirm zu werfen. Ich weiß, dass Audrey mich beobachtet, aber als ich sehe, dass Louis mir nicht nur eine sondern gleich fünf Nachrichten geschickt hat, grinse ich breit.

Als ich den Kopf hebe, sehe ich, dass Audrey die Arme vor der Brust verschränkt hat. Ich habe sie schon oft genervt erlebt, aber jetzt ist sie wütend. Richtig wütend.

»Gibt es irgendeinen Notfall?«, fragt Audrey.

»Ähm, nein. Tut mir leid, ich schalte es aus!«, sage ich, mache genau das und springe zurück in Position. Aber das reicht nicht, um den Frieden wiederherzustellen.

»Das hier ist kein Spiel für mich!«, fährt sie mich an. Sie geht mit schnellen Schritten auf die Bank zu. »Uns bleiben weniger als fünf Wochen, um unsere Rollen einzustudieren, und ich werde es nicht machen, während du deinen Freunden Handynachrichten schreibst.«

»Es tut mir leid. Du hast recht.«

Aber meine Entschuldigung zeigt keine Wirkung. Sie schnappt sich nur ihre Tasche und hält auf die Tür zu. Ohne zurückzublicken sagt sie: »Ich weiß.«

Ich verziehe das Gesicht, unsicher, was ich jetzt tun soll. Natürlich kann ich die *fouettés* auch allein proben, und wenn ich so weit bin, eine Meinung zu hören, werden Lucy, Anouk oder eine andere Klassenkameradin mir bestimmt gern helfen. Dennoch habe ich Schuldgefühle, Audreys Probe ruiniert zu haben. Und noch größere Schuldgefühle, weil ich zugelassen habe, dass sich Louis in meine Ballettprobe drängt. Also kehre ich an die Arbeit zurück. Ich schließe einen Pakt mit mir selbst, noch eine halbe Stunde zu trainieren, bevor ich mir gestatte, seine Nachrichten zu lesen.

Dann setze ich mich schwer atmend auf die Bank und verschlinge sie alle auf einmal.

Sollen wir uns zum Mittagessen treffen?

Ich kenne ein tolles Restaurant in Schulnähe. Deine Schule, meine ich.

Inzwischen hast du wahrscheinlich gemerkt, dass Schulcaféterias auf der ganzen Welt gleich übel sind.

Ich meine, so übel sind sie auch nicht, aber ich möchte nicht, dass du denkst, dieser Fraß wäre das Beste, was Paris zu bieten hat.

Okay, jetzt habe ich das Gefühl, mit mir selbst zu sprechen. Lass mich wissen, was du denkst!

Ein Lächeln breitet sich auf meinem Gesicht aus, während ich die Nachrichten wieder und wieder lese. Würde ich gern aus dem Institut abhauen, um mit Louis essen zu gehen? Auf jeden Fall! Ich blicke den Flur entlang in die Richtung, in die Audrey verschwunden ist, um allein zu üben, und meine Schultern sacken herab.

Es tut mir leid, tippe ich, lösche die Worte aber sofort wieder. Wie erkläre ich das alles? Ich kann das nicht mit einer Textnachricht machen, also rufe ich Louis an. Er geht sofort ran.

»*Allô?*«

»*Bonjour!*«, erwidere ich. Beim Klang seiner Stimme beginnt mein Herz schneller zu schlagen. Dann wechsle ich ins Englische, weil mir klar geworden ist, dass ich mich in meinen wenigen Wochen in Paris entweder auf das Ballett oder auf meine Sprachkenntnisse konzentrieren kann, aber nicht auf beides gleichzeitig. »Ich bin Odile«, sage ich.

»Das ist fantastisch! Ich freue mich so für dich, Mia!« Louis klingt ehrlich, und ich denke mit Scham an meinen Mini-Meltdown im Zug am Montag zurück. Rückblickend kann ich mir nicht mehr vorstellen, dass Monsieur Dabrowski Louis Einzelheiten über seine Arbeit anvertrauen würde. »Das feiern wir beim Mittagessen«, sagt er.

Ja, bitte! würde ich am liebsten sagen. Doch, nein. Ich muss hart bleiben. Kein Mittagessen. Keine Ausflüge. Kein. Spaß. Mehr. *Ahhh!* Wer kommt mit der Absicht nach Paris, keinen Spaß zu haben? Das bin dann wohl ich. Und sämtliche andere Teilnehmer des Programms, die alles tun würden, um meinen Platz einzunehmen.

»Ich kann dich heute nicht zum Mittagessen treffen«, sage ich.

»Wäre Morgen besser?«, fragt Louis fröhlich.

»Louis«, sage ich so sanft wie möglich. »Ich kann das nicht tun.«

Er gluckst, aber es klingt etwas unbehaglich. »Was kannst du nicht tun? Essen?«

Ich seufze. Ich weiß es selbst nicht genau. Also was ist es, Mia? Ich darf keine ganze Stunde vergeuden, in der ich mein Solo üben könnte. Ich darf das Risiko nicht eingehen, dass jemand glauben könnte, ich würde bevorzugt, weil ich Monsieur Dabrowskis Sohn kenne, oder dass ich das alles nicht ernst nähme. Einen kurzen Moment stelle ich mir vor, wie mein Lehrer mir eröffnet, dass ich es doch nicht verdient habe, die Odile zu tanzen. Mir läuft ein Schauer den Rücken hinunter, und es ist keiner von der wohligen Sorte.

»Als wir am Sonntag den Zug verpasst haben«, sage ich mit gesenkter Stimme, »hätte ich große Schwierigkeiten bekommen, wenn wir es nicht rechtzeitig zurückgeschafft hätten.« Durch die Glasscheiben sehe ich ein paar Schüler den Flur entlangkommen und das Studio neben meinem betreten, ein Zeichen dafür, dass der Unterricht in Kürze beginnen wird. »Und jetzt, wo ich die Odile tanze …«

»Musst du stundenlang trainieren, ich verstehe schon«, sagt Louis. »Aber Mittag essen musst du so oder so, stimmt's?«

»Hm … ja.«

»Und wenn das Mittagessen so oder so stattfindet, glaubst du dann wirklich, dass der Ort, an dem besagtes Mittagessen stattfindet, Einfluss auf dein Können als Tänzerin haben wird?«

»Louis …«

Wie kann es sein, dass jemand die ganze Zeit dermaßen süß ist?

»Es war eine ehrliche Frage.«

»Ich habe nur eine Stunde Mittagspause …« Ich spüre, wie meine Entschlossenheit wankt. Nein zu Louis zu sagen ist womöglich das Schwerste, was ich je getan habe, die *fouettés* eingeschlossen, die ich gerade geübt habe.

Eine Frau kommt in den Raum, wahrscheinlich die Lehrerin einer anderen Stufe, und wirft mir einen verwunderten Blick zu. Ich lege besser auf.

»Ich verstehe dich«, fährt Louis fort. Er klingt plötzlich ernst. »Es ist wahrscheinlich sowieso keine gute Idee. Ich möchte deiner Leidenschaft für das Ballett nicht im Weg stehen.

Ich bin plötzlich hellwach. »Niemand könnte meiner Leidenschaft für das Ballett je im Weg stehen.«

Ich höre ihn seufzen, aber er erwidert nichts. Mein Herz zieht sich schmerzhaft zusammen. Mir kommt unsere Unterhaltung in den Sinn, in der es darum ging, für etwas zu brennen, und wie er dazu steht, und ich habe Sorge, das Falsche gesagt zu haben. »Ich muss los«, sage ich nach einem Blick auf die Uhr an der Wand.

»Okay. Dann tschüss, Mia.«

Ich atme tief durch, mein Finger schwebt schon über dem roten Hörer. Doch etwas hält mich davon ab, das Gespräch zu beenden.

»Louis?«

»Ja?«, sagt er schnell.

»Kannst du mir etwas versprechen?« Ich spüre, wie sich meine Mundwinkel heben. »Es ist nur ein Mittagessen. Morgen, eine Stunde lang. Und egal, was passiert, wir fahren nicht aufs Land.«

Er lacht. Es ist der wunderbarste Klang von ganz Paris. »Versprochen, Mia. Aber nur dieses eine Mal.«

Ich kann nicht aufhören zu lächeln, und ich will es auch gar nicht.

Kapitel 12

Erst nach dem Morgenunterricht am nächsten Tag wird mir vollkommen bewusst, dass ich eine Verabredung mit Louis habe. Eine richtige Verabredung. Klar, wir waren schon essen und haben Paris zusammen entdeckt, aber das hier scheint bedeutender. Vielleicht liegt es daran, dass man normalerweise ein paarmal mit jemandem ausgeht, bevor man ihn seiner Urgroßtante vorstellt.

Ich ziehe die Sachen an, die ich am Morgen ausgewählt habe: einen weißen Rock, ein schwarzes Spaghettiträgertop und ein goldenes Armband. Dann sprühe ich mir Haarspray in die Haare, tupfe Concealer unter meine Augen und trage meinen zartrosa Lieblingslippenbalsam auf. Ich lächle meinem Spiegelbild zu. Ich möchte hübsch aussehen, aber nicht so, als hätte ich mir Mühe gegeben.

Ich spähe aus der Umkleide, bevor ich auf den Gang trete, und komme mir dabei total albern vor. Normalerweise esse ich mit Lucy, Anouk und ein paar anderen Mädchen aus ihrer Stufe zu Mittag. Audrey trifft sich nur mit Mädchen aus Stufe Fünf, dabei verstehen sie sich noch nicht einmal besonders gut. Ich verbringe meine Pause lieber mit Menschen, die nicht alles so verbissen sehen.

»Ich muss in der Mittagspause ein paar Sachen erledigen«, habe ich Lucy beim Frühstück erzählt. »Wartet nicht auf mich. Ich hole mir unterwegs ein Sandwich.«

Sie hat mich fragend angeguckt. »Was für Sachen?«

»Ein paar … Dinge«, erwiderte ich und wünschte mir, ich hätte mir eine bessere Geschichte ausgedacht.

Es sieht mir nicht ähnlich, Geheimnisse zu haben. Tatsächlich war ich bisher stets ein offenes Buch für alle. Ich habe im Alter von zwei Jahren mit dem Ballett angefangen und sofort beschlossen, dass ich nie etwas anderes machen würde. Seit damals habe ich jedem, der es hören wollte, verkündet, dass ich Profitänzerin werden würde. Ich habe meine Eltern nie angelogen, bin nie auf einer Party gewesen, während sie dachten, ich würde bei einer Freundin übernachten. Ich habe nie behauptet, mit den Hausaufgaben fertig zu sein, wenn es nicht so war. Stattdessen habe ich mich beeilt, sie zu erledigen, damit ich die Abende und Wochenenden mit Tanzen verbringen konnte. Ich musste keine Geschichten erfinden. Jeder, der mich kannte, wusste, was in meinem Leben vor sich ging.

»Dinge?«, fragte Lucy neckend. Und dann flüsterte sie, als wäre ihr plötzlich ein Licht aufgegangen: »Brauchst du Tampons? Ich habe welche.«

»Nein, ich …« Beinah wäre ich mit allem herausgeplatzt, aber ich konnte mich gerade noch rechtzeitig bremsen. Ich konnte Lucy nicht verraten, dass ich mitten an einem Schultag einen Jungen zum Essen traf, weil ich noch nicht so weit war, es mir selbst einzugestehen.

Stattdessen behauptete ich errötend, Medizin gegen meine Allergien zu besorgen. Lucys Miene verriet mir, dass sie es geschluckt hatte. Bingo.

Als ich an unserem Treffpunkt ankomme, wird mir bewusst, dass Louis mir keine Adresse eines Cafés oder Restaurants genannt hat. Tatsächlich stehe ich in der Mitte einer unscheinbaren Straße. Ein Blick auf mein Handy bestätigt mir, dass ich genau da bin, wo ich sein sollte. Hinter mir erheben sich ein paar hohe gläserne Bürogebäude, am Straßenrand parken Autos. Ein Bus rauscht an mir vorbei und hält ein paar Meter weiter. Menschen steigen aus, andere ein, und ich beginne an unserer Verabredung zu zweifeln. Aber dann entdecke ich Louis, der auf mich zuläuft, und lächle.

Er erwidert mein Lächeln, und alle Bedenken, mich aus der Schule geschlichen zu haben, sind wie weggefegt. Ich mustere sein Äußeres, das aus dem für ihn typischen verknitterten Leinenhemd, hellblauen Chinos und verstrubbelten Haaren besteht. Inzwischen ist es mir sehr vertraut und immer noch irgendwie … sexy. Außerdem trägt er einen Picknickkorb. Weiße Stoffservietten und eine Flasche Sprudelwasser ragen heraus, aber es ist der Anblick des Baguettes, bei dem mir das Wasser im Mund zusammenläuft. Wenn ich wieder zu Hause bin, werde ich einen Weg finden, sie nach Westchester zu importieren. Jetzt, da ich den Geschmack von Baguette kenne, das frisch aus dem Ofen kommt, möchte ich keinen einzigen Tag mehr darauf verzichten.

Zum ersten Mal zucke ich nicht zusammen, als Louis

sich vorbeugt, um mich auf die Wangen zu küssen. Ich bin die Ruhe selbst. Ich bin eine *blasé Parisienne*, die ihre gutaussehende Verabredung zum romantischen Mittagessen trifft und für die das keine große Sache ist. Und nun, da ich *la bise* gemeistert habe, bewege ich mich so langsam wie möglich, damit ich die Wärme von Louis' Haut lange an meiner spüre. Er riecht, als verbrächte er seine Zeit draußen. Nach Sonnenschein und etwas Waldigem, das ich nicht einordnen kann.

»Ich hatte irgendwie gehofft, du würdest ein rosa Trikot tragen, vielleicht sogar ein Tutu«, sagt er mit funkelnden Augen.

Ich erröte. »Ach, wirklich?«

Beim Anblick meiner roten Wangen kann er nicht widerstehen, mich weiter aufzuziehen.

»Ja. Ich wette, du sähest darin total ...« Er hält inne und sieht mir in die Augen. Ich sehne mich danach, dass er den Satz beendet. »... ballerinamäßig aus«, fährt er neckend fort.

Ich verberge meine leichte Enttäuschung hinter einem Lachen. »Ich kann bestätigen, dass ich in meinem Trikot tatsächlich wie eine Ballerina aussehe.«

»Gut«, sagt er. Sein Blick hält mich immer noch gefangen. »Ich schätze, ich werde mir den Anblick einfach weiter vorstellen müssen.«

Die Welt bleibt stehen. Alles wird still. Manchmal kommt es mir vor, als würde ich mir Louis nur einbilden. Denn ich hätte nie gedacht, dass ein Junge solche Gefühle in mir wecken könnte. Ich möchte, dass es niemals aufhört.

»Mademoiselle«, sagt Louis auffordernd. Er bietet mir

seinen Arm an. Na schön, ich komme auf die Erde zurück, denke ich, und hake mich bei ihm unter.

Dann zeigt er auf eine Treppe aus grünem Metall seitlich hinter mir. »*Par ici*«, sagt er und führt mich die Stufen hinauf. Hier entlang.

»Was ist das hier?«, frage ich, als wir oben sind. Wir stehen am Anfang eines schmalen Weges, der von vielen Pflanzen, Bäumen und Bänken gesäumt wird. Über uns wölbt sich ein Himmel aus grünen Blättern. Es ist wie eine Oase in der Mitte der Stadt.

»Das«, sagt Louis, während wir losspazieren, »ist der französische Vorfahre der …«

»Highline in New York!«, rufe ich dazwischen. Ich kenne den erhöhten Fußgängerweg, der durch Downtown Manhattan führt gut.

»Yep. Ich war mit meiner Mutter dort, als sie beruflich in New York zu tun hatte, und bin ihn bestimmt dreimal hoch und runter gelaufen. Franzosen mögen alles Amerikanische, aber ich glaube, das beruht auf Gegenseitigkeit. Wir klauen ständig Ideen beim anderen.«

Ein Schild informiert mich darüber, dass die Pariser Variante *Promenade plantée* heißt, was viel poetischer klingt und in etwa bepflanzter Spazierweg heißt. Louis erzählt, er erstrecke sich meilenweit – also, kilometerlang –, aber wir brauchen nicht lang zu laufen, um eine leere Bank neben einem Rasenstück zu finden.

»Ich liebe eine schöne Terrasse«, sagt Louis, während er die Leckereien aus seinem Korb holt: Käse, *charcuterie,* das heißt Aufschnitt, einen Rotebeete-Karotten-Salat aus dem Deli bei ihm um die Ecke und einen Becher mit Kirschtomaten. »Aber da es in Schulnähe sein musste und cool genug, um dich zu beeindrucken, dachte ich, hiermit würde ich zwei Fliegen mit einer Klappe schlagen.«

»Es ist perfekt«, versichere ich ihm. Ich reiße mir ein Stück von dem Baguette ab. Die harte Kruste bröckelt und enthüllt das weiche, fluffige Innere. Himmlisch!

Sich mit Louis zu unterhalten, fällt leicht. Er berichtet, dass seine Mutter nächste Woche aus London zu Besuch kommt. So wie er über sie redet, nehme ich an, dass sie ihm nähersteht als sein Vater, obwohl sie aus beruflichen Gründen weggezogen ist. Ich kann mir nur schwer vorstellen, wie Monsieur Dabrowski etwas anderes macht, als zu brüllen: »Höher! Tiefer! Schneller! Langsamer!« Ich frage mich, wie ihre Beziehung wohl aussieht. Augenblicklich spüre ich das Unbehagen, das der Gedanke an meinen *maître de ballet* in mir auslöst. Louis' Vater hält mein Schicksal in seinen Händen. Ich bin überzeugt, der Direktor des ABT-Nachwuchsprogramms schätzt seine Meinung höher ein als die irgendeines anderen. Mit Louis auszugehen ist bestenfalls riskant und schlimmstenfalls komplett falsch. So falsch. Aber auch so schön.

Nachdem wir den Großteil des Essens verputzt haben, werfe ich einen Blick auf meine Armbanduhr.

»Siehst du«, sagt Louis, als wir aufstehen und uns zum Gehen wenden. »Ein schnelles, unkompliziertes, leckeres Mittagessen. Genau wie versprochen.«

»Danke, es war ganz toll.«

Du bist toll, würde ich am liebsten sagen, während wir Becher und Servietten einpacken. Ich kann nicht glauben, dass ich hierzu ja gesagt habe, aber ich kann auch nicht glauben, dass ich fast nein gesagt hätte. Ich merke, wie ich mir wünsche, den ganzen Nachmittag mit Louis zu verbringen, in Paris herumzuspazieren und all seine Lieblingsorte zu entdecken.

»Mia«, sagt Louis. Er beugt sich so weit vor, dass ich den süßen Duft von Tomaten in seinem Atem riechen kann. Er starrt mit funkelnden Augen meinen Mund an, und mir bleibt das Herz stehen. Ich weiß, was er vorhat, und erstarre vor Angst, den Moment zu ruinieren. Er rückt näher, und ich denke, das ist die reinste Folter, aber eine exquisite Form der Folter, und ich möchte mehr davon, bitte und *merci*.

»Du«, sagt er leise, »hast überall Brotkrümel im Gesicht.« Ich glaube, er wischt sie mit seinem Daumen weg, aber in Wahrheit bin ich mir nicht sicher, was gerade passiert.

Als ich wieder klar denken kann, gehen wir die Treppe hinunter, laufen die Rue de Lyon entlang und kehren zum Place de la Bastille zurück. Aber in dem Moment, als wir auf dem Platz ankommen, bleibe ich wie angewurzelt vor dem modernen Opernbau stehen. Fernando, mein Klassenkamerad und Tanzpartner, steht dort und unterhält sich mit einem Mädchen, das ich als eine unserer Hilfslehrerinnen erkenne: Sarah, ein anmutiger Rotschopf, die immer sehr taff und ernst für ihre achtzehn Jahre wirkt. Wenn ich weitergehe, werden sie mich sehen. Und Louis.

Mir bleibt keine Zeit nachzudenken. Ich flitze zu der Bushaltestelle zurück, an der wir gerade vorbeigelaufen sind, und verstecke mich hinter einem Werbeplakat. Dann spähe ich durch die Plexiglasabtrennung zu Fernando und Sarah hinüber, die immer noch an Ort und Stelle stehen.

Das hier ist nicht gerade mein bester Moment. Er wird noch beschämender, als Louis zu mir hinter das Plakat eilt.

Der Ausdruck auf seinem Gesicht ist eine Mischung aus Adrenalin und Belustigung. Ich bin ziemlich sicher, mir steht ins Gesicht geschrieben, dass ich am liebsten im Erdboden versinken würde. Ich schenke ihm ein peinlich berührtes Lächeln.

»Versteckst du dich vor dem Typen?«, fragt Louis. Er wirft einen Blick über meine Schulter. »Denn er ist weg.«

»Oh«, sage ich erleichtert. »Ich habe mich nicht vor *ihm* versteckt …«, antworte ich mit hochroten Wangen. Ich sollte besser die Klappe halten.

»Du wolltest nur nicht, dass er dich sieht.« Louis beißt sich auf die Unterlippe, um nicht loszulachen.

»Nein. Ich meine, ja. Ich meine … es ist kompliziert.«

»Er ist in deinem Kurs, oder?«

»Es ist nicht das, was du denkst«, erwidere ich schnell. Ist Louis womöglich eifersüchtig? Es stimmt, Fernando ist total süß, aber er ist nicht Louis. Keiner ist wie Louis.

»Du denkst, dass du nicht möchtest, dass die Leute vom Ballett sehen, was du in deiner Mittagspause machst«, sagt er. »Weil es nur dich etwas angeht, was du außerhalb des Balletts machst.«

»Oh«, sage ich mit weit aufgerissenen Augen. »Also dann ist es genau das, was du denkst.«

Wir lachen beide, und mir geht es sofort besser. Aber dann denke ich an Odile. Ich war außer mir vor Freude, als Monsieur Dabrowski meinen Namen genannt hat. Er hat mir die Chance meines Lebens eröffnet. Das darf ich nie vergessen.

»Du hast ein Recht auf Privatsphäre. Keiner muss von uns wissen.«

Mein Herz braucht einen Moment, um sich von diesem *uns* zu erholen. Da glaubt man, auf die Vergabe der Rollen zu warten, wäre nervenaufreibend gewesen, dabei werde ich nun wahrscheinlich die halbe Nacht wachliegen und über die Bedeutung dieses *uns* nachgrübeln. »Ich nehme das Programm sehr ernst und …«

»Du musst dich vor mir nicht rechtfertigen«, sagt er ernst. »Und ich werde niemandem etwas verraten.«

Ich stoße einen erleichterten Seufzer aus. »Nicht mal Max?«

Louis schüttelt den Kopf, als wäre das eine alberne Frage. »Auf gar keinen Fall.« Er wirft einen Blick auf die Uhr und fügt hinzu: »Ich sollte dich also besser nicht zur Schule begleiten.«

»Nein, ich werde einfach …«

Wir starren uns einen langen, bedeutungsvollen Moment an. Seine braunen Augen blicken suchend in meine, als würde er mir gern etwas Wichtiges sagen, fände aber nicht die richtigen Worte. Schließlich seufzt er und nimmt stattdessen meine Hand. Seine Hand fühlt sich warm und weich an und meine passt genau hinein. Unsere Hände scheinen wie füreinander gemacht.

»Du musst los«, sagt er mit leiser, rauer Stimme, aber anstatt meine Hand loszulassen, packt er sie fester und zieht mich ein wenig näher.

»Muss ich«, sage ich, mache einen Schritt auf ihn zu und schließe die Lücke zwischen uns. Unsere Gesichter sind nur wenige Zentimeter voneinander entfernt, meine Beine fühlen sich an wie Wackelpudding.

»Also, ähm … tschüss«, sage ich, aber es klingt eher wie eine Frage. Er beugt sich vor, doch anstatt meine Wange zu küssen, hält er inne. Sein Gesicht ist direkt über meinem. Ich stehe einfach da und halte die Luft an. Gespannt. Hoffnungsvoll. Kribbelig. Und absolut panisch zugleich. Es kommt mir vor, als befänden wir uns schon so lange in diesem festgefrorenen Zustand, dass uns alle anstarren.

Ich werfe einen Blick zur Seite. Niemand schenkt uns Beachtung oder zuckt auch nur mit der Wimper. Paris ist schließlich die Stadt der Liebe. Ich habe schon so viele Paare gesehen, junge wie alte, die sich auf der Straße geküsst, sich auf den engen Bürgersteigen umarmt oder sich an einer belebten Straßenecke tief in die Augen geschaut haben, während rechts und links von ihnen die Fußgänger vorbeiströmten. Jeden Tag spaziert man an dutzenden Liebesgeschichten vorbei und erhascht einen kurzen Blick auf diese intimen Momente. *L'amour est dans l'air.* Es ist so leicht, sich davon mitreißen zu lassen.

Mit einem Mal wird mir klar: Wenn ich wirklich will, dass etwas passiert, darf ich es nicht allein dem Märchenprinzen überlassen. Also stelle ich mich auf die Zehenspitzen und blicke zu ihm hoch. Wir sind uns so nah, dass ich seinen Atem spüre. Doch kurz bevor sich unsere Lippen berühren, neige ich den Kopf zur einen Seite und er den seinen zur anderen, so dass wir uns ganz knapp verfehlen und sein Kuss mich rechts *neben* dem Mund trifft.

Und obwohl ich mich mit den französischen Gepflogenheiten noch nicht sehr gut auskenne, weiß ich, dass das hier überhaupt nichts war. Kein freundlicher *bise.* Kein richtiger Kuss. Nur ein seltsames Dazwischen, das zugleich alles und nichts bedeutet.

Habe ich gerade meine erste Gelegenheit auf einen echten französischen Kuss verpasst? Ich wünschte, ich wäre verwegen genug, mich erneut vorzubeugen und meinen

Mund fest auf seinen zu pressen, aber der Nachmittagsunterricht beginnt in wenigen Minuten, und ich muss mich noch umziehen. Ich werde wieder einmal rennen müssen. Ich möchte die Dinge nicht so belassen, aber die Wahrheit lautet: Falls zwischen Louis und mir etwas passieren sollte – trotz aller Gründe, die dagegensprechen –, möchte ich einen echten Kuss. Kein kleines Irgendwas hinter einer Bushaltestelle, neben einer alten Dame, die laut schmatzend Kaugummi kaut. Das hier ist kein Paris-Moment, jedenfalls keiner, wie er mir vorschwebt. Und meine Zeit in der Stadt der Liebe ist noch lange nicht vorbei.

»Louis«, sage ich.

»Mia«, erwidert er sanft.

»Sehen wir uns am Wochenende?«

Er lächelt. »Es ist schon bald wieder Wochenende, nicht wahr?«

Nicht bald genug. Ganz und gar nicht.

Kapitel 13

Zum Ende der zweiten Woche verkündet Monsieur Dabrowski eine Änderung im Stundenplan: Während der nächsten vier Wochen werden die Nachmittage den Schwanenseeproben vorbehalten sein. Er wird zunächst mit dem *corps de ballet* arbeiten und dann mit den Hauptrollen, Odette, Odile (das bin ich!) und Prinz Siegfried. Seit Max uns die Choreographie beigebracht hat, habe ich zu jeder Gelegenheit kleine Stücke davon geübt, vor und nach dem Unterricht natürlich, aber auch in der Mittagspause, bevor ich ins Bett gegangen bin und sogar unter der Dusche. Kleine Randnotiz: Ich kann es nicht empfehlen, *pirouettes* auf einer nassen Oberfläche zu drehen.

»Mia, Fernando, zeigen Sie mir das *entrée* und *adage* aus Ihrem *pas de deux* im dritten Akt«, sagt Monsieur Dabrowski, als nur noch wir vier im Studio sind. Ein Pianist ist auch dageblieben, aber sie sind alle so gut darin, mit dem Hintergrund zu verschmelzen, dass sie normalerweise eins mit der Musik werden.

Ich atme tief durch, als Fernando und ich uns an den entgegengesetzten Enden des Raums in Position begeben. Bis jetzt ist es mir nicht mal in den Sinn gekommen, ihm anzubieten, vor unserer Stunde mit Monsieur Dabrowski gemeinsam zu proben. Ich wette, Audrey hat es getan, und wenn es Zeit für ihr Duett ist, werden sie wunderbar miteinander harmonieren. Ich werfe Fernando einen Blick zu und bekomme Bauchgrimmen. Louis' Gesicht steht mir plötzlich vor Augen, doch ich schüttle den Kopf, um es zu vertreiben. Nicht jetzt, Mia! Wenn Monsieur Dabrowski wüsste, an was oder wen du gerade denkst … Ich fürchte, nicht gut genug vorbereitet zu sein für das strenge Urteil unseres *maître de ballet*, aber andererseits werde ich das wahrscheinlich nie sein. Er nickt dem Klavierspieler zu, und die Musik setzt ein. Fernando und ich tanzen aufeinander zu, und mit jedem Schritt schwinden meine Sorgen. Wir können es schaffen. Wir werden es schaffen.

»Deine Absichten müssen klarer zu erkennen sein, Fernando!«, ruft Monsieur Dabrowski Fernando zu, während dieser mich in die Höhe stemmt. »Achte auf dein Bein, Mia, ein bisschen mehr Tempo, Fernando.«

Als unser Part endet, weist er uns an, von vorn zu beginnen. Wieder und wieder.

»Weicheres *port de bras*, Mademoiselle Jenrow. Rundere Arme!«

Keiner seiner Kommentare überrascht mich, insbesondere nicht derjenige über mein *port de bras.* Es hat mir schon so viel Kummer bereitet. Es richtig hinzubekommen ist in *Schwanensee* besonders wichtig. Im Gegensatz zu echten Schwänen, die starke und anmutige Flügel haben, müssen wir arme Menschen uns mit den albernen Stöcken abmühen, die wir Arme nennen. Und obwohl es nicht sonderlich schwer aussieht, ihre Bewegungen möglichst getreu nachzuahmen, erzeugt es ein solches Brennen in den Muskeln, dass man das Gefühl hat, die Arme nie wieder heben zu können. Einfach gesagt, wenn man es abends noch schafft, sich ein Stück vom Baguette abzureißen, hat man beim Trainieren des *port de bras* irgendetwas falsch gemacht. Ich nehme an, das war der Grund für Audreys schmerzverzerrte Miene und ihr Gegrummel, als sie gestern Abend ihr Ratatouille gegessen hat. Seit dem Vorfall mit dem piepsenden Handy ist sie mir aus dem Weg gegangen, was vollkommen okay für mich ist. Ich wäre momentan damit überfordert, die schlechte Laune anderer Leute auszuhalten.

»Lassen Sie uns an dieser Stelle eine Pause einlegen«, sagt Monsieur Dabrowski nach der ungefähr zehnten Runde.

Schweiß rinnt zwischen meinen Brüsten hinunter. Ich bemühe mich, möglichst geräuschlos wieder zu Atem zu kommen, während er unsere Darbietung durchgeht.

Er wendet sich zunächst an Fernando. »Sie brauchen mehr Kontrolle, wenn Sie sie heben. Sie muss Ihnen hundertprozentig vertrauen können, damit sie sich auf ihre Schritte konzentrieren kann. Wenn sie den Eindruck hat, Ihre Arme wären schwach, dann gefährden Sie damit nicht nur Ihren Tanz, sondern auch den von Mademoiselle Jenrow.« Fernando nickt bei jedem Wort und absorbiert alles. Es ist mir schon früher aufgefallen, wie gut er Kritik annehmen kann. Er zeigt kein Anzeichen von Nervosität oder Verärgerung, er hört einfach aufmerksam zu.

Dann bin ich an der Reihe. Ich atme tief durch und sage mir, dass alles gut werden wird, egal was jetzt kommt. Dafür werde ich sorgen.

»Ein bisschen mehr Tempo, Mia. Sie waren ein paarmal nicht synchron mit ihm. Er sollte niemals auf Sie warten müssen.«

»Selbstverständlich nicht«, antworte ich ernst. Aber innerlich mache ich einen Luftsprung vor Freude. Von allen Herausforderungen, welche die Rolle der Odile für mich bereithält, ist diese am leichtesten zu meistern.

»Und dieses *port de bras*«, fügt er kopfschüttelnd hinzu. »Ich möchte mich nicht wiederholen, aber nächstes Mal erwarte ich eine fließendere Bewegung. Keine steifen Arme, haben wir uns verstanden?«

»Ja, natürlich«, antworte ich und wappne mich für mehr. Das nächste, was er sagt, haut mich um.

»Audrey, zeigen Sie mir Ihr Solo aus dem zweiten Akt, während wir diesen beiden eine Pause gönnen.«

Moment mal, das war's? Ich bin fast versucht ihn zu fragen, ob er etwas vergessen hat. Innerlich hatte ich mich darauf vorbereitet, zu hören zu bekommen, dass ich weit davon entfernt sei, ein würdiger schwarzer Schwan zu sein, oder zumindest eine lange Liste mit Kritik an meinem *grand jeté* oder meinen *pirouettes* zu ernten. Aber der Fokus unseres Lehrers liegt jetzt auf Audrey, die in der Mitte des Raums in Position geht. Fernando und ich sehen ihr immer noch keuchend von der Bank aus zu.

Ihre Darbietung ist makellos. Jeder ihrer Schritte ist so sorgfältig ausgeführt. Und ihr *port de bras* ist zweifellos spitze getanzt, Wortspiel beabsichtigt. Ihre Miene entspannt sich, sobald die Musik verklingt. Sie lächelt nicht, aber ich sehe, wie zufrieden sie mit sich ist.

Monsieur Dabrowski schreitet eine Weile im Studio auf und ab, als überlege er, was er sagen solle. Endlich bleibt er mit geschürzten Lippen stehen. »Wie ging es Ihnen, während Sie getanzt haben?«

Audrey runzelt die Stirn. »Äh, gut …«

Er nickt. »Woran haben Sie gedacht?«

»Während meines Solos?« Audrey wirkt durcheinander. Mir würde es ebenso gehen. »Über die Schritte … daran, was als Nächstes kommt.« Sie klingt unsicher.

Unser *maître* nickte wieder, seine Miene offenbart nichts. Dieser Mann ist mir ein Rätsel. Eines, das sehr schwierig zu lösen ist. »Können Sie mir den Inhalt von *Schwanensee* erzählen? Wie lautet Odettes Geschichte?«

Audreys Stimmung hebt sich. Die Antwort darauf kennen wir alle. »Auf ihr liegt ein Fluch. Sie ist bei Tag ein Schwan und bei Nacht eine junge Frau. Sie wird erst frei sein, wenn ein Mann ihr verspricht, sie zu lieben, und zwar sie allein.«

»Und wie glauben Sie, geht es ihr damit?«

Audreys Brust hebt und senkt sich langsam. Sie ist immer noch dabei, wieder zu Atem zu kommen, und betet wahrscheinlich, bald vom Haken gelassen zu werden. »Sie ist traurig … und verwirrt. Und wütend?«

»Sie wissen es nicht«, sagt Monsieur Dabrowski scharf. Es ist keine Frage. »Sie haben sich die Schritte eingeprägt, sie führen sie extrem gut aus. Aber Sie begreifen nicht, was Odette fühlt. Sie stecken nicht in ihrer Haut, kennen ihr

Herz oder ihren Geist nicht. Sie sind nicht der weiße Schwan. Sie sind nur Audrey Chapman, die so tut als ob.«

Audreys Augen werden groß, während er spricht. Meine ebenfalls. Ich kann nicht fassen, dass er das gerade gesagt hat. Sie ist die beste Tänzerin, die ich kenne.

Wir proben noch etwas länger, aber ich merke deutlich, dass Audrey mit ihren Gedanken woanders ist. Sobald Monsieur Dabrowski den Raum verlassen hat, eilt sie zur Bank, zieht ihre Strickjacke über und wischt sich mit dem Handrücken über die schweißbedeckte Stirn und die Augenwinkel, die sich mit Tränen gefüllt haben. Dann schnappt sie sich ihre Tasche und rennt hinaus. Ich rufe hinter ihr her, aber sie ist entschlossen, so schnell wie möglich von hier abzuhauen. Ich kann es ihr nicht verdenken.

***

Auf dem Heimweg schlafe ich fast an die Schulter der Geschäftsfrau gelehnt ein, die in der Metro neben mir sitzt. Ein junger Mann in meinem Wagon singt ein Chanson à cappella, um sich etwas Geld zu verdienen, und die Musik wiegt mich in den Schlaf. Ich bin nicht einfach müde. Ich bin vollkommen erledigt, völlig ausgelaugt und absolut hinüber. Tatsächlich glaube ich, dass ich die wahre Bedeutung des Wortes *Erschöpfung* bis zu dieser Woche nicht gekannt habe. Klar, ich habe in der Vergangenheit schon zahlreiche Bittersalz-Bäder genommen, Kühlpacks auf sämtliche Körperteile gedrückt und unzählige Stunden mit Dehnübungen verbracht, während ich mir Ballettfilme mit den größten Ballerinen aller Zeiten angesehen habe. Aber ich hatte noch nie das Gefühl, die Schulter einer vollkommen Fremden wäre ein angebrachter Ruheplatz für meinen Kopf. Bis heute.

Ich erreiche das Wohnheim, nehme eine lange Dusche, schlüpfe in Jogginghose und T-Shirt und lege mich auf mein Bett. Bis zum Abendessen bleibt mir noch eine Stunde, und obwohl mein Kissen meinen Namen flüstert, gibt es etwas Dringenderes als Schlaf.

Mom ist die erste, die abnimmt.

»Hi!«, sage ich betont munter, doch heraus kommt eher ein Krächzen.

»Mia, endlich!«

»Hallo, Schatz«, sagt mein Dad, der sich den zweiten Hörer gegriffen hat. »Mach dir keine Gedanken deswegen. Wenn ich den Sommer in Paris verbrächte, hätte ich bestimmt auch Besseres zu tun, als meine alten Eltern anzurufen.«

»Aber wir freuen uns, von dir zu hören, wann immer du es schaffst, anzurufen, Mia«, ergänzt Mom. Ich kann praktisch hören, wie sie ihn kopfschüttelnd ansieht. In den vergangenen zwei Wochen haben wir ein paar Nachrichten hin und her geschickt, aber das hier ist erst das zweite Mal, dass wir ein richtiges Gespräch hinbekommen. Die Kombination aus meinem Unterricht, ihren Arbeitszeiten und dem Zeitunterschied macht es schwieriger, in Kontakt zu bleiben, als ich dachte.

»Ich hatte heute meine erste offizielle Probe, und es lief gut«, sage ich.

»Nur gut?«, fragt Dad.

Ich rutsche ein bisschen hin und her und richte das Kissen in meinem Rücken.

»Gut geht in Ordnung, Dad. Mehr als das, es ist spitze. Ich habe ein paar Sachen gesagt bekommen, aber es hätte viel schlimmer sein können.« Ich hätte weinend aus dem Studio laufen können wie Audrey, denke ich. Ich werfe einen Blick auf ihr Bett. Ihre Tasche liegt darauf, aber ich habe sie seit meiner Rückkehr nicht gesehen.

»Du klingst müde«, sagt Mom bedrückt.

Kein Wort zu meiner Probe, keine Frage danach, wie es für mich läuft. Ich würde am liebsten schnauben, aber ich möchte nicht, dass sie es hört. »Bin ich auch.«

»Schläfst du denn auch gut?«, fragt Dad.

»Ja, es ist nur …«

»Sie trainiert einfach zu hart«, beendet Mom den Satz für mich. Sie bemüht sich nicht einmal, den Ärger in ihrer Stimme zu verbergen.

»Ich trainiere nur so hart, wie es nötig ist.«

Ich füge nicht hinzu, dass ich ein wenig Heimweh habe. In Paris zu sein ist aufregend, aber es ist auch ganz anders als zu Hause. Ich vermisse Dads Pfannkuchen, in meinem eigenen Bett aufzuwachen, eingehüllt in weiche Laken, in denen nicht hunderte Schüler vor mir geschlafen haben, und nichts als Stille zu hören, anstatt das ständige Hupen der Autos und die Sirenen der Rettungswagen. Ihre Melodie, wenn man sie überhaupt als solche bezeichnen kann, ist vollkommen anders als bei uns, mit zwei sich abwechselnden Tönen. Das erste Mal, als ich sie hörte, bin ich voller Panik hochgeschreckt und habe mich gefragt, was los ist.

»Ich bin sicher, sie passt gut auf sich auf«, sagt Dad, aber auch er klingt zweifelnd.

Ich schließe die Augen. Die Lider fühlen sich schwer

und ein bisschen geschwollen an. »Ich gebe mir Mühe. Ich bin einfach so glücklich über die Chance, Odile zu tanzen, versteht ihr?« Aber kaum, dass ich die Frage gestellt habe, wird mir klar, dass sie es nicht nachvollziehen können. Sie begreifen nicht, dass es ohne diese Intensität nicht möglich ist, auf höchstem Niveau zu tanzen.

Wir reden noch eine Weile. Mom fragt, was ich mir in Paris schon alles angesehen habe, was es zum Frühstück gibt und wie meine Pläne für das Wochenende aussehen. Ich beantworte alle Fragen brav und bemühe mich, nicht allzu genervt zu klingen. Denn ich höre die darin versteckte Sorge: Machst du auch etwas anderes als Ballett?

Ich erwähne, dass ich ein paar gute Freundinnen gewonnen habe – Lucy und Anouk – und wir manchmal nach dem Abendessen noch einen Spaziergang durch das Viertel machen. Gestern Abend haben wir bei einer *fromagerie* Halt gemacht, den stinkigsten Käse gekauft, den sie hatten, und uns gegenseitig angestachelt, unser Stück als Erste aufzuessen. Es war nicht so widerlich, wie ich angenommen hatte, aber mein Atem roch heute Morgen immer noch komisch, selbst nachdem ich mir zweimal die Zähne geputzt hatte. Alles, woran ich denken konnte, war: Iss auf gar keinen Fall solchen Käse, bevor du dich mit Louis triffst.

»Ich bin neidisch«, sagt Dad lachend. »Das klingt lustig.«

Aber dann gähne ich laut, und Mom seufzt. »Mia.«

»Ja?«

»Es ist nur …«

»Was denn, Mom?«

»Du musst dich nicht bis zum Äußersten pushen. Denk daran, dass wir stolz auf dich sind, egal was kommt.«

Meine Kehle schnürt sich zu. Ich möchte am liebsten auflegen und die Worte aus meinem Gedächtnis streichen. Denn es mag sein, dass sie mich immer noch lieben würden und stolz auf mich wären, falls ich scheiterte, aber für mich selbst gilt das sicher nicht.

Kapitel 14

Das Wochenende kommt, und ich freue mich wie verrückt, ausschlafen zu können. Entspannt genieße ich ein spätes Frühstück mit meinen Freundinnen, bevor ich aufbreche, um Louis zu treffen und mit ihm … tja, ich weiß nicht was zu machen. Er hat mir geschrieben, er hätte eine tolle Idee für unseren gemeinsamen Nachmittag, aber als ich nachgefragt habe, hat er nur gesagt, es wäre eine Überraschung.

Am Frühstückstisch erzählen alle von ihren Plänen. Faul in der Sonne liegen, Sehenswürdigkeiten anschauen, shoppen gehen. Ich nicke und lächle, konzentriere mich aber den größten Teil der Zeit schweigend auf meine *tartines.*

»Kommst du mit zum Strand?«, fragt Lucy lachend, nachdem Anouk *Paris-Plage* erwähnt hat, den Stadtstrand, der im Sommer am Ufer der Seine aufgeschüttet wird.

»Ich kann nicht«, erwidere ich und weiche ihrem Blick aus. »Meine Tanten kommen in die Stadt.«

Lucy mustert mich verwundert, und ich fange einen zweifelnden Blick von Audrey auf. Ich bin so eine schlechte Lügnerin.

»Was habt ihr vor?«, fragt Anouk. Sie greift an mir vorbei nach einem Joghurt.

»Es ist … eine Überraschung.« Wahrscheinlich bin ich inzwischen knallrot, aber wenigstens stimmt dieser Teil.

»Ooo-kay«, sagt Lucy gedehnt, »aber morgen versetzt du uns nicht.«

Morgen ist der vierzehnte Juli, der französische Nationalfeiertag. Wir reden seit Wochen darüber, was wir machen werden und von wo aus wir uns das Feuerwerk ansehen wollen. Lucy hat sogar eine Chat-Gruppe für Leute aus unserem Wohnheim ins Leben gerufen, damit wir Ideen austauschen können. Zum Champ de Mars in der Nähe des Eifelturms zu gehen, hat gerade die Nase vorn, aber wir müssen früh da sein, wenn wir einen Platz mit guter Aussicht ergattern wollen.

Ich bemühe mich, empört auszusehen. »Natürlich nicht!«

Morgen werde ich auf keinen Fall etwas mit Louis unternehmen. Er hat mir gesagt, dass er *le quatorze juillet*, wie die Franzosen sagen, immer mit seinem Vater und der Verwandtschaft verbringt.

»Wann triffst du dich mit deinen Tanten?«, fragt Lucy. Ohne mich aus den Augen zu lassen, schiebt sie sich eine knallrote Erdbeere in den Mund. »Und wo?«

Ich starre sie einen Moment an, während ich überlege, ob

sie einfach nur neugierig ist oder … Wartet mal. Wir reden hier über Lucy. Neugier ist ihr zweiter Vorname.

Ich gucke auf die Uhr. »Schon bald, jetzt, wo du es sagst.« In Wirklichkeit treffe ich Louis erst am Nachmittag, aber ich werde meine Lüge nicht viel länger aufrechterhalten können. Meine Wangen werden heiß, und mir wird bewusst, dass ich besser abhaue, bevor ich noch alles ausplaudere und Louis' Namen preisgebe. »Wir treffen uns in der Nähe der *Opéra Garnier.*«

Lucy, Anouk und Audrey sehen mich alle an, und ich fürchte, jeden Moment beim Lügen ertappt zu werden. Streite alles ab, Mia. Es ist zu deinem Besten.

»Na dann viel Spaß«, sagt Anouk mit einem Ellbogenstoß zu Lucy.

Audrey zuckt mit den Schultern und … das war's. Ich bin vom Haken. Dennoch möchte ich mein Glück nicht herausfordern. Ich stehe auf, räume mein Tablett ab und verabschiede mich rasch, ehe ich nach oben renne, um meine Sachen zu holen.

Sobald ich auf der Straße stehe, beschließe ich, einfach Richtung *Opéra Garnier* zu schlendern, um die Zeit bis zu meiner Verabredung totzuschlagen. Auch wenn meine mit Blasen übersäten Füße protestieren. Nach ein paar Minuten überquere ich die Brücke vor Notre-Dame. Ich nehme mir endlich einmal die Zeit, sie in Ruhe zu bewundern. Vor ein paar Jahren hat ein schreckliches Feuer in der Kathedrale gewütet, und etliche Teile sind immer noch unter Planen verborgen, aber ich kann mir nicht vorstellen, dass sie einst majestätischer ausgesehen hat als jetzt. Ich atme tief durch, weil mir fast ein wenig schwindelig vor Glück wird, dass es mir vergönnt ist, die Stadt zu entdecken, von der so viele Menschen träumen. Eines Tages, wenn ich Profitänzerin bin, werde ich hoffentlich um die ganze Welt reisen, um zu tanzen, aber ich bin überzeugt, es wird nie wieder so besonders sein wie jetzt.

Als ich am anderen Ufer der Seine bin, verrät mir ein Blick auf mein Handy, dass mein Weg am Louvre vorbeiführen wird. Unterwegs lausche ich den Unterhaltungen um mich herum und fange kleine französische Gesprächsfetzen auf.

Eine Weile laufe ich hinter einer Gruppe französischer Mädchen her, die sich schier ausschütten vor Lachen und sich gegenseitig einen spielerischen Klaps auf den Arm geben, wann immer sie »*ce mec*« sagen. Fasziniert schließe ich zu ihnen auf, während ich gleichzeitig den Ausdruck in meiner App nachschlage. Es ist Slang für *der Typ.* Sie sprechen über Jungs. Mit einem Anfall von Gewissensbissen denke ich an das Frühstück zurück. Ich habe keiner Seele von Louis erzählt, nicht mal meinen Freunden zu Hause. Ich weiß, es klingt paranoid, aber ich habe Angst, selbst wenn ich es nur in einer Nachricht erwähne, wird eins der Mädchen aus meinem Wohnheim es herausfinden, und mein Leben wird vorbei sein: der Workshop, mein Auftritt als Odile und meine Chancen beim ABT.

Die Menschentraube, die um die *Pyramide du Louvre* herumsteht, ist noch dichter als die vor Notre-Dame. Der Gegensatz zwischen der eindrucksvollen dreieckigen Glaskonstruktion und dem Gebäude im traditionellen Stil ist faszinierend, und ich verbringe einige Zeit damit, das zu tun, was alle tun: Selfies machen. Ich wünschte, ich hätte jemanden, mit dem ich das alles teilen könnte, weil es in echt so viel schöner ist als auf dem Foto.

Ich schlendere hinüber zur Rue Saint-Honoré, eine Straße, in der sich eine traumhafte Boutique an die nächste reiht.

Es kommt mir so vor, als wären sämtliche Mädchen, die ich auf dem Bürgersteig entdecke, soeben einem Modemagazin entstiegen. Seidenkleider, raffinierte Riemchensandalen und Designerhandtaschen scheinen hier die Norm zu sein. Mit jedem Schritt werde ich befangener.

Es ist schön und gut für Louis, so geheimnisvoll zu sein, und ich habe nichts gegen Überraschungen, aber sie stellen mich vor ein großes Problem: Was trägt man, wenn man nicht weiß, was man unternehmen wird? Am Ende bin ich auf Nummer sicher gegangen und habe mich für einen ärmellosen schwarzen Jumpsuit, braune Plateausandalen und einen Pferdeschwanz entschieden.

Als ich mich schließlich der *Opéra Garnier* nähere, bin ich zu dem Schluss gekommen, dass mein Outfit vollkommen daneben ist. Beim Verlassen des Wohnheims war ich mir noch fast wie eine wahre *Parisienne* vorgekommen, doch jetzt steht fest, dass ich nicht einmal als schwache Kopie infrage komme.

Bevor der Panikmodus voll einsetzen kann, sage ich mir zwei Dinge: Ich bin eine Stunde zu früh dran für die Verabredung, und einige der besten Kaufhäuser der Welt sind direkt um die Ecke. Grandma Joan hat mir vor meiner Abreise einen Umschlag mit Taschengeld in die Hand gedrückt, und ich musste ihr versprechen, mir davon etwas Schönes zu kaufen. Jetzt scheint der perfekte Zeitpunkt dafür gekommen.

Die *Galeries Lafayette* sind voller Menschen, und mir wird schon bald schwindelig. Hier gibt es so viele verschiedene Marken – von den meisten habe ich noch nie gehört –, ich weiß gar nicht, wo ich anfangen soll. Nachdem ich einen Blick auf den Wegweiser geworfen habe, fahre ich mit der Rolltreppe nach oben, vorbei an einer Etage mit kostbaren Juwelen und einer anderen mit hochpreisigen Designerklamotten. Endlich erreiche ich einen Bereich mit Kleidern, die eher meinem Stil und meinem Geldbeutel entsprechen. Ich bin weit davon entfernt, eine Shoppingqueen zu sein, es sei denn man bezieht meine große Sammlung nicht-weißer Balletttrikots in die Bewertung mit ein, und mir wird schnell klar, dass ich keinen Plan habe, was ich hier tue.

Ich habe mich schon zehn Minuten vollkommen überfordert umgesehen, als eine Verkäuferin Anfang zwanzig mit blondierten Haaren, Ringen an sämtlichen Fingern und einem Namensschild, auf dem *Kim* steht, auf mich zusteuert.

»*Je peux vous aider?*«, fragt sie mit einem freundlichen Lächeln. Kann ich Ihnen helfen?

»*Non*«, entgegne ich rasch. Ich weiß nicht, was ich sonst sagen soll.

Aber sie lächelt einfach noch breiter. »*Vous chercher quelque chose de particulier?*« Suchen Sie nach etwas Bestimmten?

»Tja, äh«, stammle ich. Ich sehe an mir hinunter und stelle mir Louis vor. Wie sagt man auf Französisch: Ich möchte, dass ihm die Kinnlade bis auf den Boden fällt? »*J'ai un* date.«

Sie gluckst und wechselt ins Englische. »Sie haben ein romantisches Rendezvous?« Sie lächelt, als freue sie sich über die Herausforderung.

Ich nicke. »*Oui*, und ich möchte ihn unbedingt beeindrucken.« Es ist schön, endlich jemandem von Louis zu erzählen, auch wenn sie eine vollkommen Fremde ist.

»Kommen Sie mit«, sagte sie. »Ich habe ein paar Ideen.«

Ich beobachte ehrfürchtig, wie sie mit raschen, gezielten Handgriffen ein halbes Dutzend Sachen heraussucht. Die Art, wie sie durch den Raum wirbelt, die Bügel vom Ständer nimmt und sich die Kleider über den Arm legt, wirkt beinahe wie ein Tanz.

Kurz darauf schickt sie mich mit ihrer Beute in eine Umkleide.

»Ich bin in einer Minute wieder bei Ihnen«, sagt sie.

Ich hole tief Luft und sehe mir die Sachen an, die sie ausgewählt hat. Dazu gehören unter anderem ein schwarzes Kleid mit winzigen Pünktchen, ein kurzärmeliges weißes Hemd, eine enge pinkfarbene Hose und eine seidenweiche Bluse mit Blumenmuster, die federleicht ist. Sie sind alle wirklich schön, doch ich bin nicht sicher, ob sie meinem Stil entsprechen. Aber vielleicht ist gerade das der Punkt?

»Und, wie sieht es aus?«, fragt Kim plötzlich von draußen.

Ich stecke meinen Kopf am Vorhang vorbei, und sie bemerkt, dass ich immer noch meinen langweiligen schwarzen Jumpsuit trage.

»Ich weiß nicht, wo ich anfangen soll«, sage ich lachend.

Sie lächelt und schlüpft zu mir in die Umkleide. Nachdem sie jedes Teil ausgiebig gemustert hat, schürzt sie die Lippen. »Die Frage lautet, was soll er in Ihnen sehen?

Dieses Kleid ist romantisch und lädt zum Flirten ein, aber dieses Hemd sähe großartig aus und richtig sexy, wenn man nur die Hälfte der Köpfe schließen würde.«

Sie verstummt, um mir Zeit zum Überlegen zu geben.

»Sexy klingt gut, aber nicht zu sexy, ja?«

Sie wirkt beinah gekränkt. »Natürlich nicht! Sexy auf die französische Art. Vielsagend, sinnlich, aber niemals übertrieben.«

Ich grinse. »Genau das möchte ich.«

»Warten Sie!«, ruft sie, als wäre ihr eine Idee gekommen.

Sie rennt davon und kommt einen Moment später mit einem verführerischen dunkelblauen Kleid mit V-Ausschnitt und Spaghettiträgern zurück. Es wirkt fast wie ein Unterkleid, aber der Stoff sieht so herrlich aus, dass ich es sofort anfassen muss. Es ist butterweich, und ich kann kaum die Hände davon lassen.

»Vertrauen Sie mir«, sagt die Verkäuferin.

Das tue ich, doch schon vor dem Verlassen der Umkleide habe ich das Gefühl, nicht genug Stoff am Körper zu haben. Als ich aus der Kabine trete, würde ich am liebsten die Arme vor dem Körper verschränken, um die bloße Haut zu bedecken.

»Ich komme mir irgendwie nackt vor«, sage ich, während ich mein Spiegelbild anstarre.

Kim erwidert nichts, sie musterte mich nur von Kopf bis Fuß. Ich drehe mich im Kreis, und obgleich ich weiß, dass ich so nicht vor die Tür gehen kann, fühlt es sich gut an. Ich fühle mich gut.

»Darf ich ehrlich sein?«, fragt Kim.

Ich nicke, ohne den Blick vom Spiegel abzuwenden.

»Sie haben unglaublich tolle Beine, die müssen Sie einfach zeigen. Und sehen Sie nur, wie gut das Kleid am Po sitzt.«

Das ist wahr. Der weiche Stoff schmiegt sich perfekt um meine Kurven.

»Aber …«, sage ich.

Sie hebt den Zeigefinger, verschwindet in der Umkleide und kommt mit dem weißen Hemd wieder daraus hervor. Dann hilft sie mir, es überzustreifen. Sie schließt nur zwei Knöpfe, bindet die unteren Enden an meiner Taille zu einem Knoten und zieht dann das Kleid ein wenig in Form, um den Look zu vervollständigen.

»So«, sagt sie und tritt zurück, um ihr Werk zu bewundern. »Wie finden Sie sich?«

Ich starre mein Spiegelbild an. »Wäre es falsch zu sagen, dass ich mich ziemlich heiß finde?«

Sie lacht und nimmt einen Schuhkarton in die Hand, der mir jetzt erst auffällt. »Und jetzt mein Lieblingstrick: sexy Outfit, legere Schuhe. Auf die Weise gelingt es am besten, so auszusehen, als hätte man nur schnell irgendwas übergeworfen, selbst wenn man ein Ballkleid trägt.«

Sie öffnet den Karton. Darin liegt ein Paar dunkelblaue Espadrilles. Ich habe schon überall in der Stadt Mädchen damit gesehen. Sie tragen sie zu allem, von schicken Kleidern bis hin zu modischen Hosen.

Ich schlüpfe hinein – sie hat meine Größe perfekt erraten – und fühle mich sofort wohl darin, als stünde ich auf weichem Sand.

»Eine letzte Sache«, sagt sie mit einem Griff an meinen Hinterkopf. Sie zieht mein Haarband heraus, und ein

Wasserfall aus lockigen Haaren ergießt sich über meine Schultern.

Während ich mich im Spiegel studiere, füllt sich mein Bauch mit Schmetterlingen. Ich weiß, man sollte sich schön anziehen, um sich selbst zu gefallen. Hier geht es um mich, nicht darum, was ein Junge über mich denkt. Aber Louis wirkt immer so selbstsicher, dass ich mich manchmal frage, warum er sich mit mir abgibt. Heute möchte ich mich so fühlen, wie er aussieht: verwegen, unwiderstehlich und als läge Paris mir zu Füßen. Ich kann es kaum erwarten, dass er mich so sieht.

Kapitel 15

»Wow«, sagt Louis, als ich ihn an der Ecke Boulevard Haussmann und Rue Drouot treffe, ein paar Minuten von der *Opéra Garnier* entfernt. Seine Augen blitzen, während er mich ausgiebig mustert. »Hast du etwas mit deinen Haaren angestellt?«

»Nicht wirklich«, antworte ich. Innerlich klopfe ich mir auf die Schulter.

»Oh. Also, du siehst toll aus«, sagt Louis. »Richtig toll.« Sein Blick ruht noch etwas länger auf mir. Das allein war es wert, mein Sparschwein zu schlachten.

»Danke«, sage ich mit einem lässigen Schulterzucken. Mein altes Outfit steckt in einem Einkaufsbeutel, der über meiner Schulter hängt. Aber ich werde auf gar keinen Fall zugeben, welche Kleiderkrise ich gerade ausgestanden habe.

»Und was machen wir jetzt?«, frage ich.

Nicht, dass ich nicht gern darüber spräche, wie gut ich aussehe, doch ich bin neugierig. Ich habe die Gegend gegoogelt, als Louis mir den Treffpunkt genannt hat, aber nicht viele Hinweise gefunden.

Louis läuft los, die kleinere der beiden Straßen entlang, und ich beeile mich, ihm zu folgen.

»Ich habe viel über deine Familiengeschichte nachgedacht«, sagt er.

»Echt?«, erwidere ich erstaunt.

Wir bleiben vor einem modernen Glasbau stehen, der über und über mit roten Fahnen dekoriert ist, auf denen die Worte *DROUOT AUCTION HOUSE* zu lesen sind. Ein paar ältere Menschen gehen mit einem Katalog in der Hand, der dieselbe Farbe und denselben Schriftzug trägt, an uns vorbei ins Innere des Gebäudes.

»Komm mit«, sagt Louis und schließt sich ihnen an.

»Verrätst du mir jetzt, warum wir hier sind?«, frage ich.

»Wir«, flüstert er, nimmt meine Hand und führt mich durch die Eingangshalle, die voller gutsituierter grauhaariger Leute ist, »sind in einem Auktionshaus. Dem berühmtesten von Paris.«

»Auf den ersten Teil bin ich schon von allein gekommen«, sage ich lachend. »Aber warum?« Wir sind hier mit Abstand die Jüngsten. Und zwar mit einem Abstand von ungefähr dreißig Jahren.

Louis bleibt mitten in der Menge stehen und grinst über das ganze Gesicht, als er sagt: »Das Thema der heutigen Auktion sind impressionistische Gemälde, die seit Jahrzehnten oder länger niemand zu Gesicht bekommen hat. Von manchen wussten Kunstexperten nicht einmal, dass sie existieren.«

Mein Herz schlägt plötzlich schneller. »Willst du damit etwa sagen, sie haben einen verschollenen Degas hier?«

»*Oui*«, sagt Louis, dem der Ausdruck auf meinem Gesicht offensichtlich große Freude macht. »Möchtest du ihn sehen?«

Ich strahle ihn an. Ich hatte in den vergangenen Tagen nicht eine Minute Zeit, über die Zeichnung in Tante Viviennes Esszimmer, meine Vorfahrin oder die Degas-Legende nachzudenken. Aber Louis hat sich daran erinnert und sogar Nachforschungen angestellt. Falls er mich beeindrucken möchte, ist es ihm gelungen.

Wir erreichen den Ausstellungsraum, und durch die offene Tür sehe ich hellrote Wände, die von oben bis unten mit Gemälden bedeckt sind: mit großen und kleinen, gerahmten und ungerahmten. Etliche Menschen wandern umher, blicken von den Katalogen zu den Gemälden an der Wand, zeigen hierhin und dorthin und unterhalten sich mit ernsten Mienen. Der Wachmann überprüft meine Tasche, murmelt, wir sollten nichts anfassen, und fragt dann nach einer Einladung.

Louis guckt bestürzt. »*On n'a pas d'invitation*«, sagt er. Wir haben keine Einladung.

Der Wachmann schüttelt den Kopf. »*Je suis désolé.*« Er redet noch weiter, und Louis Miene wird mit jedem Wort, das er sagt, länger.

»Non, non«, sagt Louis aufgebracht. »*On en a pour deux minutes.*« Wir brauchen nur zwei Minuten.

Der Mann schüttelt wieder den Kopf, und sie reden noch eine Weile.

»Er lässt uns nicht rein?«, frage ich Louis, sobald ihre Unterhaltung stockt. Er sieht mich bestürzt an. »Es tut mir so leid, Mia. Ich hatte keine Ahnung, dass man für einige Auktionen eine Einladung braucht.«

Ich spüre, wie alle Luft aus meinem Körper weicht, und nicht nur, weil Louis so enttäuscht aussieht. Die letzten paar Minuten bin ich Grandma Joans Geschichten im Kopf noch mal durchgegangen, ich war ganz kribbelig vor Vorfreude, womöglich das große Familienrätsel zu lösen. Ich beginne gerade zu akzeptieren, dass dies nicht geschehen wird, als der Wachmann sich rasch nach allen Seiten umsieht. Dann blickt er von Louis zu mir und seufzt.

»*Trente secondes*«, flüstert er. Dreißig Sekunden. »*C'est tout.*« Das ist alles.

Louis reißt geschockt die Augen auf, als der Mann zur Seite tritt und uns nicht länger beachtet.

Ich schnappe mir Louis' Hand und wir flitzen los. Vor Aufregung klopft mein Herz wie verrückt. An den Wänden vor uns wimmelt es von Pastellfarben, kreativen Pinselstrichen und weichen Konturen. Viele kommen mir vertraut vor, doch nur einen Künstler erkenne ich auf der Stelle. Bei dem kleinen Gemälde handelt es sich um die Darstellung einer Tänzerin in einem leuchtend blauen Kostüm. Sie sitzt auf einer Bank und bindet sich die Schuhe. Es ist so präzise gemalt, dass ich wünschte, ich könnte mit den Fingern die seidenen Schleifen entlangfahren.

Unglücklicherweise kann man ihr Gesicht nicht erkennen, nur die dunkelbraunen Haare, die oben auf dem Kopf zu einem ordentlichen Dutt frisiert sind. Ich lese die Inschrift auf der kleinen Plakette, die neben dem Bild angebracht ist:

Edgar Degas
Environ 1879
Origine Inconnue
Titre Inconnu
Lieu Inconnu

Circa 1879. Herkunft, Titel und Ort der Darstellung unbekannt.

Ich stoße einen Seufzer aus. Es scheint, als ob jedes Mal, wenn ich zu hoffen wage, die Legende sei wahr, etwas geschähe, das mich daran erinnert, dass Träume nicht mehr als ein paar schöne Gedanken sind, mit denen man von Zeit zu Zeit der harten Realität entfliehen kann. Ich studiere das Bild erneut. Was fühle ich dabei? Ist es das eine? Aber bevor ich auch nur den Anflug einer Antwort in mir spüre, räuspert sich der Wachmann laut in unsere Richtung. Louis und ich wechseln einen nervösen Blick. Der Mann sieht so furchteinflößend aus, dass wir uns nicht mit ihm anlegen wollen. Ich werfe einen letzten Blick auf das Gemälde, bevor Louis mich fortzieht.

Zurück auf der Straße stehen wir eine Weile stumm auf dem Bürgersteig und sehen uns an.

Louis bricht als Erster das Schweigen. »Ich hatte wirklich gehofft, wir würden hier fündig.«

»Die Chance, dass es das richtige Bild sein könnte, war von Anfang an verschwindend gering.« Ich tue so, als wäre es keine große Sache, aber ich weiß, dass ich damit weder ihm noch mir selbst gegenüber ehrlich bin. Louis sieht echt enttäuscht aus, also warum kann ich nicht zugeben, dass es mir ebenso geht?

»Es tut mir leid, Mia. Ich hätte keine Hoffnung in dir

wecken sollen. Ich habe einfach gedacht … vielleicht hat das Bild deiner Ururgroßmutter ein Jahrhundert lang auf einem Dachboden vor sich hin gestaubt, und deine Familie hat es nur deshalb noch nicht gefunden. Ich war naiv.«

»Das waren wir wohl beide«, sage ich mit einem traurigen Lachen, aber er zuckt nur mit den Schultern und senkt den Blick auf seine Schuhe. »Wir sollten uns davon nicht den Nachmittag verderben lassen.«

»Nein … Es ist nur …«, sagt Louis, verstummt aber gleich wieder.

»Hey, ich habe eine Idee!«, sage ich, weil ich spüre, wie nötig wir eine Aufmunterung brauchen. »Wir werden das Bild vielleicht nicht finden, aber wir können uns zumindest auf seine Spuren begeben.«

»Oh!«, sagt Louis und wirkt gleich besser gelaunt. Er nimmt meine Hand und läuft los. Ich bin hin und weg davon, dass wir beide das Ziel kennen, ohne es laut aussprechen zu müssen.

***

Eine halbe Stunde später sind wir die Ersten in der Schlange, die sich vor der Kasse der *Opéra Garnier* gebildet hat. Um meine beste Aussprache bemüht sage ich: »*Deux tickets, s'il vous plaît.*«

Doch als ich mein Portemonnaie hervorhole, legt Louis mir die Hand auf den Arm. »Das geht auf mich«, sagt er. »Um den verpatzten Besuch beim Auktionshaus wiedergutzumachen.«

Ich schüttle den Kopf. »Das war doch nicht deine Schuld.«

Er zuckt mit den Schultern und zahlt, ehe ich ihm zuvorkommen kann. Offensichtlich ist er da anderer Meinung.

Wir haben das Gebäude kaum betreten, als in meinem Kopf auch schon das Kino losgeht. Ich sehe meine Ururur-großmutter vor mir, die vielleicht hier getanzt hat. Alles an diesem prächtigen Ort, von der imposanten, von Bronzestatuen flankierten Flügeltreppe über die farbenfrohe Decke der Hauptbühne bis hin zum prunkvollen, goldverzierten Ballsaal, steigert meinen Wunsch, Tänzerin zu werden, ins Unermessliche. Eines Tages möchte ich hier auftreten!

»Es bedeutet mir sehr viel, dass du es mir ermöglicht hast, das Bild zu sehen«, sage ich, als wir am Ende des großen Ballsaals angekommen sind. In diesem Teil des Gebäudes ist es ruhiger. Die Touristengruppen, denen wir am Fuße der Treppe begegnet sind, bewegen sich offenbar langsamer als wir. »Du … verstehst mich. Das kann ich nicht von vielen Menschen behaupten.« Zum Ende des Satzes hin wende ich den Blick ab, ich bedauere fast, so viel gesagt zu haben.

Louis rückt näher. »Warum? Du hast doch zu Hause bestimmt viele Freunde.«

Seufz. Hier ist die unschöne Wahrheit darüber, einem unmöglichen Traum nachzujagen, wie Mom es nennt. Sehr oft ist man allein damit. Die Leidenschaft für den Tanz nimmt allen Raum in einem und um einen herum in Anspruch, was es den Menschen schwer macht, zu einem durchzudringen.

»Ich habe Ballettfreunde, ja, aber die übrigen … sie verstehen es nicht«, erläutere ich ihm. »So wie meine Mom.«

»Sie mag das Ballett nicht?«

Ich denke einen Moment darüber nach. »Doch, ich glaube schon. Wenigstens hat sie es früher gemocht. Sie war Tänzerin und hat dann aufgehört. Ich weiß nicht genau, warum. Aber sie tut so, als müsste ich es genauso machen. Eine Weile Spaß daran haben und dann etwas Richtiges machen.«

»Wäre das denn so schlimm?«, fragt Louis ernst.

»Ja!« Ich starre ihn entgeistert an, weil ich mich frage, ob er mich auf den Arm nehmen will.

»Es tut mir leid, Mia«, sagt er und hebt abwehrend die Hände. »Ich wollte dich nicht … Ich denke nur, dass man etwas lieben kann, ohne ihm gleich sein ganzes Leben zu widmen.«

»Aber genau das ist mein größter Traum«, sage ich, unfähig, den Hauch Traurigkeit in meiner Stimme zu verbergen. »Ich möchte dem Ballett mein ganzes Leben widmen.«

Einen Augenblick wirkt er getroffen, doch er schüttelt es ab, bevor er erneut spricht. »Also was ist das Problem? Möchtest du, dass deine Mom deinen Traum teilt?«

Ich zucke mit den Schultern. »Ich arbeite jetzt schon seit so langer Zeit so hart dafür, aber sie hält meinen Wunsch, Profitänzerin zu werden, immer noch für falsch. Ein bisschen mehr Unterstützung wäre schön.«

»Das verstehe ich«, sagt er. »Meine Eltern sind das genaue Gegenteil von deinen. Sie wollen unbedingt, dass ich für etwas brenne, so wie sie in meinem Alter. Sie drängen mich dauernd, etwas aus mir zu machen, mich mehr anzustrengen. Aber ehrlich gesagt weiß ich nicht, ob ich so sein möchte wie sie.«

»Du musst natürlich deinen eigenen Weg finden, aber

sie lieben, was sie tun, und wünschen sich dasselbe für dich …«

»Das mag sein, doch als ich klein war, hatte ich manchmal das Gefühl, als bliebe nicht genug Raum für mich. Meine Mutter hat immer gesagt, in Wahrheit sei Papa mit dem Ballett verheiratet und nicht mit ihr. Papa hat ständig getanzt, Mom war wochenlang unterwegs, um Filme zu drehen, und ich … tja …« Er senkt den Blick, als seine Stimme sich verliert.

»Das tut mir leid«, sage ich und drücke mitfühlend seine Hand. »Das klingt nicht gerade spaßig.«

»Das mit deiner Mom tut mir auch leid. Unsere Eltern verstehen nicht, dass wir uns einfach nur treu sind.«

»Nein«, sage ich kopfschüttelnd, während ich an die vielen Diskussionen mit meiner Mom zurückdenke. »Ich habe es ihr schon so oft gesagt. Dass es das ist, was ich will.«

»Dann sollte sie nicht versuchen, dich davon abzubringen«, sagt Louis voller Mitgefühl. »Außerdem sieht es aus, als hättest du schon jetzt mehr als genug Spaß.«

Er lächelt mich an, und mir wird ganz warm, weil ich mir bewundert und verstanden zugleich vorkomme.

»Und deine Eltern sollten begreifen, dass du eines Tages etwas finden wirst, wofür du brennst.«

»Schon möglich«, sagt Louis melancholisch. »Vielleicht finde ich eines Tages etwas, das mich jeden Morgen euphorisch aus dem Bett springen lässt, so wie du.«

Ich lache. »Im Augenblick ist es eher ein aus dem Bett humpeln, weil ich so schlimmen Muskelkater habe, aber ja. Und ich denke manchmal, wenn meine Mom hier wäre, wenn sie mich tanzen sehen könnte, würde sie es womöglich endlich verstehen.«

»Hm«, sagt Louis mit einem Funkeln in den Augen. »Ich glaube, ich muss es einmal selbst sehen.«

»Was denn?«

»Wie du tanzt.«

»Das geht nicht!«, protestiere ich. Ich bin im Begriff, ihm an den Kopf zu werfen, dass niemand am Institut von uns wissen darf, dass es mich in alle möglichen Schwierigkeiten bringen könnte, als sein amüsierter Gesichtsausdruck mich davon abhält.

»Hier, meine ich«, sagt er.

Ich sehe ihn zweifelnd an. »Jetzt?«

Louis grinst. »Warum nicht?«

Wir blicken uns beide um. Am anderen Ende des Raums halten sich ein paar Leute auf, aber im Grunde macht mir eine kleine Zuschauermenge nichts aus.

»Wir haben keine Musik«, sage ich.

»Ich wette, du kennst die Schwanenseemelodie auswendig. Genau wie alle anderen klassischen Musikstücke«, sagt er bittend. Er sieht dabei sogar noch süßer aus als ohnehin schon.

Mir gehen die Argumente aus, also stelle ich meine Tasche an den Rand, laufe ein paar Schritte in den Raum hinein und wende mich Louis zu. Voller Vorfreude beobachtet er, wie ich in Position gehe. Mein neues Kleid spannt über den Oberschenkeln, als ich die Füße nach außen drehe, und ich ertappe ihn dabei, wie er meine Beine mustert. Innerlich muss ich grinsen. Dieses Outfit mag nicht so bequem sein wie ein Trikot, aber in jeder anderen Hinsicht ist es perfekt.

Ohne Louis aus den Augen zu lassen, auf dessen Gesicht sich ein Strahlen ausbreitet, während er mir zusieht, führe ich eine kurze Abfolge von Schritten vor, die ich in den letzten Tagen für die Aufführung einstudiert habe. Ich wirble einmal, zweimal auf der Spitze auf ihn zu und schlinge ihm die Arme um den Hals, als kein Raum mehr zwischen uns ist. Seine Hände finden meine Taille und ziehen mich näher. So nahe, dass ich mein Herz an seiner Brust schlagen spüre.

»Du bist wunderschön«, flüstert Louis in mein Ohr.

Ich atme tief durch. Ich habe Angst, etwas zu sagen oder zu tun, das diesen Augenblick ruinieren könnte.

Seine Lippen finden meine Nackenbeuge und wandern langsam aufwärts. Ich erschauere und habe bald darauf das Gefühl, uns aus der Vogelperspektive zu betrachten. Liege ich wirklich geborgen in den Armen eines hinreißenden französischen Jungen? Und das in einem jahrhundertealten Raum, der vom Boden bis zur Decke mit Gold geschmückt ist? Wie ist es überhaupt dazu gekommen?

Als seine Lippen mein Ohr streifen, weicht Louis etwas zurück, um mir in die Augen zu sehen.

»Louis …«, sage ich.

»Mia …«

Louis seufzt tief, was mir offenbart, dass ich vielleicht nicht die Einzige bin, die ganz schön nervös ist. Ich habe das Gefühl, als würden meine Beine jeden Moment unter mir nachgeben. Zum Glück hält er mich fest.

»Ähem«, macht jemand neben uns.

Anfangs rühren wir uns nicht vom Fleck – ich möchte es auf gar keinen Fall –, aber ein lautes Räuspern gibt uns zu verstehen, dass wir keine andere Wahl haben.

Wir lösen uns endlich voneinander, nur einen Hauch, und blicken zur Seite. Eine Gruppe chinesischer Touristen, vielleicht dreißig von ihnen, starrt uns mit einer Mischung aus Verärgerung und Belustigung an. Eine kleine Dame mit hellroten Haaren schüttelt den Kopf, während ihre Begleitung uns weiter genervt anschaut. Als ich mich umblicke, erkenne ich das Problem: Wir blockieren den Weg in den nächsten Raum. Louis und ich sehen uns an und müssen lachen. Mit hochroten Wangen rücken wir ein paar Schritte zur Seite. Wir halten uns immer noch in den Armen, nicht bereit loszulassen.

Kapitel 16

»Mir fällt gerade ein, dass Papa hier manchmal Treffen abhält«, sagt Louis, als eine weitere Horde Touristen uns endgültig unterbricht.

Mein Herz setzt einen Schlag aus, und ich blicke mich hektisch nach Monsieur Dabrowskis weißer Mähne um.

»Ich bin sicher, wir müssen uns keine Sorgen machen«, fügt Louis hinzu, aber in seinem Blick erkenne ich einen Anflug von Panik. Er sucht ebenfalls den Raum ab, und mir wird von Minute zu Minute unbehaglicher.

»Lass uns abhauen«, sage ich. Von der ganzen Romantik ist nichts geblieben.

Wir verlassen die *Opéra Garnier* und gehen dorthin, wo Louis seine Vespa abgestellt hat.

»Das mit dem Degas mag ein Reinfall gewesen sein«, sagt Louis auf dem Weg dorthin, »aber es gibt etwas, womit man an einem heißen Sommertag nichts falsch machen kann.«

»Womit denn?«, frage ich und schenke ihm mein schönstes Lächeln.

»Eiscreme.«

»Oh!«, rufe ich begeistert. Ich bin zwar noch satt von meinem späten Frühstück, aber Platz für Eiscreme habe ich immer. »Gibt es hier in der Nähe denn eine Eisdiele?«

Louis mustert mich mit gespielter Entrüstung. »Man holt sich sein Eis nicht einfach irgendwoher! In Paris gibt es nur *eine* wahre Eisdiele. Glaub mir, sogar ihr Vanilleeis ist was ganz Besonderes.«

»Ich glaube dir ja«, sage ich lachend.

Also steigen wir auf die Vespa und sausen los. Während wir durch die halbe Stadt fahren, meist entlang des Ufers der Seine, fällt mir eine Unterhaltung ein, die wir vor Kurzem im Wohnheim geführt haben. Es ging darum, wer in Paris die besten Crêpes hat, den besten Nachtisch, den besten Kaffee, welches das beste Bistro sei … Wir haben in unserer Chat-Gruppe Adressen ausgetauscht, und ich bin mir ziemlich sicher, dass auch eine Eisdiele dazugehörte.

Ich erinnere mich wieder, sobald wir in der Nähe zweier holzverkleideter Ladenfronten halten, die einander auf einer schmalen Straße gegenüberstehen. *Berthillon* steht in gotischer Schrift über dem Eingang. Ein Dutzend Leute warten in einer Schlange davor, und etliche weitere haben sich bis um die nächste Ecke eingereiht. Ach ja. Lucy, Anouk und ich haben eines Abends überlegt herzukommen, es ist nur einen kurzen Spaziergang von unserem

Wohnheim entfernt, aber wir waren zu müde zum Schlangestehen.

Heute geht es überraschend schnell vorwärts. Als wir an der Reihe sind, fällt es mir schwer, mich zwischen den vielen Sorten zu entscheiden. Louis wählt ein Himbeer-Pfirsich-Sorbet, und ich nehme die von ihm erwähnte Vanille und Salzkaramell.

Anschließend schlendern wir auf der Île Saint-Louis herum und schlecken rasch unser Eis, bevor es schmilzt. Wir stellen uns an den Rand der Brücke – die Pont de la Tournelle –, um den schönen Blick aufs Wasser zu genießen.

Ich winke mit dem Hörnchen in meiner Hand. »Du hattest übrigens recht, das Vanilleeis ist was Besonderes.«

Louis nickt. »Ein besonderes Eis für ein besonderes Mädchen.«

»Sehr witzig!«, sage ich und gebe ihm einen Klaps auf den Arm.

»Das bist du wirklich. Besonders«, erwidert Louis. Er nimmt die Hand, die ihn spielerisch geschlagen hat, in seine und zeichnet mit dem Finger Muster in meine Handfläche. Mir läuft ein wohliger Schauer über den Rücken.

Dann beugt er sich zu mir, doch im selben Moment piepst sein Handy.

Ich seufze. Er hatte erwähnt, dass er später Max treffen würde, aber ich möchte nicht, dass er schon geht.

Louis guckt mich entschuldigend an. »Das ist Max«, sagt er nach einem Blick auf sein Handy. »Hm, vielleicht ist es ihm recht, wenn wir uns erst heute Abend treffen. Ich rufe ihn mal an.«

Er entfernt sich ein paar Schritte und beginnt zu reden.

Während ich warte, beschließe ich, einen Blick auf mein eigenes Handy zu werfen. Unsere Gruppe hat seit heute Morgen Dutzende neue Nachrichten verschickt. Als ich bis ans Ende scrolle, bleibt mir fast das Herz stehen. Vor fünfzehn Minuten hat Lucy geschrieben:

> Irgendwer gerade im Wohnheim? Wir laufen gleich rüber zum Berthillon, falls jemand mitkommen will.

Ich drehe mich einmal im Kreis, um Ausschau nach bekannten Gesichtern zu halten. Louis ist in der Menge verschwunden, und ich gehe ein paar Schritte nach links und rechts, um mich zu versichern, dass alles in bester Ordnung ist. Klar, die Île de Saint-Louis ist eine ziemlich kleine Insel, aber wie wahrscheinlich ist es, dass meine Freunde Louis und mich zusammen gesehen haben?

Ich schätze, das werde ich jeden Moment herausfinden, denn hier sind sie: Lucy, Anouk, Audrey und ein paar andere aus dem Wohnheim. Mit einem Eis in der Hand. Direkt auf der anderen Straßenseite. Ich ziehe in Erwägung, mich hinter einer Touristengruppe zu verstecken, aber es ist bereits zu spät. Lucy hat mich gesehen. Sie winkt mir zu, verhalten zunächst, doch dann, als sie sich sicher ist, dass ich es bin, mit einem breiten Grinsen.

Ich jogge auf die anderen zu, weg von Louis, der bestimmt immer noch telefoniert.

»Du siehst super aus«, sagt Lucy, die mich von Kopf bis Fuß mustert. Dann fällt ihr Blick auf die Papierserviette mit dem Berthillon-Logo in meiner Hand.

»Das Eis ist zum Niederknien, oder? Ich hatte Vanille

und Salzkaramell. Einfach himmlisch. Ich hätte mir direkt noch eins holen können«, sage ich schnell.

»Wo sind deine Tanten?«, fragt Anouk und sieht sich suchend um. Mein Blick folgt ihrem, doch Louis ist nirgends in Sicht.

»Wir … wir haben uns gerade verabschiedet. Wir waren Eis essen und dann …«

»Sind sie verschwunden«, beendet Anouk den Satz für mich mit einem neckenden Unterton.

»Ich wollte gerade zurück zum Wohnheim gehen«, sage ich.

Wir laufen alle in die entsprechende Richtung los, und ich zwinge mich, nicht zurückzublicken. Ich weiß nicht, was Louis mitbekommen hat, aber ich kann es ihm später erklären.

»Verrätst du uns, was du heute gemacht hast?«, fragt Audrey.

Ich werfe ihr einen skeptischen Blick zu. Das ist wahrscheinlich die erste persönliche Frage, die sie mir jemals gestellt hat. Normalerweise existiert für sie nichts außer dem Ballett.

Doch jetzt sehen sie, Lucy und Anouk mich erwartungsvoll an. »Wir waren in diesem berühmten Auktionshaus, um uns einen Degas anzuschauen.«

Audrey mustert mich aus schmalen Augen, aber ich halte ihrem Blick stand. Ich sage die Wahrheit. Wenn auch nicht die ganze.

Anouk verzieht das Gesicht, als hätte sie in eine Zitrone gebissen. »Du hast also die ganze Woche mit Tanzen verbracht und dir dann am Wochenende ein Bild angesehen, auf dem andere Mädchen tanzen?!«

»Es war die Idee meiner Tante«, sage ich. »Sie dachte, es würde mir gefallen. Und überhaupt, beim Frühstück heute Morgen hat Audrey sich nonstop Ballettvideos reingezogen und das fand keiner seltsam.« Ich grinse mit hochgezogenen Augenbrauen, um zu zeigen, dass ich scherze, und denke bei mir, dass ich statt Ballettunterricht vielleicht lieber Schauspielstunden nehmen sollte. Ich werde allmählich richtig gut darin.

Audrey zuckt mit den Schultern. Anouk und Lucy sehen sich an und nicken. Treffer versenkt.

Lucy beißt von ihrer Eiswaffel ab und wendet sich mir mit einem aufgeregten Lächeln zu. »Hast du all unsere Nachrichten gelesen?«

»Ähm, noch nicht«, sage ich. Ich ziehe mein Handy hervor. Natürlich erwähne ich nicht, dass ich vollauf damit beschäftigt war, auf einen Kuss von Louis zu warten.

Lucy macht einen kleinen Luftsprung. »Wir haben eine tolle Idee für morgen!«

Anouk lacht. »Noch mehr tanzen!«

»Aber nur zum Spaß, ohne den ganzen Druck«, fügt Lucy hinzu.

Abwechselnd berichten sie mir, was sich im Gruppen-Chat getan hat. Schüler eines anderen Wohnheims haben von einem Nachtclub gehört, der sich auf einem Hausboot befindet, das die Seine hinunterfährt. Es wäre der perfekte Ort, um am vierzehnten Juli das Feuerwerk zu gucken.

»Ein berühmter DJ wird da sein«, sagt Anouk.

»Und wir werden an den magischsten Orten von Paris vorbeisegeln und die schönste Zeit unseres Lebens haben!«, ergänzt Lucy.

Ich möchte ihnen nicht den Spaß verderben, ehrlich

nicht, aber ich muss sie auf den Boden der Tatsachen zurückholen. »Wir werden niemals in einen Nachtclub reinkommen.«

»Natürlich werden wir das«, widerspricht Anouk. »Meine Freunde machen das ständig.«

»Haben sie gefälschte Ausweise?«, frage ich und bemühe mich, so zu klingen, als hätte ich kein Problem damit. Ich habe nichts gegen Leute, die das Gesetz brechen, um tun und lassen zu können, was sie wollen, aber ich würde wahrscheinlich vor Scham im Erdboden versinken, wenn ich dabei erwischt würde, also habe ich bisher noch nichts in die Richtung angestellt.

Lucy schaltet sich ein. »Wir brauchen keine gefälschten Ausweise.«

Anouk nickt. »Man muss nur mit genügend Selbstvertrauen am Türsteher vorbeigehen und ihn anlächeln, als kenne man ihn seit Jahren, und schon ist man drin.«

Ich versuche, meine Überraschung zu verbergen, und wende mich Audrey zu, weil ich überzeugt bin, dass sie versuchen wird, ihnen den Plan auszureden.

Stattdessen sagt sie: »Ich weiß. Dem Gesetz nach muss man achtzehn sein, aber offenbar nimmt das hier niemand ernst.«

Meine Augen werden groß, doch ich ernte nur ein Schulterzucken von den anderen. Lucy nickt mir enthusiastisch zu, in der Hoffnung, dass ich mich ihnen anschließen werde. Bin ich wirklich so eine Spaßbremse? O mein Gott, bin ich etwa noch verklemmter als Audrey Chapman? Das ändert sich hier und jetzt.

Kapitel 17

Was noch viel schockierender ist: Audrey beschließt, mit auf das Partyboot zu kommen. Klar, sie hat erst eingewilligt, nachdem Lucy sie mit einer endlosen Reihe von Argumenten bombardiert hat. Es wäre ein Verbrechen an Paris, den vierzehnten Juli im Wohnheim zu verbringen. Wir wären alle verantwortungsbewusst genug, vor einem Schultag ausreichend zu schlafen und am nächsten Morgen frisch und ausgeruht zum Unterricht zu erscheinen. Und viele unserer Klassenkameraden würden da sein – es wäre fast so was wie ein Schulausflug. Audrey schmollte und winkte ab, während Lucy auf sie einredete, aber ich glaube, dass sie tief im Innern gern mitkommen wollte. Schließlich ist selbst auf YouTube die Anzahl der Ballettvideos begrenzt. Ich weiß, wovon ich rede.

Wir verbringen den Großteil des Nachmittags damit, uns aufzubrezeln. Die Outfits werden wild diskutiert. Elegant und schwarz oder bunt und knallig? Wir tauschen Make-up aus – ich liebe roten Lippenstift und habe etliche Farbnuancen, die ich mit den anderen teilen kann. Und dann wären da natürlich noch die Schuhe.

Hier ist die Sache, die einem niemand verrät, wenn man mit dem Ballett anfängt: Nach vielen Jahren des Tanzens werden eure Füße aussehen … wie gefoltert. Mit Blasen übersäht, offen, wund und knubbelig. Wenn man neue Sommerschuhe kauft, hält man sich an die Passformen, mit deren Hilfe sich die größten Schäden verbergen lassen. Was auch der Grund dafür ist, dass keine von uns modische Riemchensandalen trägt. Wir müssen den nicht so hübschen Teil des Balletts verstecken, damit wir die Illusion für alle anderen aufrechterhalten können. Meine neuen Espadrilles sind perfekt für den Abend.

Als wir vier mit unserem Aussehen zufrieden sind, machen wir uns auf den Weg zu einer bekannten Crêperie, die nur ein paar Straßen entfernt ist. Wir werden den Rest der Truppe auf dem Boot treffen. Diese Gegend ist bei Studenten und Touristen aller Couleur beliebt, daher wimmelt es hier von Läden, in denen man bezahlbares Essen aus aller Welt bekommt. Heute haben wir uns für die klassische französische Küche entschieden. Als wir an unserem Tisch sitzen, werfe ich ein paar Blicke nach rechts und links, um zu sehen, was die anderen Leute so essen. Dann bestelle ich den *complète*, einen Crêpe mit Schinken, Gruyère und Spiegelei. Während wir auf unser Essen warten, erzählen Lucy und Anouk uns, was in Stufe Vier los ist. Wer toll tanzt, wer die Drama Queen ist und wer auf wen steht.

»Ihr habt Zeit für solche Dinge?«, fragt Audrey. Sie schüttelt missbilligend den Kopf.

Anouk erwidert spöttisch: »Um zu bemerken welche Jungs süß sind? Aber hallo!«

Audrey seufzt, als könne sie es nicht fassen.

»Jetzt sag nicht, du hättest Fernando noch nie angeschaut«, sagt Lucy.

»Natürlich habe ich ihn angeschaut. Er ist schließlich mein Tanzpartner. Hast du das vergessen?«

Audreys Tonfall ist herablassend, aber um Lucy aus der Fassung zu bringen braucht es mehr. Sie verdreht nur die Augen und lacht mit Anouk um die Wette.

»Komm schon, Mia«, sagt Lucy, als sie sich wieder beruhigt hat. »Erzähl uns den Klatsch aus Stufe Fünf.«

Ich zucke mit den Schultern. »Da gibt es nicht viel zu erzählen. Für etwas anderes als harte Arbeit ist gar kein Platz.«

Audrey atmet hörbar aus. »Genau. Wir geben einfach alles, und am Ende beschwert sich Monsieur Dabrowski über unseren Gesichtsausdruck, egal wie perfekt wir waren.«

»Niemand ist perfekt«, sagt Anouk.

»Abgesehen von Audrey.« Es war als Witz gemeint, aber irgendwie stimmt es auch. Ich werfe ihr einen raschen Blick zu, um ihre Reaktion zu sehen, und sie antwortet mit einem kleinen Lächeln.

»Es reicht trotzdem nicht«, sagt sie traurig.

Wir verstummen alle. Ich würde meinen Platz um nichts in der Welt tauschen, in einer Million Jahre nicht, aber ja, Stufe Fünf stellt uns mitunter vor enorme Herausforderungen. Ich mustere Audreys herabgesunkene Schultern. Sie fährt abwesend mit dem Finger über ihre Stoffserviette. Meistens scheint sie so tough, so beherrscht. Ich schätze, das hat Monsieur Dabrowski gemeint, als er über ihr Odette-Solo sprach. Es ist seltsam, sie jetzt so verletzlich zu erleben.

Nachdem wir aufgegessen haben, wechseln wir das Thema und sprechen über unsere Crêpes. Meiner war superlecker, und auch Lucy kriegt sich gar nicht mehr ein und schwärmt immer weiter von tollen Füllungen aus Crème fraîche und Pilzen.

Dann gehen wir auf direktem Weg zum Boot. Ein Nachtclub auf dem Wasser. Anouk hatte recht. Keine Ausweiskontrolle, keine Fragen, nur vier Tänzerinnen, die sich ihre Drinks schnappen und auf die Tanzfläche schlendern. Das Publikum ist jung und extrem gestylt: Die Mädchen tragen Kleider und hochhackige Schuhe, die Jungs gestärkte weiße Hemden und Edel-Sneaker. Ich sehe viele Leute aus der Schule. Fernando und ein paar andere aus Stufe Fünf sind hier, und Lucy und Anouk bringen uns sofort dorthin, wo ihre Klassenkameraden abhängen. Der DJ spielt die neuesten Hits, und lila Lichter in Bodennähe erzeugen die Illusion, dass alle über dem Boden schweben. Die Musik pulsiert durch meinen Körper. Sie ist so laut, dass ich mich nicht mehr denken hören kann. Es ist ein Mix aus Musik und Schweiß und Körpern und verschütteten Drinks. Es ist so dermaßen anders als das Ballett, dass ich vollkommen loslasse. Ich bin hin und weg.

Das Boot fährt ab, und die Stadt zieht an uns vorbei. Lucy nimmt aufgeregt meine Hand. »Lass uns an Deck gehen«, sagt sie.

Ich winke Anouk und Audrey, und sie folgen uns zum

Heck des Bootes. Als wir dort ankommen, erwartet uns ein atemberaubender Blick auf Notre-Dame, die sich hell angestrahlt in ihrer ganzen Schönheit vom Nachthimmel abhebt. Kneif mich mal jemand. Echt jetzt.

»Ich liebe es hier!«, brüllt Lucy in den Wind. »Lasst uns die Schule an den Nagel hängen und jeden Abend herkommen.«

Anouk lacht, doch Audrey neben mir erstarrt merklich.

»Das einzige Problem ist«, ergänzt Anouk, »dass wir morgen den ganzen Tag Schwanensee proben werden. Madame Millet wird uns die Choreografie beibringen, das dürfen wir nicht verpassen.«

Ich werfe Audrey einen verwunderten Blick zu. Madame Millet ist *maître de ballet* von Stufe Vier, aber der Rest verwirrt uns beide gleichermaßen.

»Ihr lernt immer noch die Choreo?«, frage ich verblüfft. »Von uns wird erwartet, dass wir sie uns komplett eingeprägt haben.«

»Die ganze Choreo? Das ist doch Wahnsinn!«, sagt Lucy.

Anouk wirbelt lachend auf halber Spitze um die eigene Achse. »Aber das bedeutet, dass euch mehr Zeit bleibt, eure Duette mit Fernando zu proben.«

Ich beuge mich über die Balustrade und atme den süßen Duft der Sommernacht ein. »Das ist nicht so toll, wie du dir das vorstellst.« Unser Boot gleitet unter der Pont Royal hinweg, fort von Notre-Dame.

»Mensch Mia, das war ein Wink mit dem Zaunpfahl«, sagt Lucy. Sie stößt mir spielerisch den Ellbogen in die Seite. »Anouk versucht dich zu fragen, ob jemand aus eurer Klasse ein Auge auf Fernando geworfen hat. Oder, sehr viel wichtiger, ob Fernando ein Mädchen im Auge hat.«

Anouk errötet leicht, wartet aber sichtlich gespannt auf meine Antwort.

Es tut mir leid, sie enttäuschen zu müssen. »Ehrlich gesagt, weiß ich das nicht. Ich habe den Jungs in unserer Klasse nicht viel Aufmerksamkeit geschenkt.«

Audrey wirft mir einen vielsagenden Blick zu. »Das stimmt. Mia hat ihre Aufmerksamkeit nur den Jungs *außerhalb* unserer Klasse gewidmet.«

Lucy und Anouk sind hellauf begeistert. Sie können es kaum erwarten, mehr zu erfahren.

»Oooh, Mia«, singt Anouk.

»Sie bekommt ständig irgendwelche Textnachrichten«, fügt Audrey hinzu.

»Es ist nur …«, hebe ich an.

Doch Audrey tut so, als hätte sie mich nicht gehört. »Schreibt dir deine neunzigjährige Tante spät am Abend noch?«

»Erzähl uns alles«, verlangt Lucy und schlingt einen Arm um meine Schulter.

»Ich glaube nicht, dass Fernando auf Mädchen steht«, murmle ich, um das Thema zu wechseln.

Doch Lucy lässt mich nicht damit davonkommen. »Jetzt sag schon, Mia! Hast du dich mit einem Franzosen getroffen?«

»Oh!«, sagt Anouk, als wäre ihr gerade etwas klar geworden. »Hast du gestern Nachmittag deshalb so schick ausgesehen?«

»Und warum bist du vergangenen Sonntag nicht nach Hause gekommen?«, ergänzt Audrey.

Die Mädchen umringen mich jetzt. Es gibt kein Entkommen. »Ich war wirklich bei meiner Urgroßtante und habe dort geschlafen …«

»Aber du hattest keine Tasche gepackt«, wirft Lucy ein.

»Ich habe den letzten Zug verpasst. Das habe ich euch doch schon erzählt.«

»Aber keiner hat es dir abgenommen«, entgegnet Audrey.

Die anderen beiden lachen nur. Anscheinend sagt sie die Wahrheit. Ich beginne mich zu fragen, ob sie meine Ausrede gestern überhaupt geglaubt haben oder mich die ganze Zeit schon in Verdacht hatten.

»Komm schon, Mia, wie heißt er?«, fragt Lucy.

Das hier ist so ein unfairer Kampf, drei gegen eine.

»Paul«, sagt Audrey mit spitzen Lippen und perfekter Aussprache.

»Martin!«, sagt Anouk.

Lucy zieht einen Flunsch. Sie überlegt eine Weile. »Es muss irgendein klassischer französischer Name sein. Mia ist nicht nach Paris gekommen, um sich in einen Amerikaner zu verlieben. Pierre?«

Ich schüttle den Kopf. »Ihr liegt alle vollkommen falsch.«

»Pierrrre«, sagt Audrey mit übertriebenem französischen Akzent.

»*Paul, je t'aime*«, haucht Lucy mit rauer Stimme.

Audrey wendet sich an mich, ihre Miene ist sehr viel ernster als die der anderen beiden. »Komm schon, du bist eine Spielverderberin, wenn du es für dich behältst.«

Das Boot fährt am *Musée d'Orsay* vorbei, aber ich bin die Einzige, die zu seinen riesigen Uhren und runden

Fenstern aufblickt. Niemand interessiert sich für den Anblick, solange ich nicht Farbe bekannt habe.

»Ich …«, beginne ich, doch mehr kommt mir nicht über die Lippen. In dem Moment, in dem ich das mit Louis abstreite, werden meine Wangen garantiert feuerrot anlaufen. Aber wenn ich zugebe, dass es da tatsächlich einen sehr süßen Franzosen gibt, wird Audrey mir die Hölle heiß machen, weil ich es gewagt habe, an etwas anderes als an Odile zu denken. Und wenn die anderen jemals herausfinden, wer es ist … Ich liebe Lucy, aber ich glaube nicht, dass sie das für sich behalten könnte. Spätestens beim Mittagessen morgen würde jeder denken, dass ich die Rolle nur bekommen habe, weil ich mit Louis gehe. Das darf auf keinen Fall passieren.

»Du hast dieses Leuchten an dir«, sagt Lucy und deutet auf meine Wangen.

»Das Leuchten der Liiiebe«, fügt Anouk hinzu.

Ich zerbreche mir gerade den Kopf, wie ich das Thema wechseln könnte, als Audreys Augenbrauen in die Höhe schießen. Den Blick auf etwas hinter mir gerichtet sagt sie zu Lucy und Anouk: »Mist. Wusstet ihr, dass sie kommen würden?«

Ich drehe mich um, damit ich sehen kann, was sie so aufregt, und mir bleibt der Mund offenstehen. Max, Émilie und Sasha – unsere Hilfslehrer – stehen auf der anderen Seite des Decks.

Louis ist bei ihnen.

»Was ist, wenn Monsieur Dabrowski davon erfährt?«, fragt Audrey mit zitternder Stimme.

Dieses eine Mal bin ich ganz ihrer Meinung.

Lucy zuckt mit den Schultern. »Die halbe Schule ist hier.«

Bevor wir weiter debattieren können, kommt der Eiffelturm in Sicht. Eine Kirchturmuhr in der Nähe schlägt zehn, und der große eiserne Turm beginnt von Kopf bis Fuß zu glitzern und leuchtet in der Nacht. Dies ist das erste Mal, das ich spät genug unterwegs bin, um es zu sehen.

Ich werfe Louis einen unauffälligen Blick zu und kann nicht anders, als zu lächeln, als ich bemerke, dass er mich ebenfalls ansieht. Viele Leute drängen sich zwischen uns, um sich eine gute Aussicht für das Feuerwerk zu sichern, aber einen Moment lang sind wir die einzigen beiden Menschen auf dem Boot. Gestern habe ich ihm geschrieben, sobald ich wieder im Wohnheim war, und ihm erklärt, warum ich ihn nach dem Eis habe stehen lassen. Es stellte sich heraus, dass er gesehen hatte, wie ich mit den Mädchen redete, und sich seinen Teil gedacht hatte.

Plötzlich erhellt das Feuerwerk den ganzen Himmel. Die drei Mädchen und ich haken uns unter und bewundern voller Ehrfurcht die funkelnden, sprühenden Lichter. Ich blicke rüber zum Ufer und sehe, dass sich dort Junge und Alte versammelt haben. Sie sitzen überall entlang der Seine auf ihren Picknickdecken, trinken Wein und genießen das Spektakel. Der Wind fährt mir in die Haare, und mein Herz ist erfüllt von Liebe. Für diesen Sommer. Für diese Stadt. Für den Tanz. Für alles. Dieser Moment ist fast perfekt.

Und dann spüre ich eine leichte Berührung an meinem unteren Rücken. Sie ist beinahe unmerklich, aber ich bin sicher, Louis steht direkt hinter mir. Um uns herum sind genug Menschen, dass es hoffentlich niemandem auffallen wird. Ich bin wie elektrisiert und kann an nichts anderes denken als an seine Hand auf meinem Rücken und den Raum zwischen uns. Ich bekomme Gänsehaut am ganzen Körper. Die Feuerwerkskörper explodieren zu einem Farbenmeer, doch das nehme ich kaum wahr. Dieser Moment dauert ewig, und doch hält er nicht annähernd lang genug an.

Als der letzte Funke sich in Rauch auflöst und nichts vom Feuerwerk bleibt als ein Nebelschleier, verschwindet seine Hand. Ich löse mich von den anderen Mädchen und drehe mich um. Kein Louis.

»Lasst uns tanzen!«, rufe ich über die dröhnende Musik hinweg. Ich schwöre, nach dem Feuerwerk ist sie noch lauter geworden. Lucy stößt ein »Yeah!« aus und sie folgen mir alle auf die Tanzfläche.

Es dauert nicht lange, und Anouk ist mit ein paar ihrer Freundinnen verschwunden, die auch hergekommen sind. Lucy hat Charles entdeckt, in den sie verliebt ist, und tanzt mit ihm am anderen Ende der Tanzfläche. Ich bin ziemlich sicher, dass Audrey irgendwo schmollt und es bereut, mitgekommen zu sein. Was mich angeht, so hüpfe ich berauscht von der Musik auf und ab und wirble im Kreis. Ich bin völlig außer Atem, und mein Herz klopft wie wild. Werde ich Louis noch irgendwo entdecken? Endlich sehe ich ihn an der hintersten Ecke der Bar stehen und entscheide, es darauf ankommen zu lassen und zu ihm zu gehen. Hinter ihm liegt ein dunkler Flur, der uns vor neugierigen Blicken verbergen wird.

»Was machst du hier?«, frage ich und widerstehe dem Drang, ihn zu umarmen.

»Mein Familientreffen war gerade vorbei, als Max mir

geschrieben und von dieser Party erzählt hat.« Er nimmt einen Schluck von seinem Bier und greift mit der freien Hand nach meiner. Er hält sie fest, ohne mich näherzuziehen. Ich erschauere, so verboten fühlt es sich an.

»Wusstest du, dass ich hier sein würde?« Ich lasse den Blick durch den Raum schweifen, um sicherzustellen, dass wir nicht beobachtet werden, aber dafür sind hier zu viele Menschen, und dieser Teil des Bootes liegt im Dunkeln. Ich denke, wir haben nichts zu befürchten.

»Ich habe es gehofft«, sagt Louis. »Ich dachte, wir hätten vielleicht ein paar Minuten für uns.«

Neben uns knutscht ein Pärchen wild auf der Tanzfläche herum. Sie stehen vollkommen still inmitten der zappelnden, zuckenden Körper, als würde der Rest der Welt nicht existieren. Ich beneide sie.

»Vielleicht …«, sage ich und verstumme. Dutzende meiner Klassenkameraden sind auf dieser Party, die Hilfslehrer nicht zu vergessen. Trotzdem suche ich den Raum nach einer noch versteckteren Ecke ab – nur für einen Moment, nur für einen Kuss –, als ich Audrey sehe, die sich durch die Menge auf uns zu schiebt.

Ich ziehe meine Hand weg und wende mich sofort von Louis ab. Schon bevor sie ganz bei mir ist, erkenne ich, wie aufgewühlt sie ist.

»Wir müssen los!«, ruft sie mir über die Musik hinweg zu. »Sofort.«

Ich widerspreche ihr nicht. Etwas an ihrer Körpersprache hält mich davon ab.

Das Boot ist bereits zum Anleger zurückgekehrt, aber die Party ist noch lange nicht vorbei. Wir sagen kein Wort, bis wir wieder festen Boden unter den Füßen haben. Da es den Eindruck macht, als hätten Lucy und Anouk jede Menge Spaß, lassen wir sie zurück. Selbst zu dieser späten Stunde sind die Straßen noch voller Menschen. Es ist so ein wunderschöner Abend, ich glaube wir sind alle ein bisschen elektrisiert von der Sommerhitze und den Feierlichkeiten. Alle, abgesehen von Audrey, die ein ganz anderes Gefühl befeuert.

»Was ist, wenn die Hilfslehrer Monsieur Dabrowski erzählen, dass wir so spät noch unterwegs waren?«, fragt sie.

»Ich bin überzeugt, das wäre kein Problem«, erwidere ich, obwohl ich mir da gar nicht so sicher bin. Ich kann mir nicht vorstellen, dass Monsieur Dabrowski uns seinen Segen geben würde, am Vorabend eines Schultags bis spät in die Nacht Party zu machen. Und doch haben wir nichts Falsches getan.

»Aber wir haben die Hauptrollen!«, schleudert mir Audrey entgegen. »Für uns gelten andere Regeln. Ich hätte niemals mitkommen dürfen.«

»Fernando war auch da«, sage ich, darum bemüht, Ruhe zu bewahren.

Audrey schüttelt den Kopf. »Für die Jungs ist das anders.«

Damit hat sie nicht unrecht. Es gibt so wenige Jungen in der Ballettwelt, dass es leichter für sie ist, mit ihrem Talent herauszuragen. Es gibt weniger männliche Rollen, aber auch viel weniger Konkurrenz. Oder vielleicht hängt es damit zusammen, dass Jungen grundsätzlich mit sehr viel mehr davonkommen.

Als wir das Wohnheim erreichen, suche ich in der Handtasche nach meinem Schlüssel. Audrey stemmt immer noch völlig aufgebracht die Hände in die Hüften.

»Warum bist du so?«, herrscht sie mich an.

Einen Moment frage ich mich, ob mein Gesichtsausdruck ihr verraten hat, was ich gemacht habe, bevor sie mich gefunden hat, aber ich glaube nicht, dass sie das gemeint hat.

»Wie denn?«, erwidere ich verwirrt.

Um ehrlich zu sein, habe ich kein Problem damit, dass wir früher gegangen sind. Dieses Wochenende war in vielerlei Hinsicht keine Erholung. So gern ich noch dageblieben wäre und mich mit Louis davongeschlichen hätte, es ist das Richtige, so viel Schlaf wie möglich zu bekommen, bevor uns eine weitere zermürbende Woche endlosen Trainings erwartet.

»Sag mir, dass dieses Programm und die Aufführung für dich an erster Stelle stehen«, sagt Audrey, ohne meine Frage zu beachten.

Seufzend schließe ich die Tür auf.

»Das hier ist zu wichtig für uns beide«, fügt sie hinzu.

»Ich verspreche es«, sage ich leise. In der Eingangshalle ist es still. »Ich möchte genauso sehr wie du, dass es perfekt wird.«

»Niemand will es so sehr wie ich.«

Sie verschwindet zwei Stufen auf einmal nehmend die Treppe hinauf. Während ich ihr langsam folge, überlege ich, ob sie recht hat. Tänzerin zu werden habe ich mir stets mehr als alles andere gewünscht. Aber etwas hat sich verändert.

Bin ich es? Ist es Louis? Sind es seine wunderschönen Augen und sein hinreißendes Lächeln, das mich alles andere vergessen lässt? Oder ist es Paris, das mein Herz im Sturm erobert hat? Ich presse die Augenlider fest aufeinander, um die Müdigkeit zu vertreiben. Was es auch sein mag, dieser Sommer darf nur auf eine Weise enden: indem ich das Herz des ABT gewinne und im Triumph nach Hause zurückkehre.

Kapitel 18

Mir schwirrt so viel im Kopf herum, dass ich fast vergessen hätte, dass heute kein normaler Unterrichtstag ist. Stattdessen zeigen wir nach der Hälfte unserer Zeit hier am Institut ein paar der Tänze, die wir in den letzten zwei Wochen einstudiert haben. Ich trete schon seit so vielen Jahren vor Publikum auf, dass mir das ganze Drumherum vollkommen selbstverständlich erscheint. Dazu gehört, hinter der Bühne um einen Platz vor dem Spiegel zu kämpfen, meine Haare zu frisieren und eine dicke Schicht Make-up aufzulegen, in mein weißes Tutu zu schlüpfen und etwas Platz in dem überfüllten Raum zu ergattern, um meine Spitzenschuhe zu binden.

»Mädchen aus *Paquita!*«, ruft Monsieur Dabrowski. »Auftritt in zwei Minuten!«

Audrey überprüft ihr Aussehen im Spiegel und steht auf, um sich zu den anderen Mädchen zu stellen, mit denen sie tanzen wird. Heute sind nur Gruppenauftritte vorgesehen, keine Soli. Es geht um nichts, nur darum, unseren *maîtres de ballet* in einem formellen Rahmen zu zeigen, welche Fortschritte wir gemacht haben. Wir werden alle zweimal auftreten, und die Schlichtheit unserer Kostüme spiegelt die untergeordnete Bedeutung des Tages wider: Stufe Fünf ganz in Weiß, alle anderen ganz in Schwarz.

Die Zeiger der Uhr bewegen sich auf den Beginn der Vorstellung zu, und ich kämpfe mit tiefen Atemzügen gegen das flaue Gefühl in meiner Magengrube an. Ich habe mit der leichten Übelkeit gerechnet. Tatsächlich begrüße ich sie. Keine Tänzerin träumt davon, vor dem Spiegel an der Stange zu tanzen. Wir finden uns nur mit dem monatelangen Training ab, weil es unsere Chance auf ein paar Minuten im Rampenlicht ist. Ich bin also gern ein Nervenbündel und jederzeit bereit zu zeigen, was ich kann. Gebt mir einen Zuschauerraum voller Fremder, und ich stelle mich ihnen, nach außen hin entschlossen und hochkonzentriert und im Innern erfüllt von Stolz und Freude.

Aber bevor ich mich in die Kulisse begebe, entsperre ich mein Handy und werfe zum x-ten Mal einen Blick auf die Nachricht, die Louis mir heute Morgen geschickt hat.

Viel Glück bei der Aufführung! 🍀

Ich habe ihn seit Sonntag nicht gesehen. Das ist jetzt zwei Tage her. Ich hatte überlegt, ihn zu fragen, ob er heute kommen möchte, doch dann hat mich die Wirklichkeit eingeholt. So gern ich mit Louis zusammen wäre, Odile und mein Traum vom ABT müssen an erster Stelle stehen. Und dennoch, ich vermisse ihn. Wir haben ein paarmal hin und her geschrieben, aber er hat kein weiteres Treffen vorgeschlagen. Und ich sollte es aus all den Gründen, die wie neongelbe Warnleuchten in meinem Hinterkopf blinken, besser auch nicht tun. Ich schiebe jeden Gedanken an Louis beiseite, als Audreys Gruppe die Bühne betritt.

Ein paar Schüler haben sich in den Kulissen versammelt, um zuzuschauen, und ich stelle mich zu ihnen. Die Mädchen tanzen ein Stück aus *Giselle.* Während sie sich in Position begeben, sehe ich mich im Zuschauerraum um. Die *maîtres de ballet* und das übrige Lehrpersonal füllen die vorderen beiden Reihen, die Plätze dahinter sind nur zur Hälfte besetzt. Es sind mir fremde Gesichter, Familienmitglieder und Freunde der wenigen Schüler aus der Region, die es einrichten konnten, an einem Dienstagnachmittag anzureisen. Ich bin im Begriff, meine Aufmerksamkeit wieder der Bühne zuzuwenden, als ich sie entdecke.

Mit schmalen Augen versuche ich zu erspähen, ob ich mich getäuscht habe oder ob da wirklich Tante Vivienne und Madeleine in der dritten Reihe sitzen. Vivienne trägt ein Kleid mit einem leuchtenden Blumenmuster. Die weiße Handtasche liegt ordentlich auf ihrem Schoß. Madeleine sieht sehr schick aus in ihrem marineblauen Hosenanzug und der Kette mit dem großen goldenen Anhänger. Ich kann nicht fassen, dass sie hier sind! Ich habe ihnen nicht von der Präsentation erzählt. Als ich sie besucht habe, wusste ich nicht einmal, wann sie stattfinden würde.

Ich grüble darüber nach, woher sie davon erfahren haben könnten. Ich habe Mom erzählt, dass ich heute auftreten würde, aber es klang nicht so, als wäre sie an den Einzelheiten interessiert. Grandma Joan war bei ihr, als ich angerufen habe. Ich glaube nicht, dass ich eine Uhrzeit erwähnt habe, aber vielleicht hat sie sich informiert und die beiden gebeten zu kommen?

Als ich an der Reihe bin, laufe ich in die Mitte der Bühne, um meine Position zwischen den anderen Mädchen aus Stufe Fünf einzunehmen. Ich riskiere einen Blick zu Madeleine und Vivienne. Madeleine bemerkt es und winkt mir unauffällig zu. Sie beugt sich zu ihrer Mutter, und dann winkt auch Vivienne. Und zwar so enthusiastisch, dass etliche Leute es bemerken. So etwas hätte mich zu Hause wahnsinnig gemacht – selbst auf die Gefahr hin, wie ein Snob zu klingen, jeder sollte wissen, dass man eine Tänzerin nicht ablenkt, wenn sie die Bühne betritt –, aber da es sich um meine betagte Urgroßtante handelt, muss ich darüber lächeln. Sie kennt mich kaum, und doch scheint sie überglücklich hier zu sein. Das Flattern in meiner Magengrube wird stärker. Am Ende meines Auftritts möchte ich meiner Urgroßtante bewiesen haben, dass es meine Bestimmung ist, eine professionelle Balletttänzerin zu werden.

Ich weiß vielleicht nicht viel über sie, aber meine Ururgroßmutter, die berüchtigte *danseuse étoile*, findet sich in jedem meiner Schritte. Ihre Bestimmung ist auch die meine und trägt mich über die Bühne. *Bourrée*, Walzerdrehung, *piqué*, *arabesque* … so geht es zur Melodie des Schneeflockenwalzers aus dem Nussknacker kreuz und quer und rundherum über die Bühne.

Meine Füße springen energiegeladen vom Boden, und meine Bewegungen fließen beinah mühelos ineinander. Dennoch, ich wünschte, Louis wäre hier. Ich gebe es nur ungern zu, aber vielleicht hätte ich ihn bitten sollen zu kommen. Erst als wir die Schlusspose einnehmen, fällt mir auf, dass ich einen Hauch vor den anderen gelandet bin. Wir sollten alle eine gerade Linie bilden, aber ich rage ein paar Zentimeter vor. Langsam und unauffällig tripple ich rückwärts, während die Zuschauer in Applaus ausbrechen. In die vielen strahlenden Gesichter zu blicken, lässt mich alles andere vergessen. Wir verbeugen uns, und als wir uns wieder aufrichten, bekommen wir stehende Ovationen. Ich lächle glücklich, während ich zu Atem komme. Nichts ist schöner, als einen Raum voller Menschen in einen Taumel der Begeisterung zu versetzen. Ich werde diesem Gefühl den Rest meines Lebens nachjagen. Aufführung für Aufführung.

***

Vivienne und Madeleine warten in der Eingangshalle der Schule auf mich.

»*Ma Mia!*«, sagt Vivienne. Sie nimmt mein Gesicht in die Hände und drückt mir rechts und links einen dicken Schmatzer auf die Wange.

»*Merci!*«, sage ich. Dann suche ich einen Moment nach den richtigen Worten und kratze all mein Französisch zusammen, um ihnen zu sagen, wie sehr es mich berührt, dass sie den weiten Weg auf sich genommen haben. »*Merci beaucoup d›être là! C'est tellment gentil d›être venues.*«

Vivienne strahlt mich an. Sie ist offensichtlich beeindruckt von meinen Fortschritten. Ich wende mich Madeleine zu. »Woher wusstet ihr davon?«, frage ich auf Französisch, immer noch aufgedreht von der Show.

»Louis hat uns angerufen«, sagt Madeleine langsam.

Viviennes Gesicht leuchtet bei der Erwähnung seines Namens noch mehr auf, genau wie meines wahrscheinlich.

»Louis?«, sage ich lauter als beabsichtigt.

Die Halle ist voller Schüler, Lehrer und Zuschauer. Alle unterhalten sich gut gelaunt, nur Audrey steht allein da. Ich schenke ihr ein Lächeln und nicke ihr zu, um ihr zu verstehen zu geben, wie toll sie war. Sie erwidert meinen Blick irritiert. Ich frage mich, ob es daran liegt, dass Vivienne und Madeleine hier sind – ein Beweis dafür, dass ich tatsächlich Zeit mit meiner Familie verbringe. Mir bleibt keine Zeit, länger darüber nachzudenken, weil ich Louis hinter ihr entdecke. Er ist ins Gespräch mit Max, Émilie und Sasha vertieft. Als er meinen Blick spürt, sieht er zu mir hinüber, aber nur ganz kurz. »Danke«, hauche ich. Er lächelt unauffällig und wendet sich wieder seinen Freunden zu. Mein Herz hüpft. Ich würde ihn so gern fragen, wie er meinen Auftritt gefunden hat. Leider ist das unmöglich. Dafür haftet diesen verstohlenen Treffen ein Hauch von abenteuerlicher Romantik an.

Mithilfe von Madeleines Schulenglisch und meinem gebrochenen Französisch bekomme ich den Rest der Geschichte heraus. Vor ein paar Tagen hat Louis Vivienne angerufen, um ihr noch einmal für das Abendessen zu danken. Sie hat zu ihm gesagt, sie hoffe auf einen weiteren Besuch von mir, aber Louis hat sie daran erinnert, dass ich wahrscheinlich keine Zeit dafür haben würde. Er hat die Aufführung erwähnt und dass ich mich sehr freuen würde, wenn sie kämen, um mich tanzen zu sehen. Louis ist sogar so weit gegangen, meine beiden Verwandten vom *Gare de Lyon* abzuholen.

»Maman mag Louis wirklich sehr«, sagt Madeleine mit einem vielsagenden Lächeln.

Ich auch, denke ich. Aber das muss ich nicht laut aussprechen, ich bin ziemlich sicher, dass sie es mir an der Nasenspitze ablesen können. Ich drehe mich um und gucke, ob er noch da ist, doch die Halle hat sich geleert und es sind nur noch wenige Schüler anwesend.

»Wir müssen bald los«, sagt Madeleine. »Maman macht sich Sorgen, wir könnten die Bahn verpassen«, fügt sie lachend hinzu. Ich brauche eine Sekunde, um zu verstehen, worauf sie anspielt. Es kommt mir vor, als wäre es eine Ewigkeit her, seit ich aus ihrem Auto gestürzt bin und den Bahnhof abgeschlossen vorgefunden habe.

»Oh!«, sagt Vivienne, legt die Hand auf meinen Arm und drückt ihn. Ich spüre, dass sie etwas Wichtiges zu sagen hat. Zum wiederholten Male verfluche ich mein schlechtes Französisch. Doch sie greift nur in ihre Tasche, zieht einen schmalen Umschlag daraus hervor und reicht ihn mir. Ihre Augen funkeln erwartungsvoll, als ich den Umschlag öffne und zwei grobkörnige sepiafarbene Fotografien mit abgegriffenen Rändern entdecke. Auf beiden ist dieselbe dunkelhaarige junge Frau zu sehen. In der einen Abbildung steht sie auf einer Straße mit Kopfsteinpflaster und posiert mit zwei anderen Mädchen vor einem Gebäude. In der nächsten steht sie in der ersten Position in einem Ballettkostüm da: mit Spitzenschuhen, einem kurzen Jäckchen und einem langen steifen Tüllrock.

Vivienne redet mit ausholenden Gesten auf mich ein, erkennt dann aber, dass ich nicht allzu viel von ihrem Wortschwall verstehe. Ich brauche Louis. Das alles macht so viel weniger Spaß ohne ihn. Schließlich gibt Vivienne auf und wendet sich ihrer Tochter zu. »*Dis à Mia.*« Erzähl du es ihr.

Und das macht Madeleine. »Wir denken, das ist … das Mädchen ist, hm, unsere Vorfahrin.« Sie klingt nicht annähernd so aufgeregt wie ihre Mutter. Vivienne deutet auf die Rückseite der zweiten Fotografie, und ich drehe sie um. Sie ist in einer wunderschönen schnörkeligen Handschrift beschriftet.

Élise Mercier
Opéra de Paris, 2 février 1880

Ich kann es kaum glauben. »*C'est vraiment elle?*«, frage ich Vivienne. Ist sie das wirklich?

Sie sieht mich grinsend an und nickt. »*Élise Mercier*, ton arrière-arrière-arrière grand-mère.« Sie drückt meine Hand, als wolle sie sichergehen, dass ich sie verstanden habe. Und das habe ich. Das hier ist meine Ururgroßmutter, eine Ballerina, die vor der Pariser Oper steht. In diesem Moment spielt es für mich noch nicht einmal eine Rolle, ob Degas sie gemalt hat oder nicht. Dieses Foto ist für sich allein schon ein riesengroßer Schatz.

»Maman hat es nach deinem Besuch auf dem Dachboden entdeckt«, erzählt Madeleine auf Französisch, während Vivienne gespannt meine Reaktion beobachtet. »Sie denkt, es könnte dir vielleicht bei der Suche nach dem Degas-Gemälde helfen.« Sie wirft ihrer Mutter einen schnellen Blick zu und fügt dann leise hinzu: »Falls es existiert.«

Die Vorstellung wärmt mich von innen heraus. Ich verspüre den Wunsch, Mom anzurufen und ihr zu sagen: Ich hab's dir ja gesagt! Und noch viel mehr sehne ich mich danach, Grandma Joan wissen zu lassen, dass sie recht hatte. Doch am meisten wünsche ich mir, Louis wäre noch da, damit ich mich in seine Arme werfen und ihn auffordern könnte, den Helm aufzusetzen.

Denn das verrückte Abenteuer, in das wir uns an dem Tag gestürzt haben, als wir uns auf der Treppe begegnet sind, hat gerade erst begonnen.

Kapitel 19

Schon am nächsten Tag kommt es mir so vor, als wäre die Präsentation Ewigkeiten her. Von jetzt an geht es direkt auf die Abschlussaufführung zu, und alles wird plötzlich sehr greifbar. Während des Unterrichts bin ich angespannter, und den anderen in der Klasse geht es offensichtlich ebenso. Wir reden weniger, bevor der Lehrer eintrifft, haben dunklere Ringe unter den Augen und lächeln seltener. Uns beschäftigt nicht nur, dass es nur noch zwei kurze Wochen bis zur Show sind. Heute findet auch unsere erste Anprobe mit den Kostümschneidern des *Institut de l'Opéra de Paris* statt.

Nach dem Unterricht begebe ich mich ins Untergeschoss der Schule, in dem sich die Kostümabteilung befindet. Auf dem Weg dorthin mache ich das, was ich so ziemlich jedes Mal gemacht habe, wenn ich in diesem Teil des Gebäudes bin. Ich bleibe vor der Infotafel stehen und schaue mir den Ablaufplan für den nächsten Probentag an. Ich fahre mit dem Finger über das Blatt, und mein Herz klopft schneller, obwohl ich genau weiß, worauf ich stoßen werde: Mia Jenrow – das bin ich, ich, ich! – neben dem Namen der Odile. Es wird nie langweilig. Ich betrachte den Probenplan eine Weile und tanke genug Selbstvertrauen für einen weiteren Tag.

Etwas später kribbeln meine Hände vor Vorfreude, als eine Frau namens Valérie mir eine mit schwarzen Perlen bestickte Korsage reicht, von deren Taille ein Tutu absteht. In Gedanken nenne ich es augenblicklich *mein* Kostüm, aber es stellt sich heraus, dass ich damit falsch liege. Überraschend, aufregend falsch.

»Myriam Ayed hat es in der letzten Schwanensee-Produktion getragen«, erzählt mir Valérie mit funkelnden Augen.

Meine Kinnlade fällt herunter. »Myriam Ayed hat als schwarzer Schwan dieses Kostüm getragen?«

»Keine Sorge, es war in der Reinigung«, sagt Valérie lachend.

Ich quietsche begeistert. »Ich werde Myriam Ayeds Kostüm tragen!«

Neben mir erfährt Audrey dieselbe sorgfältige Behandlung von Valéries Kollegin. Es ist nur logisch, dass ihr Kostüm des weißen Schwans ebenfalls von Myriam Ayed getragen wurde, aber Audrey ist zu cool, um darüber in Begeisterungsstürme auszubrechen, und verdreht bloß die Augen, als sie mein Quietschen hört.

Ich wende meine Aufmerksamkeit wieder dem Kostüm aus schwarzem Tüll zu. Es fühlt sich steif und weich zugleich an, und obwohl es ein paar Ausbesserungen nötig hat – einige Perlen sind abgegangen und es hat einen kleinen Riss an der Brust –, ist es magisch, es in den Händen zu halten. Ich ziehe es über mein Trikot und streife die Träger von den Schultern, damit der herzförmige Ausschnitt besser zur Geltung kommt. Ich übertreibe nicht, wenn ich sage, dass es eine spirituelle Erfahrung für mich ist.

»Lass sehen«, sagt Valérie, sobald ich angezogen bin.

Sie mustert mich genau und zieht dann eine Stecknadel aus dem Nadelkissen, das an ihrem Handgelenk befestigt ist.

»Ups«, sagt sie, als sie mich aus Versehen mit einer Nadel in den Oberschenkel piekt. »Dieser Tüll ist so dick!« Wäre es seltsam, wenn ich ihr sagte, dass sie mich so viel stechen darf, wie sie will? Tänzerinnen sind Schmerzen gewöhnt. Wir leben jeden Tag damit, von unseren zersplitterten Zehennägeln bis hin zu unseren überstrapazierten Muskeln. Man kann keine Tänzerin sein, wenn man nicht bereit ist, Freundschaft mit dem Schmerz zu schließen.

Audrey dreht sich um, damit ihre Schneiderin das Kostüm am Rücken anpassen kann. Wir stehen uns jetzt gegenüber, und sie mustert mich ausdruckslos von oben bis unten. »Du warst vorhin richtig gut«, sagt sie nüchtern. »Deine *fouettés* werden allmählich besser.«

Vor der Anprobe hatten wir eine weitere Probe mit Monsieur Dabrowski, und er war so hart zu uns wie eh und je. »Hören Sie auf, so herumzutrampeln! Sie sind Schwäne, keine Pferde!«

»Oh«, erwidere ich verblüfft. Ein ungebetenes Kompliment von Audrey Chapman, quasi aus dem Nichts. Paris, du Stadt der Wunder!

»Ich bin beeindruckt«, sagt sie schulterzuckend, als könnte sie meine Gedanken lesen.

»Danke«, sage ich. »Du warst wirklich großartig. Das bist du immer.«

Audrey zuckt erneut mit den Schultern, aber es ist ein müdes Zucken. Ihre Schultern sacken herab, und sie wendet den Blick ab.

Die Wahrheit lautet, dass Monsieur Dabrowski mit uns Hauptrollentänzern besonders hart ins Gericht gegangen ist. »Wo ist Ihr Herz, Audrey? Sie sind eine junge Frau, die einen Prinzen liebt, der sie von einem Fluch erlösen kann. Sagt Ihnen das gar nichts?« Er hackt immer wieder darauf herum. »Sie benötigen mehr Verve in diesem Bein, Mia. Es muss Sie bis zum Ende tragen! Was wollen Sie sonst während der Aufführung machen? Wie ein Kaninchen hüpfen?« Er hat Fernando sogar als Umpa Lumpa bezeichnet. Was im Grunde total witzig ist, wenn man bedenkt, wie groß er ist.

»Wie sitzt es?«, fragt Valérie mich und führt mich vor den bodenlangen Spiegel.

Sie steht hinter mir und lächelt meinem Spiegelbild zu, stolz auf ihr Handwerk.

»Perfekt«, sage ich. »*Merci.*«

Sie steckt ein loses Stück Stoff an der Taille fest. »Ich muss nur noch diese Stelle hier ausbessern.«

Bald darauf ziehen Audrey und ich vorsichtig unsere Kostüme aus, damit die Nadeln nicht herausfallen. Valérie kündigt an, dass sie in der nächsten Woche für eine weitere Anprobe wiederkommen werden. »Verliert ja kein Gewicht bis dahin«, mahnt sie. »Wir wissen genau, wie gestresst ihr Mädchen seid.«

»Unsere tägliche Ration Croissants wird das verhindern«, sage ich lächelnd.

Audreys Mundwinkel zucken. Zusammen laufen wir durch die völlig verlassene Schule. Am Ausgang halte ich inne. »Ich habe noch etwas vor … wir sehen uns dann später«, sage ich nervös.

»Oh«, erwidert Audrey ohne besonders überrascht zu klingen. »Du gehst noch …«

»Aus?« Meine Stimme klingt schärfer, als mir lieb ist. Aber was soll ich sonst sagen?

»Hm«, erwidert sie mit hochgezogener Augenbraue.

»Meine Tante hat mich zum Essen eingeladen«, füge ich hinzu und bemühe mich, mir nichts anmerken zu lassen, aber ich spüre, wie ich rot werde.

Audreys Miene ist völlig ausdruckslos, als sie sagt: »Deine Tante, klar.« Doch in ihrer Stimme höre ich einen Hauch Sarkasmus.

Rat an mich selbst: Unterschätze Audrey nicht. Sie lässt sich nicht zum Narren halten.

»Sie …« Ich hole tief Luft, bereit mich tiefer in mein Lügengespinst zu verstricken, doch etwas in Audreys Blick hält mich davon ab. »Ich bleibe nicht lange weg und gehe pünktlich ins Bett«, fahre ich fort. »Das Training morgen früh wird nicht darunter leiden.«

Audrey nickt. »Viel Spaß.«

Das sind wahrscheinlich die seltsamsten Worte, die Audrey je zu mir gesagt hat.

»Echt?«, frage ich.

»Echt«, sagt sie.

Und vielleicht zum ersten Mal lächeln wir einander an.

***

Dieses Mal lief es ohne Überraschung von seiner oder meiner Seite ab. Ich war nicht übermäßig aufgeregt und habe mich geweigert, mir zu viele Gedanken zu machen. Ich habe nur den Mut gefunden, mir endlich einzugestehen, was ich will, und Louis geschrieben, dass ich ihn gern in sein Lieblingsrestaurant einladen würde. Was der Grund dafür ist, dass ich nun auf einer hippen Straße im neunten Arrondissement unter einem Neonschild mit dem Schriftzug *Hôtel Amour* stehe. Ihr hört richtig, Louis hat einen Laden ausgesucht, der *Liebeshotel* heißt. Wer kommt auf so etwas? Eine Sache, die ich über die Franzosen gelernt habe, ist, dass sie keine Angst vor Romantik haben. Wenn Amerikaner romantisch sein wollen, kann es schnell zu viel des Guten werden, aber Paris ist voller lässiger Cinderellas in gestreiften Tops, die mit knallroten Lippen und sonnengeküsstem Strubbelhaar leichtfüßig die Straße entlangschlendern, direkt in die Arme ihres Ritters in schimmernder Rüstung. Oder in meinem Fall, in die Arme ihres Ritters mit schimmernder Vespa.

»Mia!«, sagt Louis, sobald er den Helm abgenommen hat. Ich weiß nicht, ob wir *la bise* tauschen sollen oder ob wir dieses Stadium längst hinter uns gelassen haben, daher umarme ich ihn einfach auf die amerikanische Art.

»Ich bin sicher, du hast es noch nie zuvor gehört«, sagt er auf dem Weg zu dem Tisch, den ich im üppig bewachsenen Garten auf der Rückseite reserviert habe, wo Weinreben die Wände hinaufklettern, »aber du hast gestern wunderschön getanzt. Wir sollten deinen Triumph feiern!«

Ich lache noch, als er sich schon entschlossen an die Kellnerin wendet: »*Deux coupes de champagne.*« Zu mir sagt er: »Der geht auf mich!«

Meine Augen werden groß. »Hast du gerade Champagner bestellt?«

Louis zuckt mit den Schultern. »Bei deiner Tante hast du Wein getrunken.«

Auch wenn er damit recht hat, macht das hier einen Unterschied. Es ist das eine, während eines Essens mit der Familie ein paar Schlucke Wein zu trinken. Es ist etwas ganz anderes, an einem warmen Sommerabend eine Verabredung auf einer wunderschönen Terrasse zu haben und inmitten von Parisern teuren Schaumwein zu trinken. Es kommt mir alles zu erwachsen vor, so als würde ich die Rolle einer viel älteren Mia Jenrow spielen.

Andererseits habe ich das Gefühl, fünf Jahre älter geworden zu sein, seit ich in Paris bin. Bis ich hierherkam, hatte ich keine Ahnung, wie es sein würde, in einer fremden Stadt auf mich allein gestellt zu sein, aber bisher habe ich mich gut geschlagen. Besser als gut sogar.

Die Kellnerin kommt mit zwei Champagnerflöten zurück, die sie feierlich füllt, nachdem sie sie vor uns abgestellt hat.

»*À toi!*«, sagt Louis und hebt sein Glas.

Ich stoße mit ihm an. »Und auf dich«, erwidere ich.

»Okay, dann also auf uns«, fügt er mit einer besonderen Betonung auf dem uns und einem vielsagenden Blick hinzu.

Ich erwidere seinen Blick, und er blinzelt mir zu. In

Gedanken klopfe ich mir auf die Schulter, weil ich nicht rot geworden bin. Hoffe ich. Nach einem kleinen Schluck, der auf meiner Zunge prickelt, hole ich die Fotografien aus meiner Tasche und schiebe sie ihm über den Tisch zu. »Ich muss dir was erzählen«, sage ich mit Schmetterlingen im Bauch.

»Lass mich raten«, antwortet Louis. »Vivienne hat Bilder deiner Vorfahrin auf dem Dachboden gefunden und sie dir nach der Aufführung gegeben, damit du das Degas-Gemälde finden kannst.«

Schmetterlinge ausgeflogen.

»*Désolé*«, sagt er lachend. »Ich konnte nicht widerstehen.«

Mir geht plötzlich ein Licht auf. »Du hattest etwas damit zu tun, oder?«

Louis zuckt betont unschuldig mit den Schultern. »Was soll ich sagen? Großmütter lieben mich.«

Nicht nur Großmütter, denke ich. Und erröte bis in die Haarspitzen.

Die Kellnerin kehrt zurück, um unsere Bestellung aufzunehmen, aber ich hatte noch keine Gelegenheit, einen Blick in die Karte zu werfen, daher lässt sie uns wieder allein.

Ich atme tief durch. »Ich möchte dich etwas fragen. Ich habe nicht viel Freizeit bis zu meiner Abreise, aber ich habe vor, jedes Museum in Paris zu durchkämmen, sämtliche Kunstsammler zu befragen und vielleicht sogar auf ein paar Dachböden einzudringen, wenn es sein muss. Ich will den Beweis dafür finden, dass Degas meine Vorfahrin gemalt hat. Es würde mich so glücklich machen, wenn es mir gelänge, das Rätsel zu lösen, bevor ich heimfahre. Möchtest du mit mir auf die Suche gehen?«

Louis lächelt. »Ja, Mia. Denn es wäre mir eine Freude, dich glücklich zu machen.«

Damit ist jede Hoffnung auf eine normale Gesichtsfarbe dahin, aber das ist mir so was von egal.

»Ich habe meiner Mom von dir erzählt«, sagt er.

Meine Augen werden groß. »Tatsächlich?«

Er nimmt einen Schluck von seinem Champagner und nickt. »Ich habe ihr von einer wunderschönen, talentierten Ballerina mit einer legendären Geschichte erzählt.« Er hält kurz inne. »Und anschließend habe ich noch dich erwähnt.«

Er sagt es so nüchtern, dass ich einen Moment brauche, um zu kapieren. Dann verdrehe ich die Augen. »Und was hatte deine Mom zu der wunderschönen, talentierten Ballerina zu sagen?«

»Sie fand die Geschichte toll. Sie kennt außerdem eine Menge Leute aus der Pariser Kunstszene. Mit einigen hat sie gearbeitet, andere sind Freunde von Freunden … Sie hat mir die Kontaktdaten der Kuratorin des *Musée d'Orsay* gegeben.«

Ich wage kaum zu atmen, so gespannt bin ich. »Und?«

»Sie hat ihren Doktor über den Impressionismus gemacht oder so. Ihr Name ist Charlotte Ravier, aber für mich war sie immer Dr. Pastell.«

Ich kichere und hole mein Handy hervor, um den Kontakt zu speichern, aber Louis zieht stattdessen ein Notizbuch und einen Stift aus seiner Ledertasche. Er öffnet es auf einer leeren Seite und schreibt ihren Namen, ihre Telefonnummer und ihre E-Mail-Adresse hinein. Dann malt er mit wenigen raschen Strichen eine pirouettierende Ballerina darunter, die ihre Arme hoch in die Luft streckt. Ich lächle anerkennend, als er die Seite herausreißt und mir reicht, aber er wischt es mit einem Schulterzucken beiseite. Wir beschließen, Dr. Pastell am nächsten Tag anzurufen, und dann gibt es nur noch uns beide. Wir bestellen etwas zu essen, aber ich weiß nicht mehr, was. Es könnte Pasta gewesen sein. Oder Fisch. Oder sogar ein Kaktus, wenn ihr mich fragt. So wenig Aufmerksamkeit schenke ich dem Essen. Alles, was zählt, ist die Art, wie Louis mich ansieht. Wir lachen und essen, erzählen uns Dinge und trinken unseren Champagner.

Louis protestiert, als ich ihn daran erinnere, dass ich die Rechnung übernehmen werde, aber ich bleibe stur. Ich habe ihn zum Essen eingeladen, und egal, wie sehr er murrt, ich zähle das Geld ab, lege es auf den Tisch und sage ihm, dass er sich bei mir revanchieren könne, indem er mir helfe, das Bild zu finden.

Seine Hand schließt sich um meine, sobald wir das Restaurant verlassen haben. Mein ganzer Arm kribbelt bei seiner Berührung. Ein paar Mädchen kommen an uns vorbei und werfen Louis einen Blick zu. Ich weiß, möchte ich am liebsten sagen. Ich kann es auch kaum glauben. Seit ich in Paris bin, ist nichts so gekommen, wie ich gedacht habe. Ich habe monatelang von diesem Sommer geträumt, aber selbst in meinen kühnsten Träumen hätte ich das hier nicht für möglich gehalten, und ich weigere mich daran zu denken, dass ich das alles schon bald hinter mir lassen werde.

»Ich würde ja anbieten, dich nach Hause zu bringen«,

sagt Louis, als wir bei seiner Vespa angekommen sind, »aber ich hoffe, der Abend ist noch nicht vorüber.«

Ich schüttle den Kopf. Mein Mund ist zu trocken, um etwas zu erwidern.

»Wäre es zu kitschig, wenn ich dich zum größten Touristenmagnet von Paris bringe?«, fragt Louis mit einem breiten Lächeln. »Es ist nicht weit von hier.«

Egal wie nervös ich in seiner Gegenwart bin, er findet stets einen Weg, mir die Befangenheit zu nehmen. »Ich mag Kitsch. Besonders den Pariser Kitsch.«

Endlose Stufen später stehen wir vor der *Basilique du Sacré-Cœur* im Herzen von Montmartre, und der Blick auf die gesamte Stadt raubt mir den Atem. Die Sonne geht gerade über all den Schieferdächern unter. Ich suche den Horizont ab, und Louis muss erraten haben, wonach ich Ausschau halte, denn er zupft an meiner Hand und deutet schweigend nach rechts, in Richtung Eiffelturm, der sich in einiger Entfernung schwach abzeichnet.

»Träume ich gerade?«, frage ich.

Louis stellt sich hinter mich und schlingt seine Arme um meine Taille, während wir die Aussicht bewundern. »Ich hoffe nicht«, flüstert er in mein Ohr.

Ich spüre seinen Herzschlag an meinem Rücken und atme seinen Duft ein, als er sich dichter an mich presst. Er legt seinen Kopf auf meine Schulter, und ich könnte die ganze Nacht so stehen bleiben. Nein, das stimmt gar nicht. Ich möchte mich umdrehen und ihn küssen. Aber es sind so viele Menschen hier, dass wir noch nicht einmal Ellbogenfreiheit haben.

»Komm mit«, sagt er, und der Zauber ist gebrochen.

Er führt mich die verwinkelten Gassen von Montmartre hinunter, in denen sich unzählige Restaurants, Kunstgalerien und Souvenirläden aneinanderreihen. Ich bemerke fast an jeder Ecke eine Crêperie. Aber die Hauptattraktion ist der gepflasterte Platz namens Place du Tertre, auf dem viele Künstler ihre Arbeiten ausstellen. Es wimmelt von Leuten, daher sind wir gezwungen, langsamer zu gehen und die Arbeiten zu bewundern – einige sind abstrakt und modern, andere klassische Abbildungen der Umgebung. Aber dann fällt mir noch etwas ins Auge.

»Was ist da vorn los?«, frage ich Louis und zeige auf einen Künstler, der das Porträt eines jungen Mädchens malt, das vor ihm sitzt. Ihre Eltern sehen stolz zu, wie er das Bild mit riesigen Ohren und extra langen Zähnen versieht. Wir sind schon an etlichen anderen Leuten vorbeigekommen, die sich in den unterschiedlichsten Stilen haben malen lassen, aber Karikaturen scheinen am beliebtesten zu sein.

Louis zuckt mit den Schultern. »Das macht man hier oben eben.«

»Komm, wir lassen uns auch malen!«, rufe ich aufgekratzt. Ich sehe mich um und entdecke eine Frau, die gerade mit einem Porträt fertig geworden ist.

»Was? Nein!«, ruft Louis entsetzt und wird ein bisschen rot. »Das ist nur für Touristen.«

»Ich bin eine Touristin«, sage ich. Entschlossen zeige ich auf den leeren Stuhl und frage die Künstlerin, ob wir als Nächste dran sein können. »Und wie gesagt, stehe ich auf Pariser Kitsch.«

Louis verdreht lachend die Augen.

»*Comme ça*«, sagt die Künstlerin, während sie uns in die

richtige Position bringt. Sie dreht mich auf dem Stuhl leicht zur Seite und fordert Louis auf, hinter mir zu knien.

Die Frau blickt konzentriert von ihrem Block zu uns und wieder zurück, die schwarze Kohle gleitet flüsternd über das Papier, und ich muss mich davon abhalten, mich zu Louis umzudrehen.

»*Et voilà*«, sagt sie eine Weile später, als sie ihr Werk vollendet hat. Sie hebt lächelnd den Blick, und ich springe vom Stuhl, um das Ergebnis zu sehen. Mich hat sie mit einem Dutt gemalt, der fast so groß ist wie ein Heiligenschein, und mit sehr vollen dunklen Lippen, um meinen roten Schmollmund zu betonen. Louis hat sie sehr dicke Augenbrauen verpasst, unter denen seine Augen beinah verschwinden, und ein völlig überzeichnetes, eckiges Kinn.

»Du siehst schön aus«, sagt Louis, der das Bild über meine Schulter betrachtet.

»Du siehst aber auch nicht schlecht aus«, erwidere ich.

Noch ehe ich mein Portemonnaie zücken kann, hat Louis schon bezahlt.

»Ein Geschenk für dich«, sagt er und reicht mir das Bild, das inzwischen in Papier eingeschlagen ist. »Eine Erinnerung an deine Zeit in Paris.«

»*Merci*«, sage ich an ihn und die Frau gewandt, als ich es in meine Tasche stecke.

Wir gehen weiter, und Louis seufzt schwer, während wir in eine sehr viel ruhigere Straße einbiegen. »Ich hoffe, du wirst dich an mich erinnern.«

»Natürlich!«, sage ich. »Ich glaube nicht, dass ich diesen Sommer je vergessen könnte.« Ich wollte eigentlich *dich je vergessen könnte* sagen, aber mein Herz hat anders entschieden.

»Ich weiß nicht, was ich tun soll …« Louis schaut zu Boden.

»Weswegen?«, frage ich.

Er schürzt die Lippen. »Wegen dir. Mir. Deiner Abreise. Meinem Hierbleiben.«

Ich nicke langsam. Mir steigen Tränen in die Augen. Hat er die ganze Zeit das Gleiche gedacht wie ich? Es wäre unsinnig, etwas miteinander anzufangen. Es gibt so viele Gründe, die dagegensprechen. Aber zumindest für mich ist die Vorstellung, die Zeit, die uns noch bleibt, nicht zusammen zu verbringen, vollkommen … aberwitzig. Inakzeptabel. Etwas, das ich für immer bereuen würde.

»Ich wünschte, ich könnte bleiben«, sage ich, nachdem wir uns eine Weile stumm angesehen haben.

»Das meinst du nicht ernst«, sagt Louis traurig. »Das ABT ist dein Traum. Und das Ballett kommt für dich immer an erster Stelle. Das hast du selbst gesagt.«

»Ja, aber …«, beginne ich. Er hat recht. Doch er liegt auch falsch. Falls dieser Sommer mich etwas gelehrt hat, dann ist es etwas, das nichts mit dem Ballett zu tun hat. Ja, ich habe gelernt, dass ich großes Potential und eine echte Chance beim ABT habe. Monsieur Dabrowski hat genug an mich geglaubt, um mir die Rolle der Odile zu geben, und ich habe inzwischen so viel weniger Angst zu versagen als bei meiner Ankunft. Eine Tänzerin zu sein bedeutet mir alles, aber mein Leben ist größer als das. In meinem Herzen ist Platz für so viel mehr, und Louis gehört zweifellos dazu.

»Ballett steht in diesem Moment nicht an erster Stelle«,

sage ich und beuge mich näher zu ihm. »In diesem Moment geht es um uns.«

Louis' Augen öffnen sich weit, als er mich an sich zieht. Diesmal fühlt es sich anders an. Bedeutungsvoller. Erwartungsvoller. Ich schlinge die Arme um seinen Nacken. Sein Gesicht kommt näher, und er presst seine Stirn an meine.

Meine Nase streift seine und erhascht einen weiteren Hauch seines unverkennbaren Dufts aus Sonnenschein und Zedern. Ich atme tief ein, um mir den Geruch für immer einzuprägen. Dieser Augenblick ist perfekt: die Straßengeräusche um uns, die warme Luft, der süße Duft seines Atems. Mein Herz hält die freudige Erwartung nicht länger aus. Ich öffne die Lippen leicht und schließe das kleine Bisschen Entfernung zwischen uns, damit sie endlich seine berühren.

Bestimmt habt ihr schon mal Croissants gegessen. Man bekommt sie so ziemlich überall. Sie schmecken normalerweise recht gut, ein wenig langweilig vielleicht. Aber wenn man nach Paris kommt, sind die Croissants vollkommen anders als alle, die man zuvor gegessen hat. Sie sind warm und weich, golden und buttrig. Wie gebackene Wolken. Köstliche, dekadente Wolken. Sie mögen aussehen wie andere Croissants, aber sie sind ihnen in jeder Hinsicht haushoch überlegen. Warum ich das gerade denke? Weil Croissants wie Küsse sind. Wie unvergleichlich sie sein können, begreift man erst so richtig, wenn man sie in Paris probiert hat. Und jetzt weiß ich Folgendes: Auch Küsse schmecken in Frankreich eine Million Mal besser.

Kapitel 20

Als Tänzerin bin ich auf besondere Weise qualifiziert, die Mechanismen des Körpers zu verstehen. Wenn ich einhundert *relevés* mache, werden meine Waden am nächsten Morgen brennen. Das ist vollkommen normal, ein Zeichen dafür, dass ich sie korrekt ausgeführt habe. Also fühlen sich meine Lippen am Morgen nach dem Kussunterricht mit Louis (Stunde 1, 2, 3 und 4 – lasst uns einfach sagen, es war ein Intensivkurs) geschwollen an. Ich fahre ein paar Mal mit dem Finger darüber und überprüfe mein Gesicht im Spiegel der Umkleide, als ich mich für den Unterricht fertig mache. Ich kann nichts *sehen*, aber ich brauche kein sichtbares Andenken, um mich daran zu erinnern, was gestern Abend passiert ist. Louis hat uns zwischen den Küssen kaum Luft holen lassen, und das war völlig okay für mich, weil mir Atmen in dem Moment total überflüssig vorkam. Man könnte sagen, ich schwebe auf

Wolke sieben, aber es ist besser als das: Ich wirble in einer *pirouette* über einen Regenbogen aus Glückseligkeit gen Himmel.

Der Regenbogen löst sich um genau acht Uhr fünfzig auf, als ich aus der Umkleide komme.

Monsieur Dabrowski steht direkt vor mir. »Mademoiselle Jenrow, wir müssen uns unterhalten, bitte.«

Er zeigt auf das Studio am Ende des Ganges, das leer ist. Als ich es betrete, beginne ich mich zu fragen, ob ich es lebendig wieder herausschaffen werde.

»Nehmen Sie Platz«, weist Monsieur Dabrowski mich an. Ich denke an den Tag zurück, an dem er mir sagte, dass ich in Stufe Fünf wechseln würde. Derselbe Ort, dieselben Personen, doch ich habe keinen Zweifel daran, dass er heute nicht hier ist, um gute Nachrichten zu überbringen.

Ich nehme auf der Bank Platz und er zieht für sich selbst einen Stuhl heran. »Ich möchte mit Ihnen über die Präsentation reden.«

Mir rutscht das Herz in die Hose. Ich habe mich so sehr bemüht, es aus meinen Gedanken zu verbannen, aber natürlich hat er es gesehen. Warum nur habe ich mir eingebildet, ich würde unbemerkt damit davonkommen?

»Was ist während der Präsentation passiert, Mademoiselle Jenrow?«

»Wissen Sie es nicht?«, fragt er, als ich nichts erwidere.

Ich atme tief durch. »Doch.« Ich gebe es besser zu und bringe es hinter mich. »Ich habe den letzten Schritt verpasst.«

Er nickt langsam. »Und?«

»Es war ein recht kleiner Unterschied, denke ich, aber

es hat dazu geführt, dass ich nicht mehr synchron mit den anderen Mädchen war.« Es ist okay, Mia. Es ist passiert, und du kannst jetzt nichts mehr daran ändern. Das muss ich mir nur immer weiter sagen.

»Glauben Sie, es ist jemandem im Publikum aufgefallen?«

Ich senke den Blick auf meinen Schoß, meine Kehle schnürt sich zu. Er wird es mir nicht leicht machen. Ich bleibe stumm.

»Sie haben alle gejubelt, sie haben alle Ihren wunderbaren Auftritt gefeiert, aber war er so gut, wie er hätte sein können?« Monsieur Dabrowskis Tonfall wird härter, beinahe verächtlich.

Ich schüttle den Kopf.

Er seufzt laut, und ich hebe den Kopf, um seinem eiskalten Blick zu begegnen. »Er war es nicht. Sie glauben vielleicht, meine Erwartungen seien zu hoch, Mademoiselle Jenrow. Sie sagen sich vielleicht, dass beinah niemand das Maß an Perfektion erreichen kann, das ich von meinen Schülern erwarte. Und in vielerlei Hinsicht stimmt das.«

Er macht eine Pause, aber ich denke nicht, dass er eine Antwort von mir erwartet. Ich habe einen Schritt ausgelassen. Tief in mir drin wusste ich bereits, bevor es geschah, dass ich ihn verpfuschen würde.

»Es tut mir leid«, sage ich schließlich, um das Schweigen zu füllen.

»Ich bin nicht hier, um mir Entschuldigungen anzuhören. Ich möchte sicherstellen, dass Ihnen bewusst ist, was hier auf dem Spiel steht.«

»Es wird nicht noch einmal passieren«, sage ich. »Das verspreche ich.« Es ist albern, das zu sagen. Niemand kann versprechen, stets alles unter Kontrolle zu haben. Noch nicht einmal eine Tänzerin. Wir trainieren extrem hart und üben die Schritte hunderte Male, aber wir wissen nie mit Sicherheit, was passieren wird, sobald die Lichter erstrahlen und wir die Bühne betreten.

Monsieur Dabrowski verzieht das Gesicht. Ich werfe einen Blick auf die Uhr über der Tür. Unser Unterricht beginnt in Kürze am anderen Ende des Flurs, aber er scheint es nicht eilig zu haben.

»Sehen Sie, in dem Moment, in dem ich Ihren ausgelassenen Schritt sah, wusste ich, dass ich ein Problem habe, was bedeutet, dass auch Sie eines haben. Sie tanzen eine meiner Hauptrollen. Sie sind der schwarze Schwan. Ich habe Ihnen die Möglichkeit eröffnet, Ihre Flügel vor sämtlichen Nachwuchsprogrammdirektoren der Welt auszubreiten.«

Ich keuche erschrocken auf, weil ich endlich begreife, was er mir zu sagen versucht. »Bitte, Monsieur Dabrowski, nehmen Sie mir meine Rolle nicht weg.«

»Es ist nicht Ihre Rolle, Mademoiselle Jenrow. Hunderte Ballerinen haben sie vor Ihnen getanzt und hunderte werden sie nach Ihnen tanzen. Sie gehört Ihnen nicht.«

Er hat natürlich recht, und ich würde mir für die Worte am liebsten einen Tritt vors Schienbein geben. Ich bin nicht sicher, was ich tun kann, um es wiedergutzumachen, aber ich muss es zumindest versuchen. »Sagen Sie mir, was ich tun muss, und ich werde es tun.«

Er sieht mich abwägend an. »Ich brauche Ihre volle Konzentration. Lassen Sie sich durch nichts und niemand ablenken.«

Meine Finger berühren meinen Mund. Ich kann immer

noch Louis' Lippen auf meinen spüren. Es ist zu spät, ich habe mich bereits ablenken lassen.

Ich nicke. »Ich werde Sie nicht enttäuschen.«

Monsieur Dabrowski schnalzt mit der Zunge und erhebt sich von seinem Stuhl. Einen Augenblick denke ich schon, er würde einfach den Raum verlassen, aber stattdessen geht er in den schwarzen Lederschuhen, die er jeden Tag trägt, langsam und würdevoll auf und ab.

»Das haben Sie bereits getan. Ich habe Großes in Ihnen gesehen und war sehr enttäuscht, als ich erkennen musste, dass ich damit Unrecht hatte.«

Die Angst hat mich jetzt fest im Griff. »Es war nur ein Schritt. Haben Sie noch nie einen Schritt verpatzt?«

Er seufzt. »Das habe ich. Mehr als nur einmal. Als ich Dornröschen in Moskau getanzt habe, hätte ich meine Partnerin mitten im *pas de deux* fast fallengelassen.« Er geht langsam auf das Fenster zu, ehe er weiterspricht. »Aber hier geht es nicht bloß um den einen Fehler. Es geht darum, dass Sie Ihre Zukunft wegen eines Sommerflirts wegwerfen. Und das haben Sie sich ganz allein selbst zuzuschreiben, Mademoiselle Jenrow.«

Ich erstarre. Mein Kopf ist vollkommen leer, während ich versuche zu begreifen, was er da gerade gesagt hat.

»Ihr Leben außerhalb dieser Hallen geht mich nichts an. Aber wenn Sie mein schwarzer Schwan sind und ich herausfinde, dass Sie Ihre Energie Abend für Abend damit verschwenden, in der Stadt herumzuflirten, obwohl Sie nur noch ein paar Wochen haben, um eine der schwierigsten Rollen zu lernen, die das Ballett zu bieten hat, nun … dann geht mich das sehr wohl etwas an.«

Ich schlucke, unfähig, etwas zu erwidern. Louis hat ihm

auf keinen Fall von uns erzählt. Warum hätte er das tun sollen? Er weiß, wie wichtig es für mich ist, seinen Vater zu beeindrucken, nicht nur für meinen Erfolg hier, sondern auch für meine Zukunft als Tänzerin. Wenn Monsieur Dabrowski nicht glaubt, dass meine ganze Hingabe dem Ballett gilt, dann wird er mich nicht den Nachwuchsprogrammdirektoren empfehlen. Oder noch schlimmer, er wird ihnen raten, einen großen Bogen um mich zu machen, und meine Karriere wird vorbei sein, ehe sie begonnen hat.

»Es ist nicht, wie Sie denken«, sage ich. »Was zwischen mir und Louis passiert ist …«

»Ist vorher mit anderen Mädchen passiert«, unterbricht der *maître de ballet* mich scharf.

»Wie bitte?« Meine Stimme ist so schwach, dass ich beinahe flüstere. Die Tränen, die ich mühsam zurückgehalten habe, rinnen mir das Gesicht hinunter, und ich gebe mir keine Mühe, sie wegzuwischen. Das darf einfach nicht wahr sein.

Er stößt einen tiefen, verärgerten Seufzer aus. »Ich habe Louis verboten, sich in der Schule aufzuhalten. Er hat keine eigenen Träume. Er versteht es einfach nicht. Aber diese Mädchen, sie haben ein Ziel, sie haben eine Zukunft. Und dann machen sie sich alles für ein bisschen Spaß kaputt.«

»Was für Mädchen?«, frage ich und bemerke zu spät, dass ich eine Grenze überschritten habe. Diskutiere ich etwa wirklich gerade mein Liebesleben mit dem künstlerischen Direktor des *Instituts de l'Opéra de Paris?* Ich muss den Verstand verloren haben, und dem verbitterten Ausdruck auf Monsieur Dabrowskis Gesicht nach zu urteilen, ist es zu spät, um ihn wiederzufinden.

Weitere Tränen fließen. Ich muss mir zwischendurch über das Gesicht wischen, weil ich nichts mehr sehen kann.

Mit sichtbarem Unbehagen wendet er sich ab, um mir ein kleines bisschen Privatsphäre zu geben. »Ich wollte Sie nicht zum Weinen bringen … aber, Mademoiselle J… Mia«, fährt er sanfter fort, »Sie müssen entscheiden, was Ihnen wichtiger ist. Und Sie müssen es jetzt tun. Ich setze Sie nicht wegen des einen Fehlers ab, aber ich werde Ihnen dies nicht zweimal sagen: Ihnen bietet sich die Chance, Ihre Karriere als Tänzerin zu formen. Werden Sie diese Chance vergeuden?« Ich rühre mich nicht, als er auf die Tür zugeht. »Nehmen Sie sich etwas Zeit, um Ihre Fassung wiederzugewinnen«, sagt er. »Wir sehen uns gleich im Unterricht.«

Und dann bin ich allein. Ich lasse mich laut schluchzend auf den Boden gleiten. Es ist mir völlig egal, dass jemand am Studio vorbeikommen könnte. Louis war so verständnisvoll, als ich ihm gesagt habe, dass ich nicht möchte, dass die Leute von der Schule von uns wissen. Ich war hin und weg davon, wie freundlich und respektvoll er war. Aber vielleicht wollte er das mit uns auch geheim halten.

Mit wie vielen anderen Mädchen hat er das schon gemacht? Und dann dämmert mir etwas.

Vielleicht trifft er sich gleichzeitig mit mehreren Tänzerinnen.

Wie konnte ich nur so dumm sein?

Ich sehe mich in dem leeren Studio um, mustere das

schimmernde schwarze Klavier und das Sonnenlicht, das zu den Fenstern hereinfällt. Das Geräusch eines hupenden Autos dringt an mein Ohr. Dort draußen ist es ein ganz gewöhnlicher Tag. Meine abgenutzten Spitzenschuhe gucken aus der Tasche, die ich auf der Bank abgestellt habe, genau wie mein weißes Ersatztrikot – mein Ehrenabzeichen. Aber ich bin seiner nicht wert. Ich habe seit Jahren an so einem Programm teilnehmen wollen. Von einer Rolle, die so bedeutend ist wie die der Odile, träume ich, seit ich denken kann. Ich hatte mir selbst versprochen, dass ich nicht zulassen würde, dass jemals etwas zwischen mich und meinen Traum käme. Und doch ist genau das passiert.

Kapitel 21

Eine lange Zeit vergeht, bevor ich mich wieder rühre. Meine Muskeln schmerzen, als ich mich vom Boden erhebe, meine Knie knacksen, als ich die Beine strecke. Ich halte beim Waschraum, spritze mir etwas Wasser ins Gesicht und glätte meine Haare. Ich weiß nicht, woher ich die Kraft nehme, zum Unterricht zu erscheinen, aber als ich mitten in der Stunde hereinkomme, nickt Monsieur Dabrowski mir zu, um mir zu verstehen zu geben, dass es in Ordnung ist, wenn ich meinen Platz an der Stange einnehme. Es ist das einzige Mal, dass er einem Schüler gestattet hat, zu spät zu kommen, und einige meiner Mitschüler werfen mir verwirrte Blicke zu.

Ich habe mit Grippe getanzt. Ich habe mit schmerzenden Beinen und geschwollenen Zehen getanzt. Aber ich habe noch nie mit einem gebrochenen Herzen getanzt. Ich wünschte, ich könnte zum Wohnheim rennen, mich in meinem Bett verkriechen und den ganzen Tag dort bleiben. Aber das würde bedeuten, wertvolle Trainingszeit zu verlieren und Odile im Stich zu lassen. Ich denke, das habe ich schon zur Genüge getan. Ich bin so wütend auf Louis, weil er mich hat glauben lassen, ich wäre etwas Besonderes, aber ich bin vor allem wütend auf mich selbst. Ich habe zugelassen, dass ein Junge mich von meinem größten Traum ablenkt.

Seit Jahren erzähle ich meinen Eltern, dass ich alles dafür tun würde, Profitänzerin zu werden. Seit ich denken kann, wünsche ich mir zu jedem Geburtstag neue Ballettsachen. Ich habe all meine Wochenenden geopfert. Ich war fleißig, motiviert und konzentriert. Ich habe die Biografien berühmter Tänzerinnen gelesen, und sie haben alle dasselbe geschrieben: Der einzige Weg in dieser Welt, ist, es mehr als alle anderen zu wollen.

Es geht nicht nur um das Talent oder die Zeit, die man im Studio verbringt. Es geht um jenen Hunger, jenen grenzenlosen Ehrgeiz, der alles andere aus dem Weg räumt. Genauso war es auch bei mir. Dachte ich zumindest. Bis zu dem Moment, als ich in Paris eintraf. Als mein Traum meine größte Aufmerksamkeit brauchte, habe ich ihn einfach fallen lassen, und er zerbrach in tausend Stücke.

Damit ist jetzt Schluss. Den Rest des Tages werden meine Schritte genauer, meine Beine führen die Bewegungen mit größerer Präzision aus, und ich senke den Blick nicht zu Boden, nicht einmal für eine Sekunde. Und ich bin nicht die Einzige, der das auffällt.

»Wow, Mia«, sagt Fernando nach unserer Probe zu

mir. »Du warst unglaublich. Was immer dir zugestoßen ist … behalte es bei.«

Ich nicke. »Das werde ich«, sage ich. »Ich werde der Odile gerecht werden.«

»Davon bin ich überzeugt«, erwidert er. Er sitzt mit gespreizten Beinen auf dem Boden, dehnt seine Oberschenkelmuskeln und lässt die Fußgelenke rollen. Dann steht er auf, streift ein Paar dicke Wollsocken über und zieht den Reißverschluss seiner Tasche zu.

Als er das Studio verlässt, bleiben Audrey und ich allein zurück. Ich massiere meine Füße, während sie die Haarnadeln aus ihrem Dutt zieht. Sie starrt mich einen Moment zu lang an.

»Was ist?«, frage ich, stehe auf und gehe in die Mitte des Raums.

Unsere Probe ist vorbei, aber für mich ist der Tag noch nicht zu Ende.

»Nichts«, erwidert sie nach einer kurzen Pause.

Nachdem sie gegangen ist, starre ich mein Spiegelbild an, hebe das Kinn mit Zeige- und Mittelfinger und überprüfe mein *port de tête.* Ich hebe ein Bein auf die Stange und beuge mich darüber, um die hinteren Oberschenkelmuskeln und den unteren Rücken zu dehnen. Dann wiederhole ich das Ganze mit dem anderen Bein. Und schließlich beginne ich erneut zu tanzen. Irgendwann kommt der Hausmeister mit seinem Reinigungsgerät in das Studio, und ich flehe ihn an, mir noch etwas Zeit zu geben. Ich spiele die Musik für mein Solo auf meinem Handy ab und jetzt, da mir niemand zusieht, kann ich meine Darbietung verpatzen, wie ein Kesselflicker fluchen und heiße Tränen vergießen. Ich drehe *fouettés*, bis ich umzufallen drohe.

Gestern Abend erst bin ich mit Herzchen in den Augen durch meinen Pariser Sommer gehüpft. Ich dachte, mein Leben füge sich endlich, aber genau das Gegenteil war der Fall. Ich wusste, dass ich den Schritt verpatzt hatte, und habe so getan, als sei es nicht passiert. Das ist das Schlimmste daran. Dachte ich wirklich, Monsieur Dabrowski hätte es nicht bemerkt? Habe ich ernsthaft geglaubt, es spiele keine Rolle? Falls es so war, habe ich mir damit selbst ein Bein gestellt. Ich fordere mich zu zehn weiteren Durchgängen meines Solos heraus und verspreche mir, dass ich nach Hause gehen kann, sobald ich es von der ersten *arabesque* bis zum letzten *tendu derrière* zweimal fehlerlos getanzt habe. Aber ich tanze es nicht zweimal tadellos. Stattdessen gelingt es mir fünfmal hintereinander.

Als ich die Schule endlich verlasse, fühle ich mich beinah okay. Ich rede mir sogar ein, dass ich Louis erfolgreich aus meinen Gedanken verbannt habe. Nur dass ich einmal mehr erkennen muss, wie dumm ich war, als ich aus dem Gebäude komme und er an genau der Stelle auf mich wartet, an der wir uns zum ersten Mal begegnet sind.

Mein Herz droht mir aus der Brust zu springen. Ich will ihn ignorieren und so tun, als hätte ich ihn nicht gesehen. Ich könnte an ihm vorbeigehen und nie wieder mit ihm sprechen. Aber dann bekäme ich keine Gelegenheit dazu, ihm zu sagen, wie sehr er mich verletzt hat. Und alles, was ich in diesem Moment will, ist ihn ebenso zu verletzen.

»Ich weiß, ich sollte eigentlich nicht hier sein …«, sagt

er. »Aber du hast auf keine meiner Nachrichten geantwortet, und ich habe angefangen, mir Sorgen um dich zu machen.« Er steht von der Treppenstufe auf, klopft sich die Hose ab und beugt sich vor, um mich zu küssen. Ich reiße den Kopf zurück.

»Ist alles okay?«, fragt er.

Ich hole tief Luft und schleudere ihm entgegen: »Absolut gar nichts ist okay.«

Er möchte mich um die Taille fassen. Ich stoße ihn weg. »Nicht«, sage ich. »Es ist vorbei.« Und obwohl ich es so meine, zerreißen die Worte mir das Herz.

Louis' Miene wird ernst. »Was ist los? Ich dachte, wir hätten gestern einen wunderschönen Abend gehabt.«

»Lass mich dir eine Frage stellen, Louis. Wie viele wunderschöne Abende hast du mit anderen Schülerinnen gehabt? Wie oft hast du schon auf diesen Stufen gesessen, Tänzerinnen ausgecheckt und eine ausgesucht, die dir gefällt?«

»Wovon redest du?« Louis versucht erneut, meine Hand zu nehmen, aber ich verschränke die Arme vor der Brust. »Lass uns was essen gehen. Um zu reden, okay?«

»Wolltest du das mit uns geheim halten, weil du noch eine andere hast?«

»Was? Nein, das ist doch lächerlich.«

Ich schüttle wütend den Kopf. »Du bist also noch nie mit einem Mädchen von dieser Schule gegangen?«

Ein kleiner Teil von mir hofft immer noch, dass alles nur ein schreckliches Missverständnis ist und Monsieur Dabrowski nur verärgert über meinen Auftritt war. Womöglich hat er sich die Geschichte nur ausgedacht, um mich zur Vernunft zu bringen.

Aber Louis leugnet es nicht. Stattdessen seufzt er nur. »Wer hat dir das erzählt?«
Innerlich zerspringe ich in tausend kreischende Stücke. Kann mich bitte mal irgendjemand aus diesem Albtraum wecken?! »Das ist alles, was dich interessiert?«

»Ich interessiere mich für *dich*, Mia. Das musst du doch gemerkt haben. Es ist anders als mit den anderen …«

Den anderen. Mehrzahl. »Ich will dich nie wiedersehen.« Ich brülle es so laut, dass zwei Passanten sich nach uns umdrehen, aber das ist mir egal. Zwei ältere Schülerinnen, wahrscheinlich aus dem normalen Schulbetrieb, kommen zur Vordertür heraus, und ich bemerke den Blick, den Louis der kleinen Blonden zuwirft.

»Mit ihr?«, frage ich viel zu laut.

»Hör auf damit«, sagt Louis, ohne die Stimme zu heben.

Aber das Ganze widert mich dermaßen an, dass ich begonnen habe, am ganzen Körper zu zittern. Ich mache ein paar Schritte auf die Mädchen zu, die gerade die Treppe hinunterkommen. »Entschuldigt«, sage ich, »kennt ihr den da?«

Etwas eingeschüchtert sehen die beiden Louis an. »Hm«, sagt die Blonde mit hochgezogener Augenbraue.

Louis kommt näher und stellt sich zwischen uns.

»Louis Dabrowski? Er geht offenbar mit sämtlichen Mädchen am Institut aus.«

»Mia!«, sagt Louis. »Papa wird mich umbringen.«

Dann wendet er sich an die Mädchen. »*Désolé*«, murmelt er schwer atmend.

»Ich bezweifle sehr, dass er mit dir so hart ins Gericht gehen wird wie mit mir!«

Die Mädchen erstarren und sehen mich mit weit aufgerissenen Augen an.

Louis sagt etwas auf Französisch zu ihnen, aber ich bin zu aufgebracht, um es zu verstehen. Bevor sie die Straße hinunter um die Ecke biegen, gucken sie kichernd zu mir zurück.

Ich sehe wieder Louis an. »Du weißt nicht, wie es ist, einen Traum zu haben. Etwas, für das es sich zu leben und zu sterben lohnt. Findest du es etwa witzig, Mädchen abzulenken? Dich ihnen in den Weg zu stellen?«

Louis steht der Mund offen. »Ich habe dich nie von dem abgehalten, was du wolltest.«

»Aber du hast mich angelogen.«

Er schüttelt den Kopf. »Vielleicht habe ich dir nicht alles über meine Vergangenheit erzählt, aber ...«

»Stopp!«

»Nein, ich werde nicht aufhören. Ich möchte, dass du Erfolg hast, Mia. Ich wünsche dir, dass du vom ABT-Direktor ausgewählt wirst, selbst wenn es bedeutet, dass ich dich nie wiedersehen werde.« Er scheint außer sich, verletzlich sogar, aber ich traue seinen Worten nicht länger. Sie rauschen an mir vorbei, meine Wut raubt ihnen jede Bedeutung.

»Mit einem hast du recht, Louis. Du verstehst nicht, wie hart ich gearbeitet habe, um an diesen Punkt zu kommen, weil dir alles egal ist. Ich habe es satt, meine Zukunft für jemanden wegzuwerfen, der das alles nur für ein Spiel hält.«

Louis schluckt. Einen Moment bin ich überzeugt, dass er im Begriff ist, mich so anzubrüllen, wie ich ihn angebrüllt habe. Doch er guckt mich nur verbittert an, schüttelt den Kopf und lässt mich stehen. Kurz darauf setzt er sich auf seine Vespa, schließt den Helmgurt und fährt davon, ohne sich noch einmal nach mir umzudrehen.

***

An diesem Abend beschließe ich, ein Paar neue Spitzenschuhe zu präparieren, um mich abzulenken. Es fühlt sich gut an, die hölzerne Innensohle unablässig hin und her zu biegen. Ich schlage den Zehenraum wieder und wieder gegen den Boden, wahrscheinlich härter als nötig. Nachdem ich die Enden der Bänder angeflammt und den zusätzlichen Gummi genau so angenäht habe, wie ich es mag, lege ich die Schuhe zufrieden in meine Tasche. Jetzt bin ich bereit für die nächste Probe.

Dort, am Boden meiner Tasche, liegen die Bilder von Élise Mercier, meiner Vorfahrin. Während ich auf dem Bett sitze und die Fotos anstarre, dämmert mir, dass das mit Louis nicht der einzige Fehler ist, den ich mir seit meiner Ankunft in Paris geleistet habe. Noch etwas hat mich von meinem Weg abgebracht: Ich habe zugelassen, dass mich diese Familienlegende in die Irre führt. Aus irgendeinem Grund habe ich geglaubt, meine Zukunft läge nicht in meinen Händen, sondern dass schon vor Jahrhunderten über sie entschieden worden wäre.

Aber Mom hatte recht. Es spielt keine Rolle, ob es wahr ist oder nicht. Egal ob Élise Mercier von Degas gemalt wurde und egal ob sie zu ihrer Zeit überhaupt eine bedeutende Tänzerin war, meine Herkunft bestimmt nicht, wer ich bin. Nur ich kann die Person formen, die ich einst sein werde, indem ich genau das mache, was ich bis heute getan habe: hart arbeiten, mich allein auf das konzentrieren, was ich wirklich will, und dann noch härter arbeiten. Ich lege die Bilder ganz unten in die Schublade meines Nachttisches und mache das Licht aus. Von nun an bis zu dem Moment, in dem ich in den Flieger nach Hause steige, werde ich an nichts anderes denken als an das Ballett.

Kapitel 22

Natürlich ist es nicht so einfach. Das ganze Wochenende über wache ich mehrmals pro Nacht völlig orientierungslos auf. Dann liege ich da und durchlebe den Streit wieder und wieder. Ich bedauere nicht, was ich gesagt habe. Ich bedaure nur … alles. Am Montag bin ich bereits wach, als der Wecker klingelt, erschöpft aber ruhelos. Ich stelle den Alarm aus und quäle mich aus dem Bett. Der heutige Tag kann nicht schnell genug vorübergehen.

Beim Frühstück ist Audrey noch stiller als sonst. Tatsächlich hat sie seit jener letzten Verabredung mit Louis kaum ein Wort mit mir gewechselt. Es ist nicht so, als hätten wir uns vorher bis spät in die Nacht unterhalten, aber manchmal haben wir darüber gesprochen, welchen Teil des Balletts wir gerade einstudierten und womit wir Probleme hatten. Sie geht mir aus dem Weg. Und ich möchte wissen, warum.

»Hast du Lust, mit mir zu proben?«, frage ich sie und überrasche mich damit selbst.

»Ich bin auf dem Sprung«, sagt sie. Dann wirft sie einen Blick auf mein halb gegessenes Frühstück. Die Botschaft ist klar: jetzt oder nie. Ich schlinge den Rest meines Himbeerjoghurts hinunter, räume meinen Teller ab und renne hinter ihr her, verblüfft darüber, dass sie tatsächlich auf mich gewartet hat.

Als wir im Studio sind, sieht sie gedankenverloren zu, wie ich mein Solo übe. Sie sagt nichts, als ich ein *relevé* verpfusche. Nach der Hälfte meines Parts spüre ich einen schmerzhaften Krampf in der Wade und verziehe das Gesicht, aber sie rügt mich nicht dafür, dass ich mir etwas habe anmerken lassen. Die Audrey, die ich kenne, würde mit der Zunge schnalzen oder missbilligend den Kopf schütteln. Aber diese Audrey ist heute nicht hier.

Nachdem ich mein Solo beendet habe, ist sie an der Reihe, sich in der Mitte des Raumes aufzustellen. Sie nickt mir zu und ich drücke auf *Play*. Ihre Musik erklingt aus dem Handylautsprecher, aber ich schalte sie aus, bevor Audrey den ersten Schritt machen kann. Ich muss etwas loswerden.

»Möchtest du mir etwas sagen?« Zu meiner Überraschung beschwert sie sich nicht über die Unterbrechung, aber sie gibt mir auch keine Antwort. »Denn ich werde es früher oder später sowieso erfahren, aber ich würde es lieber von dir hören.«

Es beschäftigt mich seit meinem Gespräch mit Monsieur Dabrowski. Wie hat er davon erfahren? »Du hast mich bei Monsieur Dabrowski angeschwärzt«, sage ich mit heißen Wangen.

Audrey verdreht die Augen. »Spiel die Musik, Mia.«

Doch ich rühre mich nicht vom Fleck, daher kommt sie auf mich zu. Sie versucht mir das Handy aus der Hand zu nehmen, aber ich halte es außer Reichweite.

»Du hast es ihm verraten!«, sage ich.

»Ich habe keine Ahnung, wovon du redest«, widerspricht sie scharf. »Trainieren wir jetzt oder was?«

»Tun wir nicht«, sage ich. Die Entscheidung ist gefallen, während ich die Worte ausgesprochen habe. Ich bin es im Geiste wieder und wieder durchgegangen, und der einzige Mensch, der unserem Lehrer von mir und Louis erzählt haben könnte, steht direkt vor mir. Ich weiß nicht, wie sie es herausbekommen hat, vielleicht auf dem Boot, vielleicht hat sie mitbekommen, wie ich mit Vivienne und Madeleine über ihn gesprochen habe. Aber eines ist sicher: Sie hat mir nie abgenommen, dass ich die ganze Zeit mit meinen Tanten abhänge. Am Abend der Party bin ich davon ausgegangen, die anderen wollten mich mit ihren Witzen über einen geheimnisvollen süßen Franzosen nur aufziehen. Aber was wäre, wenn sie es die ganze Zeit wussten? So oder so ist es offensichtlich, warum Audrey mich verraten hat. Sie wollte beide Rollen für sich, die des weißen und die des schwarzen Schwans. Es muss sie furchtbar getroffen haben, als ich ihr die Rolle der Odile weggeschnappt habe. »Du hast mich verraten«, sage ich mit bebender Stimme. »Und ich bin nicht wie du. Ich kann nicht so tun, als wäre alles in Ordnung.«

Audrey stößt einen Seufzer aus. Dann geht sie zur Bank hinüber und setzt sich. Sie schüttelt ein paarmal den Kopf. Schließlich hebt sie den Blick und sieht mich an.

»Ich weiß, dass du nicht so tun kannst als ob. Es ist jedes Mal eine Katastrophe, wenn du es versuchst.«

Ich schnaube. »Sorry, dass ich Gefühle habe.«

»Du hast so schrecklich viele«, sagt Audrey genervt. »Für mich bleibt überhaupt kein Raum mehr in unserem Zimmer. Es gibt nur dich und deine Gefühle, Gefühle, Gefühle! Hör mal, ich habe es dir bereits gesagt, ich bin hier, um zu tanzen, nicht um Klatsch und Tratsch zu verbreiten oder in der Stadt umherzuspazieren. Ich möchte nicht wissen, was mit deinem Freund gewesen ist. Ich bin nicht hergekommen, um in deine Dramen reingezogen zu werden.«

»Ich kann nicht fassen, dass du es seinem Vater erzählt hast, Audrey. Das ist selbst für dich ganz schön mies.«

Audrey lacht auf. »Woher sollte ich seinen Vater kennen?« Dann trifft sie die Erkenntnis. »Warte, du bist mit Monsieur Dabrowskis Sohn zusammen?« Der ungläubige Ausdruck in ihren Augen ist selbst von der anderen Seite des Raumes aus nicht zu übersehen.

»Nicht mehr.«

»Das kann unmöglich dein Ernst sein. Von allen Jungs in Paris suchst du dir ausgerechnet den Sohn deines Lehrers aus, und als es schiefläuft, gehst du hin und gibst mir die Schuld dafür? Glaubst du wirklich, ich wäre zu Monsieur Dabrowski gegangen? Ich traue mich kaum, das Wort an ihn zu richten.«

»Wer hätte es sonst sein sollen?«, frage ich.

Für jemanden, dem es schwerfällt, seine Gefühle zu zeigen, sieht sie ehrlich geschockt aus.

»Das ist nicht mein Problem«, sagt Audrey laut. »Aber ich würde niemals eine Rivalin sabotieren. Vor allem nicht eine so würdige.«

Ich zerbreche mir den Kopf über eine bissige Erwiderung, doch dann halte ich inne. Hat sie gerade etwas … *Nettes* über mich gesagt?

Audrey zieht die Spitzenschuhe aus und beginnt ihre Füße zu massieren. »Ich nehme an, wir werden vor dem Unterricht nicht mehr tanzen«, grummelt sie.

Ich senke den Blick auf mein Handydisplay, auf dem die Musik ihres Solos noch immer pausiert. Ich mache sie aus und gehe zur Bank hinüber, um mich neben Audrey zu setzen.

»Du hältst mich für eine würdige Rivalin?«

»Ja«, entgegnet sie scharf, ohne mich anzusehen.

Ich warte auf das *Aber*, doch es kommt keines.

Stattdessen fügt sie hinzu: »Manchmal mache ich mir Sorgen, dass du die Aufmerksamkeit des ABT-Direktors gewinnen wirst und nicht ich.«

»Er oder sie könnte ein Auge auf uns beide werfen«, sage ich ohne große Überzeugung. Denn mal ehrlich, die Chance, dass ihnen eine von uns so gefällt, dass sie ihr eine Ausbildung anbieten, ist klein genug. Aber gleich zwei? Das wird nicht passieren.

»Ich habe niemandem etwas über deine Angelegenheiten erzählt. Ich weiß ja gar nichts.«

»Okay«, sage ich. Ich glaube ihr.

»Aber weißt du, was mich am meisten ärgert?«, fragt sie und wendet sich mir zu. »Du hast Spaß!« Sie faucht es, als wäre es das größte Verbrechen der Welt. »Du gehst abends mit deinem geheimnisvollen Typen aus, kommst strahlend und überglücklich zurück, und ich denke, sie wird nicht rechtzeitig zum Training aus dem Bett kommen. Sie ist zu müde, zu verliebt, zu was auch immer. Aber es gelingt dir. Jeden Tag. Ich hasse das.«

Zum ersten Mal bekomme ich zu hören, was Audrey wirklich über mich denkt.

»Du hasst, dass ich Spaß habe? Nun, ich hasse es, dass du keinen hast.« Meine Worte scheinen sie zu überraschen. Sie ergeben so, wie ich sie gesagt habe, auch nicht viel Sinn, aber sie sind wahr. »Audrey, der Roboter, das denke ich über dich. Es scheint, als würde bei dir alles auf Knopfdruck funktionieren: perfekte Haltung, ausgefeilte Technik, niemals ein falscher Schritt. Du blinzelst nicht einmal, während du tanzt.«

»Ich kann es mir nicht erlauben zu blinzeln«, sagt Audrey. »Es steht zu viel auf dem Spiel.«

Ich stoße ein verbittertes Lachen aus. »Wir sind alle nur Menschen, Audrey! Wir blinzeln ganz automatisch.«

Audrey seufzt. »Da kennst du meine Mutter aber schlecht.«

»Ich bin überzeugt, sie ist stolz auf dich«, sage ich, aber Audreys Gesichtsausdruck verrät mir, dass es nicht so einfach ist.

»Da bin ich mir nicht so sicher. Ich mache alles, was sie von mir erwartet, aber es ist nie genug.«

»Du bist die beste Tänzerin, die ich kenne!«, sage ich ungläubig. Wie kann es sein, dass jemand denkt, Audrey Chapman strenge sich nicht genug an?

Ihre Lippen zittern kurz, aber sie hat sich schon wieder im Griff, als sie spricht. »Sie hat diesen Plan für mich, seit sie mich zu meiner ersten Ballettstunde gebracht hat. Ich muss alles tun, was sie getan hat, und zwar genau so, wie sie es gemacht hat. Ich wollte in das ABT-Sommerprogramm, aber nein, es musste Paris sein, weil auf diese Weise das *Bolschoi-Theater* auf sie aufmerksam geworden ist. Sie ist der Meinung, ich sollte nach Moskau ziehen, so wie sie es in meinem Alter gemacht hat, und die gleiche Wahnsinnskarriere hinlegen. Sie hält das ABT für nicht gut genug.«

Ich sehe sie mit großen Augen an. »Alle Tänzer in den USA träumen vom ABT.«

Sie nickt nur traurig und senkt den Blick zu Boden. Wir sitzen eine Weile stumm nebeneinander. Und dann wird mir bewusst, was ich getan habe. Ich habe mein Privatleben in die Schule gebracht. Ich habe die eine Person, die stets sehr deutlich gemacht hat, dass sie nicht hier ist, um Freundschaften zu schließen, mit in alles hineingezogen. Mich überkommt plötzlich ein tief empfundenes Schuldgefühl. Ich habe in den letzten paar Wochen tatsächlich den Verstand verloren. Und ich weiß nicht, wie ich ihn wiederbekommen soll. Aber ich kann es zumindest versuchen.

»Es tut mir leid, dass ich dich einen Roboter genannt habe«, sage ich nach einer Weile.

Audrey zuckt mit den Schultern. »Und es tut mir leid, dass ich eifersüchtig auf dich war.«

»Du bist nicht eifersüchtig auf mich«, widerspreche ich ungläubig.

»Zwinge mich nicht, es zu wiederholen.«

Diesmal vergeht viel Zeit, bis wir wieder etwas sagen.

»Warst du wirklich mit Monsieur Dabrowskis Sohn zusammen?«, fragte sie nach ein paar Minuten.

Ich nicke langsam. Seit dem Beginn unserer Unterhaltung haben Tränen in meinen Augen gestanden, die jetzt meine Wangen hinunterrollen. »Ich habe ein schreckliches Schlamassel angerichtet.«

Audrey seufzt. »Meinst du, du kannst es wiedergutmachen?«

Ich lache. Und weine noch ein bisschen. Ich habe nicht nur ein Schlamassel angerichtet. Ich bin das Schlamassel. »Ich weiß es nicht.«

»Ich habe eine Idee«, sagt Audrey und steht von der Bank auf.

Ich blicke auf die Uhr über der Tür. Es ist beinah Zeit für unseren Unterricht.

»Wir könnten einander helfen«, fährt sie fort. Sie klingt etwas unsicher. »Du hilfst mir zu lernen, Spaß zu haben und Dinge zu *fühlen* …« Den letzten Teil sagt sie mit einer Art Schaudern.

Ich kann nicht anders, als zu lächeln. »Das fängt ja gut an.«

»Na schön, lass es mich so sagen: Du bringst mir bei, mehr wie du zu sein. Damit meine ich den guten, tanzenden Teil von dir, nicht das Schlamassel. Und ich helfe dir, mehr wie ich zu sein.«

Ich runzle die Stirn. Schlägt Audrey gerade wirklich das vor, was ich denke? »Als wären wir ein Team?«, frage ich.

Sie denkt kurz darüber nach. »Als wären wir ein Team.« Und dann fügt sie nüchtern hinzu: »Das heißt nicht, dass wir einander mögen müssen.«

Ich lache, aber sie hat recht. »Nein. Wir müssen einander nur respektieren.«

»Genau«, sagt sie mit ausgestreckter Hand. Ich zögere, und zwar nicht nur deswegen, weil meine immer noch voll Tränen und Wimperntusche ist. Doch Audreys Hand bleibt weiter ausgestreckt, und so nehme ich sie und schüttle sie. Wir haben eine Abmachung.

»Aber weißt du was, Audrey?« Ich sehe ihr in die Augen. »Ich glaube, ich mag dich.«

Kapitel 23

»Du kennst die Regeln«, sagt Audrey zu Beginn unserer gefühlt hundertsten Trainingseinheit. Wir haben uns jeden Morgen und Abend getroffen. Oft sind es nur wir beide, aber manchmal stößt auch Fernando dazu, damit wir unsere Duette proben können. Audrey blickt auf das Handy in meiner Hand, das ich fest umklammere.

»Ich habe es ausgemacht!«, sage ich und zeige ihr zum Beweis den dunklen Bildschirm.

Tagelang hat mein Herz jedes Mal einen Schlag ausgesetzt, wenn das Handy einen Mucks von sich gegeben hat. Aber es war nie Louis. Keine Nachricht, kein Lebenszeichen. Es ist, als hätte ich mir unsere ganze gemeinsame Zeit nur eingebildet.

Audrey nickt. »Gut. Lass uns anfangen.«

Mir schießt ein Bild durch den Kopf. Audrey Chapman in zwanzig Jahren, ganz in Schwarz gekleidet in diesem Studio, wie sie Schüler zusammenstaucht, die die perfekte Auswärtsdrehung oder die optimale Rundung eines Arms noch nicht gemeistert haben. Sie werden sich vor ihr zu Tode fürchten, und sie wird jede Minute davon lieben.

Wir wärmen uns ein paar Minuten vom Nacken bis zu den Zehenspitzen auf und enden mit einer Runde *pliés*. Ich streife die überflüssigen Schichten ab – meine kuschelige Strickjacke, die Stulpen und meine gefütterten Aufwärmschläppchen – bis ich nur noch das weiße Trikot, den Rock und die Strumpfhose trage.

»Lass uns mit den *fouettés* anfangen«, sage ich, während ich rasch meine Spitzenschuhe schnüre.

Audrey strahlt. Obwohl sie ihre Rolle um nichts in der Welt gegen meine tauschen würde, wette ich, dass sie die Herausforderung des Schwarzen-Schwan-Solos, jene zweiunddreißig *fouettés*, freudig begrüßen würde. Aber ich allein bin diejenige, die es mit dieser Herausforderung aufnehmen muss.

Ich begebe mich in Position, und ohne Musik oder weiteren Schnickschnack beginne ich, wieder und wieder um die eigene Achse zu wirbeln.

»Dieses Bein da«, fährt Audrey mich an. »Es sollte durch Butter peitschen, nicht durch Beton!«

»Ich peitsche ja!«, rufe ich. »Hey, hey, hey!«, sage ich bei jeder Drehung.

Ich komme zum Stehen und versuche um Luft ringend zu lachen. Auch das ist eine körperliche Herausforderung.

Audrey verdreht die Augen. »Komm schon, Mia. Konzentriere dich!«

»Ich bin für den Spaß verantwortlich, schon vergessen?«

Audrey tut so, als hätte sie mich nicht gehört. »Was habe ich dir gesagt?«, fragt sie ernst.

Ich stöhne auf. »Dass ich nicht einmal für eine Sekunde denken darf, dass ich die *fouettés* nicht schaffen werde.«

»Genau. Sobald du an dir zweifelst, hast du den Kampf verloren. Dein Körper merkt, wenn dein Geist Schwäche zeigt. Das ist der Moment, in dem er aufgibt.«

Ich nicke ernst. Zu Beginn dieser Woche waren meine *fouettés* immer noch im Werden. Sie verbesserten sich, aber nur ganz allmählich. Und jetzt, dank Audrey Chapmans Gedankenschule, sind sie beinah da. Ich habe eine viel bessere Kontrolle über mein Standbein gewonnen. Mir gelingt es, Hüfte und Bein auf einer waagerechten Linie zu halten. Ich kann und ich werde es schaffen.

Mit jedem Tag, der vergeht, verbessert sich meine Technik, und meine Zeit in Paris neigt sich dem Ende zu. Aber ich erlaube mir nicht, deswegen traurig zu sein. Ich tue genau das, weswegen ich hierhergekommen bin. Ich feile an meiner Technik, lerne, eine bessere Tänzerin zu werden, und bekomme die Chance, einen Nachwuchsprogrammdirektor zu beeindrucken. Auch wenn jedes Handypiepsen mich zusammenzucken lässt, ist es dennoch ein voller Gewinn.

»Du hast so große Fortschritte gemacht«, sagt Audrey, als wir uns nach dem Duschen abtrocknen.

Wenige Tage zuvor wäre mir bei einer solchen Bemerkung noch die Kinnlade heruntergeklappt. Aber zwischen mir und Audrey hat sich etwas verändert. Eine Mauer ist verschwunden.

Was bedeutet, dass ich ebenso ehrlich mit ihr sein kann wie sie mit mir. »Und du hast gar keine gemacht.« Sie wirft mir einen fragenden Blick zu, aber ich denke, dass sie genau weiß, worauf ich hinaus will. »Wir haben die ganze Woche an meiner Technik gefeilt«, sage ich.

»Und es hat was gebracht!«, erwidert sie mit einem aufrichtigen Grinsen.

»Das war nur die eine Hälfte unserer Abmachung. Wir hatten ausgemacht, du hilfst mir, mehr wie du zu sein, und ich helfe dir, mehr wie ich zu sein. Jedes Mal, wenn ich versucht habe, dich dazu zu bringen lockerzulassen, hast du mich eine weitere Runde *fouettés* drehen lassen.«

»Davon kann man nie genug machen.«

»Das ist nicht der Punkt«, sage ich und schlüpfe in meinen Rock.

Audrey fädelt den Gürtel durch die Schlaufen ihrer Jeans. »Na schön.« Sie hält mit dem T-Shirt in der Hand inne. »Wir können noch länger bleiben, wenn du möchtest.«

»Oh nein«, widerspreche ich, während ich mir mit dem Kamm durch die nassen Haare fahre. »Was ich vorhabe, kann nicht in diesen heiligen Hallen passieren.«

Lerneifrig wie sie ist, willigt Audrey ein, mir zu folgen. Als wir nach draußen kommen, hat sich schon Abendstimmung über die Straßen gelegt. In den vergangenen Tagen hat es viel geregnet, zumindest sah es vom Studio so aus, aber heute ist der Himmel klar, und alle sind wieder draußen unterwegs. Wir laufen durch den Marais, werfen Blicke in hübsch dekorierte Schaufenster und biegen auf die Rue de Rivoli, die Hauptstraße am Rive Droite, die bis hinter den Louvre führt. Aber wir bleiben viel früher stehen, auf dem großen Platz vor dem *Hôtel de Ville*, dem Rathaus.

»Ein Konzert? Hattest du das im Sinn?«, fragt Audrey und zeigt auf die Bühne. Es hat noch nicht begonnen, aber hunderte Menschen haben sich bereits versammelt.

»Nicht ganz.« Ich habe mir vorhin das Programm angesehen. Heute Abend spielt eine französische Reggaeband, die unter anderem Bob Marley Songs covert. Während der größte Teil der Menge vor der Bühne wartet, hat sich ein kleinerer Teil etwas abseits eingefunden, in Sichtweite von Notre-Dame.

Die Band kommt auf die Bühne, die Musik beginnt, und die Menge bricht in Jubel aus.

»Ich möchte, dass du bei denen mitmachst«, sage ich und zeige auf die kleine Gruppe. Sie ist mir das letzte Mal aufgefallen, als Louis und ich hier vorbeifuhren. Den ganzen Sommer lang finden hier Freiluftkonzerte statt, und die Leute tanzen sich mitten auf dem Platz die Seele aus dem Leib. Tänzerisch ist es das genaue Gegenteil von dem, was wir machen. Diese Mädchen und Jungen bewegen ihre Körper wie es ihnen gefällt, wiegen sich im Takt und schneiden alberne Grimassen. Es ist ihnen egal, wie sie aussehen oder wer ihnen zuschaut. Es ist perfekt.

»Kommt nicht infrage«, sagt Audrey. Sie weicht zurück, als hätte sie Angst, sich bei ihnen mit einer unerforschten Krankheit anzustecken.

»Du«, sage ich mit meiner autoritärsten Stimme, »wirst jetzt vor all diesen Menschen tanzen, und es ist dir absolut verboten, dabei über deine Schritte nachzudenken.«

Ihre Augen werden noch größer, und sie schüttelt den Kopf. »Auf gar keinen Fall.«

Der Boden unter unseren Füßen erzittert vom Bass, der aus den Boxen dröhnt, und Audreys Miene wird immer verzagter, während sie sich umblickt. »Ich stehe einfach nicht auf Reggae«, sagt sie.

Ach, wirklich?

»Trau dich aus deiner Komfortzone raus!«

Aber sie verschränkt nur die Arme vor der Brust. »Du musst dir etwas anderes überlegen.«

»Na gut«, sage ich mit einem Schulterzucken. »Heute Abend spielen noch andere Bands. Dann tanzt du eben bei der nächsten Gelegenheit.«

Audrey mustert die vielen Menschen um uns und seufzt geschlagen. »Okay.«

»Bei der nächsten Gelegenheit«, sage ich, »egal um welche Art von Musik es sich handelt.«

»Ich habe doch okay gesagt!«

Wir laufen ein paar Minuten am Ufer der Seine entlang, bis wir den nächsten Menschenauflauf erreichen. Sobald wir die Töne hören können, die von einem kleinen Flecken am Wasser zu uns dringen, schnaubt Audrey. Ich verkneife mir ein Lächeln, als wir näherkommen. Die Menge ist kleiner, aber die Leute stehen alle in einem engen Kreis um den Sänger herum, der in ein Mikrofon säuselt. Eine Frau in einem Kleid aus fließendem roten Stoff tanzt um ihn herum, während einige Paare zeigen, was sie an Tanzfiguren draufhaben.

»Salsa also«, sage ich und kann mein Lachen kaum noch zurückhalten.

Audrey schnaubt entrüstet. »Das ist ein Paartanz. Ich bin kein Paar.«

Ich zucke mit den Schultern. »Das hättest du dir vorher überlegen sollen.«

Ich gebe ihr einen kleinen Schubs, gegen den sie sich

stemmt. Direkt vor uns reiben ein Mann und eine Frau im Alter unserer Eltern ihre Körper aneinander, während sie sich gegenseitig hungrige Blicke zuwerfen. Es ist irgendwie abstoßend, aber sie sind ausgesprochen gut. Als der Song endet, beugt der Tänzer seine Partnerin nach hinten und gibt ihr einen dicken, feuchten Kuss auf den Mund.

Audreys Gesichtsausdruck ist unbezahlbar. Ich gebe ihr noch einen Stups, und sie geht widerstrebend zwei Schritte vorwärts. Über die Schulter wirft sie mir einen weiteren flehenden Blick zu, aber ich kenne kein Erbarmen. Im Gegenteil, ich kann die Show kaum erwarten.

Und so kommt es, dass ein schlanker, graziler, wenn auch plötzlich sehr unbeholfener amerikanischer Teenager sich an erotischen Hüftschwüngen versucht. Doch es gelingt Audrey kaum, sich in dem knappen Raum, den sie sich zwischen den Paaren mittleren Alters erobert hat, zu bewegen. Ich will nicht behaupten, es wäre witzig, aber etliche Leute um mich herum bemühen sich vergebens, ein Kichern zu unterdrücken, während sie miteinander flüstern. Das hier ist kein Publikum, das unterhalb der Bühne ins Dunkle getaucht ist. Wir stehen alle gut sichtbar um sie herum. Aber Audrey macht unbeirrt weiter und konzentriert sich auf die Füße der Tänzer, während ihr Gesicht sämtliche Farbschattierungen von hellrosa bis dunkelrot durchläuft. Und so sehr sie sich auch bemüht, mit dem Hintern zu wackeln, man kann mit Fug und Recht behaupten, dass Salsa nicht ihre Bestimmung ist.

Ich beginne mich zu fragen, ob ich sie retten soll, doch jemand anders ist schneller. Die Frau von dem Pärchen, dem wir vorhin zugesehen haben, zeigt auf Audrey und flüstert ihrem Partner etwas ins Ohr. Nickend tritt er zur Seite, damit sie Audreys Hand nehmen kann.

»*Regarde-moi*«, sagt sie zu Audrey und deutet auf ihre Füße. Guck, wie ich es mache.

Audrey befolgt den Rat, und zusammen üben sie ein paar Schritte vor und zurück. Dann zeigt die Frau auf ihre Hüften und bewegt sie von links nach rechts, um Audrey vorzumachen, wie es geht. Audreys Französisch hat noch Luft nach oben, aber sie versteht die internationale Sprache des Tanzes.

Und so lernt sie. Die Frau nickt ermutigend und legt ihre Hände auf Audreys Hüften, um sie zu führen, während sie vor und zurück tanzen. Audreys Augen blicken immer noch hochkonzentriert, aber sie lässt die Schultern locker und presst auch nicht mehr die Lippen aufeinander. Die Menge, die alles genau verfolgt hat, beginnt im Rhythmus zu klatschen. Das Klatschen wird lauter, als die Frau Audreys Hand in die Luft hebt und Audrey sich dreht. Nachdem sie ein zweites Mal um die eigene Achse gewirbelt ist, breitet sich auf Audreys Gesicht ein breites Grinsen aus. Sie dreht sich strahlend zu mir um. »Ich habe Spaß!«, ruft sie mir über die Musik hinweg zu.

Ich lache, genau wie einige andere. Ein Blick in die Runde zeigt mir, dass die Menge dichter wird. Alle drängen sich eng nebeneinander auf dem schmalen Bürgersteig, Jung und Alt, Pärchen und Grüppchen. Das ist der Moment, in dem ich ihn auf der anderen Seite des Kreises entdecke. Schwarze Haare, locker sitzendes Hemd, die Hand eines anderen Mädchens haltend. Ich bekomme keine Luft. Ich wollte ihn nie wiedersehen, aber jetzt umschließt eine Faust mein Herz und drückt zu, während ich bete, dass er sich umdreht und mich sieht. So geht es schon seit dem Moment, in dem wir uns begegnet sind: Alles, was ich für Louis empfinde, ist total widersprüchlich. Einfach und kompliziert. Unmöglich und schicksalhaft zugleich. Ein weiterer Song endet, und die Menschen gehen weiter, Louis eingeschlossen. Ich balle die Hände zu Fäusten, überlege, was ich tun soll.

Er dreht sich zu mir um.

Aber es ist nicht Louis. Nur jemand, der so aussieht wie er. Die Erkenntnis trifft mich schlagartig, und ich atme tief aus.

Audrey kommt zu mir und reißt mich aus meinen Gedanken. Ihre Partnerin ist für das neue Lied zu ihrem Mann zurückgekehrt, also ist sie wieder allein.

»Keine Angst, ich fliehe nicht von der Tanzfläche«, sagt sie, ehe ich ihr genau das vorwerfen kann. »Aber du machst jetzt mit.«

Sie schnappt sich meine Hand und zieht mich in einen Tanz.

»Ich möchte nach Hause«, sage ich mit Tränen in den Augen. Über die Schulter werfe ich Louis' Doppelgänger einen Blick zu.

»Keine Chance«, sagt Audrey lachend.

Ich bemühe mich zu lächeln, doch stattdessen wird daraus nur eine Grimasse.

»Komm schon, Mia«, sagt sie hüftenschwingend. »Zeig mir, was du draufhast!«

Ich lasse die Früchte meiner Arbeit auf mich wirken: Audrey Chapman albert auf der Straße herum, wo ganz Paris sie sehen kann.

»Danke, Mia«, sagt Audrey, während sie eine Drehung

auf der Stelle versucht. Sie stößt mit dem Paar neben sich zusammen, scheint deswegen aber nicht weiter besorgt. »Das hier macht richtig Spaß. Wir sollten es unbedingt noch mal machen.«

Ich lächle, und dieses Mal kommt es von Herzen. Die Liebe mit dem perfekten französischen Jungen hat sich für mich nicht erfüllt, aber es sieht so aus, als hätte ich eine Freundin gewonnen, mit der ich niemals gerechnet hätte.

Kapitel 24

Nach unserer Streetdance-Session vom Freitagabend einigen wir uns darauf, das ganze Wochenende mit Proben zu pausieren. Seltsamerweise ist Audrey diejenige, die es vorschlägt.

»Mein Körper muss neue Kräfte sammeln«, verkündet sie uns anderen beim Frühstück.

Wir sehen uns an, verdrehen kurz die Augen und besprechen dann, was wir heute machen. Die Mädchen entscheiden sich dafür, in den Jardin du Luxembourg zu gehen, einen wunderschönen Park mit einem großen Teich, nicht weit von hier. Wir waren schon öfter da, und das erste Mal traute ich meinen Augen kaum, als ich die grünen Metallliegen sah, die dort überall zum Sonnenbaden einladen. Es ist der perfekte Ort für ein Picknick. Der Park ist auch bei Kindern beliebt. Sie lassen auf dem Teich ihre Boote fahren – mit knallroten, blauen, grünen oder gelben

Segeln –, die sie mit Holzstöcken im Wasser umherschieben. Obwohl das Wetter genau richtig dafür ist, habe ich keine Lust mitzugehen. Genau genommen habe ich zu gar nichts Lust und beschließe, dass ich einen Tag für mich brauche.

Ich beginne ihn damit, Wäsche zu machen und den Zustand meiner Spitzenschuhe zu überprüfen. Sie sehen ziemlich mitgenommen aus, aber eine halbe Flasche Klebstoff und viele Nadelstiche später habe ich sie so weit geflickt, dass sie für die letzten Wochen des Programms bereit sind. Dann lackiere ich mir die Nägel, rufe meine Eltern an und antworte auf Nachrichten von Freunden. Sie glauben alle, ich hätte die Zeit meines Lebens in Paris, also erwähne ich nicht, dass ich mich an diesem wunderschönen Sommertag im Wohnheim verkrieche. An den Wochenenden werden wir mit Sandwiches und Salaten versorgt, die als Mittagessen im Kühlschrank für uns bereitstehen. Da niemand sonst hier ist, esse ich mein Brot im Stehen in der absoluten Stille, die in der Küche herrscht.

Der Nachmittag wird ähnlich aufregend: Nach einem langen Nickerchen falte ich die Anziehsachen, die überall herumliegen. Als ich die Schublade meines Nachttisches öffne, um meinen Schmuck aufzuräumen, stoße ich auf einen schmalen Umschlag. Anfangs frage ich mich, was darin ist, doch dann fällt es mir wieder ein.

Es kommt mir so vor, als wären Monate vergangen, seit Vivienne mir die Bilder gegeben hat. Ich denke daran zurück, wie sie mich an jenem Tag angesehen hat, voller Hoffnung, dass ich das Rätsel lösen würde, das sie seit Jahrzehnten beschäftigt. Ich lasse mich mit einem Seufzer auf mein Bett fallen und sehe mir die Fotografien in Ruhe an. Dann trage ich einen kurzen Streit mit mir selbst aus. Einerseits bleibt mir nur noch wenig Zeit in Paris, um das Rätsel zu lösen, andererseits darf ich mich auf gar keinen Fall ablenken lassen. Ich habe immer noch die Kontaktdaten der Kuratorin des *Musée d'Orsay*, die Louis mir gegeben hat, aber ich habe keinen Louis mehr, mit dem ich die Sache angehen könnte. Mein Herz wird schwer, während ich über unser abgeblasenes Abenteuer nachdenke. Doch das hier ist meine Familienlegende, meine Geschichte. Ich brauche keinen Jungen, um herauszufinden, wo ich herkomme.

***

Einen Telefonanruf und eine Metrofahrt ans anderen Ende von Paris später sitze ich an der Theke einer farbenfrohen Küche und trinke Eistee. Mir gegenüber hat Charlotte Ravier Platz genommen, auch bekannt als Dr. Pastell, eine jung wirkende Frau mit üppigen roten Locken.

»Es gibt Aufzeichnungen über eine Élise Mercier, die an der *Opéra Garnier* getanzt hat, und zwar von ihrer Gründung im Jahr 1875 an bis ins Jahr 1886«, erläutert sie mir. Am Telefon habe ich ihr nicht viel erzählt. Sobald ich Louis' Mom und Degas erwähnt habe, hat sie mich zu sich eingeladen und gemeint, es wäre einfacher, das persönlich zu besprechen. Sie ist vollkommen entspannt und spricht in perfektem Englisch mit mir, als wäre das hier ein ganz normaler Arbeitstag für sie. Ich bin dennoch beeindruckt, dass es ihr gelungen ist, die Information in der Zeit, die seit meinem Anruf vergangen ist, zu beschaffen. Ich nehme an, genau deshalb ist sie auch die Kuratorin eines der berühmtesten Museen der Welt.

»Weißt du, Degas hat dort gar nicht so viel gemalt«, fügt sie hinzu und schiebt einen Teller mit Plätzchen in meine Richtung.

Ich nehme mir eines und sehe sie fragend an.

»Vorher gab es noch ein anderes Haus, die *Opéra Le Peletier*«, erklärt sie mit einem Lächeln. »Dort war er ständig, um Ballettszenen zu malen. Degas mochte die *Opéra Garnier* nicht so gern. Sie war ihm zu pompös und glamourös.«

»Oh«, sage ich enttäuscht. »Und was ist aus der *Opéra Le Pel…*« Es fällt mir schwer, den Namen auszusprechen. Dr. Pastell springt mir sofort bei.

»Pe-le-ti-er«, wiederholt sie langsam und deutlich. »Sie ist abgebrannt.«

»Wie furchtbar.« Ich schaudere, als ich mir ein in Flammen stehendes Paris ausmale.

»Das bedeutet, dass alle Aufzeichnungen verloren gegangen sind. Was der Grund für unsere vielen Wissenslücken ist.«

Sie scheint darüber sehr viel betrübter als über den Brand an sich.

»Ich habe etwas, das weiterhelfen könnte«, sage ich und öffne meine Tasche. Als ich den Umschlag hervorziehe, hellt sich Dr. Pastells Miene auf.

»Sind das die Fotografien?«, fragt sie. Man sieht, dass sie es kaum erwarten kann, die Bilder in die Hände zu bekommen.

Ich gucke sie verblüfft an. Am Telefon hatte ich gar keine Gelegenheit, ihr davon zu erzählen.

»Louis hat mir von den Fotografien erzählt, aber dann gemeint, er könne sie nicht vorbeibringen«, sagt sie, während sie behutsam den Umschlag öffnet und die Fotografien mit den Fingerspitzen herauszieht.

»Louis war hier?«, frage ich überrascht.

Sie nickt. »Gestern erst. Ich habe ihm gesagt, ich könne nicht richtig helfen, ohne die Bilder gesehen zu haben, und hier bist du. *Parfait!*«

»Gestern?« Es ergibt keinen Sinn.

Dr. Pastell lächelt, ohne den Blick von den Fotografien zu nehmen. »Nun, das erste Mal war er vor ungefähr einer Woche hier, um mir ein paar Fragen zu stellen. Er sagte, er würde seine Freundin und die Fotos beim nächsten Mal mitbringen. Aber dann ist er ohne die Bilder wiedergekommen. Er klang deswegen sehr traurig. Ich dachte, er hätte sie womöglich verloren.«

Louis ist hier gewesen. Er ist wegen meines Rätsels, meiner Familienlegende zu dieser Frau gegangen, sogar, als wir uns schon getrennt hatten. Nachdem ich all diese furchtbaren Dinge zu ihm gesagt habe.

»Warte kurz«, sagt sie. Sie verlässt die Küche und kommt wenig später mit ihrem Laptop wieder. »Nachdem Louis mir die Geschichte erzählt hat, habe ich eine Liste aller Bilder gemacht, in denen deine Vorfahrin porträtiert sein könnte.«

»Wirklich?«, frage ich staunend.

»Genau genommen habe ich alle Gemälde gestrichen, die auf keinen Fall infrage kommen, basierend auf dem Zeitraum und dem, was wir über Degas' Modelle wissen. Er selbst hat auch ein paar Aufzeichnungen gemacht, musst du wissen, aber sie sind bei Weitem nicht vollständig. Manchmal hat er den tatsächlichen Namen der Tänzerin notiert, aber häufig hat er etwas in einem Code hingekritzelt, den nur er verstanden hat. Künstler sind meist nicht besonders gut organisiert.«

Ich nicke. »Aber mit diesen Fotos …«, beginne ich.

»Kann ich es vielleicht weiter einengen«, beendet sie den Satz. Sie dreht ihren Laptop zu mir um. Auf dem Bildschirm ist eine Tabelle zu sehen, die den Titel des Gemäldes, den Ort, an dem es entstanden ist, das Datum und die Namen der Modelle umfasst. Diese letzte Spalte ist mit vielen Fragezeichen versehen.

»Die Fotografien sind perfekt«, fügt sie hinzu und zieht den Laptop wieder zu sich heran. »Sie sind datiert und es gibt einige Erkennungsmerkmale. Dieser Kerzenleuchter hier sieht zum Beispiel genauso aus wie die in der *Opéra Le Peletier*. Und ich bin sicher, dass ich zumindest eines der Mädchen wiedererkenne.«

»Das ist ja unglaublich«, sage ich, während ihre Software weitere mögliche Treffer ausspuckt.

»Das ist Kunst«, erwidert sie mit einem kleinen Lächeln. »Und zum Glück für dich bestand mein Plan für den heutigen Abend nur darin, einen Hitchcock-Film zu gucken und mir ein Glas Rotwein zu gönnen, während mein Mann in der Weltgeschichte unterwegs ist. Aber das hier ist viel spannender.«

»Ich soll also wiederkommen?«, frage ich, doch sie hat ihre Aufmerksamkeit bereits wieder den Fotos zugewandt und blickt vergleichend zwischen ihnen und dem Computerbildschirm hin und her.

»Wenn du möchtest«, sagt sie. »Aber falls du Zeit hast, könnten wir es gleich jetzt erledigen. Ich weiß, diese Fotos bedeuten dir viel, und ich erwarte nicht, dass du sie aus der Hand gibst und bei mir lässt.«

***

So kommt es, dass ich mich in dem ganz in Weiß gehaltenen Wohnzimmer einer vollkommen Fremden durch einen Stapel Hochglanzmagazine blättere. Dr. Pastell ist in ihr Büro zurückgekehrt. Doch zuvor hat sie mir noch ein weiteres Glas Eistee eingeschenkt und mich ermuntert, mich wie zu Hause zu fühlen.

Ich überfliege die Anrufliste in meinem Handy, bis ich auf Louis' Namen stoße. Mein Zeigefinger schwebt darüber, während ich versuche, mir über meine Gefühle klar zu werden. Ich kann nicht mit ihm sprechen. Egal wie Monsieur Dabrowski von uns erfahren hat, er hatte recht. Ich darf nicht alles für ein bisschen Spaß aufs Spiel setzen. Das Einzige, was zählt, ist, als Odile alles zu geben. Und selbst wenn ich nicht die Odile wäre, würde diese Geschichte kein glückliches Ende nehmen. Ich reise in zwei Wochen ab. Und dennoch, alles in mir drängt mich, den grünen Hörer anzutippen und mich später um die Folgen zu kümmern. Das Einzige, was mich davon abhält, ist die Erinnerung an Louis' verletzten Gesichtsausdruck, kurz bevor er auf seiner Vespa davonbrauste. Dieser Ausdruck wird mich für immer verfolgen.

Ich schließe die Anrufliste und klicke stattdessen auf meine YouTube-App. Bevor ich hierhergehetzt bin, hatte ich vor, den ganzen Nachmittag Filme der besten Schwanenseeaufführungen zu gucken. Ungefähr eine Stunde lang reise ich mit Odile um die Welt, von London über Singapur und Rio bis nach New York City.

Als Dr. Pastell zurück ins Zimmer kommt, hält sie einen Ausdruck in der Hand.

»Eines«, meint sie, als sie neben mir auf dem Sofa Platz nimmt, »muss ich dir noch sagen. Meine Recherche ist keine genaue Wissenschaft. Der einzige Weg, um hundertprozentig sicher zu sein, dass Degas deine Vorfahrin gemalt hat, wäre, einen der beiden zu fragen.«

»Und das wäre ganz schön kompliziert«, sage ich mit einem kleinen Lachen.

»*En effet.* Louis hat erwähnt, wie wichtig das Ganze für dich ist, daher möchte ich keine unberechtigten Hoffnungen in dir wecken.«

»Ich verstehe«, sage ich mit einem Blick auf das Papier in ihrer Hand. Mein Herz schlägt schneller, als sie es umdreht.

»Das ist es?«, frage ich. Der Ausdruck besteht aus nur drei Zeilen.

Sie nickt. »Basierend auf den Informationen und den Fotos, die du mir gegeben hast, kann ich mit an Sicherheit grenzender Wahrscheinlichkeit sagen, dass es sich um eines dieser drei Gemälde handeln müsste, falls Edgar Degas Élise Mercier tatsächlich gemalt hat.«

»Ich danke Ihnen«, sage ich, als sie mir die Liste aushändigt.

»Es war mir ein Vergnügen. Es kommt nicht oft vor, dass ich die Gelegenheit bekomme, ein Familienrätsel zu lösen. Oh, und davon abgesehen hast du ganz schön Glück …«

Sie macht eine Pause und ich wage kaum zu atmen. Meint sie damit Louis?

Dr. Pastell lächelt. »Die Gemälde auf der Liste befinden sich zufällig gerade alle in Paris.«

Ich starre sie mit offenem Mund an. »Sie meinen, ich könnte sie mir ansehen? Das heißt, jederzeit?« Meine Augen überfliegen die Spalte mit den Aufbewahrungsorten der Bilder.

»So einfach ist es leider nicht. Eines ist womöglich nicht öffentlich zugänglich. Das muss ich überprüfen. Und ein anderes ist Teil einer privaten Sammlung. Ich muss ein paar Gefallen einfordern, daher könnte es ein paar Tage dauern. Aber ja, ich glaube, es ließe sich arrangieren.«

Ich danke ihr ungefähr ein Dutzend Mal, als ich von ihrem Sofa aufstehe.

Sie bringt mich zur Tür, und dort angekommen hat sie eine letzte Frage. »Möchtest du Louis erzählen, was ich herausgefunden habe, oder soll ich es tun?«

Mein Herz zieht sich bei der Erwähnung seines Namens schmerzhaft zusammen. Sie kann nicht wissen, welchen Aufruhr ihre Frage in mir verursacht. Was wäre, wenn ich mit Louis reden würde, aber nur darüber? Wäre ich dazu überhaupt in der Lage? Jedes Mal, wenn ich ihn gesehen habe, hat ein Lächeln von ihm gereicht, und meine guten Vorsätze haben sich in Luft aufgelöst. Monsieur Dabrowski hat sich mir gegenüber sehr klar ausgedrückt. Ich darf ihn nicht noch einmal enttäuschen. Und das werde ich auch nicht. Ich habe viele Stunden, sogar Tage in meine Schwanenseeproben gesteckt. Ich werde keinen weiteren Schritt verpfuschen. Also was spielt es für eine Rolle, wenn ich das bisschen Freizeit, das ich habe, nutze, um ein Gemälde aufzuspüren, das den Frauen in meiner Familie so viel bedeutet?

»Mia?«, sagt Dr. Pastell, da ich noch immer nicht geantwortet habe.

Ich atme tief durch. Ich muss ihr eine Antwort geben, und tief im Innern weiß ich, wie sie lauten wird. Tatsache ist, dass dieses Degas-Rätsel ebenso Louis' Abenteuer ist wie meines. Ich wäre der Lösung niemals so nahe gekommen, wäre er nicht gewesen.

Ich gebe mir einen Ruck. Schluss mit dem Kopfzerbrechen, Mia! »Ich werde es ihm sagen.«

Ich wähle seine Nummer schon auf der Treppe, doch als ich das Gebäude verlasse, klingelt es immer noch bei ihm. Warum sollte er auch abheben? Er muss mich hassen. Aber dann, als ich den Anruf gerade beenden will, höre ich ein Seufzen am anderen Ende.

»Hi«, sagt er leise.

»Hi«, erwidere ich. Mein Herz flattert in meiner Brust wie ein in Panik geratenes Vögelchen. »Ich muss dir was Wichtiges sagen.«

Schweigen am anderen Ende. Das wird mich nicht aufhalten.

»Es tut mir wirklich sehr, sehr leid, was ich zu dir gesagt habe. Ich glaube gar nicht, dass dir alles egal ist. Im Gegenteil, du bist wahrscheinlich der leidenschaftlichste Mensch, den ich kenne. Ich war verletzt und wollte dir wehtun. Es geht mich nichts an, mit wem du zusammen bist oder warst.«

»Mia, ich hab versucht, dir zu sagen …«

»Egal«, sage ich, »es spielt keine Rolle mehr. Ich möchte nicht das Gefühl haben, mir einen Feind gemacht zu haben, wenn ich Paris verlasse.«

»Das hast du nicht.«

»Bist du sicher? Denn ich würde dich gern etwas fragen. Und ich würde es vollkommen verstehen, falls du nichts mehr mit mir zu tun haben möchtest.«

»Ich höre«, sagt er. Es ist nicht der warmherzige, charmante Louis, aber damit kann ich leben.

»Als Erstes muss ich dir von meinem Nachmittag berichten.«

Ich erzähle ihm alles, von meinem Anruf bei Dr. Pastell bis zu der Liste mit den drei Gemälden.

»Ha!«, sagt Louis. »An deiner Stelle würde ich längst durch die Stadt jagen.«

»Ich möchte es nicht ohne dich tun.«

Erneutes Schweigen. Ich muss mich einfach hindurchkämpfen. »Du hast genauso sehr an diese Legende geglaubt wie ich, obwohl du mich gar nicht kanntest.«

»Das war leicht. Ich habe ja keine eigenen Träume.« In seiner Stimme schwingt ein Hauch Verbitterung mit.

Seine Worte treffen mich, aber das habe ich verdient. »Ich habe meinen Traum entdeckt, als ich noch sehr jung war. Es fällt mir manchmal schwer, mir vor Augen zu führen, dass nicht jeder Siebzehnjährige schon seine ganze Zukunft fest geplant hat. Du wirst deinen Weg finden. Ich weiß es.«

»Hm, mag sein«, sagt Louis.

»Aber bevor du das tust, muss ich dich etwas fragen. Mir bleiben nur noch zwei Wochenenden in Paris und ich weiß, wie ich sie verbringen möchte. Würdest du gern mit mir kommen, um das Gemälde zu finden?«

Kapitel 25

Wir treffen uns eine Stunde später vor dem *Musée de l'Orangerie.* Als Louis' Vespa in Sicht kommt, hämmert mein Herz so laut in meiner Brust, dass mir die Ohren dröhnen. Er gibt mir ohne Zögern *la bise.* Die Erinnerung an unseren Knutschmarathon durchzuckt mich, als ich seinen vertrauten Duft einatme. Es ist erst eine Woche her, aber inzwischen ist alles anders. Ich habe ihn vermisst. Ich weiß, es ist falsch. Das mit uns kann nichts werden. Darf nicht sein. Aber obwohl ich nicht sicher bin, ob ich mit dieser Distanziertheit zwischen uns klarkomme, werde ich mich nicht selbst belügen: Es ist besser, als ihn gar nicht zu sehen.

Wir stellen uns in die Schlange vor dem Museum, die sich in mehreren Bögen windet.

»Warum ist neben dem *Musée de l'Orangerie* ein Fragezeichen?«, fragt Louis, nachdem ich ihm die Liste gegeben habe.

»Dr. Pastell hat gesagt, dieses Gemälde gehöre zwar dem Museum, wäre momentan aber womöglich nicht ausgestellt. Ich habe mir gedacht, ich sollte es auf jeden Fall überprüfen.«

Louis lächelt breit. »Dr. Pastell«, sagt er. Eine Erinnerung an glücklichere Tage.

»Es ist ein toller Spitzname.« Ich wende den Blick ab, weil ich spüre, wie ich rot werde. Noch vor einer Stunde hätte ich geschworen, dass es die dümmste Idee der Welt wäre, wieder mit Louis zusammen zu sein. Und jetzt … jetzt muss ich mich ganz dringend darauf konzentrieren, warum wir hier sind.

Die Schlange bewegt sich langsam vorwärts. Schritt für Schritt bringt sie mich meiner Ururgroßmutter näher. Vielleicht. Sie könnte hier in diesen historischen Hallen sein, verewigt für immer. Und eines Tages werde ich vielleicht meiner Tochter von meiner Jagd nach dem Gemälde erzählen, damit sie sich niemals wird fragen müssen, woher sie kommt.

Louis wirft einen Blick auf seine Uhr, als ein Museumsangestellter die Schlange entlanggelaufen kommt.

»*Le musée va fermer bientôt. Nous sommes complets pour aujourd'hui*«, verkündet er der Menge.

»Sie sind im Begriff zu schließen und lassen keinen mehr rein?«, frage ich Louis, um sicherzugehen.

Er antwortet mit einem entschuldigenden Lächeln. »Yep. Aber die gute Neuigkeit ist: Dein Französisch ist wirklich besser geworden.«

Ich lache, obwohl ich schrecklich enttäuscht bin.

»Könnten wir ihm nicht erklären, dass es sich um einen Kunstnotfall handelt?«

Louis hebt eine Augenbraue. »Und uns an all diesen Leuten vorbeidrängeln? Du wirst allmählich wirklich zu einer echten Französin.«

Die Menge löst sich auf, und der Wachmann schließt die Eingangstür. Wir werden heute nicht mehr hineingelangen. »Es tut mir leid, dass du umsonst hergekommen bist.«

Louis zuckt die Schultern. »Als Wiedergutmachung könntest du mir was zu trinken ausgeben.«

Ich öffne den Mund, um etwas zu erwidern, aber es gelingt mir nicht. Ich kann nichts mit ihm trinken gehen, und ich kann es ihm nicht ins Gesicht sagen. Aber … er hat versucht, mein Familienrätsel zu lösen, und das nach allem, was passiert ist. Ich kann ihm wenigstens dafür danken.

»Abgemacht«, sage ich.

Wir gehen den Place de la Concorde entlang – auf dem ein Jahrhunderte alter ägyptischer Obelisk am Rande des Jardin des Tuileries steht. Ich bleibe immer wieder stehen, um Fotos zu machen und versuche, die Eindrücke einzufangen. Ich schlage keine Selfies vor, zwischen uns herrscht immer noch zu viel Spannung, aber zumindest bin ich dankbar dafür, dass ich einmal mehr die vielen Wunder dieser Stadt an Louis' Seite entdecke.

Wir laufen über den Place Vendôme, wo wir ebenfalls eine imposante Säule entdecken – diesmal ist sie grün –, die in der Mitte des Platzes steht. Der Platz ist von einigen der teuersten Juweliere und Hotels der Stadt umgeben, darunter das berühmte Ritz. Und trotzdem hat er nichts Protziges an sich. Die cremefarbenen Gebäude strahlen hier nur ein bisschen heller und werden von Männern in weißen Handschuhen und dreireihigen Uniformen bewacht.

In der Straße mit dem süßen Namen Rue des Capucines, die vom Platz abgeht, finden wir ein nettes Café mit einer großen Terrasse und zwei freien Stühlen in der Ecke, die ausreichend Gelegenheit zum Leutegucken bietet. Louis bestellt ein Bier, und ich gebe mein Bestes, nicht zusammenzuzucken, und rufe mir in Erinnerung, dass er fast achtzehn ist. Hier ist das völlig normal. Ich entscheide mich für *un Perrier rondelle*, in Erinnerung an meinen ersten Abend in Paris. Seit damals hat sich so viel verändert, auch mein Akzent. Ich möchte nicht angeben, aber gebt mir noch ein paar Wochen in Paris und ich gehe als Einheimische durch. Nur dass ich keine paar Wochen habe. Schon bald werde ich mich von alldem hier – den Terrassen, dem Kopfsteinpflaster, den historischen Gebäuden – verabschieden müssen. Was heißt, dass ich jetzt alles loswerden muss, was mir auf der Seele brennt.

»Warum hast du Kontakt zu Dr. Pastell aufgenommen? Nach dem, was ich zu dir gesagt habe, bin ich davon ausgegangen, du würdest keinen weiteren Gedanken mehr an mich verschwenden.«

Genau in dem Moment kommt der Kellner mit den Getränken. Louis wartet mit seiner Antwort, bis er wieder gegangen ist.

»Du hast dir in den Kopf gesetzt, ich sei eine Art Herzensbrecher, der Tänzerinnen nachstellt und ihnen den Kopf verdreht.« Ich öffne den Mund, um ihm zu widersprechen, aber er hebt abwehrend die Hand. »Es hat mich echt verletzt, dass du nach allem, was zwischen uns gewesen ist, so etwas von mir denken kannst.«

»Es tut mir leid«, sage ich, ohne den Mut zu haben, ihn dabei anzusehen.

Er sieht mich auch nicht an. Stattdessen greift er nach einem Bierdeckel und beginnt damit zu spielen. Die beiden Männer am Nachbartisch werfen uns verwunderte Blicke zu, wahrscheinlich spüren sie die Spannung, die zwischen uns herrscht.

»Du hattest recht«, sagt Louis, ohne mir in die Augen zu sehen.

Autsch. Es fühlt sich an, als hätte mich jemand sehr fest gekniffen. Der Schmerz hält ein paar Sekunden an.

»Womit?«, frage ich, obwohl ich es gar nicht wissen möchte.

Louis räuspert sich und rutscht auf seinem Stuhl hin und her. Ich habe ihn noch nie so verlegen erlebt. »An dem Tag, als wir uns zum ersten Mal begegnet sind …«, fängt er an. Er seufzt laut. »Ich war da, um meine Ex zu treffen. Also, eigentlich meine Beinahe-Ex.«

Mein Herz krampft sich schmerzhaft zusammen, und mir steigen Tränen in die Augen. Ich war davon ausgegangen, die Wahrheit könne nicht schlimmer sein, als das, was ich mir ausgemalt hatte, aber vielleicht war diese Annahme falsch.

»Ich kann es erklären«, sagt Louis. Er wirft mir einen raschen Blick zu.

»Das musst du nicht«, erwidere ich schwach. Ein Teil von mir ist neugierig und möchte alle Einzelheiten wissen, aber ich weiß nicht, ob ich damit umgehen kann.

»Bitte, lass es mich versuchen«, sagt Louis, und bevor

ich noch etwas entgegnen kann, redet er schon los. »Vor zwei Jahren hat Max an dem Programm teilgenommen und mich zu einer Party mit Leuten von der Schule eingeladen. Ich hatte Witze darüber gemacht, wie viel Glück er hätte, den ganzen Tag mit einem Haufen hübscher Mädchen zu verbringen, und er wollte nicht, dass ich mich ausgeschlossen fühlte. Auf der Party lernte ich ein Mädchen kennen, und wir kamen zusammen. Aber es war von Anfang an schwierig und kompliziert. Wir waren beide furchtbar eifersüchtig. Geradezu besitzergreifend. Da war etwas Echtes zwischen uns, aber … ich weiß auch nicht. Es hat nicht richtig funktioniert. Trotzdem hatten wir eine Menge Spaß. Wir alle wurden enge Freunde. Max, Émilie – sie waren damals noch nicht zusammen – und ein paar andere aus der Schule. Wir trafen uns reihum bei uns zu Hause, gingen ins Kino, auf Konzerte und Partys. Ich war nicht nur mit ihr zusammen, sondern mit ihnen allen. Ich denke, dass es deshalb so lange gehalten hat. Doch dann … hat sie mit mir Schluss gemacht. Es hätte mich nicht so überraschen dürfen, aber ich war am Boden zerstört …«

»Du hast sie geliebt«, sage ich mit zitternder Stimme.

Er wendet den Blick ab und nickt. Dann fährt er fort: »Also habe ich mich mit anderen Tänzerinnen getroffen, Mädchen, die sie kannte. Es war nichts Ernstes, ich wollte mich damit nur irgendwie an ihr rächen, glaube ich. Und dann gab es da eine Party, die ein wenig außer Kontrolle geriet. Wir haben alle zu viel getrunken, und die Bilder kursierten in der Schule. Papa hat sie gesehen. Zu dem Zeitpunkt hat er noch nichts zu mir gesagt, aber er hat Max verwarnt. Er sagte so etwas wie: ›Das hier ist kein Ferienlager. Wenn Sie genug Energie übrig haben, um wilde Partys zu feiern, dann arbeiten Sie nicht hart genug.‹«

Das klingt ganz nach seinem Vater, aber Louis guckt so ernst, dass ich beschließe, diese Beobachtung für mich zu behalten.

»Und dann … kam sie zu mir zurück. Sie sagte, sie wolle es noch mal probieren.«

Mir fällt auf, dass Louis ihren Namen noch immer nicht genannt hat. Ich frage mich, ob es zu schmerzhaft für ihn ist.

»Ich habe Max um Rat gebeten. Er ist seit zehn Jahren mein bester Freund, seit ich damals als Zuschauer im Unterricht meines Vaters gesessen habe. Meine Eltern hatten sich da gerade getrennt, meine Mom reiste die ganze Zeit in der Weltgeschichte herum, und ich wusste nicht, wohin ich sonst sollte.«

»Die Trennung deiner Eltern war bestimmt schwer für dich.« Ich würde gern über den Tisch greifen und meine Hand auf seine legen, aber ich widerstehe dem Drang.

Er zuckt mit den Schultern. »Als Freunde sind sie viel zufriedener als vorher. Jedenfalls hat Max zu mir gesagt, dass ich mich vielleicht deshalb so aufgeführt hätte, weil ich noch etwas für sie empfände. Damit hatte er recht. Wir kamen wieder zusammen – das war vor ungefähr einem Jahr –, und ein paar Monate lief es gut. Wir haben eine Menge mit Max und Émilie unternommen, aber wenn wir allein waren, fehlte irgendetwas.«

Louis wirft mir einen schuldbewussten Blick zu.

»Also warst du noch mit ihr zusammen, als du mich kennengelernt hast?«, frage ich so gleichgültig, wie ich kann. In meinem Inneren sieht es völlig anders aus. Ich bin aufgewühlt und verbittert. Jener Augenblick war einer der aufregendsten und spontansten meines Lebens. Ich fühle mich betrogen, obwohl ich kein Recht dazu habe.

»Nein«, sagt Louis. »Also ja. Ich meine, nicht wirklich. Wir haben die letzten sechs Monate damit verbracht, Schluss zu machen und wieder zusammenzukommen, nur um dann erneut Schluss zu machen. Ich wusste nie, ob wir noch ein Paar waren oder nicht. Als ich auf der Treppe vor der Schule wartete, hatte ich gerade wieder einmal mit ihr Schluss gemacht. Aber sie meinte, sie wolle reden, und ich konnte nicht anders. Ich bin hin, um sie zu sehen.«

»Wer ist es?«, frage ich, während ich mich bemühe, mir die Einzelheiten jenes Tages ins Gedächtnis zu rufen.

Louis sagt ohne zu zögern: »Émilies beste Freundin Sasha. Sie ist auch eine Hilfslehrerin. Sie war an jenem Tag noch aufgehalten worden, und ich bereute es schon, hingerast zu sein. Es war dieser endlose Teufelskreis zwischen uns, der nie ein gutes Ende nahm. Und dann sah ich dich …«

Ich räuspere mich. »Also hast du mich benutzt, um dich vor einem unangenehmen Gespräch mit deiner Quasi-Ex zu drücken?« Ich klinge bissiger, als ich wollte, aber Louis scheint das nichts auszumachen.

»Ich weiß, es hört sich mies an, aber ja«, sagt Louis. »Du hast so panisch ausgesehen und warst so süß, und mir wurde klar, dass ich gar nicht dort sein wollte. Es war sinnlos.«

Ich schlucke bei der Erinnerung an den Tag im *Musée d'Orsay*, als Émilie Louis jenen seltsamen Blick zugeworfen hat. Sie muss gesehen haben, wie Louis mit mir geredet hat, und hatte dabei ihre Freundin im Sinn. Ich denke auch an den Tag zurück, an dem wir Fernando und Sasha gesehen haben, und die Party auf dem Boot, als die vier zusammen gekommen sind.

»Also du und Sasha …«, beginne ich. Ich weiß, welche Frage ich stellen will, aber ich habe eine Riesenangst vor der Antwort.

»Es ist vorbei. Sie hat mir geschrieben, und ich habe ihr gesagt, dass es vorbei ist. Endgültig. Aber ich kann sie nicht aus meinem Leben verbannen. Wir haben zu viele gemeinsame Freunde, die ich nicht verlieren möchte.«

Ich nicke traurig. Mir ist bewusst, dass jeder eine Vergangenheit hat, aber diese scheint mir nicht vergangen genug.

»Ich schwöre, Mia. Zwischen uns ist nichts gewesen, seit ich dich kennengelernt habe. Ich glaube, sie hat gemerkt, dass sich für mich etwas geändert hat. Ich habe nicht mehr direkt auf ihre Nachrichten reagiert. Bisher bin ich nie so auf Abstand zu ihr gegangen.«

»Glaubst du, sie war diejenige, die es deinem Vater erzählt hat? Vielleicht hat sie uns zusammen gesehen?«

Ich nehme an, dass es im Grunde keine Rolle spielt, wie Monsieur Dabrowski davon erfahren hat, aber falls eine der Hilfslehrerinnen mich hasst, weil ich ihr den Freund ausgespannt habe, und versucht, mir die letzten Tage des Programms zu ruinieren, wüsste ich das schon gern.

Louis schüttelt den Kopf. »Das habe ich anfangs auch gedacht. Ich weiß, sie kann ganz schön eifersüchtig sein, aber …«

»Ich möchte nur wissen, wie groß die Schwierigkeiten

sind, in denen ich stecke«, sage ich mit einem kleinen Lachen.

Louis atmet tief durch. »Es war meine Mutter. Weißt du noch, dass ich ihr von dir und deiner Familiengeschichte erzählt habe? Ich glaube, so hat sie mich noch nie über jemanden reden hören. Sie wollte uns keinen Ärger einbrocken, aber meine Eltern reden manchmal, und ich schätze, sie hat es erwähnt. An jenem Abend, nachdem er dir von den anderen Mädchen erzählt hatte, ist Papa richtig auf mich losgegangen. Er hat mir gesagt, ich solle mehr Zeit damit zubringen, herauszufinden, was ich mit meinem Leben anfangen wolle, und mich von *seinen* Tänzerinnen fernhalten.«

Ich blicke mich hin und her gerissen um. Wir sollten nicht einmal jetzt zusammen sein.

Aber Louis setzt sich aufrechter hin und schaut mir tief in die Augen. »Und ja, als ich dir begegnet bin, habe ich anfangs gedacht, dass ich vielleicht einfach nur auf Tänzerinnen stehe. Aber ich bekam dich nicht aus dem Kopf, und ich wusste, dass es diesmal anders war. Mir ist noch nie jemand wie du begegnet. Du hast dich voll und ganz dem Ballett verschrieben, aber in deinem Leben ist auch Platz für … für das Leben eben. Um also auf deine Frage zurückzukommen, der Grund, warum ich Dr. Pastell angerufen habe, ist … Mir liegt etwas daran, dein Familienrätsel zu lösen, weil dir so viel daran liegt. Ich wollte dich nur glücklich machen. Von dem Moment an, als ich dir begegnet bin, habe ich gedacht, ich würde sie so gern lächeln sehen. Und wenn sie meinetwegen lächelt, umso besser.«

»Das ist eine Menge«, sage ich. Mein Herz fließt beinah über, weil so viele unterschiedliche Gefühle in mir miteinander streiten. Sie alle zu verarbeiten ist unmöglich. Bin ich tatsächlich das Mädchen, das Louis gerade beschrieben hat? Bis jetzt kam mir mein Leben wie eine endlose Folge von Ballettstunden vor. Doch dann bin ich nach Paris gekommen, und es scheint, als hätte die Stadt mir die Augen geöffnet. Oder war das Louis?

Der Kellner kommt, um nach uns zu sehen, aber Louis winkt ab.

»Ich habe meinem Papa gesagt, ich könnte mich nicht von dir fernhalten. Nicht, falls du zu mir zurückkommst.« Er sieht mich ernst an. »Was du gesagt hast, hat mich echt getroffen. Aber ich hatte es verdient. Als du mich gefragt hast, auf wen ich an jenem Tag gewartet habe, war ich nicht ehrlich zu dir.«

Ich nicke mit gesenktem Blick. Das stimmt. Ich denke, tief im Innern wusste ich das auch. Ich wollte gern glauben, dass er auf Max gewartet hat, weil mir das alles wie ein Märchen vorkam. In meinem Kopf war Louis dieser französische Traumtyp. Aber das wahre Leben ist komplizierter als das.

»Es tut mir so leid, Mia. Die vergangenen Wochen mit dir gehören zu den schönsten meines Lebens, und es fühlt sich an, als hätte ich dich verraten.«

Ich möchte lachen und weinen. Mich in seine Arme werfen und ihn einfach hier sitzen lassen. Ich möchte ihm wehtun und ihn lieben, und ich möchte nicht wählen müssen.

»Und mir tut es leid, dass ich gesagt habe, es wäre alles nur ein Spiel für dich«, sage ich schließlich. »Das war … furchtbar.«

»Ja, aber es steckte auch ein Körnchen Wahrheit darin«, sagt Louis. »Ich habe lange geglaubt, für etwas zu brennen bedeute, keinen Spaß an anderen Dingen haben zu dürfen. Meine Eltern machten, was sie liebten, aber sie arbeiteten so viel, dass es mir vorkam, als bliebe ihnen gar keine Zeit, Freude an dem zu haben, was sie taten. Deine Worte haben mich dazu gebracht, ernsthaft darüber nachzudenken, was ich mit meinem Leben anfangen will. Sie haben mich inspiriert und mir gleichzeitig eine Heidenangst eingejagt. Ich habe dir das nie erzählt …, aber ich habe früher gemalt.«

»Echt?«

Er nickt, ein Lächeln umspielt seine Lippen. »Als Kind habe ich die Malerei geliebt, und Papa brachte mir Kunstbücher als Inspirationsquelle mit. Aber als ich auf die weiterführende Schule kam, habe ich damit aufgehört. Ich nehme an, ich hatte nicht genug Ehrgeiz. Oder vielleicht dachte ich auch, ich müsste genau das Gegenteil von dem tun, was meine Eltern machten. Du hast in mir den Wunsch geweckt, wieder mit dem Malen anzufangen. Ich arbeite sogar schon an etwas …«

Mit angehaltenem Atem frage ich: »Darf ich es sehen?«

»Nein«, erwidert Louis kopfschüttelnd. »Es ist noch nicht fertig.«

Ein wenig überrascht sage ich: »Ich bin überzeugt, es wird toll. Kannst du mir wenigstens etwas darüber erzählen?«

Louis ignoriert meine Frage und winkt den Kellner heran. Er zieht sein Portemonnaie aus der Hosentasche, um die Rechnung zu begleichen, aber ich halte ihn auf.

»Du bist eingeladen, weißt du noch?« Ich bemühe mich

um einen lockeren Tonfall, so als wäre mir der plötzliche Stimmungswechsel nicht aufgefallen.

»Du musst dir keine Sorgen wegen meines Vaters machen, Mia. Er kann knallhart sein, aber hier geht es um mich, nicht um dich.«

»Er hatte berechtigte Gründe, wütend auf mich zu sein«, sage ich. Vielleicht hätte er es nicht auf die Weise sagen müssen, aber ich habe jenen Schritt vermasselt, und er wusste, warum ich abgelenkt war. Ich kann es ihm nicht verübeln.

»Du wirst alle umhauen, das weiß ich«, sagt er, während ich einen Schein und ein paar Münzen auf das kleine Tablett lege.

Dann steht er auf. »Ich muss wieder weitermachen.«

Ein paar Augenblicke später gehen wir getrennte Wege. Unser Abschied ist knapp und etwas befangen. Louis scheint tief in Gedanken versunken, und ich denke, dass für den Moment alles gesagt ist. Die Sonne hat bereits begonnen unterzugehen, als ich nach Hause laufe, und der Himmel leuchtet im blassen Blau der Dämmerung. Den Rest des Abends beschäftigt mich nur eine Frage: Wann werde ich ihn wiedersehen?

Kapitel 26

Als unser Auftritt näher rückt, verdoppeln Audrey und ich die Proben. Wir sind lange vor allen anderen am Institut und lange, nachdem alle gegangen sind. Doch heute bitten uns ein paar jüngere Schüler darum, noch bleiben und uns zuschauen zu dürfen, denn die Aufregung über die bevorstehende Show hat inzwischen alle gepackt.

»Solange ihr leise seid«, antwortet Audrey kühl. Aber ich sehe sie insgeheim lächeln. Welche Tänzerin würde sich nicht über ergebene Fans freuen?

Sie bietet an, die Musik für meinen Part abzuspielen, denn ich tanze zuerst. Ich bemühe mich, sämtliche Gedanken aus meinem Kopf zu verbannen, während ich meine Position einnehme. Ich blende die Menschen vor mir aus, das Hupen der Autos, das von der Straße heraufdringt, und sogar Louis. Ich möchte, dass es bei dieser Probe allein um mich geht, oder zumindest allein um Odile. Die ersten Töne erklingen und ich beginne mit dem *entrée.* Sobald ich das rechte Bein hoch in die Luft hebe, schaltet mein Kopf ab und erlaubt meinen Gefühlen, jede meiner Bewegungen mit Bedeutung zu füllen. Der Tanz dauert ungefähr drei Minuten, aber in meinem Herzen währt er unendlich, und die enorme Beanspruchung meiner Muskeln wird eins mit der Freude, das zu tun, was ich am meisten liebe.

Ich kehre erst wieder in die Realität zurück, als es vorbei ist. Die kleine Gruppe applaudiert, sogar Audrey klatscht Beifall. Ich verbeuge mich und gehe zur Bank hinüber, um wieder zu Atem zu kommen. Audrey verliert keine Minute. Sie reicht mir ihr Handy und nimmt die Position im Rampenlicht ein. Sie stellt sich kerzengerade in Position, richtet die Schultern parallel aus und hebt das Kinn im perfekten Winkel. Ich spiele die Musik ab, und sie tanzt los. Vollkommen verzaubert von der Eleganz, die sie mit jedem Schritt verströmt, sehe ich ihr zu. Sie ist ein Traum von einem weißen Schwan, die Rolle ist ihre Bestimmung. Und da wird mir bewusst: Monsieur Dabrowski hat perfekt gewählt. Er hat uns vom ersten Tag an durchschaut.

Ich habe Audrey keinen Moment aus den Augen gelassen, aber sobald sie ihr Solo beendet, spüre ich, dass etwas anders ist. Die Zuschauer klatschen verhaltener, und die Atmosphäre im Studio hat sich verändert. Audreys Mund bildet ein verwundertes O. Ich folge ihrem Blick und atme scharf ein.

Myriam Ayed, die *danseuse étoile* des Pariser Balletts, ist hier. Sie sieht uns von der offen stehenden Tür aus zu. Sie trägt Leggins und ein lockeres Sweatshirt – unter dem die

Träger ihres Trikots hervorgucken –, und hat ihre Balletttasche in der Hand. Schlagartig wird mir klar, dass sie hier sein muss, um genau dasselbe zu machen wie wir: Sie bereitet sich auf ihren nächsten Auftritt vor. Das Institut ist so groß, und die Studios der Profitänzer sind in einem anderen Flügel als unsere. Daher haben wir sie seit der Einführungsveranstaltung nicht gesehen.

»Bravo«, sagt sie, klatscht ein paarmal und betritt den Raum. »Sehr gut.«

»Vielen Dank«, murmelt Audrey von Staunen erfüllt.

Madame Ayed wendet sich mir zu. »Das gilt auch für dich«, sagt sie. Ich erröte. »Ihr tanzt beide sehr gut.«

Ich lächle, murmle ein »Danke« und das war's. Ich habe Angst davor, in Gegenwart dieser Ballettlegende etwas Dummes zu sagen.

»Darf ich euch einen Vorschlag machen? Tauscht«, sagt sie und wedelt mit der Hand zwischen Audrey und mir hin und her.

Audrey sieht mich fragend an. Ich gucke genauso fragend zurück.

»Das verstehe ich nicht«, sage ich.

Die übrigen Schüler sind vollkommen still geworden, während sie beobachten, wie Audrey und ich mit dem Druck klarkommen, vor unserem Idol zu tanzen.

»Du bist der weiße Schwan«, sagt sie zu mir, »und du«, jetzt zeigt sie auf Audrey, »bist der schwarze Schwan. Tauscht die Rollen. Versucht nur dieses eine Mal in den Schuhen der anderen zu tanzen.«

»Aber …«, beginne ich. Ich bin im Begriff, alle Gründe aufzuzählen, warum wir das nicht können. Die Vorstellung, in Gegenwart von Myriam Ayed zu versagen, ist so unerträglich, dass sie mir den Atem raubt. Doch ich spreche nicht weiter, weil Audrey mir einen drohenden Blick zuwirft, der zu sagen scheint: Tu. Es. Einfach. Und sie hat recht. Will ich mich wirklich mit der berühmtesten Ballerina von Paris streiten?

Myriam Ayed nimmt Platz, während Audrey abtritt, um mir den Raum zu geben, mich in Position zu begeben. Aber ich habe die Schritte gar nicht gelernt. Ich könnte sie nicht aufzählen, wenn ich es versuchte. Und doch scheint mein Körper sie zu kennen. Tatsächlich habe ich den Eindruck, als begrüßten meine Muskeln die Abwechslung, während ich die Beine hebe, mich drehe und wende und *pirouettes* tanze. Meine Arme folgen, sie schlingen sich geführt von der Musik und meinem pochenden Herzen um einen unsichtbaren Baum. Ich bin ziemlich sicher, dass ich gerade nicht das Sagen habe. Es ist, als hätte mein Körper meinem Kopf befohlen: Entspann dich. Ich mach das schon.

Sobald ich den letzten Schritt getanzt habe, suche ich Audreys Blick. Inzwischen habe ich gelernt, in ihrem Gesicht zu lesen, egal wie unbewegt sein Ausdruck auch sein mag. Auf ihre subtile Art verrät sie mir: Perfekt!

Dann wird Audrey zum schwarzen Schwan. In ihrem Blick liegt Angst, doch die Musik trägt sie genau wie mich, und als sie fertig ist, strahlt sie über das ganze Gesicht.

»*Magnifique*«, sagt Madame Ayed und blickt lächelnd von Audrey zu mir. »Die Sache ist die, Ballett tanzt man nicht alleine. Jeder Tänzer bereitet die Szene des nächsten vor. Selbst wenn ihr ein Solo tanzt, geht es nicht nur um euch. Ihr leiht euch nur für ein paar Minuten die Aufmerksamkeit aller aus, bevor ihr sie weitergebt. Beim Ballett geht es um Harmonie. Und Harmonie kann man nur durch Zusammenarbeit erreichen.«

Ich hänge an ihren Lippen, spüre das Glück bis in die Fingerspitzen. Dann werfe ich Audrey einen Blick zu, deren Gesichtsausdruck ernster nicht sein könnte. Das Solo der anderen mögen wir heute vielleicht zum ersten Mal geprobt haben, aber ich würde sagen, dass wir vom Moment unserer Ankunft in Paris an in den Schuhen der anderen getanzt haben. Ich weiß, dass sie ebenso empfindet. Ich gehe quer durch den Raum zu ihr und kann mir nicht helfen: Ich schließe den Abstand zwischen uns und umarme sie fest. Anfangs ist sie noch verkrampft, aber ich spüre, wie ihr Herzschlag allmählich ruhiger wird und sie sich entspannt. »Das ist der beste Tag meines Lebens«, flüstere ich in ihr Ohr.

»Nein, das ist der beste Tag *meines* Lebens«, erwidert sie. Ich lache schallend los, doch sie erlaubt sich nur ein leises Kichern. Schließlich sieht uns Myriam Ayed immer noch zu.

***

Manchmal wünsche ich mir, ich könnte in einem Tanzstudio leben. Die Realität findet mich hier nicht. Ich bin nicht Mia. Ich bin kein siebzehnjähriges Mädchen. Ich bin keine Oberstufenschülerin. Ich bin nur die, die ich sein möchte. Ein Mädchen, das alles durch das Kaleidoskop einer der schönsten künstlerischen Ausdrucksformen wahrnimmt.

Doch sobald wir das Gebäude verlassen, bin ich wieder

Mia. Etwas nagt an mir. Meine Zeit hier neigt sich dem Ende zu. Paris und Louis entgleiten mir, und es gibt nichts, was ich dagegen tun könnte. Audrey und ich gehen schweigend zur Metrostation. Fast hätte ich vergessen, dass sie auch noch da ist.

Bis sie mich fragt: »Sollen wir lieber zu Fuß gehen?«

»Okay«, sage ich.

Unser Wohnheim befindet sich im Grunde direkt auf der anderen Seite des Flusses, aber wir sind normalerweise zu müde, um nach dem Unterricht nach Hause zu laufen, obwohl der Weg durch einige der schönsten Ecken der Stadt führt: vorbei am Place des Vosges, einem eleganten Platz umgeben von Kunstgalerien, über die Pont de Sully und durch die Île Saint-Louis, direkt hinter Notre-Dame.

Ich wünschte, der wunderbare Anblick würde mir helfen, meine Gedanken zu ordnen, aber so einfach ist das nicht. Louis und ich haben uns seit dem letzten Treffen ein paar Nachrichten geschickt, aber es ist nicht mehr das Gleiche und wird es wohl auch nie wieder sein. All die Widersprüche in meinem Innern lasten schwer auf mir. Ich wollte mich nicht verlieben, aber ich habe es nicht geschafft, mich von Louis fernzuhalten. Ich wollte mich auf das Ballett konzentrieren, aber ich konnte der Versuchung nicht widerstehen, meine Familienlegende zu erforschen. Jedes Mal, wenn ich mir selbst gesagt habe, dass wir nicht zusammen sein können, bin ich zu ihm gelaufen, so schnell meine Beine mich tragen konnten. Ich bin es leid, mir den Kopf zu zerbrechen und mein Herz aufs Spiel zu setzen. Ich bin es leid zu versuchen, alles unter einen Hut zu bekommen.

Ich hole tief Luft und wende mich Audrey zu. Ich

möchte sie etwas fragen, aber die Worte bleiben mir im Halse stecken. Ich weiß einfach nicht, wie ich anfangen soll.

»Was ist?«, fragt sie mit einem verwunderten Blick.

»I… ich liebe diese Tageszeit. Die Sonne geht so langsam unter, dass das Licht noch herrlicher wird. Meinst du nicht auch?«

Audrey hebt die Augenbrauen. »Du siehst nicht so aus, als wolltest du über die Farbe des Himmels sprechen. Moment mal, geht es um …?«

Ziehe ich etwa ernsthaft in Erwägung, meine Liebesprobleme mit Audrey zu besprechen? Dem Mädchen, mit dem ich womöglich den Rest meiner Tänzerinnenlaufbahn im Wettstreit liegen werde?

»Es geht also um ihn«, sagt Audrey.

»Ja«, räume ich ein. »Sein Name ist Louis. Weißt du, ich bin nicht nach Paris gekommen, um mich zu verlieben.«

Audrey lacht auf. »Das will ich auch nicht hoffen! Aber was war denn überhaupt?«

Ich zucke mit den Schultern. »Wir waren irgendwie zusammen, und ich weiß, dass es falsch war, aber ich schwöre, dass ich die Rolle nicht deswegen bekommen habe.«

Ich bleibe stehen und sehe sie an, aber Audrey reagiert vollkommen unbeeindruckt.

»Klar«, sagt sie. »Du hast die Rolle bekommen, weil du es verdient hast, die Odile zu sein. Das ist für alle offensichtlich.«

»Oh«, sage ich. War es tatsächlich die ganze Zeit so einfach? »Nun, jedenfalls sind wir jetzt meinetwegen nicht mehr zusammen, und ich …«

»Und du möchtest wieder mit ihm zusammen sein?«

»Nein«, sage ich fest. Aber natürlich meine ich es nicht so. »Es wäre sinnlos.«

Audrey bleibt wie angewurzelt stehen. Sie bedeutet mir näherzukommen, damit wir den Fußgängern beim Überqueren der Brücke nicht im Weg stehen. Neben uns singt eine junge Frau in einem grünen Kleid, die einen farbenfrohen Schal um die langen schwarzen Haare geschlungen hat, Édith Piafs *La vie en rose.*

»Mia, du wirst das tun, was dein Herz dir sagt. So bist du eben.«

»Aber was ist mit der Aufführung? Und mit dem ABT-Direktor? Ich sollte an nichts anderes denken.«

Audrey seufzt. »Und was ist, wenn du es später bereust?«

Ich weiß, was mein Herz mir sagt. Es schmettert seit jenem ersten Tag unentwegt denselben Namen. »Du würdest niemals das Risiko eingehen, dich von einem Jungen ablenken zu lassen«, sage ich.

Audrey gluckst. »Das steht ja wohl außer Frage. Aber ich würde mich trotzdem gern verlieben. Wenn ich erst mal am Bolschoi tanze, oder wo auch immer, habe ich nicht vor, jeden Tag in eine leere Wohnung zurückzukehren und mit meinen Spitzenschuhen zu kuscheln.«

Ich sehe mich um, blicke hinunter zum Fluss, und lausche den Zeilen, die aus dem Mund der Sängerin strömen: »*Il est entré dans mon cœur une part de bonheur, dont je connais la cause.*«

Die Bedeutung dieser Zeilen hallt laut und klar in meinem Herzen wider. Ein Stück Glück hat mein Herz erobert, und ich kenne den Grund dafür.

L.O.U.I.S.

Ich bin in die schönste Stadt der Welt gekommen, um mich auf meine Karriere zu konzentrieren, und habe stattdessen genau das gefunden, wofür Paris steht: Liebe. Ich habe hart gearbeitet und bin als Odile besetzt worden. Ich habe so viel trainiert, wie ich konnte, und ich werde bis zu dem Moment damit weitermachen, wenn ich die Bühne betrete. Also was wäre das Schlimmste, was mir jetzt noch passieren könnte? Etwas zu bereuen, nehme ich an. Ich möchte mit Louis zusammen sein. Selbst wenn es nur noch für ein paar Tage ist, und selbst wenn wir uns danach nie wiedersehen sollten.

Ich bin nicht sicher, ob ich es mir verzeihen könnte, wenn ich uns keine Chance gäbe.

Kapitel 27

Am Samstag führt uns unser erster Halt ins *Musée de l'Orangerie* in den Tuilerien. Am einen Ende des Parks steht immer noch ein Riesenrad, am anderen der Louvre und dazwischen säumen unzählige Bäume den Weg. Vögel zwitschern im hellen Schein der Sonne von ihren Ästen herab. Unser Tag – und damit die Jagd nach dem Degas-Gemälde – beginnt auf die bestmögliche Weise.

Gestern Abend hat Dr. Pastell mich am Telefon darüber informiert, dass sie ihre Beziehungen hat spielen lassen, damit wir zwei Bilder sehen können, die für die Öffentlichkeit nicht zugänglich sind. Das dritte auf der Liste hängt im *Musée d'Orsay.* Ich habe bei meinem Besuch dort ein Foto davon gemacht. Die Tänzerin hat den Blick abgewandt, sodass man ihr Gesicht nicht sehen kann. Selbst wenn das Gemälde das richtige wäre, könnte man es also nicht mit Sicherheit sagen.

»Es ist lustig, dass wir hier sind, um einen Degas anzuschauen«, sagt Louis, als wir das Museum betreten.

»Warum?«, frage ich. Ich bin so auf unsere Mission konzentriert, dass ich einen Hauch zu ernst klinge.

»Dieses Museum ist für die Seerosengemälde von Claude Monet bekannt.«

Louis führt uns in einen der ovalen Räume. Blau-, Lila- und Grünschattierungen schimmern an den Wänden, und Dutzende Touristen drängen sich staunend in der Mitte des Raumes, um sie zu bewundern. Nur in Paris sind die Museen selbst Kunstwerke – von alten Bahnhöfen über Pyramiden bis hin zu runden Zimmern, die perfekt auf die Gemälde abgestimmt sind. Ich bin im Begriff, sie mir genauer anzusehen, als Louis mich aufhält.

»Warte«, sagt er. »Du hast etwas vergessen.«

Bevor ich ihn fragen kann, was er damit meint, küsst er mich.

Ich grinse, als er sich von mir löst, und beuge mich vor, um ihm noch einen Kuss zu geben. Ich weiß, heute sollte es nur um den Degas gehen, aber … diese Gelegenheit ist zu gut, um sie ungenutzt verstreichen zu lassen. Zeit, den Kopf einmal abzuschalten.

Wir schlendern durch den kreisrunden Raum und bewundern die zahllosen pastellfarbenen Pinselstriche, deren Farbwirbel sich zu einem *tableau* zusammenfügen. Sie wirken absolut hypnotisierend und lassen mich den Degas völlig vergessen. Aber nicht lange.

Dann nehmen wir die Treppe ins Untergeschoss, wo wir einen Mitarbeiter entdecken – einen jungen Mann in grauer Uniform – und ihn darüber informieren, dass wir einen Termin mit Monsieur Martin haben, dem Archivar des Museums. Er führt uns zu einer Tür am Ende des Gangs, auf der *privé* steht, und in mir kribbelt es, als wir sie durchschreiten. Seht her, wie ich meine Verbindungen in hohe Kreise spielen lasse. Oder zumindest so hohe, wie der Keller eines Museums reicht.

»Ihr dürft nichts anfassen«, ermahnt uns Monsieur Martin, während wir an langen Reihen schwarzer Kästen entlanggehen, die ungefähr einen halben Meter auseinander stehen. Er hat einen dichten schwarzen Bart, runde Brillengläser und die Ausstrahlung eines Menschen, der alles tun würde, um seine Babys zu beschützen. »Und ihr dürft niemandem erzählen, dass ihr hier unten wart«, fügt er hinzu und klingt dabei wie ein Oberlehrer.

»Das werden wir nicht«, versichere ich ihm. Obwohl, falls wir tatsächlich ein Bild meiner Vorfahrin finden sollten, wäre ich womöglich in Versuchung, es mir unter den Arm zu klemmen und damit davonzulaufen. Es ist sehr kalt in diesem fensterlosen Raum mit Neonlicht, und ich zittere in meinem leichten Sommerkleid. Monsieur Martin erläutert, dass die Temperatur so niedrig gehalten wird, um die Kunstwerke zu schützen, von denen viele etliche Jahrhunderte alt sind. Unterdessen wünscht sich diese Siebzehnjährige, die noch einiges dazuzulernen hat, sie hätte eine Strickjacke eingepackt. Louis reibt meinen Arm, um mich aufzuwärmen, und ich lege meine Hand auf seine. Mir ist immer noch kalt, aber es macht mir nichts mehr aus.

Monsieur Martin bleibt vor einer großen schwarzen Kiste mit der Aufschrift *57.B.* stehen und zieht weiße Baumwollhandschuhe aus seiner Hosentasche. Louis und ich sehen mit angehaltenem Atem zu, wie er den Behälter öffnet, und mir fällt auf, wie leise es hier unten ist. Man hört nur das Summen der Klimaanlage. Mir kommt in den Sinn, dass niemand in Paris eine Klimaanlage in der Wohnung hat, die Kunst sich jedoch das ganze Jahr über einer idealen Temperatur erfreut. Prioritäten.

»Hier ist es«, sagt Monsieur Martin und zieht ein Bild in einem schmalen Rahmen heraus. Vorsichtig bringt er es hinüber zu einem Aufsteller und schlägt das Seidenpapier zurück.

»Es ist wunderschön«, sage ich, als mein Blick auf eine junge Frau in einem Meer aus grünem Tüll fällt. Ihre Gesichtszüge sind fein, ihre Nase spitz und ihre schwarzen Haare sorgfältig mit einer passenden grünen Schleife zusammengebunden. Sie hebt den linken Arm in die Luft, aber ob sie im Begriff ist, eine *arabesque* auszuführen, oder sich einfach nur dehnt, ist schwer zu erkennen.

»Warum verstecken sie das Bild hier unten?«, frage ich. Ich war davon ausgegangen, dass Degas' beste Werke überall auf der Welt ausgestellt wären, und nur seine weniger guten Bilder in den Archiven aufbewahrt würden. Aber dieses Gemälde ist hinreißend und hat es verdient, gesehen zu werden.

Monsieur Martin zuckt traurig mit den Schultern. »Wir haben so viele Bilder und nur so wenige Wände. Manchmal verleihen wir Kunstwerke für eine Ausstellung. Aber dieses hier hat seit über zehn Jahren niemand gesehen.«

»Das bedeutet, dass wir etwas ganz Besonderes sind«, sagt Louis mit einem Funkeln in den Augen.

In der Hoffnung, das Gemälde würde auf irgendeine Weise zu mir sprechen, studiere ich es erneut.

»Was meinst du?«, fragt Louis.

Ich neige den Kopf. Sollte ich sie wiedererkennen? Werde ich es einfach wissen, wenn ich sie gefunden habe? Ich frage, ob ich ein Foto machen darf, aber Monsieur Martin antwortet mit einem entsetzten Blick. Hey, es war einen Versuch wert. Wenigstens lässt er es mich noch eine Weile anstarren. Ich spüre, wie Louis mich fragend ansieht, aber ich bin nicht sicher, was ich fühle. Monsieur Martin ist geduldig genug, um alle Fragen über das Bild zu beantworten, die ich ihm stelle – wo genau es gemalt wurde, in welchem Jahr, welche Geschichte es hat –, aber obwohl er viele Antworten für mich hat, schenken sie mir nicht die Klarheit, die ich mir erhofft hatte.

***

Die Tuilerien wimmeln von Menschen und noch mehr Hunden, als wir aus dem Museum kommen.

»Unser nächster Termin ist erst heute Nachmittag, oder?«, fragt Louis, während wir einen der schmalen Pfade entlangspazieren.

Ich bemerke das Funkeln in seinen Augen und lächle. »Was hast du vor?«

»Sie, Mademoiselle, erwartet eine besondere Freude«, sagt er grinsend. »Es ist ein nicht ganz so geheimer Geheimtipp.«

Nach einem kurzen Spaziergang erreichen wir den Eingang einer winzigen Gasse. Das Tor zur Galerie Vivienne ist von der Straße aus kaum zu bemerken, man könnte das verblasste Schild über der geschwungenen schmiedeeisernen Tür fast übersehen.

Sobald wir die Gasse betreten haben, ist es wie eine

Reise in die Vergangenheit. Über der langen, engen Passage wölbt sich eine hohe Glasdecke. Sie lässt das Sonnenlicht hindurch, das von den kunstvollen Stuckleisten und farbenfrohen Fliesen zurückgeworfen wird. Es ist, als hätten wir Degas' Welt betreten. Hier reihen sich wunderhübsche kleine Läden aneinander, die Bücher, Holzspielzeug, Wein und Antiquitäten verkaufen.

Louis beobachtet, wie ich alles in mich aufnehme. »Danke, dass du mir das hier gezeigt hast«, sage ich und bin merkwürdig stolz darauf, meinen persönlichen Stadtführer zu haben.

»Ich wünschte, ich könnte dir mehr zeigen«, erwidert er. »In der Stadt gibt es viele von diesen versteckten Passagen. Mir gefällt es, dass man wissen muss, wonach man Ausschau halten muss. Sie sind nicht leicht zu finden.«

Ich wünschte auch, wir könnten sie alle abklappern, aber ich bin am Verhungern.

»Bitte sag mir, dass der nächste Halt ein Mittagessen beinhaltet«, sage ich lachend.

Louis strahlt mich an. »*Bien sûr!* Ohne Essen wäre es kein französisches Date.«

Er bringt uns zurück zu den Tuilerien und zu *Angélina*, einem bekannten traditionellen Teehaus.

»Ich sollte dich vorwarnen«, sagt Louis, als wir in der Schlange stehen und auf unseren Einlass warten. »Hier wimmelt es von Touristen. Deshalb komme ich normalerweise auch nicht her.«

»Oh, du machst also nur eine Ausnahme für deine amerikanische Freundin?«, frage ich. Nebenher überprüfe ich im Schaufenster den Sitz meiner Frisur. Im nächsten Moment wird mir bewusst, was ich da gerade gesagt habe.

Non, Mia! Was ist nur los mit dir? Du kannst dich doch nicht einfach als Freundin von jemandem bezeichnen. Insbesondere wenn die Dinge eh schon kompliziert sind.

Aber falls Louis überrascht ist, zeigt er es nicht. Stattdessen spricht er einfach weiter. »Genau«, sagt er. »Es ist meine Pflicht als Franzose, dafür zu sorgen, dass du ihre berüchtigte heiße Schokolade und dekadenten Nachtische probierst. Aber zuerst essen wir einen Salat, damit wir so tun können, als wären wir nicht bloß wegen des Süßkrams hergekommen.«

»Mir bleibt nur noch eine Woche, um sämtliche Himbeertartes der Stadt zu probieren«, sage ich. »Ich kann meine Zeit nicht damit verschwenden, so zu tun als ob.« Das sollte natürlich ein Witz sein, aber ein Schatten huscht über Louis' Gesicht.

»Nur noch eine Woche, hm?« Doch es war keine richtige Frage. Wir kennen beide die Frist, die immer näher rückt. Louis legt mit einem Seufzer die Arme um meine Taille und zieht mich an sich. Mich an ihn zu schmiegen fühlt sich so gut an, so richtig, so perfekt. Und dann küsst er mich.

***

Er hatte recht mit dem Nachtisch, das Mittagessen versetzt uns praktisch in einen Zuckerrausch. Ich liebe amerikanische Backwaren, und ich bin nicht wählerisch: Donuts, Karottenkuchen, Brownies, ich esse alles. Aber die französischen sind etwas ganz Besonderes mit ihrem schimmernden Glanz, dem kunstvollen Arrangement der Früchte und den lustigen Namen, wie zum Beispiel *Reli-*

gieuse für ein Teilchen mit himmlischer Cremefüllung oder *Paris-Brest* für ein Teilchen, das vermutlich der Vorfahre des Cronut ist. Doch tapfer, wie wir sind, stellen wir uns jetzt Teil zwei unserer *Tour de Degas.*

***

Gemälde Nummer zwei ist noch schwerer zugänglich. Es befindet sich im Hauptsitz von Givenchy, dem berühmten französischen Modehaus, und hängt im Büro des Chefdesigners. Unter normalen Umständen hätten wir niemals die Erlaubnis erhalten, einfach dort vorbeizuschauen, aber glücklicherweise hat Dr. Pastell dem Unternehmen vor vielen Jahren geholfen, das Kunstwerk zu erwerben.

Da Samstag ist, arbeitet heute niemand, und das Gebäude ist verlassen. Der Assistent des Designers, ein junger Mann namens Vincent mit einem kahlrasierten Schädel, der einen schwarzen Anzug trägt, ist als Einziger anwesend. Dank Dr. Pastells Beharrlichkeit ist er mit der Aufgabe betraut worden, uns durch das Gebäude zu führen. Als wir an einem zimmergroßen begehbaren Kleiderschrank vorbeikommen, in dem hunderte Couture-Roben hängen, wird mir bewusst, dass ich dieses Gemälde auf mich allein gestellt niemals gefunden hätte. Wenn Louis mir nicht die Hoffnung gegeben hätte, dass es uns gelingen würde, wäre ich niemals bis hierhergekommen und so kurz davor, einem weiteren Meisterwerk leibhaftig gegenüberzustehen.

Bei diesem handelt es sich um eine Skizze in einem schlichten schwarzen Rahmen. Sie nimmt die Hälfte der Wand hinter dem Schreibtisch ein und zeigt drei Tänzerinnen. Das Bild ist so schlicht – schwarze Kohle auf weißer Leinwand – und dabei so unglaublich präzise. Die Mädchen sind inmitten eines *pliés* eingefangen, und jedes Detail, von der Position des Tutus bis hin zur Beugung ihrer Arme, offenbart, dass Degas nicht nur ein Betrachter war. Er hat das Ballett wahrhaftig verstanden.

»Das hier ist es«, sage ich zu Louis. Ich kann nicht erklären, woher ich es weiß. Ich weiß es einfach.

Das Mädchen in der Mitte wirkt so vertraut, und mir wird schnell klar, warum. Dennoch muss ich sichergehen. Ich hole das Foto von Élise Mercier und ihren beiden Freundinnen aus der Tasche. Louis nimmt es mir ab und hält es neben der Zeichnung an die Wand, was ihm einen verärgerten Blick von Vincent einträgt. Ich schätze, Vincent ist kein Degas-Fan.

»Guck«, sage ich, während ich jedes Mädchen auf dem Foto mit einem in der Skizze vergleiche. »Ihre Größe passt.«

Wir sehen uns in die Augen und beginnen über das ganze Gesicht zu strahlen.

Louis studiert das Bild erneut und nickt dann langsam. »Das ist deine Vorfahrin.«

Tränen steigen mir in die Augen. Ich habe nicht vergessen, was Dr. Pastell gesagt hat. Es ist nicht möglich, absolute Gewissheit zu erlangen. Aber mein Herz kennt die Antwort. Louis kennt die Antwort. Wir stehen vor einer Degas-Skizze meiner Ururgroßmutter, einer *danseuse étoile* an der Pariser Oper. Meine Familienlegende ist wahr. Ich habe nicht den Hauch eines Zweifels.

»Siehst du«, flüstert Louis in mein Ohr, als könne er meine Gedanken lesen. »Ballett ist deine Bestimmung.«

Louis wechselt ein paar Worte mit Vincent und erwähnt, dass ich gern ein Foto machen würde. Vincent reißt entsetzt die Augen auf, als hätte Louis ihn gefragt, ob ich die Skizze einfach zusammenknüllen und in meine Tasche stecken dürfe.

»*Ah non!*«, sagt Vincent scharf. »*Ce n'est pas possible!*« Auf keinen Fall. Das ist nicht möglich.

»*Je comprends*«, erwidert Louis. Ich verstehe. Doch dann zwinkert er mir zu. Während er weiter mit Vincent spricht, bemerke ich, wie er mir langsam den Rücken zudreht und Vincents Blick auf meine Hände verdeckt. Ich packe die Gelegenheit beim Schopfe, ziehe behutsam das Handy aus meiner Handtasche und mache ein paar heimliche Aufnahmen. Ich kann nicht richtig überprüfen, was ich tue, aber als ich einen Blick auf mein Handy werfe, bevor ich es zurück in die Tasche stecke, sehe ich, dass es geklappt hat. Élise Merciers Degas wird für immer an meiner Seite sein.

***

»Wie geht es dir?«, fragt Louis, als wir wieder an der frischen Luft sind. Er nimmt meine Hand in seine, und wir laufen einen vollen Boulevard entlang.

Ich bin nervös, wegen der bevorstehenden Aufführung. Überglücklich, weil wir den Degas gefunden haben. Traurig, weil ich Paris bald verlassen werde. Im siebten Himmel, dass ich diesen wundervollen Tag mit Louis verbringe. Und völlig durcheinander wegen des Sturms der Gefühle, der in mir tobt.

»Ich bin glücklich«, sage ich schließlich lächelnd. Das

ist auf jeden Fall das Wort, das es am besten zusammenfasst.

»Ich auch«, sagt er und streicht mit der Hand durch meine Haare. Dann presst er seine Lippen auf meine. Die normale Mia wäre verlegen wegen all der Fremden, die Zeugen dieses Augenblicks werden. Aber Mia *la Parisienne* hat einfach nur Schmetterlinge im Bauch.

Ich wünschte, dieser Tag würde niemals enden, aber da das nicht möglich ist, entscheide ich mich für das Nächstbeste: ihn unvergesslich zu machen.

»Du wirst mich gleich wieder eine unverbesserliche Touristin nennen«, sage ich und zaubere damit ein Lächeln auf Louis' Lippen, »aber ich kann unmöglich ein Riesenrad sehen und nicht damit fahren. Ich habe immer wieder daran denken müssen, seit wir letztens daran vorbeigelaufen sind.«

»In den Himmel hinauf zu fahren ist nicht touristisch«, erwidert Louis ernst. »Es ist romantisch.«

***

Louis und ich sitzen nebeneinander in der Gondel und bewundern die Aussicht. Jedes Mal, wenn ich ein Monument entdecke, das ich kenne – *Arc de Triomphe*, *Sacré-Cœur* oder *Tour Eiffel* –, kann ich nicht anders, als zu juchzen, womit ich Louis zum Lachen bringe. Sein Körper schmiegt sich warm an meinen, und ich bekomme Gänsehaut, als seine Lippen meinen Nacken berühren.

»Der heutige Tag war unglaublich«, sage ich mit einem Seufzen.

»Das stimmt.«

»Jeder Tag mit dir war unglaublich«, fahre ich fort. Mir stockt die Stimme. »Ich möchte hier nicht weg.«

Mein Herz schlägt Purzelbäume, als Louis mir tief in die Augen sieht. »Dann bleib«, sagt er so leise, dass ich mich fast frage, ob ich mir die Worte nur eingebildet habe.

Ich atme zitternd aus, aber ich weiß, dass dies nicht der Moment für Versprechen oder lebensverändernde Entscheidungen ist. Ich möchte das, was Louis und ich haben, einfach so lange wie möglich genießen. Und was ich hier und jetzt habe, ist die Chance, Louis unter den Sternen zu küssen.

Kapitel 28

Am Montagmorgen sind wir alle etwas aufgedreht, als wir ins Institut kommen. Ausnahmsweise ziehen wir einmal nicht unsere Trikots an und beginnen direkt mit dem Unterricht. Stattdessen steht die letzte Kostümprobe für das gesamte Schwanensee-Ensemble an. Ich für meinen Teil habe mich noch nie so sehr darüber gefreut, nicht zu tanzen.

Ich strahle über das ganze Gesicht, als ich mein Kostüm aus dem Kleidersack ziehe. Das Kleidungsstück, das ich anprobiert hatte, ist nun in tadellosem Zustand, von der aufwendigen Perlenstickerei bis hin zu den vielen Tüll-Lagen, die sich um die Taille bauschen. Nach den vielen Wochen in Weiß – und noch dazu in einem Raum voller weißer Schwäne – ist es eine besondere Freude, in die Haut des intriganten schwarzen Schwans zu schlüpfen. Valérie und ihr Team haben wunderbare Arbeit geleistet, das Kostüm sitzt wie angegossen. Aber das *pièce de résistance* steht mir noch bevor. Ich öffne die Schachtel, die an dem Kleidersack befestigt ist, und nehme den Kopfschmuck heraus. Ich setze ihn auf und zwei mit Perlen verzierte Federn umrahmen meinen Hinterkopf und bedecken meine Ohren.

»Mamma mia, Mia!«, ruft Lucy, die auf mich zugeschlittert kommt, mit einem übertriebenen italienischen Akzent aus. Sie trägt ihr eigenes Kostüm, eine vereinfachte Version von Audreys.

»Du siehst toll aus«, sage ich.

Lucy grinst spitzbübisch. »Wenn dir mein Kostüm so gut gefällt, können wir gerne tauschen. Ich habe kein Problem damit, der schwarze Schwan zu sein.«

Ich verdrehe die Augen, und sie lacht. Wir haben uns im größten Studio versammelt, dem einzigen, in dem wir alle Platz finden. In den Ecken hängen Stoffbahnen, die als behelfsmäßige Umkleiden dienen und hinter denen wir in die Kostüme hinein- und wieder hinausschlüpfen. Alle so herausgeputzt für die Aufführung zu sehen erfüllt mich mit Stolz. Man kann eine Choreografie Dutzende Male proben. Man kann sich die Musik bei jeder erdenklichen Gelegenheit anhören. Man kann die Geschichte lesen und sich tief in die Motivation der Figuren hineindenken. Aber es braucht einen Raum voller weißer Schwäne – und diesen kleinen schwarzen hier –, damit daraus ein voller Erfolg wird. Das Sommerprogramm geht mit Riesenschritten auf sein Ende zu, doch niemand wagt darüber zu reden, was danach kommen oder nicht kommen könnte. In wenigen Tagen werden wir vor den Nachwuchsprogrammdirektoren aus aller Welt auf der Bühne stehen.

Während wir darauf warten, dass Valérie und ihr Team jedes Kostüm inspizieren und letzte Hand anlegen, reden wir lieber über das, was gerade ansteht.

»Was macht ihr morgen?«, frage ich Anouk und Lucy. Abgesehen von Audrey, Fernando und mir haben alle den Tag vor der Generalprobe frei. Die Tänzer der Hauptrollen treffen sich morgen Nachmittag mit Monsieur Dabrowski zu einem letzten Durchlauf, doch er hat uns den Morgen frei gegeben, damit wir uns ausruhen können, bevor er uns das letzte Mal zu Höchstleistungen antreibt.

»Ich gehe shoppen«, sagt Lucy mit einem freudigen Funkeln in den Augen. »Ich habe monatelang gespart, damit ich mir in Paris was Schönes kaufen kann. Aber ich bin noch nicht einmal losgezogen. Was habe ich bloß die ganze Zeit gemacht?«

»Mit Charles geflirtet?«, schlägt Anouk neckend vor.

»Kann sein«, räumt Lucy lachend ein. Sie hat uns jeden Abend beim Essen von ihren neusten Abenteuern mit Charles erzählt. Sie hat sogar davon gesprochen, im Spätsommer, bevor die Schule wieder losgeht, für ein Wochenende nach Paris zu kommen, damit sie sich wiedersehen können.

»Was ist mit dir, Anouk?«, frage ich. »Was möchtest du unbedingt noch machen, bevor du nach Hause fährst?«

»Ich gehe heute Nachmittag mit meinen Freunden auf eine Street-Art-Tour. Es ist so schade, dass du nicht mitkommen kannst.«

Ich nicke und denke im nächsten Moment an Louis. Was sonst. Wenn wir in der Stadt unterwegs sind, macht er mich jedes Mal auf die Kunstwerke an den Wänden aufmerksam. Oft sind es einfache kleine Graffitis in

Schwarz und Weiß, aber manchmal handelt es sich um unglaublich beeindruckende Wandmalereien mit viel Liebe zum Detail. Louis redet voller Begeisterung davon, dass dic wahren Museen heutzutage auf den Straßen zu finden wären, und ich frage mich kurz, ob wir noch die Gelegenheit haben, eine solche Street-Art-Tour zusammen zu machen. Wahrscheinlich nicht.

Lucy wendet sich an unseren weißen Schwan. »Und was ist mit dir, Audrey?«

Audrey ist mit jedem Tag ein wenig mehr aus ihrem Schneckenhaus herausgekommen. In ihrem Fall bedeutet es, dass sie nach dem Essen noch am Tisch sitzen geblieben ist, um sich mit uns zu unterhalten, anstatt nach oben zu verschwinden, eine Gesichtsmaske aufzulegen und sich mit einem Buch ins Bett zu kuscheln.

»Tja, hm«, murmelt Audrey.

Es stehen immer noch ein halbes Dutzend Schüler vor uns in der Schlange, also haben wir noch einiges an Wartezeit zu überbrücken. Zeit, die wir nutzen können, um uns gegenseitig aufzuziehen.

»Audreys Paris-Pläne kreisen alle um Russland«, sagt Anouk mit einem Zwinkern zu Lucy und mir. »Bol-schoi, Bol-schoi, Bol-schoi«, singt sie.

Lucy lacht, aber ich stimme nicht mit ein. Ich kenne Audreys Geschichte inzwischen. Ihre Mutter hat sie in den vergangenen Wochen jeden Tag angerufen und sie daran erinnert, dass sie den Direktor des Nachwuchsprogramms des *Bolschoi-Theaters* unbedingt beeindrucken muss. Für sie gibt es dazu keine Alternative. Ich habe jedoch meine Zweifel, ob es das ist, was Audrey möchte. Jedes Mal, wenn sie über die russische Ballettkompanie spricht, wirkt sie ein wenig bedrückt.

Ich würde nicht so weit gehen, sie meine beste Freundin zu nennen, aber wir verstehen uns inzwischen viel besser. Wir trainieren zusammen. Wir helfen einander.

»Wer weiß schon, was passieren wird? Vielleicht erwartet uns ja eine Überraschung«, sage ich vor allem, um vom Thema abzulenken.

Doch Lucy schaltet sofort. »Was willst du damit sagen?«

Ich werfe meinem Spiegelbild einen Blick zu. Wann immer ich in den Spiegel schaue, frage ich mich, wer dieses Mädchen in den schwarzen Federn ist. Es dauert einen Moment, bis ich mich wiedererkenne. Seit meiner Ankunft in Paris habe ich mich verändert. Mein Traum ist noch derselbe, und doch … etwas ist anders.

»Es gibt noch andere Kompanien«, sage ich ausweichend und spüre, wie ich erröte.

»Ja«, sagt Anouk. Sie richtet den Träger an ihrer Schulter und streckt den Arm aus. »Ich würde mich überall ausbilden lassen. Kopenhagen, Peking, Sydney. Es wäre ein toller Grund, die Welt zu bereisen. Ballett bleibt Ballett, egal wo wir landen. Jedes Nachwuchsprogramm würde uns die unglaubliche Chance bieten, eine Menge zu lernen.«

Theoretisch bin ich ganz ihrer Meinung, aber für mich ist es sehr viel komplizierter als das. »Würde deine Familie dir nicht fehlen?«, frage ich. »Falls du irgendwo einen Ausbildungsplatz bekommst, würdest du wahrscheinlich übernommen werden, wenn es gut läuft. Vielleicht nicht für immer, aber zumindest für ein paar Jahre.«

Lucy und Anouk sehen sich an und zucken mit den Schultern. »Na und?«

»Mir würde es schwerfallen, so weit weg von meinen Eltern und allen anderen zu sein«, sage ich.

Lucy wirft mir ein freches Grinsen zu. »Was wäre, wenn du einen guten Grund hättest, hierzubleiben?«

Ich schüttle leicht den Kopf. »Das ABT war schon immer meine erste Wahl.«

»Doch dann lief dir jemand über den Wee-he-heg«, singt Lucy albern.

»*Sch!*« Ich werfe einen Blick in die Runde, um zu prüfen, ob sie jemand gehört hat. Gestern Abend habe ich Anouk und Lucy endlich offenbart, dass es tatsächlich einen süßen Typen namens Louis gibt. Ich habe ihnen erzählt, er sei ein Freund von Max, habe aber seine andere Verbindung zur Schule unterschlagen.

»Ich weiß es nicht«, sage ich mit einem Schulterzucken. »Wenn sich hier etwas ergäbe … Ich schätze, es wäre ganz nett, eine Weile in Paris zu leben.«

Ich spüre Audreys Blick auf mir, aber ich sehe sie nicht an. Ich wünsche mir immer noch ein Angebot vom ABT. Aber ich möchte mehr Zeit mit Louis verbringen.

»Da wir gerade von deinem Freund reden«, sagt Lucy leise. Ich werfe ihr trotzdem einen verärgerten Blick zu, den sie ignoriert. »Du solltest ihn anrufen. Wir haben alle morgen früh frei, oder?«

»Ja«, sage ich, nachdem ich einen Blick mit Audrey gewechselt habe, um zu sehen, ob sie dennoch proben möchte. Aber um ehrlich zu sein, haben wir den Punkt erreicht, an dem es nichts mehr zu proben gibt.

»Also ruf ihn an«, sagt Lucy. »Sag, wir wollen feiern gehen.«

»An einem Montagabend?«, fragt Audrey geschockt.

»Warum nicht?«, erwidert Lucy. »Bitte, Mia«, sagt sie zu mir. »Frage ihn, ob er weiß, wo wir heute Abend Spaß haben können. Wir haben es uns alle verdient.«

Ich seufze und sehe Audrey an, weil ich damit rechne, dass sie noch einen draufsetzen und sich über diese absolut schreckliche Idee beschweren wird, doch stattdessen entdecke ich in ihrem Blick eine gewisse Aufregung gepaart mit einem Hauch von Sehnsucht. Wir haben alle so hart gearbeitet. Wir sind bereit. Und wenn wir auf einen letzten Abend voller Spaß in Paris hoffen, ist es zweifellos die richtige Entscheidung Louis anzurufen.

Kapitel 29

Wie es der Zufall will, schmeißt einer von Louis' Schulfreunden heute Abend eine Party. Raphaël ist gerade aus dem Sommerurlaub zurückgekommen, aber seine Eltern sind noch nicht wieder in der Stadt.

»Ich hatte eigentlich nicht vor hinzugehen, weil ich lieber Zeit mit dir verbringen wollte«, sagt Louis am Telefon, nachdem er mir das alles erklärt hat.

Ich strahle über das ganze Gesicht, während die Mädchen mich abwartend ansehen.

Unsere Anprobe ist vorüber, und wir sitzen beim Mittagessen in der Cafeteria. Ja alle, selbst Audrey. Wie gesagt, für ihre Verhältnisse schlägt sie momentan wirklich über die Stränge.

»Aber falls ihr Mädels heute Abend ausgehen wollt«, fährt Louis fort, »freut sich mein Freund bestimmt, wenn ihr kommt.«

»Wir sind dabei«, sage ich.

Nachdem wir aufgelegt haben, erzähle ich den Mädchen die Einzelheiten: eine Privatparty, nördlich vom Marais, mit einem Haufen gutaussehender französischer Jungs. Und Louis' Freund ist offenbar ein angehender DJ mit tollem Musikgeschmack. Ich kann förmlich sehen, wie Lucy und Anouk das Wasser im Mund zusammenläuft. Audrey gibt sich unbeeindruckt, aber auch sie hängt an meinen Lippen.

Nach der Probe hetzen Audrey und ich zum Umziehen nach Hause. Louis hat Raphaël versprochen, beim Aufbau zu helfen, also fahre ich mit den anderen hin. Als wir im Wohnheim ankommen, sind Lucy und Anouk schon zum Abflug bereit, da ihre Probe eine Stunde vor unserer zu Ende war.

***

»Hi«, sage ich, als sich die Tür zur Wohnung im obersten Stockwerk öffnet und ein Typ uns mit einem fröhlichen »*Bienvenue!*« begrüßt.

»Ich bin Louis' …«, sage ich und verstumme. Ich habe keine Ahnung, was er seinen Freunden von mir erzählt hat oder ob er überhaupt etwas gesagt hat. »Louis hat uns eingeladen …«

»Du bist Mia«, sagt Raphaël warmherzig.

Lucy und Anouk kichern hinter mir, als wir die Wohnung betreten. Die Wände sind sehr hoch, eine große Skulptur hängt von der Decke des minimalistisch eingerichteten Wohnzimmers. Der Blickfang des Raumes ist der schwarz gestrichene Kamin, auf dem unzählige unangezündete Kerzen stehen. Die Einrichtung ist modern und so cool und völlig anders als das, was ich aus unserem Vorortstädtchen Westchester kenne.

Auf dem Weg hierher hat Lucy mich mit Fragen über Louis gelöchert. Wie ich ihn kennengelernt habe? Ob wir schon über die Zukunft geredet haben? Aber ich habe es geschafft, ihr nur ausweichende Antworten zu geben. Ein kurzer Blick zu Audrey hat mir verraten, dass sie mein Geheimnis für sich behalten hat.

Die Aufführung ist in drei Tagen. Ich habe mir nichts zuschulden kommen lassen und in jeder Probe mein Bestes gegeben. Auch Monsieur Dabrowski hat nichts mehr zu mir gesagt – jedenfalls nichts, das Louis beträfe. Vielleicht hatte Louis recht und der Wutausbruch seines Vaters hatte weniger mit mir und mehr mit ihm zu tun. Vielleicht wollte er mir nur etwas Angst einjagen, nachdem ich jenen Schritt verpatzt hatte. Es hat gewirkt.

»Louis hat coole Freunde«, flüstert Anouk mir ins Ohr, nachdem ich sie alle vorgestellt habe, und wir schauen uns in dem Zimmer voller gutgekleideter junger Leute um. Die Mädchen tragen kurze Röcke und flache silbrig schimmernde Sandalen, während die Jungs schmal geschnittene Jeans und Hemden anhaben. Es ist niemand vom Institut hier. Louis verbringt also tatsächlich nicht seine ganze Zeit mit irgendwelchen Tänzerinnen.

Wie sich herausstellt, sind französische Partys nicht viel anders als amerikanische. Es gibt keine roten Plastikbecher oder Bierfässer und die Baguettes und Käseplatten sind ein verräterischer Hinweis darauf, wo wir uns befinden, aber ansonsten ist alles gleich: überall tanzen Leute zu lauter Musik, und im Flur und in der Küche haben sich Grüppchen gebildet, die was trinken und reden. Anouk und Lucy mischen sich unter die Leute auf der Tanzfläche, und auch Audrey scheint sich wohlzufühlen. Tatsächlich unterhält sie sich gerade auf der anderen Seite des Zimmers mit einem Jungen.

»Amüsierst du dich?«, fragt Louis mich. Mit einer Hand umfasst er meine Taille.

»Hm«, sage ich mit einem leichten Schulterzucken. Ich sollte eigentlich Spaß haben. Ich bin mit meinen Freundinnen zusammen. Ich bin mit Louis zusammen. Das hier ist eine tolle Party.

»Geht mir genauso«, flüstert Louis in mein Ohr. »Sollen wir abhauen?«

»Was ist mit deinen Freunden? Und meinen?«

»Es wird niemandem auffallen, dass wir weg sind. Und deinen Freundinnen macht es bestimmt auch nichts aus.«

Ich zögere kurz, aber ich weiß, dass auch ich hier weg will. Louis und mir bleibt nur noch so wenig Zeit. Wir haben darüber gesprochen, was wir noch alles in Paris unternehmen wollen, welche Orte ich sehen möchte und welche Louis mir zeigen will, aber jetzt wird mir bewusst, wie sehr wir die Augen vor der Realität verschlossen haben.

Der Moment, in dem wir der Wahrheit ins Auge blicken müssen, ist gekommen.

***

Draußen ist es dunkel geworden und ein wenig frisch. Ich trage nur ein leichtes Oberteil, aber sobald wir loslaufen, wird mir warm.

»Wohin gehen wir?«, frage ich.

Louis nimmt meine Hand. »Paris kommt einem so groß vor, aber im Grunde ist es wie geschaffen dafür, einfach umherzustreifen. Ich finde sogar, dass man es so am besten kennenlernt. Indem man einfach losläuft und sich von seinen Gefühlen leiten lässt.«

»Einverstanden«, sage ich. »Dann lass uns hier nach rechts gehen.«

Eine Stunde oder länger spazieren wir ziel- und planlos durch die Stadt. Wir kommen an einem großen Platz namens Place de la République vorbei und laufen dann ein paar kleine verwinkelte Einkaufsstraßen entlang. Wir sind beide ziemlich still. Ich habe den Verdacht, dass uns dasselbe durch den Kopf geht. Bald werde ich abreisen. Und es gibt nichts, was wir dagegen tun können.

»Das da ist von einem echt abgefahrenen Künstler aus Südfrankreich« sagt Louis, als wir an dem Graffiti eines Mädchens in einer kurzen blauen Latzhose vorbeikommen, dessen Afro aus bunten Regenschirmen besteht. Es sieht aus, als liefe sie die Stufen zum Ufer des Canal Saint-Martin hinauf.

Wir kommen an einem Bahnhof vorbei, den ich noch nicht kenne, einem von vieren in Paris, und einigen jahrhundertealten Kirchen. Wie verborgene Schätze aus uralten Zeiten scheinen sie selbst aus den schmalsten Ecken hervorzusprießen. Ich würde sie mir zu gern alle ansehen, aber das wird nicht passieren.

Ein Plakat an einer Bushaltestelle wirbt mit Angeboten für den Schulbeginn, und ich denke daran, dass auch am Institut bald wieder der normale Unterricht beginnen wird. In den letzten Jahren habe ich immer wieder mit dem Gedanken gespielt, die Schule zu wechseln und an einem

Programm mit Tanzschwerpunkt in New York City teilzunehmen, aber ich habe ihn jedes Mal verworfen, ohne auch nur mit meinen Eltern darüber zu reden. Ich hatte gemischte Gefühle deswegen, vierzig Minuten von zu Hause entfernt zu leben, und ich war mir ziemlich sicher, dass Mom es mir sowieso nicht erlaubt hätte.

»Möchtest du zurückkommen?«, fragt Louis, als hätte er meine Gedanken gelesen.

»Ans Institut?«

Er zuckt mit den Schultern. »Ich meinte eigentlich, nach Paris.«

»Auf jeden Fall … eines Tages.« Ich wende den Blick ab. Den letzten Teil hätte ich besser nicht gesagt, denn ich spüre, wie enttäuscht Louis darüber ist. Aber es ist die Wahrheit. Ich würde unendlich gern zurück nach Paris kommen, aber in nächster Zeit wird es wahrscheinlich nicht passieren. Diese Reise hat meine Familie ein kleines Vermögen gekostet. Während des Schuljahres verbringe ich viele Abende und Wochenenden mit dem Tanzen, was es mir unmöglich macht, einen Nebenjob anzunehmen. Abgesehen von dem einen oder anderen Dollar, den ich mit Babysitten verdient habe, und ein wenig Unterstützung von Grandma Joan bin ich für alle Ballettausgaben vollkommen auf Mom und Dad angewiesen. Das schließt auch diese unglaubliche Erfahrung mit ein, mich nonstop durch Paris zu tanzen.

»Hm«, erwidert Louis. Er starrt seine Schuhspitzen an. »Eines Tages klingt sehr weit weg.«

Ich möchte ihm nicht offenbaren, was ich schon den Mädchen gegenüber kaum über die Lippen gebracht habe. Ja, es wäre einfach unglaublich nach dem High-School-

Abschluss nach Paris zurückzukehren und hier ausgebildet zu werden, aber bis dahin wird Louis mich vergessen haben. Eine Träne löst sich aus meinem Augenwinkel, und ich wische sie verstohlen weg. Ich habe mir in den vergangenen Tagen wieder und wieder dieselbe Frage gestellt. Haben Louis und ich eine Zukunft? Die Argumente waren unterschiedlich, aber das Ergebnis war stets dasselbe: Nein, wahrscheinlich nicht. Ich kehre nach Hause zurück, um meinen Schulabschluss zu machen. Louis geht im September auf die Sorbonne, um Englisch zu studieren. Unsere Wege sind nicht dazu bestimmt, sich erneut zu kreuzen.

Plötzlich fällt mir auf, dass wir wieder am Fuße der breiten Treppe stehen, die zu Sacré-Cœur hinaufführt, und wir blicken beide staunend zur Basilika hinauf. Obwohl es schon spät ist, sitzen Dutzende Menschen auf den Stufen, und noch mehr sind ganz oben und bewundern die Stadt bei Nacht.

»Lass uns noch einmal hinaufgehen«, sage ich zu Louis. »Ich möchte den Ausblick ein letztes Mal genießen.«

Er lächelt. »Alles, was du möchtest.«

Der Aufstieg ist sogar noch steiler, als ich ihn in Erinnerung hatte. Ich soll es eigentlich ruhig angehen lassen und meinen Muskeln zwischen den Proben etwas Erholung gönnen, aber meine Pobacken müssen sich jetzt eben für das große Ganze opfern.

Wir sind beide ein wenig außer Puste, als wir oben ankommen und die ungeheure Weite der Stadt unter uns in Augenschein nehmen. Ich bin seit Wochen in Paris, aber ich habe kaum an der Oberfläche gekratzt. »Ich wünschte, ich könnte meine letzten Tage damit verbringen, die Stadt zu erkunden.«

Louis stößt ein Lachen aus, das irgendwie traurig klingt. »Nein, tust du nicht. Du wirst deine letzten Tage damit verbringen, vor all den richtigen Leuten die Rolle deines Lebens zu tanzen. Es ist das, wozu du bestimmt bist.«

Ich nicke. »Ich weiß, aber das hier«, sage ich, während ich einmal mehr das wunderschöne Panorama der Stadt in mich aufnehme, »ist wahrscheinlich der schönste und romantischste Ort von ganz Paris.«

Ein Lächeln umspielt Louis' Lippen. »Der schönste vielleicht«, sagt er, »aber was den romantischsten angeht, hat er jede Menge Konkurrenz. Los, komm mit.«

Er zieht an meinem Arm, und ich folge ihm die Straßen auf der Rückseite von Montmartre hinunter. Um diese Zeit ist es ruhig hier, sowohl die Straßenkünstler als auch die Touristen sind nach Hause gegangen. Dennoch kommt mir alles so vertraut vor. Wir haben uns hier das erste Mal geküsst. Für mich wird Montmartre immer etwas sein, das ich mit unserer Geschichte verbinde.

Ein paar Minuten später erreichen wir die Rue des Abbesses, auf der sich Restaurants, Cafés und andere charmante Läden aneinanderreihen. Louis führt uns zu einem weiteren kleinen Platz, der aussieht, als käme er direkt aus einem Film, mit dem grünen schmiedeeisernen Metroeingang, einem farbenfrohen Karussell und einem kleinen eingezäunten Park.

»Hier ist es«, sagt Louis, als wir die Straße überquert haben. Es ist ziemlich dunkel und ich sehe nicht gleich, wovon er spricht. Aber dann, als wir unter zwei Straßenlaternen stehen bleiben, entdecke ich sie: eine große Mauer, die mindestens zehn Meter lang und über drei Meter hoch ist, mit blauen Fliesen, die mit weißer Handschrift und kleinen roten Quadraten bedeckt sind. Ich trete einen Schritt näher, um sie mir genauer anzusehen.

»Was steht da?«, frage ich, während ich versuche, die Worte auf den Fliesen zu entziffern. »Es ist kein Französisch.«

Louis wendet sich mir zu. »Ich liebe dich.«

Mein Herz bleibt stehen.

»Das steht da«, fährt Louis fort. »*Ich liebe dich.* In Dutzenden Sprachen. Es ist die *Mur de je t'aime* und, wie ich finde, ein aussichtsreicher Kandidat auf den Titel *Romantischster Flecken von ganz Paris.*«

Mein Herz schlägt weiter. Um die Wahrheit zu sagen, es hämmert in einem atemberaubenden Stakkato in meiner Brust, während ich versuche, damit klarzukommen, wie sehr ich gehofft hatte, dass Louis genau diese Worte zu mir sagen würde, und welche Gefühle sie in mir ausgelöst haben, ehe er mir die Illusion nahm, sie seien an mich gerichtet gewesen.

»Und?«, fragt Louis. Er gibt mir einen sanften Stups mit der Schulter. »Gefällt es dir? Ich finde es cool.«

Ich spüre, wie gespannt Louis auf meine Antwort ist. »Ich liebe es«, sage ich.

Ein oder zwei Augenblicke lang sagt er nichts, er sieht mir einfach in die Augen, und die Zeit scheint stehen zu bleiben.

Je t'aime. Das sind die Worte, die ich eigentlich gern gesagt hätte. Aber ich habe zu viel Angst davor, sorge mich zu sehr, welche Folgen meine Abreise für Louis und mich haben wird. Dennoch bin ich seit meiner Ankunft in Paris zweifellos ein wenig mutiger geworden. Also ziehe ich ihn näher und stelle mich auf die Zehenspitzen, bevor ich noch länger darüber nachdenken kann, was ich besser gesagt hätte oder was ich gern sagen würde. Und dann küsse ich ihn unter den Augen der Ich-liebe-dich-Schwüre aus aller Welt.

Kapitel 30

Der große Tag ist da. Heute endet das Sommerprogramm, und ein neues Leben beginnt. Und dazwischen: Showtime! Mit den Kostümen, der Musik und dem gesamten Ensemble, das vom ersten Heben bis zum letzten Fallen des Vorhanges vor einem sehr besonderen Publikum *Schwanensee* aufführen wird.

Die Bedeutung all dessen, was ich in den letzten Wochen erreicht habe, wird mir im vollen Umfang bewusst, als Audrey und ich am Institut eintreffen. Als Hauptrollen haben wir eine eigene Garderobe bekommen, um uns zurechtzumachen, fern vom Trubel des *corps de ballet.* Zum ersten Mal in meinem Leben fühle ich mich wie etwas ganz Besonderes, und ich schäme mich nicht, es mir einzugestehen. Ich habe hart dafür gearbeitet. Ich habe Stunde um Stunde um Stunde trainiert. Ich möchte daran glauben, dass ich nichts bereuen werde, egal was heute passiert.

Audrey und ich sitzen vollkommen stumm nebeneinander, jede vor einem eigenen Spiegel. Ich trage eine dicke Schicht Grundierung auf und tupfe glitzernden Lidschatten auf meine Augenlider. Doch als ich mir die Lippen anmalen will, zittern meine Hände zu sehr.

Der Nachwuchsprogrammdirektor des ABT wird im Zuschauerraum sein. Mein lebenslanger Traum steht kurz vor seiner Erfüllung … oder seinem Untergang.

Audrey wirft meinem Spiegelbild einen Blick zu. »Du schaffst das«, sagt sie fest. »Du bist so weit.«

Meine Unterlippe zittert, und ich muss den Lippenstift aus der Hand legen. Mir gelingt es einfach nicht, sie ruhig zu halten. »Was ist, wenn nicht? Oder was ist, wenn ich so weit bin, es aber trotzdem nicht ausreicht?«

Audrey stöhnt auf. »Ich kann mich von dir nicht verrückt machen lassen.«

Sie steht auf und beginnt in der Garderobe auf und ab zu laufen. Ihre Brust hebt und senkt sich mit jedem Atemzug. »Denkst du etwa, ich hätte keine Angst vor dem, was dort draußen passieren wird?«

Die Worte bleiben mir im Halse stecken. Wir starren uns einen Moment lang an, die Anspannung, unter der wir stehen, droht die Atmosphäre im Raum zu vergiften.

»Warte!«, rufe ich plötzlich. »Ich habe eine Idee.«

Ich schnappe mir mein Handy und öffne die Musik-App.

Als die ersten Töne erklingen, schüttelt Audrey den Kopf. »Du machst Witze«, sagt sie, aber sie lächelt dabei.

Es ist Salsa-Musik, eine Erinnerung an den Abend, als ich Audrey Chapman ein oder zwei Dinge darüber beigebracht habe, wie man Spaß hat.

Ich stehe auf und nehme Audreys Hand in meine. Sie verdreht die Augen, wehrt sich aber nicht, als ich die paar Schritte mache, die wir an jenem Abend an der Seine getanzt haben. Ein Fuß vor, einer zurück … wir finden schnell in den Rhythmus. Audrey hebt meine Hand und wirbelt mich herum. Dann lasse ich sie unter meinem Arm hindurch kreiseln. Als das Lied endet, fallen wir lachend auf unsere Stühle.

»Danke, Mia.«

»Wofür?«, frage ich grinsend.

»Dafür, dass du so bist, wie du bist.«

***

Von meinen Freunden betreten Lucy und Anouk als Erste die Bühne. Ich drücke beide fest, bevor sich der Vorhang hebt. »Ihr werdet das großartig machen«, sage ich mit einem breiten Lächeln.

»Wehe, du behältst nicht recht«, witzelt Lucy. Anouk deutet mit einem schiefen Grinsen an, wir sollen ihr die Daumen drücken, und da geht es auch schon los. Dann ist Fernando an der Reihe und schließlich Audrey. Sie stößt einen Seufzer aus und nickt mir zu, während sie auf ihren Einsatz wartet. Ich nehme ihre Hände in meine. Wir sehen uns schweigend in die Augen und geben einander Kraft. Uns eint die Entschlossenheit, dafür zu sorgen, dass der heutige Auftritt unser bisher bester wird. Wir können nur abwechselnd im Rampenlicht stehen, werden das hier aber gemeinsam meistern.

Die ersten zwei Akte des Balletts sehe ich von der Seitenkulisse aus zu und versuche einfach die Show zu genießen. Ich zwinge mich, nicht ins Publikum zu spähen. Ich möchte die Mienen der Nachwuchsprogrammdirektoren nicht sehen. Ich weiß nicht einmal, wer von ihnen vom ABT ist. Die Entscheidung darüber, was geschehen wird, ist bereits gefallen, davon bin ich überzeugt. Strahlend schaue ich dem Tanz der vier kleinen Schwäne zu. Es geht mir wie den meisten Menschen, es ist eine meiner Lieblingsstellen in diesem Ballett. Die vier wunderschönen Schwäne bilden eine perfekte Einheit, sie tanzen hoheitsvoll von rechts nach links über die Bühne, während unser kleines Orchester dazu eine der bekanntesten Melodien aller Zeiten spielt. Es ist ein Moment voller Schönheit und Leichtigkeit. Es ist die Ruhe vor dem Sturm. Ein Sturm, der herbeigeführt wird von … nun ja, von mir.

Kurz bevor es Zeit für meinen Auftritt ist, atme ich tief durch und sende einen Kuss gen Himmel, hinauf zu Élise Mercier.

Danke dir. Ich hoffe, du siehst zu, weil du einen ebenso großen Anteil daran hast, dass ich hier stehe, wie alle anderen. Von ungeheurem Glück erfüllt, mache ich ein paar tiefe *pliés.* Das hier ist genau das, was ich will. Egal wie oft ich mich in der Zukunft noch in genau dieser Position wiederfinden werde – bereit, die Bühne in einer der bedeutendsten Rollen des Balletts zu erobern –, es wird für mich nie selbstverständlich sein. Ich werde jedes Mal so tanzen, als wäre es mein letzter Auftritt, ich werde jede Minute genießen und absolut alles geben.

Und genau das tue ich.

Ich rausche auf die Bühne, das Herz droht mir zu bersten, doch mein Kopf ist klar. Meine Muskeln haben jeden meiner Schritte bis ins letzte Detail abgespeichert, und ich fühle sie bis in die Knochen. Ich schlüpfe in Odiles Haut, ihre Beweggründe und Taten werden zu meinen. Ich bin ein gerissenes junges Mädchen, das versucht, das Herz eines Prinzen zu stehlen. Ich spüre ihre Hingabe, als Fernando und ich unter Rotbarts wachsamem Blick über die Bühne wirbeln. Als mein *coup de force* näher rückt, meine zweiunddreißig *fouettés*, habe ich keine Angst. Im Gegenteil, ich freue mich auf sie, weil ich weiß, dass ich sie beherrsche. Sie sind nicht vollkommen – es war von Anfang an klar, dass sie es nicht sein würden –, aber ich spüre bei jeder Drehung die Kraft in meinem Standbein. Ich habe die Kontrolle über meine Hüften, ich bewahre die Ruhe. Mit anderen Worten: Ich liefere eine absolute Glanzleistung.

Während meiner Verbeugung am Ende der Aufführung fange ich den auf mir ruhenden Blick von Monsieur Dabrowski auf. Ich entdecke keine Überraschung oder Enttäuschung darin. Stattdessen bin ich mir ziemlich sicher, zumindest einen Hauch Stolz darin zu sehen. Aber ich muss nicht lange darüber nachgrübeln, weil er seine Hauptrollen nach dem Auftritt zu einem Gespräch unter vier Augen bittet.

»Welche Finesse, Mia«, sagt er ruhig, als ich an der Reihe bin. »Es war wundervoll.«

Erst gestern hätte ich ihn vielleicht noch gefragt, ob das wirklich sein Ernst sei. Ich wäre vielleicht sogar ein wenig geschockt gewesen. Nicht so heute. Tief in meinem Innern weiß ich, dass es der beste Auftritt meines Lebens war. Bis hin zum nächsten.

»Ich bin sehr glücklich mit meiner Wahl«, sagt er, und seine Stimme klingt weicher als sonst. »Es ist nicht immer einfach vorherzusehen, wie die Dinge sich entwickeln werden, aber du bist der perfekte schwarze Schwan. Tatsächlich denke ich, du wärst auch ein sehr graziöser weißer Schwan gewesen.«

Ich lächle. Ich weiß das Kompliment zu schätzen, aber ich finde, er liegt damit falsch. »Audrey war eine Traum-Odette«, sage ich. »Mir hat es gefallen, Odile zu sein. Sie hat Ecken und Kanten und ein dunkles Geheimnis. Das hat mehr Spaß gemacht.«

Der *maître de ballet* lächelt, doch seine Miene wird schnell wieder ernst. »Ich darf dir das eigentlich nicht erzählen …« Er hält inne und scheint darüber nachzudenken, was er als Nächstes sagen soll und wie.

Ich wage kaum zu atmen. Den Gerüchten zufolge werden die Nachwuchsprogrammdirektoren heute Abend ihre Anrufe machen und ihre Favoriten zum morgigen Vortanzen einladen. Ich weiß, ich sollte mir nicht zu viel Hoffnung machen, aber das ist mir egal. Was ich beim Tanzen auf der Bühne gefühlt habe, war sehr mächtig. Ich habe den mir bestimmten Weg immer gekannt, aber jetzt sehe ich ihn ganz klar vor mir.

»Es liegt nicht in meinen Händen«, fügt Monsieur Dabrowski hinzu und wählt seine Worte sorgfältig, »aber jede Kompanie könnte sich glücklich schätzen, wenn Sie ihr Mitglied würden.«

Mir wird ein wenig schwindelig. Soll das bedeuten, dass er mit dem Direktor des ABT-Nachwuchsprogramms über mich gesprochen hat? Versucht er mir gerade zu sagen, dass er mir geholfen hat, die Tür aufzustoßen, der Rest aber bei mir liegt?

»Vielen Dank, Monsieur Dabrowski. Sie waren der

beste Mentor, den ich je hatte.« Meine Stimme zittert bei diesen Worten. Es ist mir ernst damit. Er war richtig ruppig. Hin und wieder beinah grausam. Aber ich bin mir nicht sicher, ob ich jetzt hier stünde, wenn er mich nicht in die richtige Richtung geschubst hätte.

»Und Sie waren eine sehr gute Schülerin. Wir alle machen Fehler, ich eingeschlossen. Aber Sie haben das Richtige getan. Sie sind sich selbst treu geblieben.« Er macht eine kurze Pause, in der ich mich frage, was er damit meint. Seine Miene wird weicher, als er fortfährt: »Ich habe Sie und Louis letztens zusammen gesehen. Er glaubt, ich hätte keine Ahnung, was er so treibt, aber ich schenke ihm mehr Aufmerksamkeit, als er meint.«

Ich stehe schweigend da, unsicher, wie ich darauf reagieren soll. Doch dann breitet sich ein Lächeln auf seinem Gesicht aus. »Es ist alles in bester Ordnung, Mademoiselle J… Mia. Ich weiß jetzt, wozu Sie imstande sind. Und ich freue mich darauf, es morgen aufs Neue zu erleben, wenn Sie Ihr Talent mehrfach unter Beweis stellen werden.«

Ich schnappe nach Luft. Ich bekomme mehr als nur ein Vortanzen? Ich weiß, dass er mir nicht sagen wird, wer ein Auge auf mich geworfen hat. Er wird es den Direktoren überlassen, mir die Neuigkeit selbst zu überbringen. Aber mit Monsieur Dabrowskis Ritterschlag habe ich alles, was ich benötige, um besser als je zuvor zu tanzen.

Dennoch habe ich das Gefühl, als müsste ich noch reinen Tisch machen. »Wegen Louis …«, beginne ich.

Er winkt ab. »Ich kann Ihnen keinen Vorwurf machen, dass Sie Ihrem Herzen gefolgt sind. Das haben Sie beide getan. Und am Ende hat sich alles gefügt.«

Ich werde von Gefühlen überwältigt, und mir schnürt sich die Kehle zu. Einen Moment fürchte ich, in Tränen auszubrechen. Denn es ist die Wahrheit. Ich bin meinem Herzen gefolgt. Ich habe an meinen Träumen festgehalten. Ich habe auf meine Gefühle vertraut, und jetzt bin ich genau da, wo ich sein sollte. Nur wenige vollendet ausgeführte Schritte von einem Ausbildungsplatz am *American Ballet Theatre* entfernt. Komm mit mir, Odile. Ich nehme dich mit nach New York.

Kapitel 31

Falls ich angenommen hatte, der Tag könne unmöglich noch mehr Aufregung für mich bereithalten, stehe ich im Begriff herauszufinden, wie falsch ich damit liege. Als ich mit meinen Freundinnen beim Wohnheim ankomme, wartet Louis mit einem Strauß dunkelroter Rosen vor der Tür auf mich.

»Ohlala!«, flüstert Anouk in mein Ohr und ich spüre, wie mein Gesicht in exakt der Farbschattierung der Blumen anläuft.

»Sorry«, sagt Louis leise, als er mir die Rosen überreicht. »Ich wollte dich vor deinen Freundinnen nicht in Verlegenheit bringen.«

Ich verdrehe die Augen. »Sie bringen sich selbst in Verlegenheit«, sage ich mit einem Blick zu Lucy und Anouk, die uns nicht gerade unauffällig anstarren. »Du bist einfach … perfekt.«

»Kommt schon, ihr zwei«, sagt Audrey und schiebt sie sanft an. »Lasst uns reingehen.«

Dann dreht sie sich noch einmal zu mir um, bevor sie geht: »Ich kann die für dich ins Wasser stellen, wenn du möchtest.«

Ich lächle und stecke meine Nase in die Rosen. Ihr Duft ist intensiv und berauschend. Ich möchte sie nicht loslassen, aber ich sehne mich auch danach, Louis in den Arm zu nehmen, also gebe ich sie Audrey.

Sobald wir allein sind, strahlt Louis mich an. »Du warst unglaublich. Am liebsten wäre ich aufgesprungen und hätte laut Bravo gerufen.«

»Ich bin froh, dass du es nicht gemacht hast«, sage ich lachend.

Ich würde ihm zu gern erzählen, was sein Vater gesagt hat, aber ich möchte es nicht beschreien. Bis der Anruf kommt, weiß ich nichts mit Sicherheit.

Also beuge ich mich stattdessen vor und küsse ihn. Ich werde morgen all meine Kraft brauchen und genau die schenken mir Louis' Küsse.

»Okay«, sagt Louis danach und nimmt meine Hand. Er zieht mich in Richtung seiner Vespa, die er neben der Bushaltestelle geparkt hat. »Es gibt da etwas, das ich dir zeigen muss.«

»Wie? Jetzt gleich?«, frage ich und bleibe stehen. »Louis, das geht nicht. Nicht heute Abend. Das Vortanzen ist morgen …«

»Ich weiß!«, sagt Louis mit blitzenden Augen. »Und genau deshalb musst du es auch sehen. Weißt du noch, wie ich gesagt habe, ich würde an etwas arbeiten?«

Ich nickte. Tatsächlich habe ich ihn seitdem ein paarmal darauf angesprochen, aber Louis hat immer abgewinkt und gesagt, er wäre noch nicht bereit, es jemanden sehen zu lassen.

»Ich bin jetzt so weit, es dir zu zeigen.« Er lächelt strahlend, dann beißt er sich auf die Unterlippe.

Ich glaube, ich habe ihn noch nie so aufgeregt erlebt.

Ich muss meine müden Muskeln dehnen, zu Abend essen und früh ins Bett gehen. Die einzige heiße Verabredung, die ich haben dürfte, ist die mit meinem Schaumstoffroller. Doch dann fallen mir die Rosen ein. Und wie er mir vom Publikum aus zugesehen hat. Ich sehe seinen hoffnungsvollen Blick und sein herzzerreißendes Lächeln. Mit Louis zusammen zu sein, ist jetzt wichtiger.

»Du hast eine Stunde«, sage ich und bemühe mich, geschäftsmäßig zu klingen. Dass ich dabei über das ganze Gesicht grinse, macht den Effekt wahrscheinlich sofort wieder zunichte.

»Echt?«, fragt er. Ich vermute, er hatte angenommen, es wäre sehr viel schwerer, mich zu überreden. Aber ich möchte meine letzten Stunden in Paris nicht damit verbringen, darüber zu streiten, ob wir Zeit miteinander verbringen sollten oder nicht. Ich weiß, was ich will. Ich will Louis.

Unsere Fahrt auf seiner Vespa führt uns quer durch Paris bis an den Rand der Stadt. Als die Straßen und Gebäude weniger vertraut werden, wird mir bewusst, dass ich ihn gar nicht gefragt habe, wohin wir fahren. Ich beginne mich zu fragen, was für ein großes geheimes Projekt er da hat. Und als er endlich in einem Gewerbegebiet vor einem Gebäude hält, das wie eine verlassene Lagerhalle wirkt, dreht sich das Gedankenkarussell in meinem Kopf noch schneller.

Das hier ist nicht das traumhafte Paris, in das ich mich verliebt habe, sondern das genaue Gegenteil. Das Gebäude ist grau und trostlos und sieht so aus, als könne es jeden Moment in sich zusammenfallen. Auf dem Gelände davor liegt überall Müll herum: alte Reifen, Kartons mit Sperrmüll, sogar die Karosserie eines Autos. Aber als wir die Helme absetzen, scheint Louis richtiggehend unter Strom zu stehen.

»Gehen wir da rein?«, frage ich. Was ich eigentlich sagen will, ist: Ich gehe auf gar keinen Fall da rein!

Louis nimmt mit einem Lächeln meine Hand. »Vertrau mir, Mia.«

Das tue ich, obwohl er meine Frage nicht beantwortet hat. Kurz bevor wir um die Gebäudeecke gehen, bleibt Louis stehen. »Bitte mach die Augen zu«, sagt er ernst. Ich senke den Blick und entdecke zerdrückte Spraydosen und Glasscherben. »Ich passe auf dich auf«, fügt er hinzu.

»Ich vertraue dir.« Nachdem ich die Augen geschlossen habe, gehen wir langsam weiter. Ich konzentriere mich ganz auf die Wärme von Louis' Hand in meiner und auf den beruhigenden Klang seiner Stimme, die mir sagt, dass wir fast da seien. Kurz darauf dreht er mich um, damit ich ihm gegenüberstehe.

»Mach die Augen auf«, sagt er.

Aber vor mir steht nur Louis.

»Weißt du noch, wie ich dir erzählt habe, dass ich früher gern gemalt habe?«

Ich nicke.

»Du hast mich inspiriert, Mia. Ich habe seit Jahren keinen Pinsel angefasst, aber als ich deine Leidenschaft gespürt habe, deine Liebe für das, was du tust, da habe ich mir die Frage gestellt, wofür ich brenne, was ich liebe. Ich habe gesehen, was du hast, und mir ist klar geworden, dass ich das auch will.«

Ich warte mit angehaltenem Atem auf den Rest der Geschichte, aber das war sie schon.

»Dreh dich um.«

Ich folge seiner Aufforderung und keuche überrascht auf. Vor uns befindet sich eine über drei Meter hohe Ballerina. Sie ist auf die Fassade des Gebäudes gemalt, direkt auf den Beton, und trägt ein mit Perlen verziertes schwarzes Kostüm und weiße Spitzenschuhe. Ihre Arme fliegen hoch in den Himmel, während sie auf dem rechten Bein steht, das linke zu einer *arabesque* gehoben. Sie blickt mit einem Lächeln zu uns hinunter, das zum Ende des *pas des deux* des schwarzen Schwans passen würde. Ihre roten Lippen sind der einzige Farbtupfer auf der Wand.

»Das hast du gemalt«, sage ich.

Louis sieht mich forschend an. »Gefällt sie dir?«

Ich blicke von Staunen erfüllt zur Tänzerin zurück. »Sie ist einfach unglaublich.«

»Nicht so unglaublich wie die Ballerina, von der ich dazu inspiriert wurde«, erwidert Louis. Ich kann förmlich sehen, wie ihm das Herz in der Brust schwillt.

»Das muss ewig gedauert haben«, sage ich. Es fällt mir immer noch schwer zu glauben, dass Louis eine ganze Gebäudeseite mit … mir bemalt hat.

Er nickt mit düsterem Blick. »Ich habe am Tag nach der Präsentation damit angefangen.«

Kurz bevor ich mit ihm Schluss gemacht habe. Ich

atme tief durch, um einen klaren Gedanken fassen zu können. Aber alles, wozu ich fähig bin, ist, die Tänzerin anzuschauen. Ihre Körperlinien sind scharf akzentuiert und doch zart. Er hat Odiles Essenz – meine Essenz – so perfekt eingefangen, dass ich den Blick nicht davon abwenden kann. Vergesst Degas. Louis Dabrowski ist ab sofort mein absoluter Lieblingsmaler.

Als es mir gelingt, den Blick von dem überlebensgroßen schwarzen Schwan zu lösen, fallen mir weitere Kunstwerke auf den angrenzenden Wänden auf, einige klein und farbenfroh, andere mehr wie Graffitis.

»Ich habe immer gedacht, falls ich je wieder malen sollte«, sagt Louis, dessen Blick dem meinen gefolgt ist, »dann würde ich etwas anderes machen wollen als vorher. Und dann habe ich diesen Ort entdeckt, an dem Straßenkünstler sich ausprobieren und einfach Spaß am Experimentieren haben. Es ist nicht die schönste Ecke von Paris, aber …«

»Für mich schon«, sage ich und schlinge die Arme um seinen Nacken. »Das ist das beste Geschenk, das ich jemals bekommen habe.«

Louis strahlt mich an und zieht mich an sich. »Ich bin fast jeden Tag hergekommen und habe es erst gestern Abend fertiggestellt. Ich musste es dir unbedingt heute zeigen.«

»Ich bin froh, dass du es getan hast«, sage ich und küsse ihn.

Louis seufzt, als wir uns voneinander lösen. Er muss noch ein paar Dinge loswerden. »Bevor ich dich kennengelernt habe, hatte ich keine Ahnung, was ich mit meinem Leben anfangen wollte, aber jetzt denke ich, na ja, da gibt es diese Kunstschule, auf die ich gerne gehen würde … in New York.«

Mein Herz schlägt wie verrückt. Ich möchte deswegen nicht zu sehr aus dem Häuschen erscheinen, aber … ach, was soll's. Ich packe sein Gesicht mit beiden Händen und küsse ihn. »Wirklich?«

Er nickt. »Ich habe mit meiner Mom darüber gesprochen. Das Aufnahmeprozedere ist ziemlich heftig, aber ich könnte die Tänzerin hier in meine Mappe aufnehmen und dann …«

Er beendet den Satz nicht, aber ich fülle die Leerstelle in meinen Gedanken. Wir könnten zusammen sein, so richtig.

»Ich weiß nicht, wie es dir geht«, sagt Louis und blickt mir tief in die Augen, »aber das hier ist nicht einfach nur ein Sommerflirt. Für mich jedenfalls nicht.«

Er wartet mit angehaltenem Atem auf meine Reaktion. In seinem Blick liegt eine Mischung aus Unsicherheit und Hoffnung, eine Verletzlichkeit, die ich so noch nie bei ihm gesehen habe. Das hier ist nicht der Louis, der Witze reißt und schlagfertige Kommentare macht. Das hier ist die ungeschminkte Version.

Ich brauche einen Moment, bis ich ihm antworten kann. Denn ich bin nicht wegen eines Sommerflirts nach Paris gekommen. Ich hatte nicht damit gerechnet, ihm zu begegnen. Und es sprechen immer noch tausend Gründe dagegen, etwas mit ihm anzufangen. Ich hole tief Luft. Mein Mund wird trocken. Ich möchte es richtig sagen, und damit meine ich nicht bloß die Worte oder meinen Akzent.

Endlich bin ich so weit herauszulassen, was ich schon die ganze Zeit fühle. »*Je t'aime*, Louis.«

Er lächelt und seine Augen funkeln, als er sagt: »Ich liebe dich, Mia.«

Unser Kuss schmeckt süßer als sämtliche Himbeertartes von Paris.

***

»Ich habe etwas für dich«, sage ich, als wir zu Louis' Vespa zurückkehren. »Also, für uns.« Ich fische in meiner Handtasche nach einer braunen Papiertüte und gebe sie ihm.

Er nimmt ein Schloss mit zwei Schlüsseln aus der Tüte und blickt mich fragend an.

»Als ich klein war, habe ich von der Pont des Artes in Paris gehört. Ich fand es furchtbar romantisch, dass all diese Paare ein Schloss mit ihren Initialen am Geländer angebracht und den Schlüssel in die Seine geworfen haben.«

Louis lächelt. »Es *war* sehr romantisch. Bis die Brücke unter dem extra Gewicht fast zusammengebrochen wäre.«

»Ich weiß. Aber für mich ist es ein Symbol dafür, wie viel Liebe es in Paris gibt. Ich möchte, dass unsere hier bleibt … selbst wenn ich fort bin.«

Louis guckt das Schloss an. Dann holt er einen schwarzen Stift aus seiner Tasche.

Damit schreibt er *MIA + LOUIS* auf eine Seite.

Ich nehme ihm das Schloss und den Stift aus der Hand und schreibe *MILO* auf die andere. Dann male ich ein Herz darum.

»Wo sollen wir es hintun?«, frage ich und sehe mich suchend um.

»Ich möchte es hier festmachen«, sagt er und deutet auf die Vorderseite seiner Vespa. »Auf die Weise wird es immer bei mir sein, jedes Mal, wenn ich durch die Stadt fahre.«

»Ich liebe diese Idee«, sage ich, als er mir einen der zwei Schlüssel reicht. Er steckt den anderen in seine Hosentasche.

Dann zieht er mich näher. »Und ich liebe dich. Ich wollte es noch einmal sagen, ohne dass du es zuerst gesagt hast.«

Ich öffne den Mund, um etwas zu erwidern, aber er drückt seinen Zeigefinger auf meine Lippen. »Wir müssen zurück zum Wohnheim. Du hast morgen einen großen Tag vor dir.«

Ich nicke und setze den Helm auf, dann nehme ich meinen Platz hinter ihm auf der Vespa ein. Ich grinse so breit, dass meine Wangen den Innenrand des Helmes berühren. Eng an Louis gedrückt kichere ich in mich hinein. Ich habe das Gefühl, vor Freude zu platzen. Ich weiß, ich habe das schon einige Male gesagt, seit ich in Paris gelandet bin, aber *das hier* ist der beste Tag meines Lebens.

Louis braust aus dem verlassenen Gewerbegebiet auf die Hauptstraße, die uns zurück in die Stadt bringen wird. Es herrscht viel Verkehr, alle Spuren sind voller Autos, die Stoßstange an Stoßstange fahren. Ich klammere mich an ihm fest, während er zwischen den Autos hindurchkurvt, bis wir an der nächsten roten Ampel ganz vorn an der Haltelinie stehen bleiben. Auf der anderen Seite der Kreuzung kündet ein rechteckiges Schild mit schwarzen Buchstaben auf weißem Grund in einem roten Rahmen von *PARIS*.

Wir sind zu Hause, denke ich. Louis wirft mir im

Rückspiegel einen Blick und ein Augenzwinkern zu. Ich schlinge die Arme fester um seine Taille, mein Herz klopft an seinem Rücken.

Die Ampel wird grün, und Louis schießt los. In wenigen Minuten werde ich zurück im Wohnheim sein und vor dem Vortanzen morgen mit meinen Freundinnen zu Abend essen. Doch … da sehe ich etwas aus den Augenwinkeln. Ein Auto kommt von rechts auf uns zugerast. Es gibt einen Knall, heftig und abrupt. Dann wird alles schwarz.

Kapitel 32

Als ich aufwache, fällt mir als Erstes auf, dass es sich anfühlt, als gehöre mein Körper mir nicht mehr. Meine Augen sind trocken, als wären sie mit Schmirgelpapier bearbeitet worden. Mein Mund ist pelzig, meine Lippen kleben zusammen. Meine Glieder sind schwer und wollen sich nicht rühren. Für mich spielt es keine Rolle, wo ich mich befinde. Ich weiß mit absoluter Klarheit, dass mein Leben vorbei ist.

Ich döse ein, aber ob es zehn Minuten oder zehn Stunden sind, könnte ich nicht sagen. Als ich aufwache, höre ich ein leises, regelmäßiges Piepsen. Ich schlage die Augen auf und sehe einen Mann in einem weißen Kittel, der sich über mich beugt.

»Mia, kannst du mich hören?«, fragt er mit einem starken französischen Akzent. »Du hattest einen Unfall. Du bist gestern Nacht ins Krankenhaus eingeliefert worden.«

Ich werfe einen Blick auf mein Handgelenk, aber ich kann mich kaum bewegen und sehe nichts. Jemand hat mir meinen Schmuck ausgezogen, meine Armbanduhr inklusive. »Wie viel Uhr ist es?«, frage ich. Meine Stimme krächzt so sehr, dass ich nicht sicher bin, ob er mich verstanden hat.

»Es ist sechs Uhr morgens. Du hast geschlafen, seit der Krankenwagen dich hergebracht hat. Kannst du dich daran erinnern, was passiert ist?«

Ich versuche mit den Achseln zu zucken, aber es tut zu weh. Es ist nicht so, als könnte ich mich nicht erinnern. Ich will es nur nicht.

»Ich bin Dr. Richard. Und du liegst in einem der besten Krankenhäuser von Paris. Alles wird wieder gut, Mia.«

Ich drehe den Kopf weg. In meinen Augenwinkeln sammeln sich Tränen. Es wird nur dann alles wieder gut, wenn ich noch heute auf meinen eigenen zwei Beinen aus dem Krankenhaus spazieren und mich mit dem Direktor des ABT-Nachwuchsprogrammes treffen kann.

Als ich versuche, mich aufzusetzen, schießt ein stechender Schmerz durch meine gesamte linke Körperhälfte. Tränen laufen meine Wangen hinunter.

»Du hast dir das Schlüsselbein gebrochen, aber es war ein sauberer Bruch. Wir behalten dich zur Sicherheit über Nacht hier, doch du hattest sehr viel Glück, Mia. Du musst nicht operiert werden. Es wird ein paar Monate dauern, bis du vollständig geheilt bist, aber ich bin sicher, dass du dann so gut wie neu sein wirst.«

Ein sauberer Bruch. Du hattest sehr viel Glück.

Er lächelt wieder, überzeugt, mir gute Nachrichten zu übermitteln. Er berichtet außerdem noch, dass das Krankenhaus meine Eltern informiert und ihnen versichert habe, dass es mir gut gehe.

Mir geht es nicht gut.

Tränen strömen meine Wangen hinab, sie fließen meinen Hals entlang bis in mein Kissen. Es gelingt mir kaum zuzuhören, als der Doktor mir erklärt, dass wir fast auf der anderen Seite der Kreuzung gewesen seien, als ein Auto eine rote Ampel überfahren habe. Anscheinend bin ich ein paar Meter durch die Luft geflogen und auf meiner linken Seite aufgeschlagen. Louis ist über den Lenker geschossen und mit dem Gesicht voran auf den Asphalt geknallt. Sein Helm ist völlig verbeult, aber ihm geht es gut. Er hat nur eine leichte Gehirnerschütterung – ein kleines Wunder –, aber er ist noch unter Beobachtung.

Das Neonlicht über mir sticht mir so grell in die Augen wie die Wahrheit über meinen Zustand.

Da ich es nicht über mich bringe, etwas zu erwidern, sagt der Doktor zu mir, ich solle mich etwas ausruhen und dass er in ein paar Stunden wiederkäme, um nach mir zu sehen.

»Es kommt alles wieder in Ordnung, Mia«, sagt er noch einmal an mich gewandt, als er schon an der Tür ist. Nur dass er meine Lage überhaupt nicht kennt. Es wird nicht alles wieder in Ordnung kommen. Ich würde am liebsten vor Verzweiflung kreischen, aber selbst dazu bin ich nicht fähig.

Ich schließe die Augen, und aufs Neue bin ich nicht sicher, wie viel Zeit vergangen ist, bis eine sanfte, vertraute Stimme vom anderen Ende des Raumes an mein Ohr dringt.

Als ich die Augen aufschlage, ist alles verschwommen

und meine Augen gewöhnen sich nur langsam an das helle Sonnenlicht, das zum Fenster hereinscheint. In dem Stuhl in der Ecke sitzt eine Frau und spricht leise in ihr Handy.

»Mom?«, sage ich in dem Glauben, ich hätte Wahnvorstellungen.

Mom springt vom Stuhl auf. »Mia!«, ruft sie und eilt zu mir.

Ich versuche, mich etwas aufzurichten, aber ich kann mich tatsächlich nicht bewegen. »Bin ich noch in Paris?«, frage ich und blicke mich im Zimmer um.

Es fühlt sich an, als hätte jemand Zement in meinen Kopf geschüttet. Ich bin benommen und kann mich nicht konzentrieren. Ich möchte wieder einschlafen und erst in zehn Jahren wieder aufwachen, wenn das alles nicht mehr so verdammt wehtun wird. Hoffentlich.

Mom nickt traurig. Da sind Schatten unter ihren feucht schimmernden Augen. »Ich bin in den ersten Flieger gesprungen, den ich kriegen konnte. Sie haben gesagt, es wäre nicht dramatisch, aber ich habe die Vorstellung nicht ausgehalten, dass du aufwachst und keiner bei dir ist.«

Mir schnürt sich die Kehle zu. Ich weiß nicht, was ich sagen soll.

»Brauchst du etwas?«, fragt Mom besorgt, während sie sich vorsichtig auf mein Bett setzt und meine Hand nimmt. »Etwas Wasser? Oder Saft? Sie haben dir etwas gegen die Schmerzen gegeben und gesagt, du wärst vielleicht durstig.«

Ich blicke an meinem Arm hinab, in dem eine Kanüle steckt, die mich mit einem Tropf verbindet. Noch mehr Tränen rollen meine Wangen hinunter.

»Sprich mit mir, Mia«, bittet Mom.

»Wie spät ist es?«, frage ich. Mit dem Blick suche ich den Nachttisch nach meinem Handy ab, aber es liegt nicht darauf.

Mom bemüht sich, gelassenen zu wirken, als sie auf ihre Armbanduhr sieht, aber die Sorge steht ihr ins Gesicht geschrieben. »Es ist kurz nach zwei.«

Ich schüttle den Kopf und schiebe mich im Bett höher. »Vielleicht …«

Mom drückt meine Hand fester. »Ich weiß, was du gerade denkst, Mia. Aber das wird nicht passieren. Es tut mir leid. Es tut mir wirklich leid. Die Polizei hat ein paar Zeugen vernommen. Der Unfall wäre nicht passiert, wenn jenes Auto nicht über Rot gefahren wäre.«

Nein, denke ich. Der Unfall wäre nicht passiert, wenn ich am Vorabend meines großen Durchbruchs nicht auf Louis' Vespa gesessen hätte. Er wäre nicht passiert, wenn ich ihn nie kennengelernt hätte.

Es klopft, und die Zimmertür öffnet sich. Herein kommt Louis. Sein Hemd ist am Ellbogen zerrissen, und er hat rote Schürfwunden am Kinn und den Wangenknochen, aber er steht auf seinen zwei Beinen. Unverletzt.

»Mia!«, sagt er und stürzt zu mir ans Bett.

Mom steht auf und geht ans Fenster hinüber, um uns etwas Privatsphäre zu geben. Sie scheint Louis bereits zu kennen, oder zumindest von ihm gehört zu haben. Aber ich möchte nicht mit Louis allein sein. Ich kann ihm gerade nicht in die Augen sehen.

Dennoch steht er am Rand meines Bettes. »Es tut mir so leid, Mia. Ich hätte dich niemals bitten dürfen, gestern Abend mit mir zu kommen.«

»Und ich hätte nicht ja sagen dürfen.«

»Mein Vater …«, sagt Louis. »Er war fast die ganze Nacht hier. Das Ganze hat ihn sehr mitgenommen, und er hatte gehofft, dich noch zu sehen, aber er musste los …«

»Zum Vortanzen«, beende ich den Satz für ihn, und meine Stimme bricht.

Louis senkt den Blick, aber ich kann die Tränen sehen, die seine Wangen hinunterrinnen. »Du hast eins mit dem ABT bekommen.« Er wischt sich über die Augen, bevor er hinzufügt: »Und eins mit dem *Royal Ballet* und der *Opéra de Paris.* Es tut mir so leid, Mia.«

Ich hatte geglaubt, ich wäre innerlich schon tot, aber das gibt mir den Rest. Mom blickt über die Schulter zu mir zurück, die Sorge steht ihr ins Gesicht geschrieben. Ich beginne zu weinen, zunächst leise, doch schon bald wird mein ganzer Körper von den Schluchzern geschüttelt. Es schmerzt in meiner Brust, es schmerzt am ganzen Körper. Aber die körperlichen Schmerzen sind mir egal. Mit denen komme ich klar.

»Es tut mir so schrecklich leid«, sagt Louis.

Ich glaube, er weint ebenfalls, aber ich nehme ihn durch den Schleier meiner eigenen Tränen nur undeutlich wahr. Sie strömen mein Gesicht hinunter und reißen meine Hoffnungen und Träume mit sich fort, bis mein Nachthemd völlig durchnässt ist.

Mom wendet sich an Louis. »Vielleicht ist es besser, wenn du jetzt gehst.« Sie klingt freundlich, aber bestimmt.

Louis wirft mir einen Blick zu, doch ich bringe es nicht über mich, ihn anzusehen. Er versucht, meine Hand zu nehmen, aber ich ziehe sie weg.

Ich habe nichts mehr zu geben.

Ich lege mich auf das durchnässte Kissen und wende

den Kopf ab, weg von ihm. Ich bin nicht sicher, wie lange es dauert, aber endlich geht er die paar Schritte zur Tür und ist fort.

Und da wird mir klar, dass ich Louis Dabrowski niemals wiedersehen werde.

Kapitel 33

Als ich aufwache, bin ich immer noch im Krankenhaus. Mein Schlüsselbein ist immer noch gebrochen, mein Leben immer noch vorbei. Ich liege eine Weile völlig regungslos da, verzweifelt darum bemüht, alle meine Gefühle abzuschalten, bis eine Krankenschwester mit dem Frühstückstablett hereinkommt.

»*Bonjour, vous allez bien?*«, fragt sie, als sie das Tablett auf dem Tisch an meinem Bett abstellt. Hallo, wie geht es Ihnen? Sie siezt mich, was in Frankreich normal ist, wenn man mit jemandem spricht, den man nicht kennt, aber es trifft mich mit voller Wucht, weil es mir vor Augen führt, wie weit ich in meinem Krankenhausbett von zu Hause entfernt bin.

Sie überfliegt die Patientenakte am Kopfende meines Bettes. »Der Doktor«, beginnt sie und hält dann kurz inne, um nach den richtigen Worten zu suchen. »Er sagt, du darfst nach Hause.«

Ich nicke, und sie wendet sich zum Gehen, aber ich halte sie auf. »Meine … *maman?*«, frage ich.

Sie lächelt und kommt zu mir zurück. »Sie wird bald hier sein.«

Nachdem die Krankenschwester gegangen ist, knabbere ich an meinem Frühstück, aber das Salz meiner Tränen ist das Würzigste an dem Essen. Ich werfe einen Blick auf mein Handy, um zu sehen, wie spät es ist. Der Speisesaal des Wohnheims muss mit Schülern gefüllt sein, die zum allerletzten Mal für das Frühstück dort zusammenkommen. Ich versuche mir auszumalen, wie ich dort sitze und Spaß mit meinen Freundinnen habe, aber es gelingt mir nicht. Ich bin wie betäubt. In meinem Herzen herrscht völlige Leere.

Bis ein Klopfen an der Tür ertönt und drei wunderschöne Gesichter zu mir hineinschauen. Geschockt will ich mich aufsetzen, aber es tut immer noch zu weh. Lucy, Anouk und Audrey stürzen herein, umschwärmen mein Bett und füllen den Raum mit ihrem vertrauten Duft und warmen Lächeln.

»Wir haben dir keine Blumen mitgebracht«, verkündet Lucy und kramt in ihrer Tasche.

Mir schießt eine Erinnerung an jenen Abend durch den Kopf: Louis, der mir ein Bouquet duftender roter Rosen entgegenstreckt. In dem Augenblick hielt ich sie für das Schönste, was ich je gesehen hatte.

»Ich brauche keine Blumen«, sage ich tonlos.

»Wir haben dir etwas viel Besseres mitgebracht«, fügt Anouk hinzu.

Lucy zieht eine fettverschmierte Papiertüte hervor und reicht sie mir. Ich muss sie nicht öffnen, um zu wissen, was darin ist. Ich würde diesen buttrigen Geruch selbst aus kilometerweiter Entfernung erkennen. Doch obwohl es himmlisch duftet, bin ich alles andere als hungrig.

»Wie geht es dir?«, fragt Anouk, während ich ein Stück von dem Croissant abreiße und in den Mund stecke. Wenigstens habe ich auf die Weise etwas zu tun.

Audrey hinter ihr zuckt zusammen. Sie weiß besser als jeder andere, wie es mir geht. Tränen rollen meine Wangen hinunter und übernehmen das Reden für mich.

»Nein, nein, nein!«, sagt Lucy, setzt sich auf mein Bett und nimmt meine Hand. »Meine Cousine hat sich vor ein paar Jahren das Schlüsselbein gebrochen, und sie läuft wieder Marathon.«

»Ja«, fügt Anouk hinzu, »mithilfe eines guten Physiotherapeuten …«

»Drehe ich die Zeit zurück und gehe zu meinem Vortanzen mit dem ABT?«, frage ich.

»Es tut mir so leid, Mia«, sagt Anouk zerknirscht. »Ich wollte nicht … ich weiß, dass es ätzend ist.«

»Yep«, sage ich mit einem bitteren Lachen.

»Aber du wirst wieder tanzen«, sagt Lucy und reibt dabei meine Hand.

Ich weiß, sie meint es gut, aber ich ertrage es nicht, mir das alles anzuhören. Trotzdem bemühe ich mich, unbeschwert zu klingen. »Wann kehrt ihr alle nach Hause zurück?«

»Jetzt«, sagt Anouk nach einem Blick auf die Uhr. »Aber wir wollten dich noch ein letztes Mal sehen.«

»Danke, dass ihr gekommen seid«, sage ich. »Das bedeutet mir viel.«

»Es tut mir leid, dass wir nicht länger bleiben können«, sagt Lucy mit einem entschuldigenden Lächeln. »Ich werde dich fast so sehr vermissen wie Paris.«

Lucy kichert über ihren eigenen Scherz, aber mir gelingt nicht mehr als ein schwaches Lächeln.

Paris. Ich möchte einfach vergessen, dass ich je in dieser Stadt war, nur ein paar Schritte von meinem lebenslangen Traum entfernt. Bis ein Auto ihn zerstörte.

»Hey Leute, macht es euch was aus, mich einen Moment mit Mia allein zu lassen?«, fragt Audrey plötzlich. Sie hat am Fußende meines Bettes gesessen und schweigend gewartet.

Lucy und Anouk werfen sich einen Blick zu und stehen auf. Sie umarmen mich beide und versprechen Kontakt zu halten. Meine Augen füllen sich erneut mit Tränen, als mir bewusst wird, dass mein Ballettsommer auf diese Weise endet. Ich liege nicht bloß in einem Krankenhaus, sondern habe auch die letzten Stunden mit meinen Freundinnen verpasst.

Nachdem sie aus dem Zimmer gegangen sind, rückt Audrey etwas näher. »Tut es sehr weh?«, fragt sie. Unbehaglich rutscht sie hin und her.

»Mein Schlüsselbein? Ja, ziemlich. Aber der Rest …« Meine Stimme verliert sich. Ich muss es nicht aussprechen. Sie weiß, dass der körperliche Schmerz verglichen mit der tiefen Trauer, meine Chance mit dem ABT verpasst zu haben, völlig unbedeutend ist.

»Es tut mir wirklich leid, Mia. Als ich es erfahren habe,

stand ich unter Schock. Ich würde mir niemals wünschen …«

»Das weiß ich doch«, sage ich.

Audrey kaut auf ihrer Unterlippe, dann hebt sie den Blick und sieht mich an. »Hör zu, ich wollte, dass du es von mir erfährst …«

Sie hält inne. Das Atmen fällt mir schwer.

»Das ABT hat dir einen Ausbildungsplatz angeboten, und ich wette, das *Bolschoi-Theater* ebenfalls«, sage ich. Audrey hat von sämtlichen Kompanien ein Vortanzen angeboten bekommen. Und natürlich hat sie sie alle umgehauen.

Audrey sieht mich bekümmert an. »Ich gehe ans ABT.«

Ich nicke und bemühe mich, tief durchzuatmen. Ich muss jetzt tapfer sein.

»Ich wünschte, du könntest mit mir kommen. Es wäre so toll, wenn wir es zusammen machen könnten.« Es ist kaum zu glauben, aber sie klingt, als wäre es ihr damit ernst. Dieser Sommer hat zweifellos uns beide verändert.

»Du hast es verdient, Audrey. Ich freue mich für dich.« Und seltsamerweise meine ich es ehrlich.

Ihre Unterlippe zittert, und einen Moment sieht es so aus, als würde sie in Tränen ausbrechen. Doch stattdessen macht sie etwas noch Überraschenderes. »Ich habe Angst«, sagt sie. »Meine Mom war ziemlich sauer, dass ich mich nicht für das *Bolschoi-Theater* entschieden habe. Aber es ist nicht nur das. Ich fürchte mich schrecklich davor, es zu versauen. Was ist, wenn ich nicht annähernd so gut bin wie die anderen Tänzer am ABT?«

Ich lache los.

»Was ist daran so witzig?«, fragt sie verwirrt.

»Audrey Chapman hat Gefühle und steht dazu. Meine Arbeit hier ist getan.«

***

Mom kommt ungefähr eine Stunde, nachdem Audrey gegangen ist. Sie hat ein Lächeln im Gesicht, und ihre Schritte sind schwungvoll. Vielleicht liegt es daran, dass ich mit Schmerzmitteln zugedröhnt bin, aber ich kapier es nicht.

Sie setzt sich auf die Bettkante und bietet mir einen Becher mit Wasser an. »Bist du bereit aufzubrechen?«

Ich nicke langsam, während ich das Wasser in kleinen Schlucken trinke. Vor diesem Moment habe ich mich wochenlang gefürchtet – davor, nach Hause zurückzukehren, in mein normales Leben –, doch jetzt hat alles eine ganz neue Bedeutung bekommen. Während ich noch hier bin, kann ich weiter so tun als ob. Ich weiß, dass es dumm ist, aber tief drinnen hoffe ich immer noch, endlich aus diesem Albtraum zu erwachen und zu meinem Vortanzen gehen zu können.

»Um wie viel Uhr geht unser Flug?«, frage ich Mom, als sie wieder aufsteht.

Sie zieht ein paar Kleidungsstücke aus meiner Reisetasche. Sie muss im Wohnheim gewesen sein, um meine Sachen zu packen.

»Um siebzehn Uhr dreißig.« Sie fängt an, die wenigen Dinge einzupacken, die ich bei mir habe: meine Handtasche, mein Telefon, die Kleider, die ich am Abend des Unfalls anhatte. »Und zwar übermorgen.«

»Wie bitte?«

Mom strahlt über das ganze Gesicht. »Es tut mir so leid, dass du dein Vortanzen verpasst hast, Mia. Ich weiß, wie viel es dir bedeutet hat.«
Ich dachte, ich hätte alle Tränen geweint, die ich in mir hatte, aber jetzt finden neue ihren Weg meine Wangen hinunter. Ich frage mich, ob ich irgendwann nicht mehr so gebrochen sein werde.

Mom reicht mir ein Taschentuch. »Ich wünschte, es gäbe etwas, das ich tun könnte, um den Unfall ungeschehen zu machen. Ich habe mit Dad gesprochen, und wir sind uns beide einig. Das hier kann unmöglich das Ende deines Sommers in Paris sein. Ich weiß, es ändert nichts, aber ich habe eine Überraschung für dich. Dein Paris-Abenteuer ist noch nicht vorbei.«

Ihr stehen Freude und Aufregung ins Gesicht geschrieben, und so verletzt und durcheinander und am Boden zerstört ich auch bin, ich kann nicht anders. Ich spüre, wie ein winziger Hoffnungsstrahl mich durchströmt. Wohin gehen wir nun?

Kapitel 34

OH. MON. DIEU.

Als unser Taxi in der Mitte der Rue de Rivoli langsamer wird und wir am Louvre und den Tuilerien vorbeirollen, macht mein Herz einen Sprung.

Ich sehe Mom an. »Was hast du getan?«

Sie lacht bloß und sieht sehr zufrieden mit sich aus. Wir halten vor den Kolonnaden, die zum Eingang des *Le Meurice* führen. Bei meiner Degas-Jagd mit Louis bin ich daran vorbeigekommen, aber ich kenne es hauptsächlich deswegen, weil die Mädchen letztens beim Abendessen davon erzählt haben. Es ist eins der teuersten Hotels von Paris, Stars übernachten hier.

Obwohl ich mir meiner ungewaschenen Haare und der Schlinge über meiner Brust sehr bewusst bin, wird mir etwas leichter ums Herz, als der Portier die Tür für mich öffnet. Er nimmt auch unsere Taschen und folgt uns durch die imposante Eingangshalle. Opulente Kristalllüster hängen von der Decke und antike Spiegel und museumswürdige Gemälde schmücken die Wände. Die Schönheit des Ganzen raubt mir den Atem.

»Hast du eine Bank überfallen?«, frage ich Mom, als wir schließlich allein in unserem Zimmer sind.

Die großen Plüschsessel sind mit rotem Samt überzogen und jedes Möbelstück ist mit Gold verziert. Schwere Vorhänge aus seidig schimmerndem Stoff umrahmen die vom Boden bis zur Decke reichenden Fenster, durch die ein warmes, weiches Licht hereinströmt. Ich komme mir vor wie eine Prinzessin.

Mom gluckst. »Nö. Ich habe nur sämtliche Kreditkartenpunkte eingesetzt, die ich hatte, und noch einiges draufgelegt. Aber ich habe keine Suite gebucht. Der Concierge muss Mitleid mit dir gehabt und uns ein Upgrade gegeben haben«, sagt sie und nickt in Richtung meiner Schlinge.

Als ich auf das Fenster zugehe, bemerke ich den Balkon. Ich öffne die Flügeltüren weit, trete ins Freie und keuche überrascht auf.

»Mom! Das musst du dir ansehen!«

Mom eilt zu mir und sieht sich mit großen Augen um. Paris liegt uns zu Füßen, mit seinen cremefarbenen Gebäuden, den Blumenkübeln, die von den Geländern hängen, und den dunklen Schieferdächern. Wir können die Tuilerien in ihrer ganzen Pracht bis hin zum Louvre sehen und die berühmte Uhr des *Musée d'Orsay* direkt vor uns. Das allein würde ein Lächeln auf mein Gesicht zaubern, aber es ist der Eiffelturm, der in seiner ganzen Herrlichkeit zu unserer Rechten steht, der mich all meine Sorgen vergessen lässt.

»Danke, Mom«, sage ich. Sie lächelt und streicht mit der Hand über meine Haare. Ihre Augen schimmern feucht, als sie einen Kuss auf meine Stirn drückt.

»Ich bin so froh, dass dir nichts Schlimmeres zugestoßen ist«, flüstert sie. Wir stehen eine ganze Weile Händchen haltend da, eine sanfte Brise weht uns ins Gesicht, und der Eiffelturm glitzert in der Sonne.

Ich bin immer noch ein bisschen müde, daher schlägt Mom vor, etwas Geld auf den Kopf zu hauen und in einem der angesagten Hotelrestaurants zu Mittag zu essen.

»Bist du sicher, dass du keine Bank überfallen hast?«, frage ich noch einmal.

Mom lacht wieder. »Das letzte Mal war ich vor deiner Geburt in Paris, und dieses Mal bin ich nur für zwei Tage hier. Ich finde, wir können uns ruhig etwas gönnen.«

***

Die weißen Tischdecken, das viele Besteck und das feine Porzellan würden mich normalerweise einschüchtern, aber heute zerbreche ich mir wegen solcher Kleinigkeiten nicht den Kopf. Stattdessen konzentriere ich mich auf die Geschmackseindrücke – das frischeste Baguette, das ich bisher gegessen habe, und die Salzkristalle in der Butter, die auf meiner Zunge zergehen.

»Warum hast du immer davon gesprochen, dass ich einen Plan B brauche, Mom?«, frage ich, nachdem eine sehr formelle Kellnerin unsere Bestellung aufgenommen hat.

Mom scheint nicht besonders glücklich über meine

Frage, aber sie versucht nicht, das Thema zu wechseln. »Ich wollte dich nur beschützen.«

»Aber warum? Du wusstest, dass ich Balletttänzerin werden wollte. Für mich gab es keine Alternative. Aber jetzt brauche ich tatsächlich einen Plan B.« Ich blinzle ein paar Tränen weg. »Woher wusstest du das?«

Mom holt tief Luft und sieht sich im Raum um. Die meisten Tische sind besetzt, aber es ist trotzdem ziemlich ruhig. Die Leute reden leise miteinander und führen das Essen mit bedächtigen, kultivierten Gesten zum Mund. Neben uns isst ein Mann allein zu Mittag. Er nimmt seine weiße Stoffserviette und tupft sich behutsam die Mundwinkel damit ab. Dann hebt er sein Weinglas mit zwei Fingern am Stiel empor.

»Ich war auch Tänzerin«, sagt Mom, als sich das Schweigen zwischen uns zu sehr in die Länge zieht. »Ich habe am eigenen Leib erfahren, wie hart und gnadenlos der Wettbewerb ist.«

Das wusste ich schon, aber ich schweige. Ich möchte endlich alles erfahren.

»Ich glaube nicht, dass ich dir das je erzählt habe, aber ich wollte auch Profitänzerin werden. Du und ich sind uns ähnlicher, als du denkst.«

Unser erster Gang kommt. Meine Gazpacho sieht so wunderschön aus, mit dem kunstvoll darauf getröpfelten Olivenöl, dass ich zweimal darüber nachdenke, ehe ich meinen Löffel hineintunke.

Mom lächelt traurig. »Ich war eine leidenschaftliche Tänzerin, ich wollte es unbedingt.« Sie senkt den Blick auf ihren *salade niçoise.* »Als ich zu meinem Vortanzen beim

ABT ging, war ich überzeugt, dass sie mich nehmen würden.«

»Du hast beim ABT vorgetanzt?«, frage ich mit weit aufgerissenen Augen.

Sie nickt. »Viele, viele Male.«

»Wie bitte?«, sage ich. Es fällt mir schwer, nicht die Stimme zu heben.

Mom probiert von ihrem Salat. »Ist das lecker! Wenn ich zu lange in Paris bleibe, werde ich nicht mehr in meine Sachen passen.«

Aber ich lasse nicht zu, dass sie das Thema wechselt. »Und was ist passiert?«

Mom verzieht das Gesicht. »Dasselbe, was den meisten Tänzern passiert: Sie haben mich nicht genommen. Ich habe es nicht mal in die zweite Runde geschafft. Ich bin nach Kalifornien gegangen und habe beim *San Francisco Ballet* und beim *LA Ballet* vorgetanzt. Doch es war wieder nichts. Ich war gut. Ich hatte Talent und Ehrgeiz. Nur leider nicht genug.«

Ich erstarre, unfähig weiterzuessen, so als wäre dies nicht die größte Neuigkeit, die ich je über sie erfahren habe. Mom hat mir das noch nie zuvor erzählt. Und auch sonst niemand aus meiner Familie.

»Und was hast du dann gemacht?«, frage ich gespannt.

Mom zuckt mit den Schultern. »Ich habe weiter Unterricht genommen und bei kleineren Kompanien vorgetanzt. Bis ich eines Tages erkannt habe, dass sich der Traum für mich nicht erfüllen würde. Ich hätte weitermachen können, aber je länger ich darüber nachdachte, desto mehr hatte ich den Eindruck, dass das Ballett mich nicht wollte. Ich hatte Jahre meines Lebens mit Unterrichtsstunden und

Wettbewerben verbracht und nichts vorzuweisen. Ich hatte die Enttäuschung satt, ich hatte die Zurückweisungen satt. Also bin ich in Philadelphia aufs College gegangen. Anfangs dachte ich, ich würde mir total verloren vorkommen und bereuen, meinen Traum aufgegeben zu haben. Aber dem war nicht so. Ich hatte eine wunderbare Zeit. Ich schloss Freundschaften, ich entdeckte neue Dinge, für die ich brannte, und ich traf deinen Vater. Ich habe Karriere gemacht! Ich liebe meinen Beruf, außerdem ermöglicht er es mir, meine Tochter ganz schick in Paris zum Essen auszuführen. Ich bereue nichts.«

Während ich versuche, die ganze Geschichte zu verarbeiten, wird mir klar, dass ich meine Mutter bis heute nicht richtig gekannt habe, und es zum Teil meine Schuld ist. All die Jahre, in denen wir über meine Leidenschaft für das Ballett gestritten haben, ist mir nie in den Sinn gekommen, sie nach den Hintergründen für ihre ablehnende Haltung zu fragen.

»Aufzugeben ist nicht die richtige Wahl für mich«, sage ich mit fester Stimme, aber meine Hände zittern dabei.

Mom lächelt. »Ich wollte es lange Zeit nicht verstehen, aber ich begreife es jetzt. Es tut mir leid, dass ich dich nicht mehr dabei unterstützt habe, deinen Traum zu verfolgen. Ich wollte dir nur zeigen, dass du auch ohne Ballett glücklich sein kannst. Aber Grandma Joan hat mir erzählt, dass du unsere Vorfahrin, die *danseuse étoile*, gefunden hast. Ich weiß, wie viel dir das bedeutet.«

Sie greift über den Tisch und nimmt meine Hand. Ich bin erschöpft und zerschlagen. Ich glaube, ich habe noch immer nicht völlig akzeptiert, was mir widerfahren ist und wie mein Leben in den nächsten Monaten aussehen wird.

»Ich möchte eine professionelle Balletttänzerin werden. Das war schon immer mein Traum«, sage ich, vor allem um mich selbst zu überzeugen. »Aber was ist, wenn dieser Traum sich nicht erfüllen wird?«

Mom nickt langsam. »Dann wirst du damit klarkommen.«

»Werde ich das?« Ich atme tief durch und beiße mir auf die Zunge. Wäre es ein schrecklicher Fauxpas, in einem so schicken Restaurant in Tränen auszubrechen?

»Mia«, sagt meine Mutter entschlossen. »Sieh mich an. Schon bald wird sich das hier wie ein kleiner Stolperstein auf deinem Weg anfühlen. Vertrau mir.«

»Ich habe meine Chance beim ABT vertan. Zweimal schon.«

»Ich habe geglaubt, es mehr als alles andere zu wollen, doch dann nahm mein Leben eine unvermutete Wendung, und es war perfekt. Es geht im Leben nicht um vertane Chancen. Es geht darum, die Reise zu genießen. Du solltest deinem Traum so lange folgen, wie du möchtest. Aber du solltest dir auch erlauben, unterwegs neue Träume zu entwickeln.«

Ich nicke und esse schweigend weiter. Ich möchte gern glauben, dass sie recht hat, aber ich kann nicht alles abschütteln, was ich in den vergangenen Tagen verloren habe. Oder jeden. Und doch, tief in meinem Innern weiß ich, dass ich wieder tanzen werde.

***

Wir sind gerade auf unser Zimmer zurückgekehrt, als mein Handy klingelt. Ich will ehrlich sein: Mein Herz bricht aufs Neue, als ich sehe, dass es eine unbekannte Nummer ist. Louis hat mir nicht geschrieben und mich nicht angerufen, seit ich aus dem Krankenhaus entlassen wurde. Andererseits habe ich mich auch nicht bei ihm gemeldet. Ich bin immer noch zu aufgewühlt, und zwischen uns ist alles gesagt. Vielleicht war von Anfang an vorgesehen, dass es so endet. Ein sauberer Bruch, genau wie bei meinem Schlüsselbein.

»Hallo?«

»Madem… Mia«, sagt eine männliche Stimme, die etwas unsicher klingt. »Hier ist Monsieur Dabrowski.«

Ich setze mich mit wild klopfendem Herzen in einen der Sessel. »Es tut mir so leid …«, sage ich. »Ich hatte versprochen Sie nicht zu enttäuschen, und …«

»Das hast du auch nicht«, erwidert er fest. »Du kannst nicht alles kontrollieren, Mia. Ja, ich wünschte, Louis und du wärt an jenem Abend nach der Aufführung nicht ausgegangen. Und ich wünschte noch viel mehr, dieses Auto wäre nicht über Rot gefahren. Aber Dinge geschehen. Unglücklicherweise lebt niemand von uns in einer schützenden Blase.«

»Sie sind also nicht sauer auf mich?«, frage ich und versuche nicht allzu überrascht zu klingen.

»Ich weiß, dass du wütend genug auf dich selbst bist. Was passiert ist, ist passiert.«

»Ich habe mein Vortanzen mit dem ABT versäumt. Ich habe meine Chance verpasst«, sage ich. Es schmerzt, das Offensichtliche auszusprechen, aber ich muss mich endlich mit dieser neuen Realität abfinden.

»Ja«, erwidert Monsieur Dabrowski ernst. »Der Direktor des Nachwuchsprogramms war fassungslos, als ich ihm von dem Unfall berichtet habe. Er wusste nicht, was er sagen sollte.«

»Es tut mir leid«, sage ich wieder. Es ist meine Zukunft, die ich versaut habe, aber es ist klar, dass ich so viele Menschen in meinem Umfeld enttäuscht habe. Die Menschen, die mir am meisten bedeuten.

Monsieur Dabrowski holt tief Luft. »Ich habe mich noch etwas mit ihm unterhalten. Normalerweise mische ich mich nicht gern in diese Dinge ein, weil es mich nichts angeht, wie die Kompanien ihre Tänzerinnen und Tänzer auswählen. Trotzdem habe ich ihn gefragt, ob er dir noch eine Chance geben würde.«

»Oh«, sage ich verblüfft. Ich bin nicht sicher, ob ich ihn richtig verstanden habe. Ich kann mir nicht vorstellen, wie Monsieur Dabrowski sich für mich stark macht, aber es hört sich an, als hätte er genau das getan.

»Er hat nein gesagt«, fügt Monsieur Dabrowski hinzu. »Obwohl dein Auftritt ihn beeindruckt hat, hatte er auch andere Schüler zum Vortanzen eingeladen und war der Meinung, sie sollten aufgrund deiner Verletzung den Vorzug bekommen. So viele Tänzer wollen ans ABT …« Er verstummt, und ich bin sicher, dass er genau wie ich an Audrey denkt. Sie muss inzwischen wieder zu Hause sein und bereitet sich bestimmt auf ihr neues Leben in New York City vor. Ich ersticke die Eifersucht im Keim, damit sie mich nicht auffressen kann.

»Danke, dass Sie es versucht haben«, sage ich mit erstickter Stimme. Es kommt natürlich nicht überraschend. Warum sollte das ABT mir noch eine Chance geben, wo ich noch nicht einmal zum Vortanzen erschienen bin?

»Ich rufe noch aus einem anderen Grund an«, sagt

Monsieur Dabrowski. »Die Nachwuchsdirektorin des *l'Institut de l'Opéra de Paris* hat mich gestern angerufen. Wir hatten ihr natürlich auch erzählt, was dir zugestoßen ist, aber sie hat über Nacht noch einmal darüber nachgedacht. Sie glaubt, dass du großes Talent besitzt. Sie kommt ein paarmal im Jahr nach New York und hat gesagt, sie würde sich freuen, dich das nächste Mal dort zu treffen, falls du bis dahin wiederhergestellt wärst. Sie hat keine Versprechungen gemacht, aber … manchmal bekommen Schüler das Angebot, später einzusteigen. Ausnahmen können gemacht werden. Ich weiß, es ist nicht das ABT, aber die *Opéra de Paris* hat ebenfalls einen ziemlich guten Ruf.« Den letzten Satz fügt er mit einem Glucksen hinzu.

Ich stoße einen Freudenschrei aus, und Mom wirft mir einen besorgten Blick zu. Ich lächle sie rasch an, um ihr zu zeigen, dass es mir gut geht. Ich weiß nicht, wie lange es dauern wird, bis ich wieder vollständig geheilt bin, oder wie mein Leben in einem Jahr aussehen wird. Aber diese offene Tür, diese Chance darauf, die Direktorin des *l'Institut de l'Opéra de Paris* doch noch zu treffen, ist das einzige Zeichen, das ich brauche.

Kapitel 35

In unserem Viertel gibt es so viel zu tun und zu sehen, dass Mom und ich in den nächsten zwei Tagen nicht einmal die Metro benutzen. Es nennt sich aus gutem Grund *le premier arrondissement*, der erste Bezirk. Hier gibt es alles.

Wir schlendern durch den Jardin du Palais-Royal und bleiben stehen, um Fotos von einer modernen Skulptur im Hof des Palastes zu machen. Es handelt sich um schwarz-weiße Säulen in sämtlichen Längen, die einen starken Kontrast zu der sie umgebenden klassischen Architektur bilden. Sie sind witzig und unerwartet, ein weiterer Beweis dafür, dass Paris zwar furchtbar elegant ist, aber viele Ecken und Kanten besitzt. Später probieren wir im *Ladurée* fast jede Macaron-Sorte. Ich mag die mit Rose am liebsten, während Mom total auf Erdbeer-Baiser steht.

Obwohl ich es nicht über mich bringe, auch nur ein Wort über das Ballett zu verlieren, besteht Mom darauf, mit mir zu dem Repetto-Laden in der Rue de la Paix zu gehen. Sie findet, ich sollte mir etwas gönnen und mir etwas für die Zeit aus Paris mitbringen, wenn ich wieder tanze. Ich erzähle ihr nichts von den vielen Gründen, warum es so sehr schmerzt, hierher zurückzukehren. Zum Beispiel war es mein erstes aufregendes, beängstigendes, absolut umwerfendes Abenteuer mit Louis. Aber es scheint ihr wichtig zu sein, dass ich Paris mit einem guten Gefühl verlasse und halbwegs glücklich bin, oder zumindest nicht allzu traurig. Mom besteht darauf, mir ein neues weißes Trikot zu kaufen. Ich protestiere nicht und warte, bis sie sich umgedreht hat, ehe ich aufhöre zu lächeln.

Die meiste Zeit streifen wir ohne Plan umher, spazieren viele hübsche Straßen entlang, machen Halt in bezaubernden Cafés, um etwas zu trinken, hören Straßenkünstlern zu, die französische Lieder singen, die wir nicht kennen, und gehen in atemberaubend schöne kleine Kirchen, um die aufwendigen Buntglasfenster aus der Nähe zu bewundern. Es liegt eine Leichtigkeit in der Luft, eine hoffnungsvolle Wärme. Es ist immer noch unleugbar Sommer. Wir facetimen auch mit Dad und Thomas, die etwas eifersüchtig auf unser kleines Abenteuer zu sein scheinen. Thomas nimmt uns das Versprechen ab, ihm Macarons mitzubringen, doch Dad ist still. Ich sehe die Sorge in seinem Blick, also gebe ich mein Bestes, fröhlich zu klingen, aber ich weiß, dass er sich trotzdem Gedanken um mich macht.

Die mache ich mir auch. Als ich das Gespräch mit Monsieur Dabrowski beendet habe, hätte ich nicht sagen können, wie es in mir aussah. Das ABT wollte mich nicht. Und das war völlig gerechtfertigt. Sie hatten mir ein Vortanzen angeboten, und ich war nicht erschienen. Es spielte keine Rolle mehr, wie sehr mein Auftritt dem Direktor gefallen hatte. Ich bin überzeugt, dass er mich inzwischen vergessen hat. Es ist, wie Mom gesagt hat. Es gibt so viele angehende Balletttänzer. Sie alle sind talentiert, zielstrebig und entschlossen, alles zu geben. Und die meisten von ihnen werden nicht am Abend vor ihrem großen Durchbruch von einem Auto angefahren.

Und obwohl ich dankbar bin, dass die Nachwuchsdirektorin des *l'Institut de l'Opéra de Paris* bereit ist, mir noch eine Chance zu geben, weiß ich nicht, wie ich das zu bewerten habe. Tut sie nur Monsieur Dabrowski einen Gefallen? Er hat hoch und heilig geschworen, dass der Vorschlag von ihr kam und er nichts damit zu tun hatte, aber je länger ich darüber nachdenke, desto mehr frage ich mich, ob sie sich in ein paar Monaten noch an mich erinnern wird, wenn sie nach New York kommt.

Davon mal abgesehen, möchte ich wirklich nächstes Jahr nach Paris zurückkommen? Wenn ihr mich das vor ein paar Wochen gefragt hättet, während meiner besten Zeit mit Louis, hätte ich wahrscheinlich Ja gesagt. Aber zu der Zeit hatte ich den Eindruck, mein Leben hätte sich plötzlich in ein Märchen verwandelt. Damals glaubte ich, alles haben zu können, was ich wollte. Dass ich keine Kompromisse eingehen müsste. Dass ich spät aufbleiben und früh aufstehen könnte. Zeit mit meinen Freundinnen verbringen und mich zu jeder erdenklichen Gelegenheit mit Louis davonstehlen könnte. Eine Familienlegende aufklären und Odile meine ganze Aufmerksamkeit widmen könnte.

Doch jetzt bin ich von der Vorstellung, man könnte alles haben, nicht mehr so überzeugt. Sie klang von jeher zu gut, um wahr zu sein, wahrscheinlich, weil sie es ist. Ja, der Bruch wird heilen. Eines Tages. Ich werde hart arbeiten müssen, bis ich vollständig wiederhergestellt sein werde, und noch härter, um die verlorene Zeit wiederaufzuholen. Ich werde einfach einen Schritt nach dem anderen machen müssen.

***

Unser letzter Nachmittag ist im Nu gekommen, und meine Hände zittern, als ich meine Sachen packe. Die Rolle mit dem Degas-Poster steht in der Zimmerecke. Es wartet darauf, nach Hause zurückzukehren und wieder seinen rechtmäßigen Platz über meinem Bett einzunehmen.

»Das ist alles«, sagt Mom zu mir, als unsere Koffer neben der Tür stehen, bereit zur Abholung.

Ich nicke traurig. Die letzten zwei Tage waren unter den gegebenen Umständen ein wundervolles Zwischenspiel, aber sobald ich dieses hinreißende Zimmer verlasse, werde ich zurück in der Wirklichkeit sein, mit einem gebrochenen Schlüsselbein und geplatzten Träumen.

Mom seufzt, als könne sie meine Gedanken lesen. »Wie wäre es, wenn ich uns allein auschecke?«, fragt sie. »Lass dir Zeit. Wir müssen erst in einer Dreiviertelstunde los. Ich werde unten meine E-Mails lesen. Bestimmt hat mein Chef in der letzten Stunde schon wieder zwei Hilferufe geschickt.«

Als sie weg ist, gehe ich noch einmal zum Fenster hinüber und trete auf den Balkon. Mit einem Stich im Herzen bewundere ich zum letzten Mal den Eiffelturm. Ist es möglich, eine Metallkonstruktion zu vermissen? Ich habe gestern auf den Champs-Élysées an einem Verkaufsstand einen kleinen Schlüsselanhänger in der Form des Turms gekauft, aber er ist kein Ersatz für den richtigen. Ich mache ein Foto und poste es auf Instagram. Dabei wird mir klar, dass ich nur eine Handvoll Bilder von meinem Sommer in Paris hochgeladen habe. Ich war so damit beschäftigt, ihn zu genießen, dass ich nicht das Bedürfnis verspürt habe, ihn mit der Welt zu teilen.

Au revoir, Paris, schreibe ich dazu. *Je t'aime.*

Ich bleibe noch eine Weile auf dem Balkon. Ein Gefühl von Frieden überkommt mich. Ich hatte das Glück, einen unglaublichen Sommer in der schönsten Stadt der Welt zu erleben. Und obwohl ich alles darum gäbe, ändern zu können, wie er endete: Wie viele aufstrebende Tänzer haben vollbracht, was ich vollbracht habe? Wie viele Siebzehnjährige können das von sich behaupten?

Sobald ich wieder in Westchester bin und die Dinge ein bisschen klarer sehe, werde ich Louis schreiben. Vielleicht wird er nicht von mir hören wollen. Vielleicht hat das Universum unser Kapitel mithilfe des Unfalls geschlossen. Vielleicht ist ihm inzwischen klar geworden, dass das mit uns von Anfang an mit dem Sommers sein Ende finden sollte. Ich wünschte nur, es hätte nicht damit geendet, dass ich in einem Krankenhausbett vor mich hin weine, während er zerschrammt und aufgelöst davongeht.

Ein leises Klopfen an der Tür lässt mich zusammenschrecken. Mom muss ihre Schlüsselkarte schon abgegeben haben. Ich gehe zur Tür, um sie zu öffnen, und traue meinen Augen nicht, als ich sehe, wer dort auf mich wartet.

»Was …«, sage ich.

Louis' Haare stehen in sämtliche Richtungen ab, als hätte er gerade seinen Helm ausgezogen und vergessen, sie zu richten, wie üblich. Er hat noch ein paar Schrammen auf den Wangen und Schatten unter den Augen. Aber er ist hier.

»Ich dachte, du wärst fort«, sagt er und sieht mich dabei an, als wäre ich vielleicht nur eine Illusion. »Ich dachte, du wärst nach dem Unfall abgereist. Und dann habe ich deinen Instagram-Post gesehen … ich bin so schnell hergekommen, wie ich konnte.«

Und da trifft mich die Erkenntnis mit voller Wucht. Ich habe niemandem gesagt, dass ich noch bleibe. Niemand wusste, dass ich noch in Paris bin. Ich hätte nicht hier sein sollen. Moms Überraschung kam, nachdem meine Freundinnen gegangen waren und ich Louis zum letzten Mal gesehen hatte. Oder zumindest hielt ich es für das letzte Mal. Als Monsieur Dabrowski anrief, muss er gedacht haben, ich wäre schon wieder zu Hause.

»Ich …«, beginne ich. Die Worte wollen nicht heraus. »Ich dachte, das mit uns wäre … vorbei. Als du gegangen bist … ich dachte … das wäre das Ende. Dass es von jeher dazu bestimmt war, das Ende zu sein.«

Seine kummervolle Miene verrät mir, wie falsch ich damit gelegen habe.

»Nach dem Unfall ging es mir furchtbar«, sagt er. »Ich dachte, du wolltest nie wieder mit mir sprechen.«

»Was? Das stimmt nicht. Es war doch nicht deine Schuld!«, sage ich. »Ich hätte dir sagen sollen, dass ich noch nicht abgereist bin.«

»Das ist mir egal«, sagt Louis. Er nimmt mein Gesicht

in beide Hände. »Du bist jetzt hier. Bei mir. Ich liebe dich, Mia. Ich konnte dich nicht fortgehen lassen, ohne dir das noch einmal zu sagen.«

»Ich liebe dich auch«, sage ich und küsse ihn unter Tränen.

Ich weiß, der Trennungsschmerz wird von Neuem beginnen, sobald ich im Flieger sitze, aber das ist okay. Was das angeht, verhält es sich mit der Liebe wie mit dem Ballett: Wenn sie es wert ist, schmerzt sie von Zeit zu Zeit. Auf bittersüße Weise.

Epilog

Dieses Mal renne ich nicht, aber ich habe zweifellos ein *déjà vu*, als ich das Terminal des Charles de Gaulle Flughafens betrete. Es ist genauso hektisch wie das letzte Mal, als ich hier ankam, aber ich vollführe keine *grand jetés* oder drehe *pirouettes*, um an mein Ziel zu gelangen. Es gibt auch keine ungebändigten Haare oder Schweiß, der meinen Rücken hinunterrinnt.

Tatsächlich nehme ich mir die Zeit, einen Stopp im Waschraum einzulegen. Ich lehne meine Tasche an die Wand und stelle mich vor das Waschbecken in der Ecke, um mich frisch zu machen. Ich putze die Zähne, kämme mich und fege die Krümel von meiner Jogginghose, bevor ich die Wechselkleidung aus der Tasche ziehe. Ich wasche mir das Gesicht, lege eine dicke Schicht Feuchtigkeitscreme auf, damit meine Haut sich von dem langen Flug erholen kann, und mustere mich im Spiegel. Ich sehe vorzeigbar aus, unzerknittert und beinahe ausgeruht. Alles in allem kann man sagen, ich erkenne mich wieder.

Zurück im Terminal schieße ich ein Selfie mit dem Taxi-Schild im Rücken. Ich klicke, um es an eine Textnachricht anzuhängen.

Rate mal, wo ich bin? 😉 ,

schreibe ich. Ich laufe auf den Ausgang zu, als mein Handy klingelt.

»Ist es in New York nicht gerade mitten in der Nacht?«, frage ich, sobald sich die Videoverbindung vollständig aufgebaut hat.

Audrey zuckt mit den Schultern. Hinter ihr erkenne ich ein paar erleuchtete Hochhäuser und die Umrisse einiger Leute.

»Bist du etwa noch unterwegs?«, frage ich ungläubig. Ich rechne schnell nach: Dort muss es ungefähr ein Uhr morgens sein.

»Ja!«, antwortet Audrey mit einem breiten Grinsen und geröteten Wangen. »Wir sind gerade von einem Musikfestival in Brooklyn zurückgekommen.« Sie schwenkt ihr Handy, um mir die Gruppe zu zeigen, mit der sie unterwegs ist. Drei Mädchen und ein Junge winken mir zu. »Hi!«, sagen sie im Chor.

»Leute, das ist meine Freundin Mia«, sagt Audrey und hält sich das Handy wieder vor das Gesicht. »Sie ist gerade nach *Pariii* gezogen!«

Sie lachen alle, und ich lache mit, bis mir bewusst wird, dass ich es bin, über die wir da reden. Wieder einmal muss ich mich kneifen, um es zu glauben. Ich bin gerade nach Paris gezogen!

Wie sich herausgestellt hat, war das *l'Institut de l'Opéra de Paris* wirklich bereit, auf mich zu warten. Mein letztes High-School-Jahr verging wie im Flug. Und obwohl es ein langer und steiniger Weg war, dauerte es nur wenige Monate, bis ich wiederhergestellt war und wieder tanzen konnte. Ich konnte es erst nicht glauben, aber mein Körper erinnerte sich an jede einzelne Bewegung. Ich traf mich im Frühling mit der Direktorin des Nachwuchsprogramms in New York, und sie war außer sich vor Freude darüber, dass ich schon eine geraume Weile wieder tanzte. »Es hat einfach sollen sein«, sagte sie, als wir uns zum Abschied umarmten. Ich denke, Élise Mercier hätte ihr da zugestimmt.

»Was ist mit deinem Schönheitsschlaf?«, frage ich Audrey.

»Oh, mir geht es gut«, sagt sie lachend. »Eine Freundin hat mich gelehrt, dass es eine noch bessere Tänzerin aus mir machen wird, wenn ich das Leben genieße.«

»Sie klingt sehr weise.«

Audrey nickt. »Ich vermisse sie jetzt schon.«

Ich habe fast vergessen, dass Audrey und ich nicht von Anfang an die besten Freundinnen waren. Aber wir sind es jetzt. Ich bin mit der Bahn nach New York gefahren, um sie zu besuchen, und habe sie mit dem ABT tanzen sehen. Zuerst hatte ich Sorge, dass es zu schmerzvoll für mich sein könnte, aber ich habe meinen Frieden damit geschlossen. Audrey hat mir geholfen zu erkennen, dass der ursprüngliche Plan nicht immer der beste ist, genau wie Mom gesagt hat. Ihre Mutter wollte seit jeher, dass sie ans *Bolschoi-Theater* geht, aber Audrey ist ihrem Herzen gefolgt. Tief in ihrem Innern wusste sie, was richtig für sie war und wohin es im Leben für sie gehen sollte.

Ich beende das Gespräch mit Audrey, als ich aus dem

Terminal ins Freie trete. Mein Herz pocht wie verrückt in meiner Brust, während ich die Menge absuche. Eine lange Schlange von Leuten hält Schilder mit den Namen der Passagiere in die Höhe. Auf keinem steht meiner.

Als wir uns letzte Woche geschrieben haben, hat er gesagt, er wüsste nicht, ob sein Stundenplan es ihm erlauben würde, mich vom Flughafen abzuholen. Ich habe ihm versichert, das ginge in Ordnung. Louis und ich haben uns nie etwas versprochen. An jenem Tag im *Le Meurice* haben wir uns unter Tränen verabschiedet und unsere gemeinsame Zeit als das angenommen, was sie war: ein unglaublicher Sommer, an den wir uns ein Leben lang erinnern werden, egal was danach kommt. Wir haben uns geschrieben und miteinander telefoniert, aber das war natürlich nicht dasselbe. Zeit und Entfernung neigen dazu, den besten Liebesgeschichten in die Quere zu kommen. Doch an meinen Gefühlen haben sie nichts geändert.

Als ich mir einen Weg durch die Menge bahne, sehe ich einen Ballon, der am Ende der Schlange über den Menschen tanzt. Auf ihm steht *Bienvennue à Paris!* Mein Blick wandert an der Schnur entlang zu dem jungen Mann, der ihn hält. Leinenhemd. Zerzauste Haare. Und dieses Lächeln. Sein Lächeln wirft mich jedes Mal um.

Ich lache und laufe zu ihm.

Louis zuckt lässig mit den Schultern. »Ich habe gedacht, Blumen sind total überholt.«

»Ein Neuanfang«, sage ich und nehme den Ballon entgegen. »*J'aime ça.*« Das gefällt mir.

Er nickt, beeindruckt von meiner Aussprache. Ich habe hart an meinem Französisch gearbeitet, seit ich das *l'Institut de l'Opéra de Paris* angerufen habe, um sein Angebot anzunehmen.

»Mia«, sagt Louis.

Ich hole zitternd Luft. »Louis.«

»Willkommen zu Hause.«

Und noch ehe meine Lippen ihm ein Lächeln schenken können, hat Louis mich bereits geküsst.

Ich schwöre, ich könnte auf der Stelle zweiunddreißig perfekte *fouettés* machen. Oder mich in einen Schwan verwandeln und mit ihm davonfliegen. Als er seine Arme um mich schlingt, bin ich sicher, dass ich nicht glücklicher sein könnte.

Bis wir uns erneut küssen. Auf die französische Art, *naturellement.*

Danksagung

Ich bedanke mich beim Team von Alloy Entertainment: Laura Barbiea, Sara Shandler, Josh Bank, Romy Golan und Hayley Wagreich. Es war (und ist!) ein Traum mit euch Zauberern zu arbeiten. Danke, dass ihr mich auf diesem wilden (Vespa-) Ritt begleitet habt.

Sehr großer Dank gebührt auch Danielle Rollins, eine der fleißigsten Autorinnen, die ich kenne, die dennoch die Zeit findet, anderen Autoren zu helfen und für sie da zu sein.

Ich danke meiner Agentin, Leigh Feldman, dafür, dass sie stets alles im Griff hat und mir das Gefühl gibt, dass ich jemanden auf meiner Seite habe (und Ilana Masad klatsche ich ab, weil sie uns einander vorgestellt hat).

An das ganze Team von Delacorte Press: Ich schätze mich sehr glücklich, in so guten Händen zu sein. Vielen Dank dafür, dass ihr dieses Buch mit so viel Wärme und Begeisterung empfangen habt. Ich bin ganz aus dem Häuschen, weil ihr so aus dem Häuschen seid.

Es braucht nur einen Menschen, um ein Buch zu beginnen, aber jeder Autor braucht ein ganzes Dorf, um es zu fertigzustellen. Ein dickes Dankeschön an alle meine Freunde – insbesondere Allison Amend, Elizabeth Conway, Marie Douat, Émilie Fromentin, Clara Kasser und Laura Stampler – für eure Hilfe, sei sie klein oder groß gewesen, und dafür, dass ihr immer zuhört und mich aufbaut, wenn es mal nicht so gut läuft. Ich weiß es zu schätzen. Vielen Dank auch Rafael Molina und Elsa Lagache für die Beantwortung meiner unzähligen Fragen zum Thema Ballett.

Viele *bises* für meine Familie, Françoise-Xavier Jouhanneau, Typhaine Cartry, Louis Jouhanneau, Patrick Jouhanneau und Marie Collin, die mich von der Seitenlinie aus angefeuert haben und die französische Ausgabe ungeduldig erwarten.

Danke, Aggie Pancakes, meine BFFF (Best Feline Friend Forever): Egal wie nahe der Abgabetermin rückt und wie spät in der Nacht es ist, ich schreibe so viel lieber, wenn du zusammengerollt neben mir liegst.

Natürlich habe mich mir das Beste bis zum Schluss aufgehoben. Ich danke meinem geliebten Scott Thistlethwaite für absolut alles. Für das unglaubliche Leben, das wir führen, für die tollen Abenteuer, die wir erlebt haben, für deine vorbehaltlose Unterstützung und dafür, dass du stets an mich glaubst. Deine stille Kraft, deine Liebenswürdigkeit, deine Wärme, deine endlosen Witze und dein Glaube an das halbvolle Glas verschönern jeden einzelnen Tag. Ohne dich wäre ich nicht da, wo ich jetzt bin.